VORWORT

Während der Corona-Pandemie haben Esoteriker neben Verschwörungstheoretikern und Menschen einiger rechtsstehender Organisationen auf sich aufmerksam gemacht, indem sie im Verbund miteinander gegen Corona-Maßnahmen Stellung bezogen haben.

Der Kerngedanke der Esoterik beinhaltet der Glaube an ein ´Spirituelles Erwachen` der Menschheit. Während der 70-er Jahre des letzten Jahrhunderts entstand im Zuge eines astrologisch begründeten Zeitalters die ´New-Age-Bewegung`.

Als toxisch für eine Demokratie ist die esoterische Einstellung zu bewerten, dass gesellschaftliche Veränderungen allein durch Meditation erreichbar seien.

Welterklärungsmodelle der Esoteriker führen Menschen in die Irre, indem sie ihnen vorgaukeln, dass kosmische alternative Heilmethoden das Non-Plus-Ultra sind. Im Nationalsozialismus wurde der Begriff noch zusätzlich antisemitisch aufgeladen. Auch bei der pauschalen Verherrlichung des altmittelalterlichen und antiken Wissens bezüglich Gesundheit haben immer wieder falsche Grundannahmen zu radikalen Fehlschlüssen geführt.

Die Schar der Hellseher und Life-Coach-Szene machen das große Geschäft mit dem Psycho-Markt. Das in Esoterik-Kreisen postulierte ´Gesetz der Anziehung` lässt Menschen in massive Schuldgefühle gleiten, weil sie sich nicht genügend mit ´Positiven Energien` vollgetankt haben, um ein Leben in Reichtum führen zu können.

Wissenschaftliche Erkenntnisse schlagen Esoteriker gewöhnlich in den Wind, weil sie wissenschaftliche Methoden ablehnen. Der großen Verbreitung esoterischer Inhalte und Falschinformationen wird durch die modernen digitalen Medien Vorschub geleistet.

Problematisch wird das Geschehen in großem Maße, wenn sektenähnliche Gruppierungen suchende Menschen vereinnahmen und ihnen vermitteln wollen, dass sie außerhalb dieser sektenähnlichen Gebilde verloren gehen.

In ihrem lesenswerten Buch ´Gefährlicher Glaube` spannen die Autorinnen Pia Lamberty und Katharina Nocun den Bogen weit ins rechtsradikale Milieu. So versuchen sie den fließenden Übergang zwischen Klangschalen-Fans und Reichsbürgerkreisen u. a durch die Ereignisse der versuchten Stürmung des Berliner Reichstags aufzuzeigen.

Sie betonen, dass, wenn auch Esoterik nicht automatisch rechtsradikal ist, sich dort viele gefährliche Anknüpfungspunkte zu menschenverachtenden Ideo - logien finden.

So lässt sich als Resümee festhalten, dass es sich lohnt, häufiger hinter die Fassade ´ganzheitlicher` und ´sanfter` Ansätze zu blicken.

Kapitel 1

Sie streichelt. Beileibe nicht ihr Ehegespons, das ihre Streicheleinheiten neuerdings öfters entbehren muss. Auch nicht ihre kleine Tochter, die ihrer Mama mitunter entgegenhält: *Du lässt mich so oft allein!*

Stattdessen streichelt sie ihr Ebenbild. Der Flügelspiegel an der Innenwand des Wohnraums steht unverrückbar auf schweren Granitbeinen wie eh und je seit Urgroßmutter Henriettes Zeiten. Einesteils! Anderenteils umschweben ihn hohe Stuckrosetten aus lichten Höhen. Ob sie seine Erdenschwere in Himmelshöhen überführen möchten? Welch ein Charme alter Villen mit Erkern, diesen verspielten lichtdurchfluteten, mit Zierrat bestückten, dem Wohnraum zusätzlich abgeluchsten Gemächer! Im Hamburger Villenvorort Rotherbaum brüstet sich manch eine Villa mit dieserart oder anderer Art Erker, der riesigen Zimmerlilien & Co. ein lauschiges Plätzchen bietet. Von der Vertrautheit und der Intimität bei einem amourösen Stelldichein in diesem Versteck einmal ganz zu schweigen!

Wendet ein Betrachter seinen Kopf aus dem Fensterchen hinaus, weit in die linke Richtung, so erblickt er ab und an ein Zipfelchen vom Schifffahrtsglück. Zwischen einer Häuserluke von großen alten Kastanien umrahmt, zeigt sich dort das je nach Wetterlage changierende Blau-Grau der Außenalster.

Sie erinnert sich schmunzelnd an die erregten Ausrufe ihres Töchterchens:

Da ist wieder eins! Da ist noch eins! Da ist nöcher eins!

Töchterchens Freude steigerte sich bei jedem neuen Schiff, das die Häuserluke für einen klitzekleinen Moment zum Betrachten freigab. Und schließlich resümierte Klein-Annika:

Das hat der liebe Gott aber gut gemacht, dass er das eine Haus vom anderen weggeschubst hat. Jetzt können wir wenigstens dazwischen das Wasser und einen Kopf oder Bauch vom Schiff sehen! Oder, ...und vor ihr zeigt sich Klein- Annikas Grinsen bei der schamhaften Bemerkung: ... den Schiffs- Popo vielleicht! Manno Mann, lieber Gott!

Eingehüllt in einen lindgrünen Morgenmantel streichelt sie sanft über ihr Ebenbild. Behutsam über ihr Konterfei gefahren, berührt sie nun den lichtvollen Engel Elohim, der aus den oberen Gefilden des Spiegels seinen beschützenden Blick auf sie wirft. Sie muss sich auf ihre äußersten Zehenspitzen stellen, um mit ihrem Handrücken sanft über einen seiner monumentalen Engelsschwingen streichen zu können. Im nächsten Spiegelmoment stürzt sie aus heiligen Höhen jäh in die Profanität hinab, zeigt sich doch ein winziges Hautdetail, das sie beinahe aus der Fassung bringt. Eindringlich pickt sie sich eine winzige Pustel auf ihrer Stirn, um gänzlich deren Talg herauszuquetschen. Gedankenblitze, oder nennen wir sie Spiegelblitze, verlassen dabei die Zentrale ihres Hirns: Einfach mal wieder ein Kind sein, … wie herrlich, eines, das sich nicht um die ganze Pustelgesellschaft auf seiner Stirn schert, weil es sich stattdessen freudvoll anderen Dingen zuwendet. So denkt sie an einen Buben, der fasziniert über sein Lausbubengesicht streicht, sich ihm auf der silbrig glänzenden Fläche offenbarend. Freude pur mit hochroten Backen, verschmitzt blinkenden Augen, mit Schrammen im Gesicht, einem ´Veilchen` an der Stirn, Zeugen einer unsanften Begegnung mit dem Gartenzaun. All das zeigt hier wohliges Einssein mit dem Leben in Hülle und Fülle. Sie phantasiert über eine Deern, deren zarte Fingerchen tänzerisch über diesen großen Huckel gleiten, den die Großen gewöhnlich als Nase bezeichnen. Und welch gewitztes kleines Weibsbild beginnt dabei vermutlich nicht, sich genüsslich in der Nase zu bohren, um anschließend den Finger abzuschlecken.

„Eleonore, reiß dich zusammen! Du bist Mutter!" Sie erschrickt selbst über die gestrengen Worte, die ihr über die Lippen kommen. Lange braucht sie nicht in ihren Erinnerungen zu fischen, um Töchterchen Annika vor ihren Augen als Dreijährige aufleben zu lassen.

Dabei ergreift diese ihr Zöpfchen mit der Schmetterlingsklammer und siehe da: Das Spiegelmädchen tut es ihr nach. Das ist ihr nun doch zu viel des Guten und sie beginnt ihr Gegenüber mächtig auszuschimpfen:

Du doofe Ziege, du! Hör endlich auf, mich nachzumachen! Und weil es an diesem Tag so ganz besonders wütend, ja, fuchsteufelswild ist, hebt das Zopfmädchen mit den puterroten Wangen plötzlich ihre Hand empor, um das böse Mädchen zu bestrafen.

Aua! Das liebe Mädchen schreit laut auf, weil es gegen etwas hartes Silbriges trifft, das es zurückschlägt.

Mama, das böse Mädchen hat mich eben ganz dolle geschlagen, entrüstet sich die Kleine. *Aber nicht nur mit seiner Hand. Mit aller Wucht wollte es sich mit dem Leib auf mich stürzen. Erst hat es mich wieder nachgemacht. Dabei haben wir uns beide nur dämlich angeglotzt. Als ich dann nahe an sie rankommen wollte, habe ich das böse Mädchen am ganzen Körper hart gespürt.* Töchterchens Verblüffung geht ihr heute noch nah. Damals stupste sie mit ihrer Hand gegen den glänzenden Gegenstand und erklärte dem verdutzten Töchterchen:

Das hier ist auch Annika! Und das Teil hier, das silbern glänzt, das nennt man einen Spiegel. In dem erkennt man sich selbst mit allem, was man gerade macht, ob man weint oder lacht oder die Zunge raustreckt. Gegipfelt war das ganze Unterfangen darin, dass beide synchron ihre Zungen herausstreckten, um danach in einem Lachkrampf zu fallen.

Eleonore kann sich eines Grinsens nicht erwehren, als sie diesen für ein Kind gewaltigen Erkenntnismoment Revue passieren lässt. Geschehen an einem stinknormalen Freitag des Jahres 2000, einem Jahr, das Menschen als magisch begrüßten. Und dieses nur deshalb, weil die Anfangsziffer 1 von einer Sekunde zur anderen von einer 2 verjagt worden war. Die ganze Welt feierte wie närrisch den Beginn des Neuen Jahrtausends.

Irgendwo spielen die Menschen dann verrückt, wenn 3 Nullen ein Jahr runder und vollkommener erscheinen lassen, befand Ehemann Manuel an jenem denkwürdigen Tag, als er es sich nicht nehmen ließ, den Korken einer Flasche CHAMPAGNER MUMM ROUGE knallen zu lassen.

Du bist verrückt, fast sechs Zehneuroscheine hinzublättern, so schalt sie ihren Mann damals, noch hinzufügend: Aber irgendwie sind es bei dir ja immer nur die anderen, die verrücktspielen. *Ach, du Dummchen!* So befand sie damals, an einem stinknormalen Wochentag dieses exklusiven Jahres. Genauer gesagt am 10. April, einem Monat, dessen Eigenwillen dem Menschen oft gar nicht gefällt. Und damit sind vor allem seine Wetterkapriolen gemeint. Einem Monat, der rosa Teppiche des Wiesenschaumkrauts im lichten Grün und sattgelbe Sumpfdotterblumen am Bachufer aufleuchten lässt. Das wiederum begeistert so gut wie jedes Menschenwesen. Es handelt sich um einen Monat, in dem sich am 10. immer wieder der Geburtstag ihres Mannes Manuel jährt. Als Widdermännchen, ausgestattet mit Kraft, Ehrgeiz und Kreativität betrat er vor vier Jahrzehnten unsere schöne Erde.

Heute, beinahe fünf Jahre später, steht wieder einmal der 1. April auf dem Kalenderblatt. Zwischenzeitlich hatte sich nicht nur Mutter Eleonore, sondern auch der Rest der Welt sage und schreibe 1865 mal ins Schlafgewand gehüllt und dann und wann eine Schlafhaube übergestülpt. Wohlweislich schweigt des Sängers Höflichkeit bei der zwischenzeitlichen Zahlenbenennung der mütterlichen und töchterlichen Bespiegelungen.

Beim Gedanken an das Datum 1. APRIL beginnt es in ihrem Kopf mächtig herumzugeistern. Die harmlos heiteren Aprilscherze ihres Töchterchens - wo sind sie nur geblieben? Gen Himmel entfleucht, dieses *Guck mal, da ist ein Flugzeug!* Und im selben Atemzug der lachende *April! April! Der weiß nicht, was er will!*

Und Papa, der Oberschlimmling, hatte sogar einmal den Inhalt von Zucker- und Salzstreuer heimlich vertauscht. Die jämmerliche Fratze des gutgläubigen Töchterchens hättet ihr mal sehen sollen!

Heute als Backfisch, so nennt Oma diese verflucht himmelhochjauchzenden Jahre bei einem jungen Mädchen…, da hat Annika nun schon längst begreifen müssen, dass jeder Spiegel ein Wahrheitsverkünder ist, auch wenn sich ihr Inneres noch so sehr dagegen sträubt.

„Ach, du meine Güte! Wenn sich mein Spiegelbild doch jetzt auch als Aprilscherz entpuppen würde!"

Eleonore schüttelt ihr lockiges Haar, als sie im Spiegel ihr Konterfei inspiziert. Ob es ein Spiegelgespräch, ein Bauchgespräch oder einfach nur ein Selbstgespräch ist, das sei dahingestellt. Jedenfalls deutet es auf alles andere als ein sehr beglückendes Gespräch.

„Du aufdringliche Kugel, du Relikt aus Genießertagen! Einen dicken Klaps hast du verdient, die du Schwarzwälder

Kirschtorte und Gourmethappen nicht genug verschmäht hast!"

Eleonores Faust schlägt einmal fest gegen die hügelige Stelle, die man auch Bauch nennt und die sich keineswegs als Aprilscherz offenbart. Zum Objekt ihres Zorns gewendet, schimpft sie mit dem Wahrheitsoffenbarer aufs Heftigste:

„Du führst dich als Observationsobjekt auf und begutachtest unerbittlich meine gesamte Leiberscheinung! Was fällt dir nur ein?"

Mama gefällt sich augenblicklich darin, die Hüftfältchen ihres Kleides in Form zu bringen. Aber so viel sie auch daran herumzieht, es ändert sich nichts an der Tatsache, dass sich das anfänglich einsame Solo-Fältchen keinesfalls ihren Wünschen zu fügen gedenkt. Im Gegenteil: Zu ihm gesellen sich Falten noch stärkeren Kalibers.

„Ja, ihr solltest vor Scham eigentlich rot werden, ihr, die ihr meinen Glättungsversuchen nicht Folge leisten wollt! Stattdessen habt ihr eine graue Tarnfarbe angelegt! Aber euch darf ich eigentlich nicht belangen! Ihr seid selbst zum Opfer geworden, denn eure Mägen wurden von Spekulatius und Co. in einem unverschämten Ausmaß geblendet! Dazu vollendete die Weihnachtsgans Auguste ihre Erdenlaufbahn in einem Bräter, ehe sie sich in unseren Leibern einnistete! Und jetzt können sich meine Hüften und die Bauchkugel nicht mehr dagegen wehren!"

Sie trägt sich mit dem Gedanken, diesem Wahrheitsverkünder durch ein großes übergeworfenes Tuch einfach das Handwerk zu legen. Aber… mein Gott, ich bin doch kein Kind mehr! Mit oder ohne Vermummung, meine Gans-Auguste-Rollen bleiben da, wo sie nicht hingehören: am Bauch und über den Hüften.

„Ach, Hüftgold, oh, wer hat sich denn dieses schmeichelhafte Wort nur ausgedacht? Der oder die hatten Humor, solcherart wie er mir verwehrt wird."

Und dabei streichelt sie über Hüftpolster und nimmt sich vor, von diesem Humor auch ein wenig in ihren Alltag hinüberzuretten.

Eleonore spürt mit einem Mal, wie ihr der Boden unter den Füßen wegzurutschen droht. Geistesgegenwärtig lässt sie sich auf das Sofa plumpsen. „Mein Gott!"

Abrupt verstummt sie und hält die Hände vors Gesicht und presst so fest sie nur kann ihre gestreckten Daumen gegen die Ohröffnungen. Unerbittlich steigen Bilder in ihr hoch, auch wenn sie nichts sehen und nichts hören will. Bilder von riesigen Feuerbällen aus Türmen entflammt sowie dröhnenden schwarzen Ungetümen, die existenzielle Schrecken verbreiten. Geschehen an jenem schrecklichen Tag in New Yorck, als die Welt den Atem anhielt, waren mehr als tausend Lebewesen ihres Lebenswillens beraubt worden und ich hier, als jämmerlicher Waschlappen habe ich nichts anderes im Sinne, als mich über mein Hüftgold zu erregen.

Mein Gott, ich buchstabiere: I D I O T I N! Ich glaube, diese Selbsterkenntnis musste raus. Allein sie hilft mir, die Maßstäbe wieder zurecht zu rücken. Aber GOTT! Wie lange habe ich schon keinen direkten Draht zu DIR, resümiert sie. Wie seltsam, dass ich anstelle des Universums, dem ich mich von nun an zuzuwenden gedenke, den biblischen Gott anrufe! Sei wie es wolle, es geht in meiner Situation hier gottlob nicht ums Überleben, sondern lediglich ums Besserleben. Deshalb wende ich mich wieder vorsichtig einem meiner, im Großen und Ganzen gesehen, klitzekleinen Probleme zu:

„Mein Gott, wann werde ich endlich mal einen Deut Selbstbehauptungswillen zeigen und mein NEIN in alle Welt herauszuschreien? Na, ja, es braucht nicht gleich sehr lautstark zu sein. Vorerst werde ich mich mit einem zögerlichen NEIN begnügen müssen."

Schallend kommen ihr diese Worte über die Lippen, obwohl keine andere Menschenseele ihnen Beachtung schenkt. Flugs baut sich vor ihrem Inneren ein ihrem Blickfeld störender Wasserkocher auf. Er dampft und dampft und wartet darauf, seinen nicht unwesentlichen Senf zum Heißwassergetränk beizusteuern.

NEIN, Yvonne! Ich bin nicht bereit dir vom Aldi das Wasserkocher-Sonderangebot zu besorgen! Das bedeutete endlich einmal klare Kante zu zeigen! NEIN Yvonne! Ja, ich will es dir sogleich beweisen, wie locker leicht das NEIN aus meinem Munde purzelt:

„Yvonne, ich möchte dir mal eines sagen: Nur weil ich fünf Minuten näher beim Aldi entfernt wohne, sehe ich mich nicht gemüßigt, so früh morgens dorthin zu tippeln und mich in die Warteschlange einzureihen. Meine Beine sind nicht fitter als deine und meine Nerven sind nicht unendlich strapazierbar."

Ja, mit der gedanklichen Yvonne neben sich, ist das alles kein Kinderspiel, aber sie spinnt ihre Gedanken weiter, erzittert sekundenlang, befürchtet mit einem Nein kostbare, feste Freundschaftsbindungen aufs Spiel zu setzen. Oh nein, eine Freundschaft, die nicht mal ein Nein verträgt, die kann mir gestohlen bleiben, versichert sie sich selbst standhaft und tritt einmal fest mit ihrem Seidenpantoffel auf den Boden.

Aber fragen wir uns mal ehrlich, so geht es in Eleonores Kopf herum, wozu braucht die Welt überhaupt so einen Blödsinn wie einen Wasserkocher? Kann ein stinknormaler Topf uns nicht das gleiche Erlebnis bescheren, beim Aufsteigen der Wasserperlen das Prickeln in aller Muße zu genießen? Und wer weiß, welche schädlichen Partikel beim Kochen dieses wertvollen Gutes nicht durch die geheimnisvollen guten und bösen Nano-Teilchen, oder, wie man diese kuriosen Dinge auch benennen mag, sich auf Nimmerwiedersehen verabschieden können? Aber man verzeihe mir, dass ich als technischer Laie unter Umständen voreilig das eine oder andere Teufelchen heraufbeschwöre!

Ein **NEIN**, nein gleich eine ganze Armee dieser vier Buchstaben wäre oft vonnöten!

Ein **NEIN** sollte ich auch Denise an den Kopf schleudern, wenn sie mit ihrem süß-süffigen Stimmchen mit *meiner lieben Schwägerin* mein Herz zu rühren versucht. Rituell zieht sie das Wort *liebe* jedes Mal derart in die Länge, dass ich mich in ihrer übergroßen Liebe eher baden könnte und befürchten müsste, darin zu ertrinken.

Ich will kein Tier ausbeuten!

Dieser Devise und ihrer Überzeugung, dass Pflanzenmilch die bessere Alternative und der Anbau von Soja sowieso oft fragwürdig sei, sehe ich mich oft wie ein Dummchen ausgesetzt.

Anstatt zu kontern:

Deine Ernährungsspleens grenzen schon an religiöse Verbohrtheit! stehe ich da wie der Ochs vorm Berge und bringe kein Sterbenswörtchen hervor.

Insgeheim male ich mir aus, wie Menschen in Kriegszeiten, in Zeiten der Kargheit, ums Überleben kämpfen und sich nach jeder Faser essbaren Materials ausstrecken. Selbst oder gerade Ordensleute lechzen ab und an mal nach einem kräftigen Biss ins Fleisch und haben mit gefüllten Maultaschen versucht, den Herrgott in der Fastenzeit auszutricksen. So werden die Teigtaschen deshalb auch sinnigerweise als `Herrgottsbscheißerle` bezeichnet.

„Mamaa!" Eine helle Stimme aus dem Hintergrund!

„Ja, Annika, warte, ich muss nur noch meine Haare richten!"

„Mamaa, du bist doch schon sooo! schööön! Aber noch viel schöner wäre es, wenn du jetzt zuhören würdest, was ich dir zu erzählen habe!"

Mama starrt stattdessen auf ihr Spiegelbild und lässt ihr Töchterchen neben sich verloren vorkommen. Spitzlippig lässt sie es wissen:

„Aber die eine Locke dreht sich immer so widerborstig und wild herum! Die muss ich auf alle Fälle noch bändigen! Annika! Weißt du, neulich, als ich so sauer auf dich war und dich vor lauter Säuerlichkeit und vor Wut im Kreis herumgedreht habe! Dabei ist es wahrlich ein Kinderspiel, eine Locke zu bändigen als dagegen ein junges Ding zur Räson zu rufen, das zu früh eigene Wege gehen will!"

„Mama! Paß up!"

Mama zeigt sich wider Erwarten gehorsam. Statt weiter zu plappern, fummelt sie mit gespreizten Fingern über die Gesichtsfurche vom linken Nasenloch ausgehend bis zum Mundwinkel.

„Oh, Mama, du verrückte Nudel!"

Annika feixt dabei bis über beide Backen. Sie hatte den Tornister wie so oft flugs in die Ecke geknallt, die Jacke übers Dielengeländer geworfen und steht jetzt wie immer, wenn sie vom Fahrradfahren durch Wind und Wetter vom Gymnasium zurückkommt, mit erröteten Wangen vor ihrer Mutter. Ihre Oma nennt diese Löwenmähne manchmal Backofenbesen, worüber sie beide nur lachen können. Als Oma neulich ihre Angst vor einer Fahrrad - Kollision äußerte, meinte Papa beruhigend: Annika hat doch 'ne Achteträchbremspeddler! Mama entrüstete sich darüber, dass er mit diesem plattdeutschen Wort Annika nur verwirre und meinte: „Annika, Rücktrittbremse bedeutet das, nicht mehr und nicht weniger!"

Papa hatte sich gegenüber Mama durchgesetzt und versichert, dass er kein Helikopter-Vater sei und den Schulweg von der Magdalenenstraße zur Sedanstraße für ein einst zehnjähriges, jetzt elfjähriges Mädchen mit dem Fahrrad für machbar halte.

„Wat? Eene Nudel! Ausnahmsweise mal eine im XXL-Format!"

Mama kichert über Annikas lustige Bemerkung. Und dann gibt sie zum Besten, was Tantchen Elvira mit ihren nunmehr fast 80 Lenzen einmal geäußert hat:

Wir werden alt. Ist wahrlich nicht schön. Doch was macht die Natur? Sorgt dafür, dass wir es nicht so in den Blick nehmen können, indem sie unsere Augen trüb werden lässt. Also ist es anzuraten, beim Blick in den Spiegel keine Brille mehr aufzusetzen.

„Aber merke dir, Annika: Bitte Brille auf beim Schminken, könnten ansonsten doch rote Meereswellen das Lippenstiftmündchen krönen!"

„Nau recket et ober han! Mudder, du eitle Fritzin!"

„Oh, so spricht mein kluges Töchterchen! Wer hat denn neulich diese Flügel des Spiegels zugeknallt, nachdem er zuvor geschrien hatte: *Du meine Güte! Diese verdammten Tränensäcke!"*

Annika zeigt sich neuerdings ständig auf der Hut, Situationen auszuweichen, bei denen sie sich ertappt fühlen könnte. „Du kleine Mimose!" wirft Mama ihr an den Kopf, als Töchterchen ihr den Waschlappen herausstreckt. Danach wirft sie mit einem Karacho die Türe zu.

Kapitel 2

Mutter wartet im Wohnzimmer mit einer Kanne dampfenden Tee auf Papa. Die Teeschwaden verlustieren sich gen Zimmerdecke. Lavendeltee mit Löwenzahnsirup, naturally handmade! Eleonora sinniert: Wenn die mal keine lavendeligen Löwenzahn-Gardinen kreieren! Ich versuch´s heute nochmal! Tee ist Tee und aus Mutter Natur allergrößtem Garten gewonnen. Habe ich es mit Holunderblütentee probiert, war´s nicht richtig, habe ich ihm Ingwertee servieren wollen, hat er nur die Nase gerümpft. *Ich bin Mutters Sohn,* triumphiert er immer dann auf, wenn es um seine Kaffeebegierde geht. In seiner Familie hat es nur Kaffeetrinker gegeben!

Sie wartet und wartet und beäugt dabei die Teeschwaden. Mein Gott, diese filigranen flüchtigen Gebilde spiegeln sich sogar in der Glasfläche des - dreimal dürft ihr raten! - von dicken mächtigen Eichenbalken getragenen Spiegels wider.

Die Tür fällt ins Schloss. Vater Manuel, in seiner Mittagspause vom Büro kurz mal für ein halbes Stündchen auf Heimaturlaub, lässt sich in den Sessel plumpsen. Von seiner Kanzlei am Alsterufer läuft er nur ein Viertelstündchen bis nach Hause. „Und jetzt noch das!", lamentiert er vor sich hin: „Mein Gott, willst du es nie aufgeben, mir meine Kaffeeleidenschaft auszutreiben?" Mutter Eleonore hat sich gerade erhoben und ihren Allerwertesten vor dem ehrlichsten aller Möbelstücke platziert. Ohne im Geringsten auf seinen Kommentar einzugehen, beginnt sie ein Spiegel- Gespräch:

„Oh, du mein unverbesserlicher Till Eulenspiegel! Heilsteinbetrachtung, spiegelmade, ist angesagt!"

„Oh, ja, mein Spiegeläffchen!" kommt schelmisch-verschmitzt, mit einer Prise Hohn gewürzt, aus dem Hinterhalt.

Eher ist es so ein Belächeln der weiblichen Eitelkeiten und nicht wie Mutter einmal hämisch verlauten ließ: *Du siehst dich wohl als die Größte unter Gottes Sonne. Pass auf, dass deine Augen beim stundenlangen Betrachten im Spiegel nicht blind werden!* Die passende Erwiderung ließ bei einem so angepasstem Menschenwesen wie mich leider auf sich warten.

Wenn Manuel kopfschüttelnd feststellt: *Durchschnittlich stehen Weibsleute zwei Jahre ihres Lebens vor dem Spiegel! Für dein Bespiegeln müsste sich der Zeitmesser bald überschlagen.* Solcherart Manuel-Pointen überhöre ich geflissentlich. So nehme ich es mir in brenzligen Situationen jedenfalls vor.

„Weißt du, Manuel, warum mir gerade in diesem besonderen Spiegel mein Antlitz als wertvoll erscheint? Betrachte dir die im Holzrahmen eingelassenen Edelsteine genauer: hier ein Amethyst, hier Bergkristalle, hier zwei Mondsteine! Manuel, ich muss mich mehr der Gesteinskunde verschreiben. Wenn ich bedenke, dass alle Steine ihren Ursprung im heißen Magma aus Mutter Erde haben, dann spüre ich ganz intensiv diese unvergleichliche Aura. Ich wollte schon immer mal ein Edelstein-Seminar besuchen. Babette schwört auf CHAKRENLEHRE. Immer, wenn sie davon erzählt, dann stehe ich wie ein Dummchen, wie Ochs vorm Berge da, weil ich Null-Ahnung davon habe. Das soll sich ändern! Ich werde es in Angriff nehmen.“

Manuel hat nichts Besseres zu tun als die Nase zu rümpfen und „Schakkra-Gackra!“ von sich zu geben. Dabei sprühen seine Augen fuchsteufelswild. Aber warum erzähle ich ihm überhaupt solche Dinge? Sie sollten lieber mein Geheimnis bleiben, wenn er sich darüber mokiert, sinniert Eleonore und wirkt gedankenversunken.

„Dein Tee ist gut, mein Schatz, aber ich bitte dich mir den unvergleichlichen Kaffeegeschmack nicht ständig vorzuenthalten, der da heißt: Erdig, hölzern, nussig und, und, und dagegen ist das Teegesöff fade! Kaffeegeschmack kennt 800 verschiedene Aromen."

Das saß aber.

„Weißt du was, mein Schatz?"

„Was soll ich denn wissen, mein Schätzchen?"

Sie drückt sich, so scheint′s, davor, zur Sache zu kommen! Flugs zum Edelsteinspiegel, hämmert es in ihrem Schädel und schnurstracks positioniert sie sich vor dem unerbittlichen Zensor. Eine dicke freche Pustel erdreistet sich doch tatsächlich ihr makelloses Antlitz zu lädieren. Ein Pinzettengriff genügt und der Störenfried ist vernichtend besiegt. Zum Ehegespons gewendet, gibt sie ihre Überlegung preis:

„Damit mich eine so blöde Pustel demnächst nie mehr um meinen Verstand zu bringen droht, überlege ich mir schon seit langem, die Hilfe eines Coaches in Anspruch zu nehmen. Jeanette hat beste Erfahrungen mit einer professionellen Begleitung gemacht!"

Ihr Göttergatte macht seinem Namen keineswegs Ehre, wie sie sogleich mit Argwohn registrieren muss.

„Pfff! Pfff!" Pfeifende Atemgeräusche entwinden sich seinem gestreckten Brustkorb. Seine Stirn kräuselt sich, seine Augen werden zu Kullern, die jeden Moment, auf Rolle vorwärts geeicht, zu sein scheinen. Hilfe, ein Donnerwetter naht! Voll ergeben in ihr Schicksal sinkt ihr Kopf in Brustrichtung. Du mein GOTT, ein inwendiges Stoßgebet: Möge dieser Donnerschlag mein ohnehin schon ramponiertes Selbstbewusstsein nicht noch ganz ruinieren! Wie seltsam! Eine sichtbare Gedankenoffenbarung!

„Mein Gott!" Zwei Worte setzt er seinem folgenden Monolog voran; zwei Wiederholungsworte! Etwa eine Gedankenübertragung? Nur komisch, denkt sie, wieso spricht er Gott an, wenn er doch sonst von ihm so gut wie nichts wissen will - aber das will ich ja eigentlich auch nicht. Mein Gott! Sucht er sich Bestätigung bei IHM, weil er sich selbst so unsicher fühlt, oder handelt es sich dabei lediglich um eine angelernte Floskel? Ich vermute mal, dass sich letzteres bei uns tief eingenistet hat.

Ausufernde Denkeskapaden werden im Keim erstickt, denn polternd legt er los: „Das Coachingvirus scheint um sich zu greifen, nur mit dem Unterschied zu einem tödlichen Virus, wäre es leichter zu besiegen, wenn, ja, wenn sich ihm die Vernunft entgegenstellen würde. Wie dumm nur, dass dagegen noch keine Impfung erfunden ward! Merken die sich coachenden Leute denn nicht, dass sie sich mehr und mehr zu Schmalspurmenschen entwickeln? Sind sie denn nicht mehr selbst dazu in der Lage, auf ihre eigenen Lebenserfahrungen und auf eigenes Urteilsvermögen zurückzugreifen? Und zudem mein Schatz, … " diesmal fließt der Schatz nicht aus einem Liebesmund oder gar einem Liebesherzen hinaus, eher aus einer Besserwisserschnute „… ein Krösus bin ich allemal nicht!"

Jetzt kommt er wieder mit der mir bekannt vorkommenden Litanei an und tatsächlich erweist sich ihre Ahnung als zutreffend: „Die paar Moneten, die du beim Nagelstudio verdienst, machen den Kohl auch nicht fett!" Ihr Schädel pocht wie wild.

„Pscht! Klappe zu! Affe tot!" Eleonore tritt mit dem Fuß gegen das Stuhlbein. Du meine Güte, denkt sie, wie oft habe ich Annika gescholten, wenn sie mit Möbeln nicht sachgerecht umgegangen ist.

Das Eheweib kann nicht an sich halten. Wie eine Furie schreit sie wild gestikulierend:

„Und warum schränke ich meine Arbeit ein? Bestimmt nicht zum Spaß! Du, du! …immer nur du!"

Wie gut, dass das Kind heute bei Oma schläft, geht ihr durch den Kopf, als sie merkt, wie ihre Fassung in verdammter Weise zu explodieren droht: „Du, du mit deinen alten Rollenklischees! Nichts anderes hast du im Kopf als auf deiner Karriereleiter hochzusteigen und das nicht nur Stufe um Stufe, sondern immer gleich im Salto mortale!"

In den Edelstein-Spiegel mag sie nun gar nicht blicken, da würde ihr sowieso nur eine rote Tomate entgegenstrahlen. Ein Gedanke verweigert die In − Gewahrsam - Genommene vehement: Hättest du mal zuvor genügend Luft geholt, dann würdest du jetzt nicht so rasant nach Luft schnappen, denn das Atemlose an mir, das nutzt du jedes Mal dazu aus, mir in größter Seelenruhe eine deiner Unverschämtheiten um die Ohren zu hauen!

„Du solltest lernen, dich mehr zu beherrschen! Und dafür brauchst du keinerlei Coach auf der Couch, sondern die Ertüchtigung zur Selbstkontrolle kannst du dir selbst aneignen, allerdings nur mit starkem Willen. Jeder hat die Möglichkeit seine eigene Persönlichkeit eigenständig zu entwickeln. Was doch die Vokale a und u für einen Unterschied machen, siehst du hier!"

Und wieder einmal passiert es wie so oft: Schnurstracks verlässt sie mit hochrotem Tomatenkopf und schlotternden Schultern den Raum. Widerworte sind ihr im Hals stecken geblieben. Und immer wieder dieselbe Leier! Es ist zum Kotzen! Eingefahrene Muster der Hilflosigkeit gegenüber einem vermutlich Stärkeren! Zum Heulen, dass sich diese Masche nicht so leicht aufribbeln lässt wie bei der Wolle, die auch ab und an nicht so will wie die Strickerin selbst.

Spiegelbetrachtungen kommen heute nicht mehr in Frage und Selbstbetrachtungen sowieso nicht. Feindesbetrachtungen schon eher und nicht einmal bei dem schauerlichen Gedanken, dass ihr eigner Mann ihr Feind sein kann, zuckt sie zusammen. So wie sich eine Erdkröte oder eine Spitzmaus im Laub verstecken kann, wünscht sie es ebenso für sich, nachdem sie, Annika gleich, mit Parkett malträtierenden Schritten davongeeilt war.

Aus dem Federbett leuchtet kurz darauf der Scheitel eines glänzenden braunen Lockenkopfes aus orangefarbenen Frotteewäsche hervor.

Kapitel 3

„Annika, mein Liebling! Ich glaub' mich rührt der Schlag! Ist das dein neuestes Karnevalkostüm?"

Mama lässt sich vor Schreck kraftlos in den Sessel plumpsen, als sie ihr Töchterchen, ganz in Rosa gehüllt, inspiziert. Ein neues Rosa-Outfit ihrer Tochter! Oh, du mein Gott! Meine Tochter, ein Menschenwesen zwischen den Zeiten! Mal junge Dame und dann das hier... ein Rückfall in Kindertage... mit einem Spielchen, das auf sie eine ungeheure Anziehungskraft haben muss.

Das nächste rupffertige Huhn scheint also auf Eleonore zu warten! Mutter, wehe du gerätst mir in den Blickwinkel! Wehe, wehe ..., derweil schwebt Töchterchen in Omas Rosa umhüllt, beschwingt zum Edelsteinspiegel. *Lass es mit Rosa sein*, hatte sie ihre Mutter händeringend gebeten und nun das ..., einfach zum Kotzen!

Wie glitzernd! Wie glatt! Annika streichelt voller Zärtlichkeit über das weiche Stoffmaterial, das sie hingebungsvoll durch ihre Finger gleiten lässt. Mit einem Ruck dreht sie sich wie eine Diva im Kreis herum und genießt offensichtlich die Bewegung des weiten Glockenrockes. Mama blickt ziemlich konsterniert zu ihrer Prinzessinnengestalt, die einen riesigen Schlüssel in den Händen hält.

In Mutters Gehirnkasten rumort es kräftig. Ja, so kräftig, dass das Herz in Mitleidenschaft gezogen wird und anfängt wie wild zu blubbern. Mein Kind! Du gierst nach Liebe! Nach meiner Liebe! Warum nur liebst du dieses gläserne Sargspiel so? Willst du immer wieder hören, dass ich dich liebhabe? Als junges Ding so zwischen Tod und Leben schweben! Mein Gott!

Mutter Eleonore schweigt in weiser Voraussicht und schlägt einmal fest gegen ihr Brustbein. Sicher hofft sie dadurch, dass ihr schwerer Herzensstein zu Boden plumpst.

„Mama! Hörst du wie der Spiegel ruft: Frau Königin, Sie sind die schönste, aber ...? Mama, ich bin jetzt Schneewittchen. Wie immer! Heute in Rosa; sonst in hellgrün!"

Oh, immer wieder die gleiche Leier. Mama stöhnt bei dem ihr nicht völlig fremden Gedanken, dass jetzt wie gewöhnlich die Klarsichtfolie vom Tisch dran glauben muss. So ist es seit Jahren, und noch immer kann sich das heranwachsende Kind nicht davon trennen. Jedes Mal stöhnt sie innerlich auf, wenn Töchterchen ihre tollen Minuten kriegt und Schneewittchen im gläsernen Sarg spielen will. Mein Gott, was hat das zu bedeuten, wenn ein Kind dieses Spiel so sehr liebt, doch nicht etwa ...? Schnell verbietet sie sich einen weiteren beunruhigenden Gedanken.

„Warum? Warum nur?" Sie merkt, dass diese Wortfetzen mehr widerwillig in Erwartung einer noch größeren Beunruhigung sich aus ihrem Mund wagen.

„Warum willst du immer im gläsernen Sarg liegen, Annika? Was liebst du so sehr an einem Sarg? Erwachsene sind froh, wenn sie nichts von einem Sarg sehen oder hören müssen?" Und bevor das Mädchen sich wie immer auf den Boden plumpsen lässt und ihre Folienumkleidung um sich wickelt, erklärt sie Mutter ihre Vorliebe:

„Tot sein und rote Backen haben! Alle sehen mich dabei an und ich sehe wie die anderen sich verwundert die Augen reiben. Ja, das ist doch mehr als cool! Und jetzt musst du wie immer sagen: „Weiß wie Schnee, rot wie Blut, schwarz wie Ebenholz. Diesmal können die sieben Zwerge dich nicht mehr erwecken."

Und weil Mama gehorsam sein möchte, spielt sie zuerst den Königssohn, der sie im gläsernen Sarg durch Diener zu sich holen will und danach den Diener, der den Sarg hebt und beim Tragen stolpert.

„Mama, richtig stolpern musst du! Aber nicht ganz umfallen!"

Und dann lässt sie wie immer ein klitzekleines rotes Bällchen zum Apfel avancieren, den sie wie einen Schatz in der Zimmerecke immer an derselben Stelle unter der Gardine hütet. Und der rollt durch das Stolpern doch tatsächlich aus ihrem Munde hinaus … und als Schneewittchen quicklebendig einen Kuss durch den Königssohn erwartet … und wie immer lässt Mamas Königssohnkuss nicht lange auf sich warten, da endet die Geschichte immer so, dass Mama ihr Töchterchen auf ihren Schoß drückt und ihr ins Ohr flüstert:

„Du bleibst immer bei mir! Ich habe dich immer lieb! Lass das gläserne Sargspiel besser sein, es macht mich traurig!"

Flugs geht ihr der Gedanke durch den Kopf, ob das schlechte Gewissen sich meldet. Anstatt sich mit Annika zu beschäftigen, dreht sich ihr Gedankenkarussell in letzter Zeit mehr denn je um Energien, Schwingungen und Höhere Bewusstseinsebenen. Licht und Liebe sprechen Esoteriker sich gegenseitig zu. Wo bleibt meine Liebe zu meinen Allernächsten? Annika sendet Warnsignale aus! Merke das doch endlich und handle, stupst sie ihr Gewissen an.

„Traurig, aber Mama, Schneewittchen wird doch wieder lebendig und wenn nicht, dann käme sie doch ins Paradies. Du hast mir das doch selbst erzählt, dass ein Engel mit einem Schlüssel am Eingang vor dem Paradies steht und dass das Paradies das Schönste auf der Welt ist, auf das wir uns freuen können!"

Mama drückt fester als sonst ihr manchmal doch sehr rätselhaftes Mädchen an sich. Sie flüstert ihm dabei ins Ohr:

„Mein Kind, ich habe dich doch soo! gerne und will dich immer bei mir behalten! Und da kann sich das Paradies noch ganz lange gedulden, ehe es bereit dafür ist, dich aufzunehmen."

Sie verkneift es sich geflissentlich, die Hölle, den Ort der ewigen Pein zu benennen, der Christusleugnern biblisch prophezeit wird. An einen solchen Schmarrn kann doch kein Vernünftiger glauben! Nichtsdestotrotz glaubt sie im hintersten Herzenswinkel an Gottes Barmherzigkeit. Punkt! Basta! Schließlich erstrebe ich zumindest das Beste für meine Mitmenschen, auch wenn ich mich oft als sehr schwach empfinde. Aber irgendwie schwant mir noch von früher, dass gerade Schwache bei Gott hoch angesehen sind. Töchterchen gegenüber werde ich über meine tiefgründigen Gedanken natürlich schweigen. Aber ich strebe ja danach, den Sinn im allumfassenderen Universum zu finden und somit den einengenden Gottesglauben zu sprengen! Das muss ich mir immer wieder bewusst machen. Aber das andere steckt doch noch tief in mir drin!

„Mama!"

Mama guckt auf, streicht sich eine vorwitzige Locke von den Augen, ehe sie ihrem Töchterchen ganz zart über die Stirne streichelt.

„Was ist Mama? Mamaa!!" Annika schüttelt den Kopf. Ihre Schmetterlingsspangen tanzen dabei den Tanz ihres Lebens. Sie bringt ihr Unverständnis rasch zur Sprache. Wie gewohnt in forscher Weise:

„Mama! Eins verstehe ich ganz und gar nicht! In der Schule erzählt unsere Frau Haberkorn immer viel vom lieben Gott! Wir hören, wie er die Welt erschaffen hat und alle Dinge über

Adam und Eva und die Vertreibung aus dem Paradies und noch vieles andere mehr. Sie plaudert so lebhaft darüber, als hätte sie alles persönlich miterlebt. Du hast mir mal erzählt, dass du nicht an Gott glaubst! Das macht mich traurig. *Ein Leben ohne Gott*, sagte Frau Haberkorn einmal, *gleicht einem Brunnen ohne Wasser. Wir haben eine ganze Schar Engel und die würden genügen*, so hast du es mir damals erklärt. Aber Mama, wem soll ich denn nun glauben? Einer von euch beiden, du oder Frau Haberkorn, muss doch lügen, oder?"

Mama äußert sich nur kurzsilbig: „Hm! Hm!" Und sie stöhnt dabei.

Da will ich ihr schnell etwas Liebes sagen, damit das Gestöhne aufhört, sinniert Annika. Beim Ausbrüten ihrer tiefen Gedanken lässt sie ihre Zunge über die Oberlippe gleiten, hin und her, während ihre Augen aufblitzen ob des phänomenalen Gedankenblitzes:

„Mama, ich habe da eine ganz coole Idee: Du stellst dir die Engel genauso vor, als ob in der Mitte der liebe Gott als Weihnachtsmann steht. Um ihn herum fassen sich im Kreis alle Engel an den Händen. Mein Gott und dein Weihnachtsmann hält sie alle in seinen supergroßen Händen - und die sind eine Million Mal größer als unsere! Nicht wahr, Mama, du sagst doch selbst, dass man immer versuchen soll, auf andere Menschen zuzugehen. So kann zwischen uns erst kein Streit entstehen, denn Streit mag Gott nicht und seine Engel wollen auch keinen, weil sie nur das tun werden, was Gott mag!"

„Du liebes schlaues Mädchen! Ja, du wirst später mal sehen, wie kompliziert das Leben noch sein kann. Aber Hauptsache wir haben uns ganz dolle lieb. Dann fließt millionenfache Energie durch unsere Adern!"

Sie drückt ihre aus dem Sarg erstandene Deern so fest sie kann an sich.

„Mama, fließen die Millionen jetzt auch durch meine Adern? Aber ich glaube, dass das stimmt, denn auf einmal fühlen sich mein Gesicht und meine Hände so richtig warm an. Mama, was genau ist eigentlich Energie?"

Da muss Mama aber lange überlegen: „Tja, du bist ein Kind und wie soll ich dir das alles, was Erwachsene noch nicht einmal völlig verstehen, richtig erklären?"

„Gut, Mama, dann erklär es mir eben falsch, na, ja, so ganz falsch auch nicht, aber dann eben so halb richtig und halb falsch!"

„Wenn ich jetzt Feuer sage, dann denkst du an richtiges Feuer und hast richtige Angst, dass wir mit Haut und Haaren verbrennen. Sagen wir mal, dass es eine Art Kraft in uns gibt, die wir Energie nennen."

„Aber Mama, da will ich besser an einen lieben Gott glauben, der uns Kraft schenkt! Mama, ich will dir noch was zeigen!"

Annika, das wiedererstandene Sargmädchen läuft während ihrer Ankündigung nach draußen. Ziel ist es, wie wenig später erkennbar, ihre glitzernde Barbie-Tasche aus dem Flur zu holen. Und mir nichts, dir nichts, so rasch wie es eben geht, wenn es ihr passt und es ihr Spaß macht, landet ein großes Buch auf dem Tisch, ein Buch, das Mama nicht unbekannt sein dürfte und welches Oma an ihre Enkelin weiterreichen will.

Mama stutzt, runzelt die Stirn und klärt ihre Tochter auf: „Das ist ein Buch für kleine Kinder, ein schlechtes dazu! Oma sollte dir so etwas heutzutage nicht mehr in die Hand geben."

Ja, den Struwwelpeter habe ich geliebt, ... erinnert sich Eleonore und sie muss ob der Kobolde, die durch ihr Hirn gleiten, lächeln. Ja, wie sehr habe ich es geliebt, dieses leuchtend gelbe Buch mit dem Koloss von einem rotbefrackten Buben drauf, dessen rotbäckiges Gesicht kaum unter dem wirr hochstehenden Haargewirr zu erkennen ist. Und die Finger erst einmal, die setzen allem noch die Krone auf: Wie riesige Nadeln scheinen sie nur auf jemanden zu warten, den sie aufspießen können. Wie schaurig schön waren die Geschichten, die Mama oder Papa mir aus diesem gelben Buch vorgelesen haben! Ob es *der bitterböse Friederich* oder Hans Guck in die Luft war, *der Zappelphilipp* oder *der Suppenkasper*! Als kleines Mädchen beeindruckte mich besonders, dass auch ein Mädchen, namens Paulinchen, mit von der Partie ist. Ja, ich fühlte mich damals einem Paulinchen haushoch überlegen, denn so dumm, mit Feuerzeug herumzuhantieren, so dämlich würde ich im Leben doch niemals sein.

Annika blättert in dem Buch, das zwischen Mamas Beinen in der Rockfalte liegt, hastig herum. Mit hochrotem Kopf schreit sie voller Entrüstung:

„Was ist das denn für ein Kinderkram! Nur weil Oma das Buch jetzt beim Aufräumen des Kellers gefunden hat, kann sie es mir noch lange nicht andrehen."

Mama scheint innerlich auch zu brodeln, denn sie unterbricht Annika mit heftig ausgestoßenen Worten:

„Mit dem Alter des Kindes hat das nichts zu tun! Das Buch ist für eine empfindsame Kinderseele ein Schock! Und dann noch rassistisch dazu, wenn wir an die Verse vom kohlpechrabenschwarzen Mohren hören. Nein, danke, ohne mich! Das Lachen über einen schwarzen Menschen, das finde ich unerträglich!"

Diesmal ist es Annika, die ihre Denkerstirn runzelt. Es braucht etliche Sekunden, bis sich ihre Stirn wieder glättet und ihr Mündchen sich öffnet, um ihr Denkerergebnis zu präsentieren:

„Mama, wenn Kinder etwas nicht kennen, dann lachen sie oft darüber. Das war beim Johannes in meiner Klasse genauso. Als der nämlich den Unfall mit seinem Bein hatte, haben die anderen auch darüber gelacht, weil es so komisch aussah, als er hinein gehumpelt kam. Mama, ich denke mir, dass das Mohrenkind doch spürt, dass es auch ein gutes weißes Herz hat, dann braucht es auch nicht traurig zu sein. Sicher kann ein Mohrenkind sogar viel hilfsbereiter und freundlicher sein als ein weißes Kind. Mama, aber dass die Kinder, die lachen, bestraft werden und in ein Tintenfass plumpsen, findest du doch bestimmt auch gut, oder? Das ist doch die Strafe! Und dann werden die Tintenkinder auch noch viel schwärzer als das Mohrenkind!"

Annika hatte beim Durchblättern der Seiten sich interessiert die bunten ausdrucksstarken Karikaturen angesehen und kommt zu dem Schluss: „Lustig für Kleine! Nix für Große!" Schließlich zählt sie schon elf Lenze, was ihr aber beim Schneewittchen-Spiel wohl noch nicht bewusst geworden war.

„Nein, Kind, ich habe durchaus meine Prinzipien!"

Annika bemerkt, dass Mama ihren Rücken kerzengerade streckt. Das tut sie immer dann, wenn sie auf ihrer Meinung besteht. Heute fügt sie zudem noch ein seltsames Wort hinzu, das Annika lustig findet:

„Ich bin doch kein Chamäleon, das ständig seine Farbe verändert."

Sie beginnt vor Lachen zu prusten und zwischen den Fingern ihrer vor den Mund gehaltenen Hände bahnt sich das, was Töchterchen zum Besten geben will, doch eine Bahn.

„Oh, nein, nur kein Kamel!"

„Annika, wie beruhigend für mich, dass ich kein Kamel sein soll, aber ein Chamäleon ist ein anderes Tier: Hier sieh mal!"

Eifrig und geschickt, wie sie das Googeln einstudiert hat, tippt sie einige Buchstabe in die Wundermaschine und heraus kommt das Bild eines Chamäleons. Annika staunt:

„Mein Gott, so große Augen, viel kleiner als ein Kamel und potthässlich!" So lautet Annikas Kommentar.

„Mama! Wenn du das Buch so hasst, dann schmeiße ich es eben aus der Wohnung raus."

Mutter staunt Bauklötze, als Töchterchen voller Elan die Terassentür aufreißt und mit hohem Schwung das gelbe Buch in die Luft wirft. Und torkelnd landet es in einem Hortensienbusch, wo es sich durch stramme Blätter hindurch gleiten lässt und in die Unsichtbarkeit versinkt.

„Ja, was ist denn in dich gefahren? Ist das denn des Problems Lösung!" ruft sie der aufgebrachten Tochter hinterher, die in ihrer Sturm- und Drangzeit die Wohnzimmertüre zuschlägt, um in ihrem Reich vor der bösen Mutter Ruhe zu haben.

Kapitel 4

„Komm herein altes Haus und ruh dich aus!" Jennifer, alte Bekannte mit neuem Outfit, schleift ihren ermatteten Kopf mit allem, was drunter und dranhängt, durch die Tür.

„Oh, weh! Ja, weh im wahrsten Sinne des Wortes! Du sagst es! Da knall ich doch mit aller Macht gegen den Pfosten an der Tür draußen! Irgendwie lief mein Kreislauf mal wieder in eine andere Richtung als ich es wollte! Heutzutage ist aber auf nichts mehr Verlass! Da muss man sich eben Verlässliches suchen."

„Komm, pflanz dich hienieden und wünsch´ deinem Hörnchen ein gutes Gedeihen. Soll ich dir einen nassen kalten Lappen bringen?"

„Och, lass lieber! Meinst du, ich habe Bock auf schwarze Schmierereien, die von meiner Wimpernbemalung wie Schlieren herunter triefen und meinem Antlitz einen aparten Deko-Look verpassen?"

„Mach mir lieber einen Tee? Hast du einen Buddha-Box-Tee da?"

Kopflädiert hat sie sich fallen gelassen. Sämtlich vorhandene glitzernde Fingerspitzen gleiten über die glatte Lederfläche. Während dessen befühlt sie einige Male ihr Hörnchen, das sich als Schauobjekt mehr und mehr in Szene zu setzen beginnt. Glänzend und blutunterlaufen stiehlt es dem Drumherum, Marke Normalo, die Schau.

Zu Befehl, Mein Einhorn!"

Eleonore kann sich ein Lächeln nicht verkneifen, weiß aber nur zu gut, dass ein mitleidvolleres Verhalten gegenüber der Freundin angemessener wäre. Von daher versucht sie es mit salbungsvollen Worten:

„Weißt du, dass ein Wattetupfer mit Salbeitee durchtränkt, wahre Wunder bewirken kann? Und ich kann mit deinen fundierten Buddha-Tee-Kenntnissen sowieso nicht mithalten. So viele Teeseminare, wie du schon auf dem Buckel hast, meine Liebe! Und mal ganz abgesehen von der Stange Money, die dir dabei schon flöten gegangen ist!"

Als fürsorgliche Freundin war sie während ihrer Worte schon in die Küche geeilt. Nach wenigen Minuten offeriert sie der verdutzten Einhornträgerin eine Tasse frisch aufgebrühten Salbeitee samt einem Wattebausch.

„Hier Salbei, meine Liebe, du wirst es nicht glauben, wie gut es im Körper seine Wirkung tut: Es reinigt auch das energetische Feld! Allerdings ist eine Vielzahl von derlei Tees, eine ganze Palette zur Auflösung von Glaubenssätzen und schwarzer Magie vonnöten. Und was besonders wichtig ist, dass es keinesfalls einerlei ist, welcherart Wasser du für den Tee nimmst. Das muss nämlich mithilfe eines Steines oder gar von Muscheln aufbereitet werden, am besten über Nacht. Und Kerzen, mein Liebling, gehören selbstredend auch zu einem Reinigungsritual dazu. Aber wem erzähle ich das? Du bist doch die Teeexpertin par excellence! Was ich noch gar nicht wusste: Die violette Farbe steht für den Einblick in den Lebenssinn. Und ich denke mal, dass das ein zentrales Thema in jedem Leben ist, vielleicht das zentralste überhaupt."

Jennifers Gesprächspartnerin scheint der Weltvergessenheit anheimgefallen zu sein. Ihre Augen starren durch die Freundin hindurch, auf verzweifelter Suche nach einem rettenden Anker. Der ausdrucksleere Blick zeugt von einer Traumverlorenheit, die sie bisher bei ihr nicht kannte. Ihre Lidzuckungen verraten, dass sie unter Strom stehen muss. Nach einer gefühlten Ewigkeit stößt sie vereinzelte Wortbrocken aus ihrem sich zaghaft öffnendem Mund:

„Mein Gott! … Meine Mutter!... Besteht der … Sinn des Lebens… nicht …. nein, oh, Gott, …lediglich aus töchterlich-mütterlichem Kampf? … Mir steht jetzt …"

Sie stottert nach allen Regeln der Kunst, bricht abrupt ihren Satz ab, wie es Jennifer überrascht registrieren muss.

„Ja, weißt du, Eleonore! Ich kann dir da einen Rat erteilen: Entzünde eine orangefarbige Kerze, wenn du dir Gedanken über euere Mutter-Tochter-Konstellation machst! Orange fördert Ausdauer und hilft deinem Durchsetzungsvermögen!"

„Aber meine liebe Jennifer! Ich glaube mit dem Entzünden dieser Kerze ist, wenn überhaupt, nur ein lächerliches Quäntchen in dieser Angelegenheit getan!"

„Dann schieß mal los! Ist irgendetwas Aktuelles vorgefallen?"

„Ach, ja, kein neues Phänomen, aber es gibt immer wieder neue Facetten des eigentlichen Grundproblems. Und gäbe es Annika nicht, oh, du mein Gott, wie schrecklich wäre dies einerseits, aber andererseits befeuert sie durch ihr Sosein erst so richtig die ganze Chose. Es sind wieder mal zwei Dinge, die mir immer wieder aufstoßen. Ich glaube erstens, dass meine Mutter es wahrlich drauf anlegt, meine Ansicht über Rosa-Umhüllungen jeglicher Art ad absurdum zu führen. Und zweitens weiß sie mittlerweile schon sehr genau, dass ich es partout nicht leiden kann, dass sie Annika mit *Struwwelpeter-Geschichten* belabert. Denk mal, ihr Struwwelpeter einzuverleiben, das bedeutet, sie mit grotesker und grausamer Seelenkost zu füttern. Sie torpediert meine Erziehungsarbeit aufs Ärgste!"

„*Struwwelpeter* hin oder her! Ich denke, es geht dabei um Grundsätzlicheres bei euch! Gegenseitige Grenzen müssen respektiert werden und das fällt deiner Mutter wohl verdammt schwer. Einzig und allein liegt es jetzt an dir, strikte

Trennungslinien zu ziehen. Mein Gott, Mädchen, du hast in deinem Alter noch nicht gelernt in deiner Mitte zu sein, dich genügend selbst zu lieben und deine Seele als ein Heiligtum zu betrachten, das kein anderer anzutasten hat."

„Punkt! Basta! So spricht die Meisterin!

Eleonore lächelt gequält ihr Gegenüber an, das gerade ihren Tee-Wattebausch ausdrückt, so dass goldgelbe Tropfen in die darunter stehende Tasse kollern.

„Ja, meine Teure, in einiger Zeit könnte ich dir mehr erzählen!" Auf die tröpfelnde Angelegenheit vor ihren Augen stierend fährt sie fort: „Ja, tropfenweise quasi werde ich mir die Esoterik- Weisheit einverleiben, nur werde ich aufpassen müssen, dass meine Lieben mich nicht aus dem Sumpf ziehen müssen."

Jennifer lacht, während sie den Salbei-Wattebausch an ihr Hörnchen presst.

„Du meine Güte, du palaverst ja so, als ob du nicht auch mit dem Gedanken liebäugelst, aus der oft beschissenen Realität auszubrechen! Von einem möglichen Sumpf zu palavern, das scheint mir ziemlich absurd. Stell dir nur mal vor, fernab von allem rationalem Leben, von Handy, Tablet und Co. dürfen wir in eine Sphäre eintreten, die uns Unsterblichkeit verleiht. Vielversprechend, Eleonore, nicht wahr? Lass alles Klein-Klein mal außen vor!"

„Und was hat das jetzt ganz aktuell mit rosa Kleidchen und *Struwwelpeter*-Oma zu tun?"

„Hm! Also ich habe da eine Idee! Besagtes Kleid verschwinden lassen und Annika es im großzügigsten Falle nur dann tragen zu lassen, wenn ein Besuch bei Oma ansteht. Oder noch besser: Ihr klipp und klar vergackeiern, dass diese Zeiten jetzt endgültig passé sind. Und beim *Struwwelpeter*-Buch auch nicht viel anders verfahren! Dafür ist a bisserl Mut vonnöten."

„Annika hat es selbst schon im Garten entsorgt, weil es ihr zu kindlich erscheint!" fügt Eleonore ein, ehe ihre Freundin ihr zu verstehen gibt:

„Aber letztendlich wird das keine Lösung sein, denn zum Kleid, Marke Rosa, wird sich ein Rosa-Sammelsurium sondergleichen gesellen. Nach *Struwwelpeter* kommen *Nesthäkchen*-Bücher, die deine Mutter vermutlich noch im Keller gestapelt hat. Die Lösung besteht einzig und allein darin: Mama ein für alle Mal zeigen, wo es langgeht.

Da fällt mir die Gesine ein, die kennst du doch, das ist die Schwester vom Bernd. Sie meinte neulich, seitdem sie sich vollkommener und gottgleicher fühle, habe sich ihr Selbstbewusstsein derart aufgebaut, dass sie nur noch hoch erhobenen Kopfes durch die Welt spaziere. *Kopf hoch,* heißt auch die Devise gegenüber deinem Mütterchen! *Kopf hoch* und mit klaren Worten dort durch! Was meinst du, wie sie Bauklötze staunen wird! Aber nun, meine Liebe, heißt es: Fersengeld geben! Mein Achim wird denken, dass ich ganz unter die Räder gekommen bin. Dabei habe ich lediglich ein Hörnchen davongetragen, weil ich meinem Kreislauf gestattete, verrückt zu spielen."

Dann fährt sie mit ihrem Finger über die nicht unerheblich wuchernde Stelle an der Stirn! Und eilt im Mordstempo zum Edelsteinspiegel, um dann laut von sich zu geben:

„Spieglein, Spieglein an der Wand!

Wer ist die Schönste im ganzen Land?"

Und die Antwort scheint nicht lange auf sich zu warten:

„Jennifer, nur kein Geheule wegen so 'ner kleinen Beule!"

Der Spiegel scheint Ironie zu durchschauen, ein wahnsinniges Spiegelkerlchen. Bei diesem Gedanken verfällt sie in einen echten Lachkrampf.

„Ja, sicher verlockender wäre jetzt ein dickes fettes Popcorn oder gleich eine ganze Tüte davon, als dort oben so ein fieses Horn zur Schau zu stellen!" Jennifer feixt abwechselnd Spiegel und Freundin an. Dann verpasst sie ihrer Freundin einen forschen Abschiedsklaps auf die Schulter, ehe diese ganz rasch die Tür hinter sich ins Schloss fallen lässt. Und Eleonore schüttelt über so viel Ungestüm nur den Kopf.

Oh, jetzt keine Grübeleien mehr! Annika wird jeden Moment mit einem hungrigen Bäuchlein vom Sporttraining zurückkehren und sich schon auf die Nudelpfanne mit ganz, ganz viel Ketchup, einem regelrechten Ketchupberg mit haushoher Käsekruste freuen! Bei diesem Gedanken muss sie lächeln, türmen sich doch vor ihrem inneren Auge zwei Leckertürme auf, hinter denen ihr Annika-Mädchen mit lechzender Zunge zu verschwinden droht.

Kapitel 5

„Karen, nennt man das, was wir uns gebaut haben, nicht eine Räuberhöhle?"

„Ich glaub's schon! Aber nennen wir es lieber Geheimnishöhle. Du siehst doch das Schild, das ich eben gemalt habe. Guck mal! Hier ist es, Annika…" und sie zeigt auf kreuz und quer herumpurzelnde rote Buchstaben in den Wörtern: FORSICHT! KEIN EINTRID!

„Meinst du, dass Mama und Papa da gehorchen werden, Karen?"

Annika lutscht gerade an einem köstlichen Himbeerlolly. Stillvergnügt lässt die kleine Genießerin die gefärbte süße Spucke in ihrem Mund hin und her rotieren, bevor diese genüsslich ihren Schlund hinuntergleitet. Ihre Zunge schmiegt sich anschließend erneut um die pralle Himbeerfrucht. Karens Mund glänzt als Schokomund und die hellen Strahlen der Taschenlampe scheinen zielgerichtet auf die Rückstände des schokoladigen Bärchenlollys zu leuchten. Sie blättert wie wild in einem Buch, mehrere Seiten kleben zusammen, die eine davon löst sie durch ihre Schokoladenspucke, während die anderen durch zusammengeknickte Eselsohren eng aneinandergehaftet bleiben.

„Annika, du findest doch diese ganzen Seiten blöd und deine Oma sagt sogar ein ganz schlimmes Wort dazu: *Schietdreck, das heißt Scheißkram, das hast du mir mal erzählt! Oh, wie lustig, dass deine Oma Scheißkram sagt,* wo wir solch ein schlimmes Wort nicht in den Mund nehmen dürfen! Weißt du was? Den Scheißkram zerreißen wir einfach. Deine Mama soll mit dir lieber wieder mehr spielen! So, so machen wir's!"

Und dann packt sie ratzfatz mit ihrem Finger mitten ins Buch.

„Ritzeratze voller Tücke…," ertönt dabei aus Annikas Mund…, während sie mit einem Ruck ganz fest an einer Buchseite zieht, einer einzelnen, die dann einsam und verlassen auf ihren Händen liegt. Mutterseelenallein zu sein ist nicht schön. Deshalb gesellt sich alsbald zu ihr eine zweite und eine dritte und jedes Mal, wenn es wieder dieses Reißgeräusch gibt, eine weitere Seite. Immer wieder grinsen sich die Mädchen nach dem Motto an: *Erneut einen Sieg davongetragen!*

„Guck mal, jetzt müssen wir ganz viel Kraft aufbringen, ziehen und ziehen, jeder von einer Seite, so dass der Deckel auch kaputtgeht," schlägt Karen vor.

„Mein Gott! Jetzt haben wir den Himmel kaputt gemacht!"

„Spinnst du, Annika, rede nicht solch einen Stuss!"

„Ja, schau mal hier…hier steht das ´Him`…und könnte Himbeere heißen. Das folgende … ´mel` wissen sie als kluge Kinder aber auch schon zu entziffern.

„Karen, Himmel heißt das Wort und der liebe Gott wird jetzt traurig darüber sein, dass wir seinen Himmel entzweigebrochen haben?"

„Weißt du Annika, das ist ja der Himmel von deiner Mama: Dort wohnt nicht der liebe Gott, von dem Frau Haberkorn uns immer erzählt. Deine Mama glaubt an so einen komischen Gott, der anders ist als unserer!"

Oh, da hat sie einen empfindlichen Nerv bei ihrer Freundin getroffen, denn plötzlich wird diese ganz still und guckt irgendwie traurig, ehe sie Karen zu verstehen gibt:

„Jetzt lass uns noch dieses Buch hier zerreißen! Ich habe Mama gefragt, was da draufsteht, weil ich den einen Buchstaben, der so zackig aussieht, nicht lesen konnte: Da hat sie mir das schwere Wort vorgelesen: *Luzi…fer! Weil* ich nicht wusste, wer das ist, so hat sie mir ´s erklärt: Das ist der böse Engel, der in die Hölle gestürzt ist!"

Und als beide nach Herzenslust und mit vollem Elan am Luzifer herumzerren, weil er ja böse ist, da hält Annika mit einem Male inne:

„Karen, jetzt habe ich einen Mordsschiss, wenn Mama gleich nach Hause kommt! Sie wird in Ohnmacht fallen, wenn sie hier das Durcheinander sieht. Komm, lass uns schnell aufräumen!"

Aufräumen bedeutet aber, dass sie alle blöden Mama-Bücher, mit denen sie die Decke über den Tisch oben und unten befestigt haben, wegtragen müssen und somit ihre super Geheimnishöhle völlig im Eimer ist, wie es Papa nennt, wenn etwas kaputt gegangen ist. Und flugs wie ein Wiesel ergreift Annika gleich drei Bücher auf einen Schlag, alles solche komischen Mama-Himmelbücher.

„Guck mal Karen, da steht doch HÖL-LE drauf! Pfui Teufel, da liest Mama schon was über die Hölle. Das muss auch kaputtgehen!" und mir nichts dir nichts, fängt sie an wie wild mit ihrem Fuß drauf herumzutrampeln. Das nächste Buch, das dran glauben muss, das heißt: ES-PRES-SO MIT DEM TEU-FEL!

„Mein Gott!" vermeldet Annika und fährt fort: „Warum muss Lesen denn so anstrengend sein?" Sie buchstabiert mühevoll den Teufelskaffee.

Karen lacht sich eins ins Fäustchen: „Tja, meine Liebe! Papa sagt immer: *Ohne Fleiß kein Preis!*"

„Weißt du was? Espresso, den trinkt mein Papa so gerne! Das ist so ein dickes Kaffeegesöff, wie Mama es nennt. Aber der ist nicht so schlimm wie der Teufel! Aber vielleicht sollten wir den Teufel im Espresso ersaufen lassen, was meinst du?"

Und dann zerfleddert sie das Teufelswerk mit so festen Fußtritten, dass es Sekunden später völlig eingequetscht seine Existenz verspielt hat.

„Zum Teufel! Mama! Du?"

Oh, mein Gott! Wie fahren die beiden Mädels zusammen, als ein ohrenbetäubender Lärm auf ihre Ohren trifft. Eigentlich sind es nur wenige wild ausgestoßene Worte, die sie beide aufeinander zu laufen und sie aneinander krallen lässt.

„Mein Gott! Mama! Du?"

Annikas verwunderte Augen und ihr aufgesperrter Mund sprechen Bände.

„Mama, du?" Annika scheint es nicht begreifen zu können. Mamas Erscheinen hat sie noch nie so verflucht wie in diesem Moment.

„Ihr Teufelspack!"

Ob Mama wusste, dass wir den Teufel kaputtgemacht haben? Warum sonst kommen ihr Teufelsworte aus dem Mund gerutscht?

„…tschuldigung!"

Karen entsinnt sich geschwind, dass man sich für etwas Schlimmes entschuldigen muss. Aber diejenige, bei der sie stammelnd um Entschuldigung bittet, zeigt keinesfalls eine entspanntere Miene! Nein, im Gegenteil, fängt sie doch noch mehr zu toben an: Mit ihren Händen schlägt sie wüst um sich und wenn die beiden Bösewichte nicht engzusammengedrängt das Weite gesucht hätten, …. Großer Gott, was würden die beiden Sünderinnen jetzt Backpflaumen abbekommen haben!

In letzter Sekunde schlägt Mutter dann doch noch lieber gegen den Tisch, der feste Schläge gut abhaben kann.

„Karen! Jetzt …!" Im selben Moment ergreift Eleonore ihr Handy, tippt wie wild darauf herum, um dann ihren Frust ärgerlich an Karens Papa auszulassen:

„Unverschämtheit! Ihre Tochter muss schnellsten aus meinem Gesichtsfeld verschwinden, andererseits garantiere ich für nichts!"

Und welch ein Glück, dass, während sie ihr missratenes Töchterchen blitzschnell mit den Worten: „Ich möchte dich heute nicht mehr vors Gesicht kriegen!" abserviert…, auch schon die Türglocke klingelt und sie mit hochrotem Kopf, ohne viel Brimborium dem Mann seine rotznäsige Tochter entgegenschubsen kann. Wortlos nimmt er sie in Gewahrsam.

Und wie Eleonore da so mit ihren rotumränderten Augen, ihren tief eingegrabenen Wangenfurchen und ihren strengen Mundwinkeln sich vor den Spiegel positioniert, da entfährt ihr ein ungestümer Seufzer zusammen mit anklagenden Worten:

„Ein Häufchen Elend! Was ist plötzlich mit mir los? Ingrimm auf der ganzen Linie!"

Noch ehe ihre Hand ausholt und gegen ihr Ebenbild schlagen kann, war da in letzter Sekunde ein Kraftgedanke aktiv geworden, einer, der eine Wundertat vollbringt: Die liebende Hand beginnt über die rotscheckige Wange zu streicheln, während in diesem Moment der Smaragdglanz des Spiegels ein einzigartiges Glitzern offenbart. *Liebe dich selbst,* poltert eine Stimme in ihr herum, ehe sie sich selbst zu verstehen gibt:

„Oh, ja, der gute Charly, der Lebenszugewandte, fordert sein Recht!" Diese Gedankenblitze kommen ihr plötzlich in den Sinn, als sie sich eine langsam hinabkollernde Träne mit dem Handrücken abwischt. Das Wort Charly, ob es mir eine Freudenträne entlockt hat, so sinniert sie, denn CHARLY CHAPLIN verbinde ich doch mit Frohsinn!

„Oh!" durchfährt es sie, „…die beiden Teufel werden doch nicht etwa…? " Noch ohne zu Ende zu sprechen, starrt sie auf den Stapel der eilends aufeinander gelegten Buchfragmente, aus dem einzelne Seiten neugierig, mit bräunlichen und rötlichen Eselsohren und Mäusezähnchen versehen, herausragen, sei es als zerknülltes Etwas, als zu einem Papierkügelchen geformten rollendem Gebilde oder einzelnen Schnipseln, die sich weit aus dem Stapel gewagt haben.

Mein Gott! Da wird doch nicht etwa… sie wagt kaum den Satz zu Ende zu denken … mein CHARLY-CHAPLIN-Buch dabei sein! Oh, nein, das ist gewiss noch im Regal, dort sicher vor wütenden Kinderhänden und kampfeswütigen Kinderfüßen verschont geblieben! Und beim nächsten Griff ins Bücherregal hält sie ihren CHARLY in den Händen. Und beim übernächsten Griff in das gesuchte Buch hält sie jenes Kapitel in den Händen und vor allem vor Augen, das da mit einem neongrünen Textmarker ihr sofort in die Augen springt:

Wir brauchen uns nicht vor Auseinandersetzungen, Konflikten oder irgendwelcher Art von Problemen mit uns selbst oder anderen zu fürchten. Sogar Sterne kollidieren und aus ihrem Zusammenprall werden neue Welten geboren. Heute weiß ich: Das ist Leben!

Mein Tobsuchtsanfall heute Mittag! BEWERTE NICHT UND DU GEWINNST VIEL FREIHEIT! Mein Gott! Aus beinahe jedem Esoterikbuch purzelt mir diese Aufforderung entgegen. Nur, dieser seltsame Gott der Bibel will sich dann wohl auch immer einmischen, obwohl ich doch gar nicht an ihn glaube. Warum sonst kommt mir gerade sein Anruf: KEHRT UM UND GLAUBT AN DAS EVANGELIUM in den Sinn? Na ja, an Güte glauben, das kann nicht falsch sein! Lass Annika doch an einen lieben Gott glauben, an einen, der sie in seine großen Arme nimmt und sie fest an sich drückt! Er ist für Kinder ein starker Fels. Wie soll ein kleines Kind es schaffen, an eine kosmische Energie, an etwas, das für ein Kind viel zu abgehoben und gar nicht greifbar klingt, zu glauben? Aber ich weiß es inzwischen, dass mir der

GOTT DER BIBEL zu eng gefasst erscheint. Warum erhebt er den Absolutheitsanspruch? BEWERTE NICHT UND DU GEWINNST VIEL FREIHEIT! Gott erwartet, dass ich bewerte, weil auch er bewertet. Da kann es für einen Menschen echt ungemütlich werden. Ob ein durch und durch spiritueller Mensch denn die Ruhe mitbringt angesichts solchen Tohuwabohus die Nerven zu behalten? BEWERTE NICHT UND DU WIRST MEHR FREIHEIT GEWINNEN! WIR MÜSSEN JEGLICHE DUALITÄT ÜBERWINDEN. Das heißt im Gespräch mit Annika nicht Ross und Reiter beim Namen zu nennen, wie unmenschlich, wie unpädagogisch! Warum sage ich Ihr nicht deutlich, dass sie sich falsch verhalten hat? Warum gehe ich nicht in mich und erforsche, warum sie sich falsch verhalten haben könnte? Aber ich bleibe dabei: GEH IN DIE LIEBE! MACHT EUCH ALLE BEWUSST, DASS WIR LIEBE SIND! In der Liebe ist keinerlei Platz für Vorwürfe. Dort steht es drinnen! Ihr Blick geht zum zerfledderten Haufen Bücher hin, die am Tischrand aufgestapelt sind. Aber, aber, … so muss sie zerknirscht feststellen…. meine Aufgabe ist es zu schweigen, wenn die Kinder die Liebe mit Füßen treten!!! Mama Eleonores Hand fährt über den Smaragd am Spiegel. Der hat es inzwischen vorgezogen, seine Glanzkraft zurückzuziehen. Mit ihrer Ruhe ist es vorbei. Ihre laut ausgestoßenen Worte prallen gegen die glatte kalte Spiegelfläche:

„LIEBE, LIEBE, LIEBE und wo bleibt da meine WUT? Ein Ehemann, der mir heute zum, ich weiß nicht zum wievielten Male erklärt hat, dass ich vor lauter Besessenheit, ja, genau dieses Unwort wählte er, nicht die Sorge um meine Liebsten vernachlässigen dürfe!! Jacquelines Aufforderung klingt so einfach: *Geh in die Selbstliebe, dann kommt die Liebe zum anderen automatisch!* Mein Gott, schon wieder, machst du mir einen Strich durch die Rechnung, gerade bei Jacqueline, habe ich noch nichts davon gemerkt, dass sich aus der Selbstliebe etwas Weitreichenderes ergibt."

Wie schon so oft tut der Spiegel ihr eine ungeliebte Wahrheit kund: Eleonore, ich bitte dich: BEWERTE NICHT UND DU WIRST VIEL FREIHEIT GEWINNEN! Gedemütigt stottert Eleonore eine mögliche Rechtfertigung vor sich hin:

„Aber Annika, die kann sich eigentlich nicht über mangelnde Liebe beklagen, …wo ich ihr doch jeden Wunsch von den Lippen ablese! Aber vielleicht ist es doch aus einer Art Rache heraus geschehen, denn, dass ich meine kosmischen, sie nennt sie komischen Bücher, oft dann lese, wenn ich mit ihr bei den Hausaufgaben zur Verfügung stehen müsste. Aber vielleicht wäre ich klüger beraten, meinen esoterischen Lesehunger doch in Annikas Schlafstunden zu stillen."

Nach ihrem Spiegelgespräch läuft sie einige Meter zum Fenster hin, … beobachtet dort, wie ein Eichhörnchen so schnell den Baum hochklettern und entweichen kann, … ehe sie wieder zur Tür und dann zum Sofa wandert. Dort lässt sie sich nicht gerade kultiviert drauf plumpsen, ohne darauf zu achten, dass ihr Kleid viel zu leicht Falten wirft und hässlich daherkommt. Ihren Kopf tief in ein rosiges Kissen gepresst, da geistern ihr wieder so allerhand unliebsame Kobolde durch das Hirn: Warum nur spukt mir nur immer Jacquelines Merksatz durch den Kopf, der da heißt: Denk immer dran: *DU BIST DER WICHTIGSTE MENSCH IN DEINEM LEBEN!* Ich muss gestehen, dass ich mich damit schwertue, ich finde ihn überheblich, denn das alte christliche Denken: *Liebe deinen Nächsten wie dich selbst,* schwirrt mir dann im Kopf herum und krakeelt dort mächtig. Aber Schluss jetzt: Ich laufe ein paar Meter draußen in der freien Natur und atme sorgenfreie Luft ein. Und gegenüber Annika den Hausarrest zurückzunehmen, diese Liebesmacht kämpft gegen die Konsequenz, die wie Pädagogen es sehen, auf Dauer der nachhaltigere Liebesbeweis sei. Das Leben ist eben kein Pappenstiel! Mein Gott, Nikolaus, oder von mir aus auch Du lieber Gott, bescher` mir nicht zu viele Nüsse, die ich knacken muss! Das Leben, so sinniert sie, warum muss es ständig zwischen Komödie und Tragödie hin- und herpendeln? Und wer behauptet, dass dieses beschwerliche Wedeln einem vergnüglichen Spaziergang gleicht, dem sei geraten, seine oberflächliche Betrachtungsweise des Lebens gefälligst mal zu hinterfragen. Oh je, so sinniert sie, vielleicht sollte ich doch mal zu dem in aller Munde hochgejubelten Healy greifen, der Schwingungen misst, um dann negative Frequenzen in positive umzuwandeln. Wenn ich ein bestimmtes wahnsinnig teures Programm benutze, kann ich Distanz zum quälenden Äußeren bekommen und mich dadurch in den siebten Himmel hieven lassen! Irgendwann werde ich mich mal näher mit dem Frequenzwunderwerk beschäftigen, nimmt sie sich vor.

Zunächst muss ich aber frische belebende Luft einatmen, die knospenden Zweige bestaunen, auf das Gezwitscher der Vögel achten, … kurzum den Lebenshauch pur inhalieren. Noch ein kurzes Abschiedsstreicheln des fad schimmernden Spiegel-Saphirs und Eleonore schnappt sich im Flur die Jacke. Die dunkelgrüne mit dem Moosgestrüpp drauf. Die passt jetzt haargenau zu ihrem Vorhaben, ihre Atemwege und ihre Herzwindungen durch Mutter Natur freipusten zu lassen.

Ist es euer Begehr, zu erfahren, welche Ahnungen meinen Geist beflügeln? Beim Heraustreten aus dem Haus schwebe ich nämlich auch ohne Healy - Einsatz Wolke 7 entgegen. Gedankt sei der Prophezeiung meines heutigen Horoskops! Und wenn mir darin der Himmel auf Erden versprochen wird, so glaube ich liebend gerne einem orakelten Mysterium. Also lauere ich an jeder kleinsten Wegbiegung darauf, dass mich eine Elfe zärtlich empfängt. Mich wie ein Kind vertrauensvoll in

Elfenarme fallen zu lassen, darnach gelüstet es mir jetzt zutiefst! Es muss sich fantastisch anfühlen, auf federleichten Armen schwebend, Helle und Klarheit fürs eigene Leben zu erfahren.

„Hoppla di hopp! Was war das denn?" Eleonores Blick gleitet zu ihrem Fuß. Ein spitzer Stein musste seine Anwesenheit derart zur Schau stellen, dass er durch ihre Schuhsohle hindurch versucht hat, ihren Zeh aufzuspießen. „Du, Spielverderber, du!" Eilends tritt sie wieder auf weichen Erdboden. Sich umdrehend bleiben ihre Augen für einen kurzen Moment auf dem Stein des Anstoßes hängen. Stein des Anstoßes im wahrsten Sinne des Wortes! Aber warum sollte ich den spitzen, kantigen Wegblockierer verdammen, verweist er mich doch nur auf die harte Realität, fernab jeglicher Elfenmysterien.

„Adieu, du spinnerte Dame! Sei nicht zu anspruchsvoll! Nimm mit einem frischen Lüftchen um den Kopf vorlieb! Lass die Waldesfrische meine Herzensbetrübnis tunlichst in Herzensfreude verwandeln!"

Ihre kräftig ausgestoßenen Worte verhallen im Walddickicht, während sie den Blick auf Steinchen und Brocken gerichtet hält, die sich ein munteres Stelldichein geben. Lustig, wie Baby Steinchen sich ganz eng an Papa Steinbrocken schmiegt, lächelt Eleonore und übersteigt mit aller Vorsicht darüber hinweg, um diese Eintracht ja nicht zu stören.

Kapitel 6

„Huch! Wie freue ich mich! Ein neues Buch! Ein nagelneues, eines, das ich vor Annikas Klauen unbedingt retten muss. Sein geheimer Platz wird dort sein!"

Gleichzeitig zeigen Augen und Finger nach oben hin zum Bücherregal, zu jener Stelle, an der unverdächtige Reisebücher nicht vermuten lassen, dass dahinter ein strammer Bücherrücken samt eines kosmischen Energiebündels verborgen liegt.

Eleonore blättert gedankenversunken einige Seiten um, solange bis ihr doch tatsächlich ein Kernsatz ins Auge sticht: UNS BESCHÄFTIGT EINE AUSSERHALB DES SINNENLEBENS BESTEHENDE WELT, RESPEKTIVE VON DER FORTDAUER DES EIGENTLICHEN MENSCHEN NACH ABLEGUNG DES ZELLENLEIBES. Sie muss lächeln!

„Warum so eine geschwollene Ausdrucksweise und nicht gleich: Was geschieht nach dem Tod?" Manchmal ist ihr gar nicht bewusst, dass sie mit sich selbst spricht. Und der Buchtitel offenbart ihr, dass sie damit ein Nachschlagewerk von 1896 in den Händen hält. Möge es mir noch mehr Wissen über das vermitteln, was von nun an immer stärker in meine Lebenswirklichkeit integriert werden soll. „DIE GESCHICHTE DES NEUEREN OKKULTISMUS, interessant, interessant," murmelt sie vor sich hin und bleibt nach dem Blättern einiger weiterer Seiten an einem verflixt komischen Namen hängen: Ja, er klingt wirklich geheimnisumwittert, dieser Herr, namens THEOPHRASTUS BOMBAST VON HOHENHEIM. Als sie die Stirn runzelnd, weiterliest, bleibt ihr Blick auf einem Abbild von PARACELSUS hängen. Ja, den kenne ich, ...so sinniert sie ...es gibt doch hier in der Nähe die PARACELSUS-KLINIK, die allseits hochgelobt wird! Ein einziger Satz dieses Arztes und Naturphilosophen bringt sie beinahe um den Verstand:

„DES MENSCHEN STETIGE ARBEIT AN SICH SELBST ZUR GÖTTLICHEN ERKENNTNIS UND ZUM GÖTTLICHEN FEUER SCHEINT VONNÖTEN."

Auweia! Da muss ich noch meilenweite Schritte durch den Morast überwinden! Du meine Güte! Ich will doch nicht als Mistkäfer wiedergeboren werden. Je stärker wir uns hier auf Erden vervollkommnen, so heißt es, desto bessere Chancen haben wir bei der Reinkarnation. Also gilt auch hier unüberhörbar: *Ohne Fleiß, kein Preis!* Geistige Höhenflüge zu absolvieren, das kann ein Mensch gut und gerne bei einer Tasse Tee, am besten einem Machate; gesagt, getan und als der Tee Tropfen für Tropfen durch ihren Schlund rinnt, da spürt sie eine gewisse behagliche Wärme durch ihre Glieder strömen. Ob das auch daran liegen mag, dass ich mit Annika heute reinen Tisch gemacht habe? Ich glaube, dass sie ihre Lektion gelernt hat und ich die meinige. Aber jetzt nehme ich mir für morgen vor, eine große 14 zu basteln. Meine 14-er Meditationen, die hat mir Madleen empfohlen. Sie sollen sehr wichtig für Menschen sein, die leicht die Kontrolle über ihre Reaktionen verlieren. Die 14 soll ENERGIEN der DISZIPLIN, der GELASSENHEIT und der SELBSTBEHERRSCHUNG ausschütten. Hm! Klingt perfekt! Klingt wie der Himmel auf Erden! Was hat mir Jacqueline nicht alles von der AKASHA-CHRONIK-LESUNG vorgeschwärmt? Sie hat mir paradiesisch ausgeschmückt, wie ich aus meinem eigenen Lebensbuch lesen und Erkenntnisse gewinnen kann. Aus der feinstofflichen ENERGIE DER SEELE - so ihre Verheißung! - werde ich sogar in die Welt der Ahnen hinabsteigen können, um mit ihnen in Kontakt zu treten. Oh, da muss ich mal meine Schublade auf den Kopf stellen, denn Jacqueline hatte mir unlängst einen Prospekt darüber gegeben. Und gesagt getan, diese Seminarankündigung liegt nach wenigen Handgriffen vor ihr, ohne dass sie der Schublade die leiseste Gewalt antun muss. Rot umrandet in Großbuchstaben steht dort das hehre Ziel der Veranstaltung:

ÖFFNEN SIE IHR HERZCHAKRA! DANN ERLEBEN SIE JENSEITSKONTAKTE LIVE!!

Und das darunter in kleineren Lettern Vermerkte liest Eleonore als direkt in ihr Auge als Mammutbuchstaben hervortretend, folgender Inhalt sichtbar wird:

ABER WIR HALTEN FEST, DASS WIR KEINE EINZIGE SEELE WIEDER IN DIESE WELT ZURÜCKRUFEN KÖNNEN. WIR DÜRFEN DIESE AUF KEINEN FALL IN EINEN ZWIESPALT STÜRZEN. MASSEN WIR UNS DOCH NICHT AN ÜBER DEN AUFENTHALTSORT DER SEELEN HIER ODER DORTEN ENTSCHEIDUNGSGEWALT ZU HABEN! WIR LERNEN WIE WIR DIE SEELE DURCH NENNUNG DES VORNAMENS, DES GEBURTSTAGES SOWIE DES STERBEDATUMS DAZU BRINGEN KÖNNEN, UNS ZU ANTWORTEN, OHNE DASS DIESE DEN ORT VERLASSEN MUSS.

In Eleonores Kopf treten geliebte Vorfahren auf den Plan. Sie merkt kaum, dass sie alsbald in ein Selbstgespräch verwickelt, sich äußert: „Ja, ja, die Urgroßmutter Ilse Bilse, keiner willse, kam der Koch, nahm sie doch! Aber von wegen keiner willse! Ilse hatte viele Verehrer, ein junges Mädchen mit hüftlangen, welligen blonden Haaren und einem schnuckeligen Gesicht! Wie sollte solch eine Schönheit den jungen Herren nicht den Kopf verdrehen?"

Und dann standen sie Schlange, dünne, dickbäuchige, kahlgeschorene junge Herren mit oder ohne Schnäuzer! Da war wohl der gutsituierte Sohn des Fabrikanten Halbermann unter den Heiratskandidaten. Der Fabrikantensohn Reinhardt erwies sich schließlich als der wahre Glückspilz. Er durfte die

Ilse Bilse, einer willse, schließlich heimführen. Und wohlgemerkt: Er war kein Koch! Und gemunkelt wurde darüber, dass der mit den Freimaurern liebäugelnde Mensch sein noch unwissendes blutjunges Mädel in das ganze Verschwörungsszenarium mit hineinmanövriert haben soll.

Ilse, mysteriöse Kartenleserin, sticht durch ihr Anderssein in der Familie heraus. Eine Verfemte in der eigenen Familie, die sich nicht nur dem gegenüber verpflichtet sieht, was Hand und Fuß vorzuweisen haben. In ihrer eigenen Aura ist sie wie in einer Blase gefangen. Großmutter hatte wohl, wie sie später meiner Mutter erzählen wird, die Faxen davon dicke.

Von einem anderen Stern mit ihrem dicken Popo auf die lindgrüne Chaiselongue verpflanzt, so schwelgte sie gewöhnlich träumerischen Blickes auf Wolke 7 ihrer Orakelwelt.

Die Buschwindröschen und die Lichtnelken mussten Großmutters Berichten nach sehr wohl dran glauben. Erst legte sie die frischen Blüten für drei Wochen in Alkohol. Fest in einer Glasflasche verschlossen, im Delirium gefangen, der Atemluft beraubt, entfalteten sich ihre wundervollen Wirkstoffe allein durch das morphische Feld der Mond- und Sonnenenergien.

Ilse, Reinhardt will se, ob sie jetzt in der jenseitigen Welt wohl zur Göttin emporgestiegen ist. Zum höchsten Karma gelangt, darf sie sich nun als Lohn für schwerste Anstrengung dorten sonnen! Und vielleicht lebt sie ja irgendwo mit Krone auf dem wallenden Haupt nochmals als blonde Schönheit weiter, gehuldigt von einem ganzen Stamm.

Ach, eigentlich, so überlegt sich Eleonore während sie Schluck für Schluck den aromatisierten Tee herunterschlürft, wäre es doch höchst frappierend, die Ilsegöttin höchstpersönlich mal zu konsultieren. Aber wahrscheinlich geht das nur so lange, vielleicht nur ein paar Wochen oder Monate nach dem Tod, weil sie zwischenzeitlich in eine neue

Existenz geschlüpft ist, mit der ich keinen Kontakt aufnehmen kann, denn sie lebt ja wieder, ob als Maulwurf, der seine Freude daran hat, die Erde aufzuhäufeln oder als Viertel-, Halb- oder Ganzgöttin! Wer weiß es genau? Aber nach dem zu urteilen, was die anderen von ihr berichten, muss sie auf dem Pfad der Tugend und Vervollkommnung schon ziemlich weit nach oben geschwebt sein. Aber selbst, wenn sie noch im Totenreich wäre, warum würde ich überhaupt etwas über sie wissen wollen? Ja, es reizte mich unbedingt zu erfahren, ob sie mit dem Jetztzustand zufrieden ist und nun glaubt, dass der Lohn nach einem pflichtbewussten Bemühen ihren früheren Vorstellungen entspricht. Wenn nicht, so heißt es ja bei den neunmalklugen Heilern, dürfe man die Ruhe der Verstorbenen auf keinen Fall stören. Man muss deren Entscheidung respektieren und sie nicht wieder zurückholen wollen. Mein Gott, all das zeigt mir wie zwiegespalten ich bei der Beurteilung der ganzen Angelegenheit doch bin. Einerseits geht ein großer Reiz davon aus, mich dort Hals über Kopf hineinfallen zu lassen, auf der anderen Seite verspüre ich bei dem Ganzen auch ein wenig Grusel. Ich glaube eher, dass ich dieses ganze heiße Gebiet lieber geflissentlich umschiffen sollte.

Als Eleonore sich so genüsslich Tropfen um Tropfen des köstlichen Nass zu Gemüte führt, stellt sie sich bildhaft eine Szene vor, die in der Familie seit jeher die Runde macht und nicht wenig Kurzweil bietet:

Die berühmt-berüchtigte Ilse hockt mit ihrer Schwägerin auf der Samtchaiselongue, um mit ihr gepflegte Konversation zu betreiben. Manche Pflichttermine gelten eben als unausweichlich. Die Geburtstagsgratulation gehört dazu. Ilse und Barbara, wahrlich ein ungleiches Paar, nicht nur der körperlichen Konstitution und des Schnickschnacks ihrer

Aufmachung wegen! Man bedenke nur einmal, wie sie auf unterschiedlichste Art und Weise ein Tuch über ihren Frauenkörper schlingen. Ilses in Regenbogenfarben schillernder Seidenschal gleicht einem Flatterfalter, der Schultern sanft berührt, um sie sogleich wieder schwebend zu verlassen, diese zartgliedrigen Schultern, die dem glatten blonden Haaren einen Schutzwall bieten. Das Barbara-Tuch dagegen, grober dunkelroter Strick mit Noppen und Ringelmuster, lastet schwer auf stämmigen Schultern. Vorne übereinander wippt bei jedem tiefen Atemzug die ausladende Oberweite auf und nieder. Vor Ilse auf dem Couchtisch hat die Gastgeberin ein kleines Sahne-Schokoladentörtchen hin platziert, ein Prachtexemplar aus der edlen Confiserie vor Ort. Schließlich will man sich keineswegs lumpen lassen, auch wenn Barbara sich im Stillen eingestehen muss, dass dieses Präsent keineswegs von Herz zu Herz wandert. Just an diesem Ilsen-Geburtstag prangen zwei riesige Herbstgebinde in leuchtenden Gelbtönen auf der Vitrine. Schließlich zeigt der Herbst seine ganze goldgelb-braun-violette Farbpalette. Sträuße aus dem eigenen Garten akzentuieren schließlich auch: Ich bin Besitzer eines Gartenparadieses, das seinesgleichen sucht! *Pflichtbesuche aus der Nachbarschaft!*

So tituliert das Geburtstagskind ihre Blumenstraußgäste insgeheim, als sie den kritisch-bewundernden Barbara-Blick auffängt. Nach einem zunächst belanglosen Geplänkel artet das Gespräch zu einem beidseitigen Disput aus, was keine von ihnen in dem Maße ersehnt hat. Ilse beginnt unbefangen von ihrer Lebenszahl und deren Bedeutung zu palavern:

„Da brauchst du nur die Quersumme deines Geburtsdatums und davon wiederum die Quersumme nehmen, schon hast du deine Lebenszahl gefunden."

Das an sich lässt Barbara noch ruhig auf ihren vier Buchstaben sitzen. Aber diese vier Buchstaben geraten mehr und mehr in Schwingung, als Ilse anmerkt, ebenfalls ganz unbefangen:

„Meine Lebenszahl 27/9 verweist mich auf meine altruistische Wesenheit!"

„Auf deine … was muss ich da aus deinem kirschroten Mund vernehmen? Ich glaube, dass dir jetzt völlig der Boden unter den Füßen weggleitet!"

Barbara klatscht sich in die Hände und ruft völlig aufgelöst:

„Jetzt komm mir ja nicht mit solchem russischen Humbug an. Ich habe mal von irren Lebensgemeinschaften zwischen Menschen und Tieren in den Wäldern von Russland gehört. Da wandere doch dorthin aus, wenn dir das gefällt, wenn Menschen anfangen im Kopf verrückt zu spielen und mit Pflanzen und Tieren Intimitäten austauschen wollen. Unserem Gott der Bibel ist so etwas bestimmt ein Graus. Wir sollen uns die Welt untertan machen, so heißt es im Heiligen Buch!"

Und noch ehe Ilse überhaupt Luft für eine Erwiderung schnappen kann, legt Barbara erst so richtig los:

„Unser Herr Jesus Christus ist unser Erlöser! Kein anderer als er selbst bringt uns das Heil. All der Klimbim, ob aus Russland oder wer weiß woher, ist des Teufels!"

„Barbara, halt dich im Zaum! Ich bitte dich darum!" Und dann erhebt Ilse ihre Stimme und lässt sie durch den ganzen großen Raum erschallen:

„Altruistisch sein heißt: sich für andere aufzuopfern! Oh, du meine Güte, sagt denn die Bibel anderes als: *Liebe deinen Nächsten wie dich selbst?"*

„An deinen Gott kann ich nicht glauben. Einer, der nur für euch Christen da ist!"

„Ilse, nun lass es dir endlich gesagt sein: Unser Gott will sich nicht mit anderen Göttern messen lassen! Das ist eine Anfechtung des Teufels!"

Und die sonst so friedliche Ilse ergreift mit einem Schlage das edle Confiserie Törtchen und wirft es mit voller Wucht gegen die erregte Cousine. Nur gut, dass die monumentale Oberweite den Schlag gut abfangen kann und sich lediglich zwei dunkelbraune Schokoladensprenkel auf dem dunkelroten Schal verewigen. Ja, wenn man es so sehen möchte, so prägt diese Farbgebung sogar noch vorteilhaft den Gesamteindruck. Barbaras Augäpfel scheinen beinahe aus den Augenhöhlen herauszupurzeln. Aber bevor dieses passiert, greift die geplättete, busenbesprenkelte Frau wohl zur vermeintlich letzten Rettung: Sie eilt die offenstehende Tür zum Garten hinaus, um sich in Sicherheit zu bringen.

„Was ist mit dir, meine Liebe? Du hast wohl im Traumland einen mächtigen Kampf auszufechten gehabt, oder? Wann hast du das letzte Mal derart stöhnende Geräusche von dir gegeben?" Die Stimme ihres Mannes dringt von weit her an ihr Ohr.

Eleonore zuckt mächtig zusammen, als sie einen robusten Schlag auf ihre Wange verspürt. „Komm zu dir! Hat der Alp dich auf seine Schippe genommen! Schieb ihn geschwind wieder von der Schippe runter!"

Die jäh Erwachte reibt sich die Augen, zeigt Mühe wieder zu sich zu kommen. Ihr Mann schüttelt den Kopf, immer und immer wieder, so, als habe ein Geselle Tatterich von ihm Besitz ergriffen.

„Ach, mein Lieber, nichts Besonderes! Ich bin gleich wieder die Alte, sobald ich mir ein frisches Tässchen Tee eingeschüttet habe. Das Familiengeheimnis rund ums Confiserie-Törtchen hatte mich soeben in seinen Bann gezogen!"

Ehe der Ehegemahl die Treppe hoch latscht - die neuen Schluffen verleiten dazu! - lässt sie sich mit heißer Teewasserkanne erneut auf den Stuhl plumpsen, so wie eben noch vor fünf Minuten oder gar einer halben Stunde? Sie weiß es nicht. Sie weiß nur, dass sie jetzt mal in den Spiegel gucken sollte. Sehe ich Ise ähnlich oder doch mehr Barbara? Nur eben noch…einmal Spieglein gucken, denkt sie, ich muss mich doch vergewissern, wem ich mehr ähnele! Sie zuckt zusammen: Ich bin Ilse durch und durch! Rein äußerlich gesehen, dieses eher schmale Gesicht mit den Grübchen…, auf einem Foto, zwar schon vergilbt und in die Jahre gekommen, schaut sie in etwa gleich alt aus wie ich jetzt, mir ähnlich, obwohl ich die Augenfarbe von Barbara habe…, aber, aber, oh Gott, dieser mein Tobsuchtsanfall neulich vor den Kindern, der ist mehr Barbara zuzurechnen. Barbara zeigt wilde Entschlusskraft mit ihrer Flucht, auch wieder ein Wesensmerkmal von mir …, ja, das Leben ist einfach nicht einfach, mit so vielen mehr als einfach zu handhabenden Fettnäpfchen und mir…, ja, ich bin auch eine von der Sorte, die hier und da in ein besonders großes hineintapst. Und zwar in einem Schauspiel eher in die Ilse-Person, die ich einesteils ablehne, aber andererseits auch reizvoll, weil gänzlich unkonventionell, finde. Eines nehme ich mir aber mal fest vor: Beim nächsten Mal werde ich eine andere Teesorte auswählen, und zwar den PARADIESVOGEL-TEE, der mich schwuppdiwupp in ein paradiesisches Gefilde mitnehmen möge, bitte ohne Umwege über echauffierende Glaubensdispute … und ohne Rückfahrkarte direkt ins Elysium.

Kapitel 7

„Eleonore, hier, schau her! Ich habe dir ein Buch mitgebracht, das wir in unserer Herzensgruppe empfohlen bekommen haben. Weißt du, ich verspüre durchaus wie sehr du nach Herzensenergie lechzt. Aber die kann sich erst in der Dynamik einer Gruppe mit flutvollen Energiestrudeln zu lichtvollem Potential verdichten! Was glaubst du, in unserer Gruppe sind zwei Personen, bei denen ich mir ziemlich sicher bin, dass sie den Bewusstseinssprung in die 5. Dimension geschafft haben. Sie wirken schon bald göttlich, sind von allen weltlichen Bestrebungen derart abgerückt, dass sie eins mit sich, der Welt und dem Universum leben, wie wir diese besondere Situation kurz vor dem Einschlafen und vor dem völligen Wachwerden sicher alle schon einmal erfahren haben.“

Miriam, sich selbst als eine eingeweihte Person betrachtend, besucht seit Monaten eine Herzensgruppe in Pöseldorf. Sie selbst ist auf die Leutchen in Rotherbaum nicht so gut zu sprechen. Ihrer Meinung nach sind sie zum großen Teil überkandidelt. So weit so gut. Vor ihr liegt ein dicker Wälzer. Und wie Eleonore bemerkt, leuchten bunte grelle Bändchen aus einigen Seiten heraus.

„Kiek a mol, interessiert dich nicht die wahre göttliche Wesenheit KRYON? Fantastisch, was ich beim Studium darüber alles in Erfahrung bringen konnte!“

Eleonore nickt zwar mit dem Kopf und bemerkt zugegebenermaßen: „Ja, sicher ein interessanter Typ!“

Wahre Begeisterung sieht anders aus, so befindet die Freundin inwendig als sie ihr Gegenüber dabei ertappt, wie sie träumend vor sich hinstarrend, ihre Hand gegen die Schläfe drückt.

„Na, denn mal tau!" ermuntert Miriam ihre Freundin, ehe sie ihren Wortschwall nur so aus sich heraus sprudeln lässt:

„KRYON bezeichnet sich selbst als Meister der Energien, der das MAGNETFELD DER ERDE umzugestalten sucht. Er ist eine liebevolle Wesenheit, die uns auf voneinander unabhängigen Kanälen Botschaften übermittelt! Du meine Güte, Eleonore, du bist jetzt aber mehr eine schläfrige als eine aufmerksame Wesenheit, die just keinerlei geöffnete Kanäle zeitigt."

Keinesfalls entgangen war ihr, dass sich über Eleonores Augen ein Schleier gelegt hat. Wenn Augen durch sie hindurchsehen, das mag Miriam partout nicht. Solcherart Augen zerstören eine innere Verbindung. Sie richten eine Barriere zwischen Menschen auf. Sie deuten auf geringere Wertschätzung gegenüber einer anderen Person hin. Sie senden negativ wirkende Energien aus. Die Traurigkeit einer Person darf mir nie wieder etwas anhaben dürfen, so nimmt Miriam sich vor. Vor einigen Monaten hatte sie nämlich den Trauerprozess ihrer Schwägerin zu sehr mitbegleitet und danach schwere körperliche Symptome entwickelt. Das zu starke Mitfühlen mit einer anderen Person raubt mir positive Energien, die ich durch ständige Meditationsübungen mir sowieso schon schwer zu erkämpfen habe, resümiert Miriam und wendet sich Eleonore zu:

„Meine Liebe! Du versackst mir scheinbar zusehends in schwermütigen Gefilden! Deine Niedergedrücktheit lässt mich in meinem Sehnsuchtsbedürfnis, in dir eine adäquate Seelengefährtin zu finden, unbefriedigt zurück. Warte, nach der Ebbe kommt die Flut!"

Oh, war da nicht ein Zucken in den Augen ihres Gegenübers zu erkennen? Oh, nein, wie konnte ich nur so wenig feinfühlig sein?

Tatsächlich: Ihr Gegenüber erscheint ihr mit einem Male, in sich zusammenzusacken. Sie erinnert sich daran, wie ihre Mutter zu ihr früher sagte: Du sitzt da wie ein Häufchen Elend! Und nun sitzt da nicht nur ein Häufchen Elend, sondern gleich ein ganzer Jammerhaufen. Und der zeigt sich durchaus stattlich mit eingezogenen Schultern, gesenktem Kopf und Händen, die den Kopf stützen müssen, weil der auf den Boden zu kollern droht. Nicht zu übersehen: das Fingerzittern, das die rosa gefärbten langen Fingernägel aneinander klirren lässt.

„Komm, meine Liebe!" Als ihre Hände zart über Eleonores Kopf streicheln, schlägt Miriam ihr vor:

„Ich möchte bei dir jetzt mal eine CHAKRENREINIGUNG durchführen. Dann wirst du das, was dich jetzt bedrücken mag, mit einem Schlag alles loswerden. Siehe, sogleich strömt erlabende Energie durch deinen Körper! Danach wirst du als freier Mensch aufatmen können. Komm lege dich hier aufs Sofa! Beobachte deinen Atem! Spüre die Erde unter dir!"

Eleonore gehorcht so wie ein braves Kind seiner Mutter, einfach so, weil es gehorchen will, weil es von ihr erwartet wird, nicht, weil sie große Erwartungen auf den kleinsten Erfolg hegt.

„Lass alles Schwere und alles Verdichtete nach unten und nach draußen abgehen. Ja, lass es nur heraus! Gib ihnen einen liebevollen Schubs! Und dann empfinde die Wohltat, wie Zentimeter für Zentimeter frische neue Lebensenergie durch alle Fasern deines Körpers strömt! Spüre den roten Feuerball! Zieh ihn wie einen Pullover an!"

Nachdem das Wurzelchakra aktiviert ist, wendet sich Miriam dieser Gegend unterhalb des Bauchnabels zu, um das

SAKRALCHAKRA mit der Vorstellung eines orangefarbenen Feuerballs, der Vanille- und Orangenduft ausstrahlt, wiederzubeleben.

Miriam bemerkt, wie Eleonore vor ihr beinahe regungslos daliegt, ehe sie ein jähes Schütteln ihres Körpers registriert. Ob es das Schwere ist, das sich bei seiner Verabschiedung noch einmal zur Schau stellen will oder ob es sich gar weigert, die leibliche Hülle zu verlassen? Sie weiß es nicht. Sie hat auch keine Zeit dafür, darüber nachzusinnen, sondern sie versucht ihr Augenmerk einzig und allein darauf zu richten, sich in aller Eile ein Taschentuch zu schnappen, um ihrer Freundin die Tränen aus dem Gesicht zu wischen und anschließend mit einem feuchten Lappen über deren Stirn zu fahren, um ihr Erleichterung zu verschaffen.

„Mein Gott! Was soll das alles, das Gerede mit den AUFGESTIEGENEN MEISTERN, mit den ENGELN und der GEISTIGEN WELT? Die kann uns doch auch nicht von unserem Erdenleid befreien? Ich kann das nicht glauben, dass das so einfach geht, Miriam!"

„Du hast noch eine innere Blockade gegen die Glücksverheißungen aufgebaut, die die SPIRITUELLE WELT uns verspricht. Du bist noch nicht zu deinem eigentlichen Sein gelangt! Erst dann könntest du glauben, dass alles nur zu deinem Besten und zu deiner Errettung geschieht. Wenn jemand noch nicht in voller Reife steht, wird er das Schwere als unüberwindliche Aufgabe ansehen. Darin besteht unsere Reifungsaufgabe, die uns Schritt für Schritt zur ERLEUCHTUNG führen wird. Wie sonst anders als durch Schmerz und Leid gelangen wir ins göttliche Sein?"

„Ja, aber ich halte es nicht mehr in mir aus, alles Schwere kann nicht einfach so aus mir herauskatapultiert werden. Nein, ich denke, dass Probleme angesehen und bewältigt werden wollen. Sie haben ein Recht darauf! Jedes einzelne möchte ernst genommen und nicht einfach so nach draußen geschubst werden. Miriam, ich tue mich so schwer mit allem. Mein Körper fühlt sich an wie Blei und ich würde mich gerne bei dir aussprechen und auch mal ausweinen dürfen!"

Ohne eine Antwort abzuwarten, beginnt sie sogleich aufzuschreien, ja, sie brüllt mit aller Kraftanstrengung gegen die Decke. Der Radau lässt Wände erzittern und Gardinen vor Schreck bibbern. Ja, selbst ihr Spiegel klirrt sein Klagelied. Und Miriam erstarrt fast unter der Flut der Worte, die ihr Eleonore um die Ohren schlägt:

„Verflixte Dingsda oder wer auch immer! Ihr versammelte ERZENGELSCHAR! Ihr allesamt AUFGESTIEGENEN MEISTER! Wer von euch zeigt sich denn jetzt zuständig für den in der Jackentasche verknüllten Zettel meines Mannes, genauer gesagt für die Telefonnummer 1678345, die ich mir zusammenreimen musste, was mir mehr als eine schlaflose Nacht bereitet hat? Wer von euch allen zeigt sich verantwortlich für die nasse Pumuckl-Bettwäsche meiner Tochter? Sie nässt neuerdings immer öfters ein! Und du, liebe Miriam, schweigst wohl auch dazu, oder wie sehe ich das?"

Miriam muss erst einen Schluck Wasser trinken, denn so ausgetrocknet wie jetzt war ihr Mund schon lange nicht mehr. Erst danach findet sie Worte. Ob es die für Eleonore jetzt genau passgerechten sind, das bleibt dahingestellt.

„Stinknormal, dass dir das alles gar nicht gefällt. Ich würde mir darüber auch Gedanken machen und schlaflose Nächte haben. Such dir jemand, der dir helfen kann, wenn du willst! Vielleicht einen ausgebildeten Gesprächscoach! Bedenke aber, dass letztendlich alles Schwere seinen Sinn in sich trägt. In erster Linie musst du noch sehr viele Lektionen lernen, wofür du eine Engelsgeduld brauchst. Sehr viele Reinigungsprozesse werden noch vonnöten sein, ehe du zu deinem eigentlichen Sein gelangen darfst. Dann brauchst du keine Warum-Fragen mehr zu stellen. Du wirst dich freier fühlen, wenn du das Verhalten deines Mannes nicht bewertest und dir stattdessen sagst, dass alles, was er jetzt macht, für ihn schon stimmig sein wird. Er ist selbst verantwortlich für sein Handeln. Und glaube ja nicht, dass du dafür zuständig bist, du, die du jetzt in erster Linie an deiner Vervollkommnung arbeiten solltest. Wir Frauen neigen leider dazu, uns für alles und jedes die Schuld zu geben. Das muss er aushalten können. Er sollte auch lernen, mal zurückzustecken. Und deine Tochter, die muss akzeptieren lernen, dass sie nicht nur die erste Geige zu spielen hat."

Eleonore, zwischenzeitlich aufgesprungen, pflanzt sich querbeinig vor Miriam hin. Mit weit aufgerissenen feuchten Augen starrt sie ihr Gegenüber an. Jetzt zeigt sie sich so verdattert, dass ihr die Tasse aus der Hand zu gleiten droht. Sie wackelt schon bedenklich wie eine an Parkinson erkrankte Person. Aber dann kommen statt aufgewühlter Worte wider Erwarten sorgfältig überlegte, sehr bedächtig ausgewählte, zur Sprache:

„Miriam, alles das, was ich bisher über Esoterik erfahren habe, zeigt mir, dass alle Probleme nur schöngefärbt mit einer rosa Geistbrille gesehen werden. Ich vermisse den handgreiflichen Bezug zur Realität!"

Die Angesprochene weist diesen Vorwurf jedoch von sich, indem sie zu den blühenden Bäumen draußen zeigt und spricht:

„Die Sonne strahlt gerade in einem bezaubernden Licht und scheint alles Schwere zu überstrahlen!"

„Aber…", so gibt Eleonore zu bedenken: „… es wird auch wieder Abend und Nacht, in der das Dunkel alles Belastende in eine noch größere Schwärze eintauchen wird! Mein Gott, mein

Mann betrügt mich, weil er das jetzt braucht und wo ich bei dem ganzen Spiel bleibe, das interessiert ihn nicht die Bohne!"

Dann nimmt sie ruhig wieder auf jenem Stuhl Platz, der Miriam gegenüber Aufforderungscharakter zeigt. Dank des unermüdlich flackernden Lichts im Porzellanstövchen hat das Teewasser noch seine mund - und magenfreundliche Temperatur bewahrt. Als der erste Tropfen Buddha-Tee durch ihre Kehle rinnt, scheint ihre Welt vorerst wieder in Ordnung, zumal die Freundin, überschwänglich wie sie nun einmal ist, Eleonores Gedankengang gern aufnimmt, um ihn in den Esoterikhimmel zu heben:

„Sieh dir das Wunder LEBEN an! Draußen darfst du die explosive LICHTENERGIE mit allen Sinnen empfangen! Frohlocke an jedem neuen Tag und genieße ihn bis in die tiefste Faser deines Herzens! Und meine Liebe, ich nehme mir nun vor, dich mit weiterer Literatur über die GEISTESWELT zu versorgen! Du hast noch einen enormen Nachholbedarf, oder? Erst wenn du voll in die GEISTESWELT eingetaucht bist, wirst du fraglos glücklich werden!"

Den Eifer, mit dem Miriam ihre Mission betreibt, nimmt Eleonore mit einem schelmischen Augenzwinkern wahr. Ganz umhin kommt sie nicht, ihre Freundin ein wenig auf den Arm zu nehmen:

„Du Schlimmling, du! Du müsstest mich eigentlich kennen, dass ich mich nicht so leicht belabern und ins Bockshorn jagen lasse!"

Aber im Grunde ihres Herzens weiß sie durchaus wie fragil ihre eigene Seelenlage und ihre Einstellung zur Esoterik ist. Sie schwankt wie ein Rohr im Wind. Miriams Eindruck des immer strahlenden Menschen, der im Leben nicht nur durch rosige Zeiten gehen musste, das macht sie stutzig, aber zugleich sehnt sie sich aus tiefstem Herzen nach einem Dasein, das nur aus optimistischer Grundhaltung besteht. Probleme, eigene und fremde, die rauben doch nur Energien und die sollte man gefälligst vermeiden! Solcherart Positivismus übt sicherlich eine Anziehung besonders auf Menschen aus, die die Schwere des Lebens als Huckepack immer dabeihaben. Ständig in einem toxisch positiven Umfeld leben zu müssen, heißt negativen Gefühlen die Daseinsberechtigung abzusprechen. Ob ein geisterfüllter Mensch sich schwierige Lebensumstände nicht bloß schönredet und vielmehr als maskierter Verdränger fungiert, dessen ist sie sich keineswegs sicher. Nur nicht ständig grübeln, ermahnt sie sich inwendig. Leben heißt eigentlich durch Höhen und Tiefen gehen anstelle eines ständigen Schwebens auf Wolke 7 mit dem Prädikat: *Wunderbar hoch drei!* In diesem Moment würde ein dreifach herausgeschrienes *Abscheulich* eher meiner Seelenlage entsprechen, muss sie gedankenversunken feststellen.

Eleonore ergreift Miriam, die schon auf dem Absprung ist, bei der Schulter, ehe sie sie nochmals zum Sessel zurückführt. Ein Wust an schweren Gedanken drängt sie dazu, ihr Herz bei ihr gänzlich zu erleichtern. Miriam plumpst auf den Sessel und zeigt sich dabei sichtlich bemüht, die Mantelfalten zu bändigen. Glockenförmige Mäntel stören sich nun einmal daran, wenn ihnen Gewalt angetan wird. Sie lassen sich nun einmal ungern in ihrem gewohnten Schwingungsradius beschränken. Eleonore lächelt über Miriams Glättungsversuche und hofft in diesem Moment, dass die Freundin auch ihre stürmischen Gedankenwogen zu bändigen vermag. So wendet sich Eleonore mit einer Frage an sie. Mit einer Frage, deren Beantwortung mit einem einfachen JA oder NEIN, schwerlich möglich zu sein scheint:

„Können wir Menschen allumfassende GÖTTLICHE LIEBE sein?"

Miriam bleibt zunächst stumm, ehe sie mit Schwung den Mantel beidseitig von sich wirft. Der Knoten des Halstuchs muss auch daran glauben, denn abrupt wird dieser aufgeschnürt. Ein tiefer Atemzug und Miriam schnappt sich die nötige Luft, um sich einer solch verblüffenden Frage zu stellen.

„Geht´s noch philosophischer, meine Liebe?"

„Allumfassend göttlich, ja darüber stolpere ich zunächst auch! Zwischen Tür und Angel mit solch einer bombastischen Frage überfallen zu werden, das kann auch nur dir einfallen! Manch einer setzt sich sein ganzes Leben mit einer derart existentiellen Frage auseinander und bekommt nie eine ihn befriedigende Antwort!"

Eleonore grinst, während sie ihrer Freundin zuhört. Dann muss sie ihr doch beipflichten:

„Wo du Recht hast, hast du Recht! Aber wenn ich mich an den Konfirmandenunterricht erinnere, - na, ja, graue Vorzeiten! - dann entsinne ich mich ziemlich dunkel zwar - aber immerhin - dass Luther gesagt haben soll:

Wir sind allemal Sünder, die der Erlösung durch Jesus Christus bedürfen! Und die Esoteriker negieren diese Seite der Medaille völlig und betrachten den Menschen als Ebenbild Gottes ohne Fehl und Tadel. Verzeihung: Von Gott ist bei denen ja sowieso nicht die Rede!"

„Eli, ich meine, dass zu damaligen Zeiten die menschliche Sündhaftigkeit zu sehr betont wurde. Wenn ich mich jedoch mehr als Ebenbild Gottes verstehe, erhöht mich diese Erkenntnis und spornt mich dazu an, weiter über mich hinauszuwachsen. Das sagt dem heutigen Menschen stärker zu, wenn er sich innerhalb des Universums als sein eigener Schöpfer betrachten kann. Das Universum hat sich aus dem Nichts erschaffen und jeder einzelne geschaffene Mensch trägt die ganze Schöpfungskraft des Universums in sich. So müsstest du dich stärker von den noch in dir steckenden christlichen Grundüberzeugungen lösen, meine Liebe!"

„Verrate mir mal, warum deine Augen gerade so aufstrahlen, Miriam!"

Eleonore kann sich dem Augenglanz ihres Gegenübers nicht verschließen. Ihre eigenen Pupillen weiten sich und ihre aufs Höchste gespannte Erwartungshaltung trifft auf Miriams vielverheißende Mimik.

„Ja, du hast Recht, exzellente Menschenkennerin! Meine Augen spiegeln sicher gerade meine Hochgefühle wider, die ich bei meiner heutigen Seelenreise empfunden habe. Ein Rausch sondergleichen! Sonnenstrahlen durchfluteten mein HERZ-CHAKRA, so dass es mich fast umgeworfen hat! In TRANCE erfahren wir einen Bewusstseinsruck! "

Eleonore presst ihre Lippen fest aufeinander. Wie so oft, wenn sie sich intensiven Gedanken hingibt! Sie beginnt an ihrem obersten Mantelknopf herumzufriemeln. Das Mantelzuknöpfen erfordert, dass sie sich erhebt. Beim Mantelfaltenordnen betrachtet sie aufmerksam das Gesicht der Freundin. Mit offenen Augen scheint sie sich in andere Welten zu träumen. Eine SEELENREISE? Ekstase sondergleichen? Nein, Fehlanzeige. Ihre Mimik zeigt vielmehr, dass ihr Verstand auf Hochtouren läuft, und solcherlei Verhalten entbehrt jeglicher Leichtigkeit des Seins.

Endlich lösen sich Unter- und Oberlippe aus ihrer Umklammerung und Telegrammstilworte huschen aus Eleonores Mund:

„Ja, das sind also die berühmten zwei Seiten! Abendfüllendes Thema! Später mal! Du bist auf dem Absprung!"

Hinter Miriam fällt die Tür ins Schloss. Eleonore ist ziemlich erleichtert, dass sie nun eine Zeitlang allein sein darf. Gedanklich sieht sie sich schon auf ihren Knien inmitten eines

Berges voller Spaghetti hocken. Mit beiden Händen setzt sie zunächst ihre Nudelmaschine in Gang. Dann müssen die Teigstreifen gar gedünstet werden, ehe sie sie mit Schinken, Tomaten, Zwiebeln und anderen Köstlichkeiten durchwalken kann. Und nicht zuletzt blickt sie in Gedanken auf ihr nimmersattes Mädchen, das, wenn´s um Nudeln geht, nach: `Mehr! Mehr! ´ schreit und ihr den leeren Teller bis haarscharf unter ihre Augen halten wird, solange bis ein faszinierender Nudelberg in die Höhe ragt.

Kapitel 8

„Du meine Güte, Kind! Was ist denn mit dir los?“

Vor Eleonore hat sich ein verrücktes Wesen aufgebaut- inmitten des Spaghetti-Theaters! Es erscheint als mittelgroße Gestalt, fremd und doch vertraut, unerwünscht und doch ersehnt. In die Wüste schicken oder in die Arme schließen, das ist hier die Frage. Sie starrt irritiert auf das Zwitterwesen. Ohne Zweifel: Die Augen sind Annika-Augen, der Mund Annika-Schnute! Ansonsten zeigt sich das Wesen in weißer Umhüllung engelsgleich. Oh, du meine Güte, so stellt sie insgeheim fest, so ein Zinnober hat die Welt noch nicht gesehen! Wo ist das große dicke schwarze B vor dem aufgemalten ENGEL genau in Bauchnabelhöhe geblieben? Es würde der Wahrheit eher entsprechen.

„Mein Gott, auf welche Gedanken kommst du aber auch?“

Eleonore schlägt fragend die Hände vors Gesicht, ehe sie merkt, dass ein Weggucken keine Lösung sein kann. Sie vermag nicht zu leugnen, was sie sehen muss: Zu Berge stehende Haare, oh, nein, sicher musste beinahe eine ganze Dose Haarspray dran glauben! Ganz viele klitzekleine goldene Schleifchen sind darin zu vielen Haarbüscheln hochgesteckt! Hätte ich mein Geschenkpapier mit den bunten kleinen Bändern doch in meiner Kommode, drittes Fach von oben, einbruchssicher verschlossen gehalten! Und die Goldfarbe aus dem XXL-Wasserfarbenkasten, die musste auch noch dran glauben! Ein großer weißer Kreis mit verunglückten Zackenversuchen prangt mittig auf dem Engelbauch!

„Hallo, Mama! Hier ist der Annika-Engel! Ich dachte mir das aus, weil du so gerne Engel magst!“

Mama ist noch immer perplex! Jetzt fehlen ihr die Worte und das passiert höchst selten! „Ja, aber … in karnevalistischen Zeiten würde ich deine Fantasie in den Himmel loben, aber nun … außerhalb der ʼTollen Zeitʻ! Nein, und dazu noch mit durchgeschnittenem Betttuch und der Unverschämtheit, dich an meinen persönlichen Sachen zu vergreifen! Du kannst dich zum Teufel scheren! Schäm dich, in einem solchem Aufzug dich vor mir zu präsentieren!"

„Aber es ist doch alles nur… wegen…, Mama!"… und plötzlich bricht ein Schwall Tränen aus Annika hervor … „…wegen heute Nacht! Das Bett war doch wieder nass und müffelte. Das verdammte kleine Teufelchen in mir. Das musste doch von einem Engel verjagt werden, oder?"

Der kleine Engel, dem vorne das B fehlt, kuschelt sich sogleich eng an Mama, viel näher dran als gewöhnlich. Mama schiebt vorsichtig einen Flügel zur Seite, damit dieser nicht völlig zerdrückt und Töchterchen noch unglücklicher sein wird. Hatte sie sich doch so viel Mühe mit dem Ausschneiden und der Herzbemalung gegeben! Ungeachtet der Gefahr, dass Annikas goldiger Bauch goldene Schmierflecke auf ihrer grauen Bluse verursachen kann, muss sie sie doch einmal fest an sich drücken, diesen Engel, dem das B vorne fehlt. Und dass einige steife Haarbüschel sie bei diesem Unternehmen kratzen könnten, das steht für sie jetzt auch nicht zur Debatte: Trösten ist jetzt das Gebot der Stunde und als sie ihr Engelchen danach fragt, ob es etwas gibt, was sie traurig stimmt, sprudelt es aus dem Engelchen nur so heraus:

„Mama, weißt du gar nicht, dass ich oft abends im Bett liege und weine? Wenn der Papa mit dir schimpft und sagt, dass ihm deine Engel gestohlen bleiben können, dann bin ich wahnsinnig traurig. Wenn der Papa böse zu dir ist und dich anschreien tut, weil du mit deinem Firlefanz ein mächtiges

Tohuwabohu machen würdest, dann bin ich mordsmäßig sauer auf Papa. Und weil ich weiß, dass du gerne mit Engeln redest und Engel ja fast so lieb sind wie der liebe GOTT deshalb habe ich mich als Engel verkleidet. Und vielleicht sprichst du ja auch mit deinem Engel darüber, dass ich manchmal mein Bett nassmache. Ich glaube, dass der Engel dann zu dir sagen wird: *Sei nicht böse mit Annika! Sie macht das nicht etwa, weil sie böse sein will, das Pipi kommt nämlich einfach so aus ihr herausgeflossen. Ich habe sie trotzdem arg lieb!"*

Nun ist es an Mama, deren Augen feucht werden. Annika ist erschrocken, als sie bei Mama Tränen über die Wange laufen sieht. Sie streichelt Mamas Wange und meint:

„Mama, ich wollte dir doch was ganz Schönes sagen. Und jetzt weinst du! Ich habe dich doch so lieb."

Und da schert sich das kleine Engelchen auch nicht darum, der Mama einen Kitzelkuss auf den Mund zu drücken, denn das Haarspray macht die Haarbüschel zu einer äußerst kitzeligen Angelegenheit. Mama nimmt ein aufgerichtetes starres Haarbüschel in die Hand und dreht es zwischen ihren Fingern, als sie ihr zu verstehen gibt:

„Weißt du, warum ich weine? Einfach deshalb, weil ich darüber gerührt bin, dass du mir eine Freude bereiten wolltest! Ich verspreche dir auch, mich nicht mehr über das Treiben des bösen Teufelchens in dir aufzuregen!"

Und als Mama ihren Liebling an dem störrischsten Haarbüschel packend, ganz fest an sich zieht, ertönt ein teils amüsiertes, teils protestierendes: „Au!" Mama muss lächeln, so ein Lächeln, wie es Annika bei Mama so sehr liebt: Ein Schmunzeln mit Mama-Grübchen! Annika kommt es gerade in den Sinn, dass sie ihr vor langer Zeit einmal erklärte: *Weißt du, Mama: Du hast so klitzekleine Berge und Täler im Gesicht, wenn du lächelst?* Mama wird auf einmal wieder ernst:

„Tja, meine Kleine! Ich weiß, dass es für dich auch nicht leicht ist, miterleben zu müssen, wenn Papa und ich uns böse Worte an den Kopf werfen. Wir möchten eigentlich nicht, dass du das so direkt mitkriegst, aber manchmal passiert es dann halt doch einfach so! Auch Erwachsenen unterlaufen manchmal Fehler!"

Annika posaunt mit einem Male ein gewaltiges PUH heraus, bevor sie Mamas Worten mit gerunzelter Stirn bei zur Seite geneigtem Kopf weiterhin geduldig lauscht:

„Du sollst - versprichst du mir das, liebe Annika? - beide Eltern gleich liebhaben! Nur eines will ich dir, auch wenn du noch nicht flügge bist, einmal sagen dürfen: Dass ich mich mit den Engeln und dem ganzen Drumherum beschäftige, hängt damit zusammen, dass ich im Leben nach einem Sinn suche, nach etwas, das über allem steht, was auf Erden kreucht und fleucht. Und da darfst du mich auch nicht daran hindern, wenn ich da ein ganz, ganz klein bisschen Zeit, die eigentlich dir zustünde, dafür verwende, meine Fühler Richtung *Geistiger Welt* auszustrecken. Ich muss mich aber erst noch weiter in diese schwierige Materie einarbeiten, damit ich weiß, ob das Ganze wirklich für mich geeignet scheint."

Annika schüttelt ihren Kopf und, nicht auf den Mund gefallen, äußert sie schnurstracks:

„Aber Mama! Mathe und du? Du hast mal gesagt, dass das nicht zusammenpasst!"

Jetzt erscheinen in Mamas Gesicht wieder diese lustigen Hügel und kleinen Täler, stellt Annika beim Anblick ihrer Mama fest. Und als Eleonora ihrem Töchterchen erklärt, dass Materie nicht viel mit Mathe zu tun hat, jedenfalls in diesem Falle und dass man bei dieserart Materie gar nicht zu rechnen brauche, da fängt Annika auch tüchtig zu lachen an und bemerkt:

„Ja, zum Glück ist es nicht das blöde Einmaleins! Puh, wie hasse ich das! Aber ich hasse jetzt auch, dass mich die blöden harten Haare so stören. Sie veranstalten auf meinem Kopf ein mächtiges Rambazamba. Mama, reiß mir bitte alle Schleifen vom Kopf! Die ziepen mich so furchtbar. Dabei war ich so stolz darauf, dass ich meine Haarpracht so fantastisch hinbekommen habe."

Und ihr Wunsch ist Mama Befehl!

„Aber auch ohne Schleifen bleibt alles noch so hochstehen, Mama! Pippi Langstrumpf lässt grüßen!" lacht Annika und bittet Mama die Engelsgewandung gänzlich zu entfernen. Und als Mama ihr auch noch die gold-weißen Laken von den Schultern genommen und sie von den sperrigen Flügeln befreit hat, da kuschelt sich Annika ohne jegliches Engegefühl ganz fest in Mamas Arme, solange jedenfalls bis Annikas Wunsch nach einer heißen Schokolade das Kuschelbedürfnis übersteigt.

Mamas Kopf arbeitet Stunden danach noch auf Hochtouren, denn sie erinnert sich an ein schlaues Buch, aus dem sie Wesentliches über Regressionstendenzen bei Kindern erfahren hat. Wenn sie sich recht erinnert, fällt ein Kind oft in frühere Entwicklungsstadien zurück, um die Sicherheit, die es in einer früheren Phase durchleben durfte, wieder zu verspüren. Das heißt im Klartext: Annika fühlt sich in der derzeitigen Situation schlichtweg überfordert. Oh, die ECHO - KARTE! Ich muss sie doch hier irgendwo in meinem Adressbuch versteckt haben ... diese auffallende gelb-orange Karte, die mir in der Buchhandlung SOMMERNACHTSTRAUM in St. Georg ins Auge gesprungen war. Und tatsächlich: Sie ragt, als Eleonore das Büchlein in Augenschein nimmt, zwischen den notierten Familiennamen *Zimmermann* und *Zacharias* und dem rückseitigen festen Einband, vor Stolz strotzend, hervor. Eleonore zieht sie heraus und lässt ihre Augen über die großen Buchstaben gleiten. Zusammengereiht ergeben sie einen tiefen Sinn, was ihr in diesem Moment besonders klar wird. So liest sie sich laut vor:

DAS LEBEN IST EIN ECHO.
WAS DU AUSSENDEST, KOMMT ZURÜCK.
WAS DU SÄEST, ERNTEST DU.
WAS DU GIBST, BEKOMMST DU.
WAS DU IN DEN ANDEREN SIEHST, EXISTIERT IN DIR.
DENKE DARAN, DAS LEBEN IST EIN ECHO.
ES KOMMT IMMER WIEDER ZU DIR ZURÜCK.
SEI GÜTIG!"   (Zig Ziglar)

Kapitel 9

„Du meine Güte! Spieglein, Spieglein an der Wand, sprich, wer ist die CHI-VOLLSTE im ganzen Land?"

Eleonore wartet und wartet. Es kommt keinerlei Reaktion.

„So einen komischen Begriff scheinst du nicht zu kennen. Das ist kein Wunder!" lacht sie und gibt sich weiteren CHI-GEDANKEN hin.

Meine Wenigkeit ist es mit Sicherheit nicht! Wieso hat sich seit Stunden schon das kleine unbedeutend klingende Wort CHI in meinem Kopf festgesetzt? Ja genau: Chi, wie chic, wie Chinese oder wie Chinakohl - pfui Teufel, den mag ich überhaupt nicht! Dagegen klingt das Wort *Skifahren* schon äußerst begehrenswert!

Gestern habe ich in der Buchhandlung einen Titel entdeckt, bei dem es um CHI-HEILUNG geht. Diese großen tiefblauen Buchstaben sind mir sofort ins Auge gesprungen. Und als ich darin blätterte, fiel mein Blick auf das Thema: WOHNVERÄNDERUNGEN DURCH DIE UNIVERSELLE BEWUSSTSEINSENERGIE CHI! Heute Morgen, gleich nach dem Aufwachen, chite es mir bereits mächtig im Kopf herum. Na, ja, besser als Schieteritis jedweder Art! Dann stellt sie ehrlichkeitshalber fest:

„Tja, so ganz chi-mäßig schaut mein Antlitz wahrlich nicht aus!"

Eleonore streicht über ihre rotumränderte Augenpartie!

„Immer diese kurzen Heuleskapaden nach seinen Schimpfkanonaden! Sein *Du bist jetzt völlig verrückt!* ist mir den ganzen Morgen im Hirn rumgespukt und das hat mir jegliche Chi-Freude verleidet. Mannomann, wie echauffierend!"

Instinktiv fällt ihr Blick auf den neuen hellgoldenen runden Teppich, den sie gestern im Möbelgeschäft sogar als Angebot ergattern konnte. Rund und hell und alle CHI-Merkmale berücksichtigend, so sollte er sein. Dieserart Gedankensplitter hatte sich beim Shoppen so fest in ihre Gehirnwindungen eingegraben, dass sie jedes Möbelstück gemäß dem FENGSHUI -KRITERIEN aufs Korn nehmen musste. Eben völlig CHI-verrückt, was denn sonst? Kopfschüttelnd stellte sie dies fest und musste dabei aufpassen, dass sie keinen Tinnitus-Kopf bekam.

Und was macht den Wunderteppich nun zu einem solchen, wollte mein Ehegespons zu später Abendstunde wissen. Na, dieser Teppich könnte zugegebenermaßen auch als ein Teppich ´Marke normales Mittelmaß' durchgehen. Aber allein das Runde und Geschwungene symbolisiert meiner Meinung nach das Fließen des Wassers und FENG-SHUI-FARBEN sind bezüglich eines Teppichs oder Sitzmöbels bedeckte Farben wie Grau, Grün, Braun usw. Besonders intuitive Menschen sollten von der Farbgebung *Rot im Übermaß* Abstand nehmen, denn die geballte Rot-Energie könnte ihnen aufs Gemüt schlagen. Und ein wenig stolz, aber ehrlich gesagt auch ein wenig skeptisch, wie mein diesbezügliches Wissen bei ihm ankommen wird, erklärte ich ihm heute Morgen, was mir in einem Seminar eingebläut worden war:

Die Geister der Luft und die Geister des Wassers sollen durch eine bestimmte Anordnung in der Wohnungseinrichtung gütig gestimmt werden. Durch das Wohlwollen der Geister wird sich eine Gestaltungsharmonie einstellen.

Und meine Erwartung bestätigte sich auf der Stelle: Der Mann, d.h. mein Mann, schüttelt den Kopf und in dem Moment, als er seinen Zeigefinger für den Bruchteil einer Sekunde gegen seine Stirn tippen lässt, ist es bereits um mich geschehen: Seine geliebte Autozeitschrift, zuvor noch friedlich auf seinem Schoß ruhend, macht eine Bruchlandung. Anstatt an seinem Kopf zu landen, verfängt sie sich jedoch in der Gardinenstange, wo diese, ziemlich zerfleddert, der baldigen Befreiung harrt.

Inzwischen habe ich die Befreiung getätigt und das mit grimmigen Herzen. Möge der Zeitschriftenbesitzer, sprich: mein Mann, doch gefälligst dortbleiben, wo der Pfeffer wächst.

„JEDEM DAS SEINE! ICH WILL … ICH WILL … NACH MEINER FASSON SELIG WERDEN!"

Alle guten Dinge sind drei: Gleich dreimal schreit sie sich ihre Seele aus dem Leib. Und mit jedem Male wird ihre Stimme fulminanter. Danach besänftigt sie sich wieder und gereicht sogleich dem Weich des Teppichflors alle Ehre. Wie herrlich! Sie streicht traumversunken über den weichen Flor. Ein wohliges Tastgefühl ermächtigt sich ihrer, ehe sich ein Rinnsal zwischen ihren Schulterblättern bemerkbar zu machen droht. Schuld ist einzig und allein die Goldfarbe in Annikas neuen Wasserfarbenkasten. Oh, diese verrückte Vorstellung…, Eleonore grinst ob ihres Fantasiegebildes, … wie Farbe aus der Tubengefangenschaft sich ans Tageslicht drängt, um sich mit imaginären Griffeln, Kraken gleich, goldener Kolorierung auf dem neuen Teppich zu verewigen.

„Zum Donnerwetter, nein! Annika und ihre wuchtige Gestaltungswut!" schleudert sie dem unschuldigen Teppich entgegen, ehe sie sich ihren intensiven Gedanken hingibt: Wie gut, dass ich gerade noch heruntergekommen war und einschreiten konnte, als sie mit dem Pinsel in der Hand, über dem Teppich gebeugt, herumfuchtelte. Ein Racheakt, so mutmaße ich. Rümpfe ich doch jedes Mal entrüstet meine Nase, sobald sie mir von ihrem Wunsch nach einem amerikanischen Sideboard vorschwärmt und ich ihr diese

Flause auszureden versuche. Die eckige silbern schattierende Oberfläche zeigt typisch amerikanische Plumpheit und disharmoniert mit meiner neuerlichen Vorstellung vom behaglichen Wohnen.

IHR FENG-SHUI STÄRKT IHR CHI

So habe ich es in einer Broschüre als Überschrift gelesen. Und das geht mir so schnell nicht aus dem Kopf. FENG-SHUI, der Natur nachempfunden, weil ohne Ecken und Kanten, harmonisches Rund überwiegend. Eigentlich für mich sehr schlüssig, denn Weichheit siegt damit über Härte. Nur ganz im Blitztempo werde ich unsere Einrichtung nicht nach diesem Prinzip ausrichten können, solange ich in unserer Familie auf einsamen Posten stehe. Feng-Shui, du meine Güte! Ich habe mal gehört, dass in China schon Häuser mit einem Loch in der Mitte gebaut werden. Der Grund: Die von den Bergen kommenden Drachen sollen doch nicht an ihrem freien Flug gehindert werden.

Und mit einem Fensterblick stellt Eleonore fest: Die Vorhänge, die müssen weg! Sie sind zu dicht und lichtundurchlässig, denn alles, was die FENG SHUI-Regeln befolgt, gehorcht dem Grundsatz: Viel Licht! Viel Wasser! Wie wäre es mit einem Zimmerbrunnen? Aber warum sollte ich mir nicht peu à peu selbst eine Freude bereiten dürfen? Mein Ehegatte gönnt sich derweil Freuden ohne Zahl. Ich glaube seiner Beteuerung nicht, dass er lediglich ein einziges wöchentliches Telefonat mit einer verwitweten ehemaligen Arbeitskollegin führt, der er angeblich seelischen Beistand leisten müsse. Fragt sich nur, so befindet Eleonore inwendig, ob er der richtige Partner ist, der als Seelentröster auf den Plan tritt, ausgerechnet er, der sich doch zuhause nicht gerade als Seelenversteher bewährt. Seelisches Vertrauen zwischen Mann und Frau …, sie runzelt die Stirn und stößt erregt aus:

„Oh, je, so naiv wie andere mich sehen wollen, bin ich auch wieder nicht!"

Mamas plauzende Reaktion auf meine Feng-Shui-Phase tönte in der letzten Woche so: *Was soll der ganze Spleen?* Am geschicktesten wäre es, diesen Mama-Spleen erst mal mit kleinen unauffälligen Dingen nicht zu gekonnt in Szene zu setzen. Zum Beispiel mit Schmuck statt auffallenden Möbeln. Aber dann kam es wie es kommen musste: *Verschon mich mit dem ganzen Kokolores, Tochter! Halte mir deine Pendel, Karten, Maskottchen und die schwarze Magie vom Leibe!*

Ich sehe ihre weitaufgerissenen, Teufelsblitze versprühenden Augen noch vor mir, als ich ihr mein energetisch hochgeladenes Schmuckstück vor Augen halte. Demnächst schwebt mir auch ein FENG-SHUI-Armband mit schwarzem Obsidian vor, - das verhehlte ich ihr klugerweise! - ehe ich mit größeren Räumaktionen im Haus beginne. Das Haus in 8 Sektionen aufzuteilen, angefangen von Südwest bis Nordost unter Berücksichtigung der 5 Elemente, das dürfte kein einfaches Unterfangen sein, wenn Argusaugen jeden Handgriff kontrollieren und ein dazugehörender forscher Mund mir Unzurechnungsfähigkeiten in der realen Lebensbewältigung vorwirft. Na, ja, das Armband, erregt da nicht ganz so viel Aufsehen bei ihm! Dieser besondere Armschmuck soll Energien beflügeln, die für Reichtum stehen, was niemanden schaden kann. Und wogegen der Hausherr natürlich auch keinerlei Einwände hegen könnte!

Und überhaupt sehe ich Mama gerade vor mir, wie sie wütend bedauernd über mich herzieht... alles rührt nur daher, dass du zu wenig Selbstbewusstsein hast! Lass dich doch nicht vom ´Typ Weltflüchtender` vereinnahmen, jener, der dir weismachen will, dass der Sinn des Lebens in solcherart Aberglauben zu finden sei. Manche dieser Leute befleißigen sich sogar, jede Stelle in der Wohnung auszupendeln. Am besten pendeln sie sogar noch den Klosettort aus, so dass der Entleerungsvorgang, immerhin drückte sich Mama diesbezüglich sehr gewählt aus, optimal erfolgreich vor sich gehen kann. Aber beim nächsten Mal werde ich sie, so nehme ich mir fest vor, völlig auflaufen lassen. Mich strikt abwenden und desinteressiert aus dem Fenster gucken, das sollte dann meine Devise sein. Ich lasse mich doch nicht auf einen Konter mit Mama ein! Wer bin ich denn? Auch wenn mich vieles in dieser esoterischen Szenerie nicht gerade brennend interessiert, eine Familienaufstellung würde in mir eine totale Faszination hervorrufen. Empfohlen wurde mir die Aufstellung nach der Methode von Bert Hellinger. Damit sollte ich mich mal intensiver auseinandersetzen. Vielleicht werde ich dabei auch enträtseln können, warum ich, obwohl ich doch die bravere von beiden Töchtern gewesen bin, mit unserer Mutter heute mehr Zusammenstöße erlebe, als es früher der Fall war.

Glücklicherweise kommt Mama heute nicht mehr so oft daher getippelt wie anno dazumal. Das Tippeln in hohen Pumps macht ihr nicht mehr so viel Spaß und landläufige Treter zu tragen, das erscheint unter ihrer Würde. Zudem wohnt sie, seitdem Papa nicht mehr unter uns weilt, in Harburg und nicht mehr in St. Georg. Um noch einmal auf Schwester Carmen zurückzukommen. Sie scheint wohl die Geschicktere von uns beiden zu sein. Sie reizt Mama nicht in dem Maße wie ich es tue.

Du meine Güte, ich sehe da einen Zwiespalt in mir: Einesteils übt das Verschmelzen mit der GEISTIGEN WELT einen sehr großen Reiz auf mich aus, andererseits verzichte ich liebend gern darauf als wiedergeborenes Geistwesen mich von meinen Lieben weiter auseinander lavieren zu lassen. Meine Tochter und mein Göttergatte haben auch noch ureigene

Rechte, wenngleich letzterer seine Ambitionen als Seelentröster ausschließlich in den familiären Bereich verlagern müsste. Das ganze Unternehmen wird zweifelsfrei ein Spagat werden! Aber inwieweit gibt es dabei überhaupt einen Mittelweg? Es darf schließlich nicht angehen, dass ich damit zufrieden sein kann, die positiven Energien zur Hälfte zu vergeuden. Eine halbe Vervollkommnung wird nie zu Formen HÖHEREN SEINS führen genauso wie sich eine halbe Liebe auch immer nur als eine halbe Sache erweisen kann.

Fengshui-Möbel, die gibt es sicher in einem extra dafür vorgesehenen Geschäft! Oh, da fällt mir etwas ein! In Mönckeberg befindet sich in einer ganzen Etage eines Warenhauses, eine große Auswahl von anthroposophischen Objekten. Und vielleicht fällt es mir in einer solcherart gestalteten Wohnumgebung noch leichter, mich auf geistige Höhenflüge einzulassen.

Und worin bestehen die Kochkünste einer ERLEUCHTETEN PERSON? Aus veganem Kochmaterial, natürlich! Zaubere ein argentinisches Steak her? Ja, so lautete die gestrige Devise in einem Koch-Blog! Ich habe davon gelesen, dass sich die Geschmacksknospen im Munde vegan verändern lassen. Aber … mein Mann … ich kenne doch meinen Pappenheimer! Annika ließe sich da wesentlich leichter lenken! Ha, ha, ha! Ich sehe ihn schon mit einer ausgebeutelten Jacketttasche vor mir stehen und die zeigt sich weitaus verdächtiger als das unscheinbare Zettelchen mit der geheimnisvollen Telefonnummer. Ein Riesensteak in der Hosentasche, ich sehe einen Karikaturisten vor mir, der an einer Stelle den Knochen schon richtig aus der Jackentasche herauslugen lässt. Allerdings wären die Folgen nicht so weitreichend wie das geheimnisvolle Zettelchen.

Auf dem Weg zur Küche tummeln sich verquere Gedanken in ihrem Hirn. Wie sich da Vollkornnudeln, rote Zwiebeln, vegane Currypaste sowie Nüsse in einem bunten Kopfreigen vereinen, kommt ihr ein verrückter Gedanke: Energien, die du zum Kochen verwenden wirst, kannst du laut einer neuesten Esoterikströmung einsparen und lediglich durch Luft kompensieren. LICHT STATT NAHRUNG, so heißt die Devise. Der Körper spart sich zudem den Energieverbrauch durch Verdauung, … aber dann lächelt sie doch ob dieser ihr ziemlich skurril erscheinenden Idee. Clevere Geschäftsleute sollen diese entwickelt haben. In Seminaren preisen sie sie an und ziehen Interessenten für die Teilnahme an diesem speziellen Seminar das Geld aus der Tasche. NUR 200 EURO SOLLTE IHNEN DOCH EIN VERSUCH, SICH MIT LICHTENERGIEN AUFZULADEN, WERT SEIN! An diesen Ausruf auf einem Flyer erinnert sich Eleonore bei dem Besuch einer REIKI-Heilerin in der Heimhuder Straße, die ihr wegen ihres Spannungskopfschmerzes empfohlen worden war. LICHT STATT NAHRUNG! propagierte der Flyer. Wie pervers klingt es eigentlich, wenn Menschen, die nur vom Licht leben, sich das Wassertrinken verbieten und Flüssigkeit nur durch den Anus aufnehmen. Oh, wie verlockend dagegen, das Portemonnaie nicht mehr für den Kauf von Cabanossi, Pasta und Co., in schlechtem Ruf geratene Kuhmilchprodukte und Rindfleisch öffnen zu müssen. Allesamt als Klimakiller in Verruf geratene Lebensmittel. Wie ernüchternd dagegen die Tatsache, sich auf einem Basar bummelnd, nicht mehr vom gelben, grünen, roten Gemüseallerlei und Duftstoffen wie Pfefferminz, Rosmarin und Zitronengras das Wasser im Munde zusammenlaufen lassen zu dürfen. LICHT STATT NAHRUNG! Unvorstellbar, der Verzicht von Aromen, die beim Kochvorgang bereits die Sinne betören. Wollen wir dabei gar nicht erst vom Glanzpunkt der Leib und Seele ergötzenden

Mahlgemeinschaft mit lieben Menschen reden! Hundertundein Aufreger für meinen Mann! Der Wutentbrannte würde auf der Stelle das Haus verlassen, seine Telefonseelsorge nach einer gemeinsamen Kochorgie mit seiner Gespielin ins Bett verlegen. Und für Annika wäre dann eher Omas Leib- und Magengericht Linseneintopf der Hit, für den sie normalerweise keine allzu große Sympathie hegt. Und welche göttliche Ruhe umfinge mich dann erst! Mit Meditation, Tanz und frischer Luft würde ich lichtvolle Erfahrungen der GEISTIGEN WELT aufnehmen dürfen… und sollte mich aber dennoch nicht darüber wundern, wenn ein Notarztwagen mit Tatütata vor meinem Haus stünde und Sanitäter mich auf einer Trage wegtransportierten. Immerhin hat es zuvor Hinweise aus meinem engeren Umfeld gehagelt, dass sich hier im Hause eine fast bis zum Skelett abgemagerte Person befände. Und gewissenhafte Helfer müssen, ihrem Berufsethos verpflichtet, jedem kleinsten Hinweis nachgehen.

Oh nein, dann lasse ich mir doch zehnmal lieber veganen Duft einer Currypaste um die Nase wehen! Vegane Brotaufstriche wie z.B. Paprikaaufstrich oder Olivenpaste, die sollte ich aber auch mal in mein Rezeptreservoir aufnehmen, nimmt Eleonore sich vor und ergreift das Schneidemesser aus der Schublade, um zwei rote Zwiebeln zu zerkleinern. Auch wenn es gleich Tränen geben wird, was sind sie im Vergleich zum Verzicht auf wohlmundende Kräuter und Gewürze, allesamt I-TÜPFELCHEN einer lustvollen Ernährung.

Kapitel   10

Stopp, hör auf! Ende im Schacht!"

Eleonora lächelt als Miriam unentwegt in ihren Rucksack greift, um massenweise Bücherschätze daraus ans Licht zu befördern. Die Arme hat sich abgeschleppt, muss sie sich doch vom Nikolaifleet durch kleinere Gassen hindurchbewegen, bis sie bei uns gelandet ist. Die Freundin hat Wort gehalten und Esoterik-Literatur aller Art herbeigeschafft, breitgestreut von KOMUTIEL, dem Schutzengel der Tiere, über WASSER-BELEBUNG durch Johannes Grander bis hin zu WICCA, der neuen heidnischen Religion, in der auch das männliche Pendant der Hexe, nämlich der Hexer, seinen Platz findet.

„Miriam, weißt du wovor ich Angst habe?"

Eleonore hält sich die Hand vor den Mund, um nicht laut drauf loszuprusten, ehe sie schmunzelnd verlauten lässt:

„Womöglich erreiche ich dann noch die höchste Erweckungsstufe eines Jesus, Buddhas oder Krishnas! Ob ich dann lachen oder weinen soll? Uneingeschränkte Freude im Herzen wäre zwar unausweichlich, aber? Miriam, weißt du, was ich dir jetzt sagen möchte? In irgendeinem schlauen Buch habe ich gelesen: Von Erleuchtung zeugt es, wenn ein Mensch, den das Alleinsein plagt, seine Zweisamkeit mit einer Mücke beispielsweise als beglückend empfinden kann. Eher zum Piepen finde ich die Vorstellung, dass der Liebesbeweis einer Mücke durch einen Stich dann wohl als Höhepunkt gewertet werden dürfte. JA oder NEIN, wieder einmal, wie so oft im Leben, ist das hier die alles entscheidende Frage. Mit einem Tränlein im Auge würde ich dagegen auf meine betörende Maiglöckchen-Body-Milk oder eine exzellente Shoppingtour verzichten können. Aber aller Wahrscheinlichkeit nach stünde mir als Geistwesen der Sinn keineswegs mehr nach weltlichem

Vergnügen. Mein Mitleid ernteten dann alle jene Menschenwesen, denen es nicht beschieden ist, über den eigenen Tellerrand herausblicken zu können. Nur durch ständige Bemühtheit und Ausdauer erreichen wir schlussendlich mehr und mehr den Gipfel der SEINSVOLLKOMMENHEIT, ein Zustand, der von jeglicher Begier auf Niederes freigekämpft worden ist."

Miriam kontert verschmitzt lächelnd:

„Nur zu! Weile statt Eile! Sieh hier: Dieses Buch habe ich auch gelesen!" Und dabei gleitet ihr Finger über den Buchtitel in Rot auf blau-meliertem Untergrund: KRYON.

„Das Buch der Heilung! Zunächst wird es dir etwas seltsam vorkommen, was drinnen steht, aber bei einer gewissen Vorahnung, die du dir am besten hier durch dieses Buch vermitteln kannst, wirst du den schwierigeren Sachverhalt gut verstehen."

Dabei zeigt sie auf das Buch mit dem Titel: DAS GEHEIME WISSEN - Einführung in die Esoterik! - Hier... dabei streicht sie mit ihrem dunkelvioletten Nagel ihres Zeigefingers über das in blauen Wellen changierende Titelblatt des Kryonbuchs ... *machen wir ohne Ende darauf aufmerksam, dass 1987 ein ganz besonderes Jahr gewesen ist."*

Miriam fühlt sich aufgefordert weiterzusprechen, nachdem sie in Eleonores fragend-neugieriges Gesicht geblickt hat.

„Die Autorin hat durch ihre gereinigten Kanäle die Kunde erhalten, dass sich zu dieser Zeit etwas Wunderbares ereignet hat. KRYON, der MEISTER VOM MAGNETISCHEN DIENST, hat es ihr persönlich offenbart. Als Zeichen bekam sie folgende Kunde: Magnetgitter haben sich neu gebildet, so dass der Aufstieg in die FÜNFTE DIMENSION erreichbarer geworden ist. Tausende von Lichtwesen halfen ihm dabei, dass bis 2002 diese

Nachwehen wirkten. Und in der Jetztzeit geht die Erde mit ihrem gesamten Sonnensystem in eine neue Umlaufbahn. Aber das ist für den Anfang für dich eine zu schwerverdauliche Kost, liebe Eleonore!"

„Tja, meine zukünftige lupenrein Erleuchtete! Ich wäre schon froh, wenn ich als Viertel-Erleuchtete mal alle meine Fragen und Ängste dadurch ein wenig zur Seite stupsen könnte!"

Eleonore blättert und blättert. Ihre Finger pausieren ab und an bei ihrer Fingergymnastik, um ihre Augen über diese oder jene Buchstabenfolge gleiten zu lassen, die ihr momentanes kurzzeitiges Interesse erregen.

„Oh, Miriam, WICCA springt mir hier direkt ins Auge. Und nach einer kurzzeitigen erneuten regen Fingergymnastik stößt sie auf zwei Sätze, die sich ihr direkt aufdrängen und die sie sogleich zum Besten gibt:

IM WICCA FINDEN SICH VIELE VERSCHIEDENE RITUALE, DIE VOR ALLEM IM TRADITIONELLEN WICCA OFT NACKT UND IN DER FREIEN NATUR AUSGEFÜHRT WERDEN, DA DIE KLEIDER DIE MAGISCHEN ENERGIEN UND DIE VERBUNDENHEIT MIT DER ERDE BEHINDERN KÖNNEN. EIN WEITERES SEHR BELIEBTES RITUAL IST DAS HERABZIEHEN DES MONDES, BEI DEM DIE MONDGÖTTIN HERBEI GERUFEN WIRD.

„Ja, Miriam, wenn sie sich nackig machen, da wird´s richtig interessant! Da werden alle Eitelkeiten von wegen, wer ist die Schönste im ganzen Land, mal abgelegt oder erst gar so richtig in Szene gesetzt!"

Miriam hat gerade entdeckt, dass ein kleines Büchlein, das wohl mehr durch Größe anstatt durch Umfang zu punkten sucht, aus den übereinander gestapelten Werken herausstakt.

„Eleonore, sieh hier diesen Titel an: HALLO UNIVERSUM, HAST DU MICH GEHÖRT?"

Die Angesprochene kann sich eines Grinsens nicht erwehren und als sie ihrer Freundin in die Augen blickt, da verspürt sie auch ein Flackern derselbigen, das anzeigt: Hallo, Universum, auf Knopfdruck bitte Befehl bewerkstelligen! Ich warte auf prompte Lieferung! Lass dich bitte nicht lumpen!

„Miriam, früher hieß das schlicht und ergreifend *zu Gott beten!* und da erwartete man sowieso keine Gebetserhörung auf Anhieb! Schließlich heißt es ja: Dein Wille geschehe!"

„Eli, weißt du was? Einige meiner Freundinnen, die auch in der Esoterik-Szene unterwegs sind, glauben, dass die Ansprechsphäre der gesamten GEISTIGEN WELT doch viel umfassender sei als es die christliche Lehre hergibt. Letztere sei ihnen viel zu begrenzt und offenbare wohl nicht das Gesamt der überirdischen Welt. Ich habe dann oft den Eindruck: Der liebe biblische Gott scheint ausgedient zu haben! Ob wir es wollen oder nicht, denn zu viele Menschen treten aus der Kirche aus und einige von denen suchen sich stattdessen einen spirituellen Bezug, der mehr Wunder auf Bestellung und dieses auch noch auf Anhieb verspricht! Sie erwarten vom Überirdischen einen Glanz, der ständig von der GEISTIGEN WELT auszugehen habe. Viele wollen sich in unserer vom Verstand geprägten Zeit dem nicht entziehen. Ich habe ein Büchlein mit dem Titel: DU BIST WUNDERBAR! gelesen. Aber danach fühlte ich mich gar nicht so wunderbar, so erfrischt wie erhofft. Vor meinem inneren Auge sah ich Wanda, Mamas Zugehfrau aus Polen wie sie als alleinstehende Mutter im tiefsten Schlamassel feststeckt, weil ihre beiden Kinder vom rechten Weg abgekommen sind. In dieser Situation wird sich diese arme Frau das ihr zugesprochene *Du bist wunderbar!* auch wer weiß wohin hinstecken können! Denn nicht nur ihr Mann, sondern auch sie selbst wissen genau, welche folgenreichen Fehler beide gemacht haben. Aber in der ESO-SZENE gibt es ja bekanntlich keine Fehlenden! Hier agieren nun einmal nur Lichtwesen, die unfehlbar sind."

Miriam geht mit keiner Silbe auf Eleonores Einwände ein. Stattdessen wendet sie sich mit einem Blick dem Bücherberg zu, halb schmunzelnd, halb verärgert, dass ihre Freundin ihrer Meinung nach zu kritische Töne anschlägt. Jetzt muss ich ihr meine Einstellung dazu geigen, zwar etwas humorvoll verpackt, jedoch eindeutig. Und das hört sich dann so an:

„Eleonore, ich gebe dir folgenden Rat: Lese alle ESO-Bücher unvoreingenommen, schalte deinen kritischen Verstand aus und lasse dich von der GEISTIGEN WELT zur Wahrheit führen! Annika sendet hilferufende Signale aus, die du erhören solltest."

Miriam fixiert das Freundinnengesicht aufs Genaueste: Seine rosige Gesichtsfarbe changiert zu einer käsig-weißen. Die zuvor noch wachen Augen verlieren sich mit einem Mal gedankenversunken in der Ferne. Sie scheinen die hohen stoffbespannten Stuhllehnen zu durchbrechen, ehe sie durch das Doppelfensterglas hindurch gleitend, sich auf der tiefrot blühenden Pfingstrosenhecke im Garten sammeln. So entzückt wie ehedem, wenn lichte Sonnenstrahlen auf ihre Lieblingsblumen fallen, zeigen sich diese wässrigen Augen heute allerdings nicht, scheinen sie sich doch eher hilfesuchend an der dunklen Signalfarbe festzuklammern. Ob ihre Seelenaugen nicht vielmehr den Blumenliebling inständig anflehen, ein Pfingstwunder geschehen zu lassen?

Eleonore hatte sich in den letzten Tagen schon ihre ureigenen Gedanken darüber gemacht, wie es ihr gelingen könnte, ihren großen Wunsch in einer HÖHEREN WIRKLICHKEIT aufzugehen mit dem berechtigten Interesse ihrer Familie nach Fürsorge in Einklang zu bringen. Und nun stupst sie Miriam direkt auf einen wunden Punkt. Nach einer für Miriam gefühlten Ewigkeit, zentriert Eleonore ihre Augenblicke wieder ins Diesseitige der Hausmauern. Die Augen umreißen jetzt fest das Gesicht ihres Gegenübers und die Sprache artikuliert sich nun sehr klar und unmissverständlich:

„Miriam, du hast Recht! Annika zeigt sich eifersüchtig und ich werde nicht nur den ganzen Bücherwulst sorgsam vor ihren Augen verstecken, sondern auch sehen, dass ich mich vor ihren Augen nicht mehr in diese ganze Thematik vertiefe."

Wupps, die bei ihrem Namen Gerufene steckt mit einem Male ihren Wuschelkopf durch die kaum geöffnete Tür, um aus ihrem Blickwinkel Weltbewegendes, aus Mamas Blickwinkel gesehen vermutlich Weltzerstörendes von sich zu geben, ehe sie sich mit einem flüchtigen Blick auf Miriam mit einem Zuschlagen der Tür wieder verabschiedet.

Miriam entgeht keinesfalls, wie Eleonore vergeblich gegen die feuchten Rinnsale zu kämpfen sucht, die aus ihren Augen hervor tröpfeln. Schließlich ergreift sie den Zipfel ihres umhäkelten Taschentuchs, um die Tränen darin aufzufangen. Es sind sage und schreibe diese fünf Worte, die ihr den Boden unter den Füßen entgleiten lassen:

„Papa küsst eine fremde Frau!"

Das sind fünf Worte, genau genommen 24 Buchstaben, die Verwirrung und Schockstarre bei ihr hervorrufen. Nachdem der 24. Buchstabe über Annikas Lippen gestolpert war, huschte die Unglücksbotin aus dem Zimmer.

Eleonore verfällt in eisiges Schweigen, presst ihre Lippen krampfhaft aufeinander, damit ja kein Sterbenswörtchen nach Außen entweichen kann. Vorerst braucht sie Minuten des Alleinseins, während Miriam mit ihren Fingern die Kordel ihrer Bluse walkt und sie von beiden Seiten miteinander verflechtet.

Mit niedergeschlagenen Augen spürt sie wie es in ihrer Freundin brodelt. Dieser verschlägt es zwar die Sprache. Aber Miriam zeichnet sich im Gedankenlesen aus: Gnade dir Gott, du vermaledeiter Seelentröster! Du hast Höllenqualen verdient! Kleinholz würde ich aus dir machen, wenn …! Wutentbrannt, aber auch nicht minder erschrocken über ihre vermaledeite Aggressivität starrt Eli auf ihre Fäuste. Geballt und vor Kraft strotzend könnten diese nun zu Mordinstrumenten werden…, wenn ja …zugleich gebietet sie ihren Verdammnis-Fantasien Einhalt, … als sie Miriam entgegen schreit:

„Und ich habe es geahnt!"

Der 18-Buchstaben-Schrei verhallt innerhalb der vier Wohnzimmerwände nicht gänzlich ungehört, denn Miriams Ohren sind keineswegs auf Durchzug gestellt.

Und ein zweites Mal, deutlich mit einem Vorwurf gegen sich selbst, sprudelt es aus Eleonores Mund heraus:

„Und ich Trottelin habe es zu meiner Beruhigung zunächst geglaubt! Wie dumm konnte ich nur sein? Aber laut Buchtitel bin ich ja wunderbar!! Auch wenn ich mich jetzt hundeelend fühle! Ich schreie es in alle Welt hinaus: Ich bin so wunderbar! Wunderbar! Wunderbar! Mein Mann ist so wunderbar! Die ganze Welt ist so wunderbar! Woher kommen dann alle wunderbaren Kriege und Fehden zwischen wunderbaren Menschen?"

Wie eine Tänzerin wedelt sie Arme und Beine im Kreis:

„Ja, wie wunderbar!! Verflixt und zugenäht! Himmel, Arsch und Zwirn! Wie wunderbar schrecklich kann das Leben auch sein! "

In der Bewegung innehaltend, zuckt sie zusammen. Oh, nein, nun wird Miriam auch noch Zeugin meiner verbalen Schnitzer!

Miriam sieht wie Eli ihre Hände fest auf ihr Gesicht drückt, so als wolle sie sich selbst und alle Welt anklagen. Erst allmählich befreit sie ihre bedrängten Augen wieder und wendet ihre Blicke Miriam zu. Mit betont siegessicherer Stimme gibt sie ihr zu verstehen:

„Ich werde bis aufs Blut kämpfen! Schon allein Annika wegen! Die Gegenspielerin darf unter keinen Umständen das Feld behaupten! Nur eines muss er wissen: Meine Sehnsucht nach der GEISTIGEN WELT wird er mir nie und nimmer austreiben können! Ich muss mir aber immer wieder ins Hirn schreiben: Mann und Kind müssen trotzdem die Sicherheit spüren können, dass sie an erster Stelle stehen! Oh, nein! Was rede ich da für ein Blech!? Ein Mann, der fremdgeht, hat doch seine Vorrangstellung gründlich verspielt, nicht wahr, meine Liebe? Fürsorgerecht gleich Null! Allein Annikas Anspruch auf Obsorge sollte mir dagegen am Herzen liegen!"

Miriam nickt stillschweigend. Sie scheint in einen Gedankengang vertieft, den sie erst nach etlichen Minuten Schweigezeit offenbart:

„Ja, Eli, du hast durchaus Recht. Deine Gefühle verstehe ich sicherlich, auch wenn ich davon ausgehe, dass du für deine Ehe wie eine Löwin kämpfen wirst. Das ist unserer Erziehung geschuldet, haben wir doch versprochen, in guten wie in schlechten Tagen zusammenstehen! Und da spüre ich bei dir auch die berühmten zwei Seiten einer Medaille. Bei mir schleicht sich aber mehr und mehr ein Gedanke ein, bei dem du zunächst schlucken wirst: Wenn ein bestimmter Seelenplan für einen Menschen schon seit Ewigkeiten vorherbestimmt ist, dann zeigt sich mit einem Male ein anderer Blickwinkel dieser Angelegenheit. Ob für diesen, deinen Mann, vom Universum vielleicht eine andere Frau vorgesehen ist? "

Eleonore muss schlucken; nicht einmal, sondern gleich mehrmals und Miriam spürt, dass sie trotz häufigen Schluckens den Kloß im Hals nicht weg zu kriegen scheint. Hoffentlich erstickt sie jetzt nicht noch an diesem harten Brocken, den ich ihr gerade vorgesetzt habe und den sie sich angriffslos einverleibt hat. Zum wiederholten Aufstoßen bleibt ihr jedoch keine Zeit, denn hastig reißt jemand die Tür auf. Dieser Jemand posaunt in den höchsten Tönen:

„Mama! Du Faulpelz! Du hast mir für heute Abend die Kinderpizza versprochen! Sie ist schon im Herd drin! Aber du hast mir verboten, den Herd allein anzustellen! Und so lässt du deine Tochter lieber verhungern!"

Annika war zur Türe hereingeplauzt. Wie eben! Nur mit dem Unterschied, dass sie jetzt in peppiger Statur, mit ausgefranzter Jeans - schließlich ist das cool! - sowie einem rosafarbenen T-Shirt mit einem, wie sie es empfindet, komisch klingenden Satz drauf, auf der Bildfläche erscheint und zwei Augenpaare auf sich zieht.

„Guck, Mama! Ei lawer ju!" Annika stupst während des Sprechens mit ihrer Hand auf das komisch aussehende Shirt.

„Oh, du meinst: I love you! Das heißt so viel wie: Ich liebe dich!" Nicht nur Mama verzieht den Mund reichlich komisch, auch Miriam, in der anderen Zimmerecke mit dem Bücherberg beschäftigt, grinst wie ein Honigkuchenpferd.

„Deutsch ist doch die schönste Sprache auf der Welt!" befindet Annika und fügt hinzu: „Die anderen klingen einfach nur doof!"

Und Mama findet den jetzigen Auftritt ihrer forschen Tochter im Gegensatz zum vorherigen Hereinschneien eher als angenehm. Ja, sie mag in diesem Moment deren schmissige, entspannende Art.

Miriam hatte während Annikas Abwesenheit nach und nach ein Buch nach dem anderen in ihrer Tasche verschwinden lassen. Bevor sie das Feld räumt, macht sie ihrer Freundin durch Zeichensprache deutlich, dass sie jetzt, um größeres Budenunheil zu vermeiden, lieber das Weite suchen will. Beim Hinausgehen verbiegt sich unter der großen Rucksack-Bücherlast ihr Rücken. Schlurfenden Schrittes verlässt sie das Haus. Und schon zieht das ausgehungerte Töchterchen ihre Mama mit sich in die Küche.

Auf dem Heimweg sinniert Miriam über das zukünftige Mutter-Tochter-Verhältnis nach. Vermutlich wird es nicht viel an mütterlich-töchterlicher Eintracht offerieren. So wie ich Eli kenne, wird sie ihre Tochter nach Strich und Faden ausfragen, denn es dürfte kaum einen neugierigeren Menschen als sie geben! Allerdings nur zu verständlich, dass sie wissen will, wo der Hase im Pfeffer liegt. Nur Fingerspitzengefühl dürfte ihr jetzt die Lage so einigermaßen erträglich machen. Dafür müsste sie sich aber ganz schön zusammenreißen. Ich möchte jetzt wahrlich nicht in ihrer Haut stecken. Ob ich ihr beim nächsten Mal das Buch: WIE DER HIMMEL DEN MENSCHEN ZUR HILFE KOMMT! mitbringe? Sie sollte spüren, wie zahlreiche Wesen aus lichten Höhen seelenbetrübten Menschen helfend und heilend zur Seite stehen können.

Noch bevor sie sich versieht, ist sie zuhause angekommen und verspürt den starken Wunsch, ihren Wohnraum einzuräuchern, vorzugsweise mit der Räuchermischung SAKRALCHAKRA, aber Achtung, eine Stunde verbleibt mir noch, ehe mein Mann Achim hereinspazieren wird! Dann sollten möglichst alle Duftspuren vertilgt sein, weiß er doch von meiner Spleeneritis, wie er es nennt! Eli und ihr Mann zeigen mir auf, wohin der ganze Spuk führen könnte; nein, solch ein Zerwürfnis strebe ich ja nun auch wiederum nicht an!

Kapitel 11

„Puh, das ist ja zum Wahnsinnigwerden! Und das soll direkt mit Freifahrschein in die himmlische Welt führen! Die Qual der Wahl! Mein Gott, jetzt habe ich mich doch versündigt. Vor lauter Frust bin ich in meine alte Leier verfallen. Jetzt heißt es Aufputschung und weiteren Tatendrang aktivieren! Siehe Energiepowertrunk Kaffee!"

Sie merkt nicht, wie intensiv sie die riesige, ins Auge stechende, aufgepfropfte Bohne auf dem Becherrand befingert, als sie munter weiter plappert: „Die Smoothie-Freunde werden mir diesen Fauxpas verzeihen! Smoothies gelten doch jetzt als Zaubertrunk Nummer 1!"

Eleonore registriert nicht, dass sie in einem Selbstgespräch vertieft ist. Vor ihr auf dem Tisch stapelt sich haufenweise Papier, das edel ins Auge sticht, weil es, sobald sie es ein wenig lichtet, in glänzendem Gold, in melierendem Rosa, in tiefgründigem Blau mystische Gestalten, Steine und Elefanten in ihr bestimmte Waldorf-Assoziationen wecken. Nichte Jasmin besuchte diese anthroposophische Schule in Bargteheide und so hatte sie die waldorfmäßige Gestaltung näher kennengelernt.

Diese Flut von Flyern habe ich für dich auftreiben können, so verkündete Miriam ihr heute Morgen, als sie so eben mal im täglichen Getriebe ihren Kopf bei Eleonore hineingesteckt hat. *Von der letzten Esoterik- Messe,* wie sie erklärte.

Jetzt hast du die Qual der Wahl, lauteten ihre letzten Worte, ehe sie die Tür wieder ins Schloss fallen ließ. Der Kaffeebohnen-Becher, in dem das dampfende Käffchen weiße Kondensstreifen zieht, lenkt zunächst ihre ganze Aufmerksamkeit auf sich. Nicht zum ersten Male betört sie der Schweizer Kaffeeduft DELIZIO, den sie von Tante Emilia alljährlich einige Male aus Basel in Form eines glitzernden Päckchens erhält. Jetzt umfängt sie mit ihren kühleren Händen den Bohnen-Becher, der wie ein kleines, im Inneren verstecktes Öfchen wohltuende Wärme ausstrahlt.

Zwischen Genießerschluck Nr.1 und Genießerschluck Nr.2 fällt ihr ein Flyer in changierenden Blautönen besonders ins Visier. Ostseeassoziationen, herrlichste Wellenfarbspiele bei eindrucksvollen Sonnenuntergängen machen Lust aufs weitere Studieren.

Während die große Überschrift: THETA-HEALING, oh, mein Gott, im Deutschen gibt es doch auch so viele schöne Worte? - Kopfschütteln bei ihr hervorruft, geht es mit mehr oder weniger dick aufgetragenem Chinesisch weiter:

HIERBEI WIRD EIN TIEFER MEDIALER ZUSTAND MIT AKTIVIERUNG DER 12-STRANG-DNA, AUCH EINE STÄRKUNG DER TELOMERE ERREICHT - Hm! Keinen blassen Schimmer! - Und das angeblich nur um den Alterungsprozess zu verlangsamen. Wie verlockend klingt es durch einen Jungbrunnenbesuch dem Alterungsprozess etliche Jährchen abzuluchsen? Wer kann solchen Verlockungen denn schon widerstehen? Da wird mein Ehegespons sich aber vorsehen müssen, wenn sich bei seinem quellfrischen Weib plötzlich scharenweise Verehrer die Türklinke geben!

„Das Theta-Dingsbums ist schon mal gebongt! Und was ist das hier?"

In Ermangelung eines Zuhörers spricht sie wieder mal mit sich selbst. In der Hand hält sie nun ein Schiff, Reiter, Hund, Blumen, Speer, Anker… und noch einiges mehr! Keine Angst, das alles würde zwar im Mini-Format in ihre Hände passen, wenn auch unter größter Mühe, aber wie es bei Karten nun mal so üblich ist, sind alle diese Gegenstände jeweils auf einer Karte abgebildet. Nostalgisch wirken die Abbildungen zudem auch durch den jeweiligen Buben, Dame, König, Ass und durch die würfelmäßig angeordnete Zahl.

Weisheitskarten bzw. Wahrsagungskarten also, die nach der berühmten Kartenleserin LENORMOND benannt sind, zu ersehen hier im Kleingedruckten. Und dieser Flyer, der lädt zu einem Workshop ein, benannt nach BYRON KATIE, in dessen Verlauf negative Glaubenssätze hinterfragt werden sollen. Das kann nie schaden, geht es Eleonore durch den Kopf, besinnt sie sich doch gerade auf zwei Sätze, die sie ihr ganzes Leben schon mit sich herumträgt, die da heißen: *Du hast zu wenig Selbstbewusstsein! Du lässt dich zu leicht beeinflussen!*

Aber hier noch ein anderer interessanter Aspekt, der ein kleines Büchlein verspricht, das neugierig ganz weit unten aus dem Stapel hervorlugt. Es möchte sich schon, wenn es durch ein herausragendes Cover nicht gerade glänzen kann, auf andere Weise bemerkbar machen. Eher käme es durch den tristen Einband als graue Maus daher, wenn nicht die bunten Riesenlettern für mehr Aufmerksamkeit sorgen würden: FAMILIENAUFSTELLUNG, steht drauf und Eleonore brennt dafür, mehr über die Bedeutung jedes Einzelnen im Gesamtverbund der Familie zu erfahren. Vor ihrem inneren Auge erblickt sie Klein-Eleonore von einer unsichtbaren Kraft immer mehr von den anderen drei Familienmitglieder zur Seite gedrängt. Diese drei halten sich an den Händen, während sie selbst mutterseelenallein an der Wand steht.

Der großen Eleonore entweicht ein gewaltiger Seufzer aus tiefstem Herzensgrund, ehe sie sich aus dem Sessel erhebt, um einen Blick in den Garten zu werfen. Auf der steinernen Erhöhung am Rand der Vogeltränke streckt und reckt sich gerade ein Schöntuer, der durch Geträller auf seine Wenigkeit aufmerksam zu machen sucht. In diesem Moment beeindruckt sie der schöntuende tierische Geselle ob seiner

Selbstherrlichkeit, die er an den Tag legt. Sie erschrickt mit einem Male.

„Ma…! Ma…!"

Beinahe an ihrem Kopf, gerade noch an der Schläfe vorbei, landet ein Pappkarton. Annika, bereits in ihrem Pippi-Langstrumpf-Pyjama, einem mit ausgeleiertem Taillenband, der die Hose auf Halbmast rutschen lässt, war hereingestürzt. Verworren wie ihre Haarmähne wirkt auch ihr Blick. Aber auch die Art und Weise mit welcher Wucht der Karton inmitten der Flut der papiernen Erfolgsversprechungen landet, spricht Bände. Mama zürnt nicht sofort, als Annika sich das mit einer gewissen Genugtuung zu Gemüte führt. Du wolltest doch von nun an eigentlich… ja, im Übrigen … immer öfters Ruhe bewahren! … als sie das große mütterliche Donnerwetter doch noch vom Stapel lässt.

„Annika, erstens darf ich dich dran erinnern, dass du nicht derart unbeherrscht losplauzen und meine Ordnung auf dem Tisch stören darfst und zweitens solltest du inzwischen wissen, dass es einen bestimmten Zeitrahmen gibt, in dem es um deine Angelegenheiten geht."

„Mama, ich bin so wütend, dass dein Zeitsoundso wichtiger ist als meines!"

Und Annika wäre nicht Annika, wenn sich nicht auf der Stelle ein allen vertrauter Wutausbruch entladen würde. Mama nimmt wie gewöhnlich keinerlei Notiz davon, schließlich hat sie schon Übung darin, dieserart Exzesse zu negieren. Stattdessen starrt sie wortlos auf den vertrauten Pappkarton und muss schmunzeln, als sie in weiß geschwungenen großen Lettern auf rotem Untergrund entziffert: MENSCH ÄRGERE DICH NICHT!

„Annika, ich mache dir einen Vorschlag zur Güte: Du ärgerst dich nicht mehr, ich ärgere mich nicht mehr und wir spielen gleich in fünf Minuten zusammen MENSCH ÄRGERE DICH NICHT! Nur musst du mir versprechen, dass du dich, falls du verlieren solltest, auch nicht ärgerst und dich wieder auf dem Boden herumwühlst."

Und mit einem Mal steht das verstrubbelte Pyjama-Kind scheinbar ganz vernünftig neben ihr, schlägt Mama ihre Hand auf die Schulter und sagt: Versprochen ist versprochen und wird nicht gebrochen!

Während Mama Eleonore noch mit dem Zusammenlegen der Flyer beschäftigt ist, fällt ihr letzter Blick noch auf eine, sie faszinierende Überschrift, die ihr eben noch gar nicht ins Auge gestochen war:

„DAS GEHEIMNIS DER SPIEGELUNG DES AUGENBLICKS!"

Jetzt reicht schon unser Wohnzimmer und Schlafzimmerspiegel nicht mehr. Seelenspiegelung ist angesagt. Dieses Buch fordert mich regelrecht dazu auf. Doch lange bleibt ihr nicht zur Seelenbetrachtung.

„Mama, die fünf Minuten sind um. Ich habe auf die Uhr geguckt!"

Im Übrigen sei hier noch festgehalten, dass Annika sich während des MENSCH-ÄRGERE-DICH-NICHT-SPIELS gar nicht an die Kandare zu nehmen brauchte, denn sie ging als Siegerin aus diesem Spiel hervor!

Kapitel 12

Willkommen, du nagelneues Stirnfaltenexemplar! Wie tief hast du dich eingegraben? Geziemt es einem HÖHEREN SELBST mit Falten hier und Falten dort, vornehmlich im Gesicht, an einer keineswegs so anstößigen Stelle wie weiter tiefer im Bauch- und im Po- Bereich, auf die Menschheit losgelassen zu werden? Anständige Fältchen, unanständige Fältchen! Aber sind sie nicht alle, wo auch immer unanständig, einfach weil sie es ernsthaft wagen, meiner Schönheit Abbruch zu tun?

Eleonore lächelt, als sie ihre spitzen Fingernägel tief in die Furchen eingräbt, so lange bis sie einen leichten Schmerz verspürt und dann den Finger wieder wegzieht. Kritischen Blickes beobachtet sie, wie sich die Druckdellen nach und nach wieder aufrichten und rötlicher als ihre Nachbarhaut glänzen.

„Scheibenkleister! Vergeistigt, ohne Schönheitsbegehren bin ich noch lange nicht!"

Plötzlich gebraucht sie dieses vergessen geglaubte Jugendwort wieder, nachdem es jahrelang aus ihrem Sprachvokabular gestrichen schien. Ja, ja, diese Susanne und ihr Vorschlag von anno dazumal: Lasst uns alles aufzählen, was blöd ist und was wir in Teufels Küche jagen wollen und dann jedes Mal Scheibenkleister rufen.

Und so begann jeweils unsere Teenager-Orgie mit dem Pauker Jochem, dem mit dem Rohrstock, der ab und an auf unsere ungehorsamen Finger mit allem bösen Drumherum einprasselte, … Scheibenkleister … über Omas Lebertran, bei dem wir beinahe der Kotzeritis anheimfielen, … Scheibenkleister … bis hin zu den bekloppten Müttern, die uns als fleißige Schneiderinnen ihre selbstfabrizierten Kleider über den Kopf stülpten, wo wir doch lieber in Jeans zur Schule gegangen wären … Scheibenkleister!

Und nun, nach mehr als zwei Jahrzehnten wieder mal ein Scheibenkleisterfluch, ganz zu schweigen von allem anderen Scheibenkleistermist, aber hier: Fältchen trotz THETA-Healing! Ja, so was! Da sieht man mal wieder, wieviel mancherorts Versprechen wert sind. Von wegen Altersprozess verlangsamen! Dass ich nicht lache!! Oh, nein, es ist allein meine eigene Schuld, dass ich THETA- HEALING nicht zu meiner täglichen Übungszeremonie erhebe; quasi als festgesetztes Ritual, bei dem ich in eine Tiefenentspannung komme, die meine THETA-Gehirnwellen aktiviert. Die Kursleiterin berichtete von Fällen, bei denen Krebspatienten gesundeten, Traumata gelöst und Depressionen weggezaubert worden sind. Ob meine Kopfschmerzen auch auf den Wellen huckepack weggespült werden können? Eine Mini-Spülung ist schon zu spüren. Du meine Güte, in den letzten Monaten ist dagegen eine Maxi-Schrumpfung meines Geldbeutels ersichtlich. So geht es nicht weiter. Meiner Familie nur noch Wassersuppe, mit einigen Vitaminen aus Petersilie und Möhren vorzusetzen, das ist ja auch nicht das Nonplusultra. Ehe wir drei uns noch als lebendige Gerippe im Weltenstrom bewegen und uns der eine oder andere ein Almosen in die Hand drückt, muss ich handeln. Zunächst habe ich noch einen goldenen Armring, den mir Tante Edelgard zu meiner Konfirmation geschenkt hat, unter den Hammer gebracht. Der Theta-Kursleiterin habe ich schon Ratenzahlungen abgeluchst! Mein Gott, mir kommen dabei immer Assoziationen über Tetra-Pack! Das sollen doch quaderförmige Verpackungen mit bis zu sieben verschiedenen Schichten sein. Ein Zufall? Die Zahl sieben hat auch eine magische Bedeutung und, es scheint mir auch so, dass wir alle sieben Stufen Buddhas zur Erleuchtung durchexerzieren müssen. Das ganze Drumherum meiner esoterischen Ausbildungen erfordert von mir die Anwendung einer Menge psychologischer Tricks. *Gehst du am Wochenende wieder auf deine spleenige ESO-Tour?* Mehr als einmal musste ich mir diese bärbeißige Frage meines Mannes anhören. Anfangs redete ich unwirsch etwas von *ist ja nur so ´ne Info-Veranstaltung!* Das zieht aber inzwischen nicht mehr.

Wenn nach solcherart Statement wieder einige Tage Sendepause zwischen uns herrscht, überlege ich mir schon, dass jetzt etwas anderes an Entschuldigung gefunden werden muss. Schlaflose Nächte ohne Zahl habe ich verbracht und habe in einer dieser quälenden Nächte einen passablen Einfall gehabt. Warum erst jetzt, frage ich mich. Lange genug habe ich doch schon eine gewisse Unzufriedenheit und materielle Abhängigkeit von meinem Mann gespürt. In der Herzens-gruppe bei Babette wurden mir als Wundermittel inständige Beteuerungen ans Universum anempfohlen. Im angepriesenen Buch THE SECRET wird geraten, nicht zu bescheiden mit unseren Wünschen ans Universum heranzutreten. Das Gesetz der Anziehung bewirke dann eine Wunscherfüllung. Unsere Gedanken haben eine magnetische Frequenz und ziehen Dinge und Ereignisse mit derselben Frequenz an. Seltsam klingt es schon, so sinniert Eleonore vor dem Spiegel, sich gerade eine Eiterpustel auf der Stirn ausdrückend, dass ein Mensch, der sich z. B. sehnlichst ein Haus wünscht, sich schon Möbel kaufen solle, dann werde sich das Haus auch schon von selbst einstellen.

„Hiermit, Universum, gestatte ich mir, auch mal bei dir eine dringliche Bitte auszusprechen: Ich wünsche mir einen Job, am besten einen Dreiviertel-Job, bei dem auch noch ein wenig Zeit für Annika abspringt. Dieser Job soll schon gehobeneren Dienstes sein, meinen Fremdsprachenkenntnissen Rechnung tragen und - ich soll ja keineswegs bescheiden auftreten! - überdurchschnittlich gut besoldet sein. Ich möchte mir schließlich auch eine Villa erlauben dürfen. Es ist alles nur eine Frage der Wunscherfüllung! Auch größere Urlaubsreisen z. B. nach Indien oder Thailand, am liebsten spirituelle Reisen, wären nicht von schlechten Eltern. Also Universum! Hast du meine Bestellung aufgenommen? Wenn du möchtest, dass ich glücklich werde und zu meinem HÖHEREN SELBST finde, dann darfst du dich keineswegs lumpen lassen, verstanden!! Also Hoppla, di hopp! Wo bleibt meine Wunscherfüllung?"

,Krr! Krr!' Noch nie war ihr aufgefallen, dass die Tür so furchtbar quietscht. Aber sie kann sich auch nicht daran erinnern, dass jemand derart mit Karacho den Türflügel zum Wohnraum aufgeschlagen hat, wie es in diesem Moment geschieht. Ein junges Ding mit zusehends aufknospenden weiblichen Attributen hat sich auf dem nächstbesten Stuhl niedergelassen. Es ist Papas Stuhl; der andere wartet schon seit Tagen auf das gewohnte, sich auf ihm fläzende Hinterteil, denn Annika war zunächst drei Tage auf Klassenfahrt und die nächstbeste Gelegenheit zu einer gemeinsamen Mahlzeit ließ sie verstreichen, weil sie sich über den Prinzipienreiter Papa derart aufgeregt hatte. Musste er doch die Unverschämtheit an den Tag legen, seiner Tochter wegen sieben läppischer Minuten abendlicher Verspätung eine riesige Szene zu machen. Ob dieser Ärger ihr noch in den Knochen steckt? Jedenfalls scheint sie es diesmal auf Mama und deren Buddha-Verehrung abgesehen zu haben.

„Alles Scheiße, was du machst!" schleudert sie ihr entgegen, während Mutter sich zugutehält, dass es wenigstens noch das harmlosere Scheibenkleister ist, mit dem sie großgeworden ist. Und dann plauzt ein Wortschall ohnegleichen auf ihre Ohren ein:

„Den dickbäuchigen feist grinsenden Buddha-Kerl, den kannst du dir mal abschminken! Im Flur hat der nichts zu suchen! Ich muss eingestehen, dass Kruzifixe so wie bei Oma mir auch nichts bedeuten, weil ich dem Glauben, dass Jesus ans Kreuz genagelt ist, und was danach geschehen sein soll, auch wenig abhaben kann. Aber Jesus hat als junger Mann, als er seine Mission in der Welt ausgeübt hat, wenigstens mit seinen langen Haaren besser ausgesehen als dieser Kahlköpfige mit den großen Ohrläppchen. Mama, mir ist gerade hundeelend geworden, als ich mit der 5 in der Mathearbeit in der Hand an der Statue vorbei gerauscht bin. Was meinst du, wie das gerade schrecklich bei mir angekommen ist, das Buddha-Schild darüber lesen zu müssen: LÄCHLE UND DIE WELT VERÄNDERT SICH! Der Gute hat gut lachen, denn der hat sich bestimmt nicht mit solch einem Wurzelmist herumschlagen müssen."

Mama betrachtet halb ärgerlich, halb mitleidig ihr aufgewühltes Kind und überlegt sich, mit welchem geeigneteren Buddha-Spruch sie das Töchterchen ein wenig besänftigen könne. Da scheint ihr einer einzufallen. Aber es fragt sich, ob dieser auf Gegenliebe stößt. Sie hat, so scheint´s, zunächst Mühe ihn sinngemäß zu rezitieren: „Der Spruch lautet, so glaube ich, in etwa so:

AN DER WUT FESTZUHALTEN IST WIE DAS GREIFEN EINER HEISSEN KOHLE, MIT DER ABSICHT ES AUF JEMANDEN ANDEREN ZU WERFEN, DABEI BIST DU DERJENIGE, DER VERBRANNT WIRD."

„Mein Gott, Mama, lass den abgehobenen Kohlequatsch! Tatsache ist, dass wir jetzt drei Buddhas in verschiedensten Größen besitzen, wobei zwei im Schneidersitz hocken und einer die liegende Haltung vorzieht. Mit Kohle haben die nun wahrlich nichts am Hut. Sag mir nur mal eins: Warum nur, rasierst du dir nicht deinen Kopf kahl wie die Buddhas es tun und hüllst dich in ein langes orangefarbenes Wickelgewand? Oder eine noch bessere Idee: Lege dir ein Elefantenkostüm zu! Ich finde es schon lustig, wenn ich höre, dass es ein Buch mit dem Titel gibt: ALS BUDDHA NOCH EIN ELEFANT WAR!"

Mama hatte sich zwischenzeitlich auf den Stuhl gegenüber der aufbegehrenden Tochter gesetzt, guckt sie mit weit geöffneten Augen an und findet erst nach wenigen Sekunden ihre Sprache wieder:

„Weißt du, Annika!"

Eine kurze Sprachpause folgt. Mama fährt währenddessen mit ihrer Hand über ihre heute im Perlmuttglanz erstrahlenden Lippen. Jetzt heißt es also, sich gegenüber dem Töchterchen zu rechtfertigen, ihr beizubringen, dass sie keinesfalls gedenkt, auf elegantes Outfit, Nagellack, Lippenstift und derlei Utensilien zu verzichten. Welch` ein Graus, so geht es ihr durch den Kopf, mein restliches Leben mit Haarstoppeln verbringen zu müssen. So weit darf es in meiner Buddha-Liebe nie kommen! Wie klug von ihr, diese geheimsten Gedanken da zu belassen, wo sie jetzt hingehören, nämlich in ihrem eigenen Herzen. Denn zu oft hatten Mutter und Tochter sich in letzter Zeit gezofft, weil Generation-Jung der Generation-Alt Konsequenzlosigkeit vorgeworfen hat. Auf richtig erkannte Wahrheiten sollten auch Taten folgen. Mama muss noch einmal fest schlucken, ehe sie sich mit einem Statement zu Wort meldet:

„Bedenke, dass Esoterik Elemente der verschiedenen Religionen vereint: Gewiss kommen buddhistische Komponente verstärkt vor: Man bedenke, dass der Gedanke der Wiedergeburt aus dem BUDDHISMUS stammt. Der

CHRISTUS spielt auch eine wichtige Rolle, allerdings nicht der biblische CHRISTUS. Bei uns wird nicht vom auferstandenen, dreieinigen Gott gesprochen, sondern JESUS steht als Symbol für unser höchstes GÖTTLICHE SEIN, das bei ihm Vollendung gefunden hat. Wenn du so willst, dann wird er als Lehrer angesehen, der die höchsten zu erreichenden Höhen schon erklommen hat und uns Hilfen für unsere Ichfindung anbietet. Esoteriker nehmen keinen Kontakt zum biblischen JESUS auf, sondern zu JESUS SANANDA. Er ist ein CHOHAN DES 6. Strahls! Aber er hat LADY NANDA die Aufgaben des Dienstes der Liebe und Hingabe übertragen, um der Welt anderweitig zu dienen.

„Mama, jetzt wird's aber sehr mysteriös!" Annika unterbricht forsch das komische Gerede der Mutter. „Schohann oder wie das heißt, was verbirgt sich überhaupt dahinter?"

„Meine Tochter, sicherlich verstehst du das alles noch gar nicht so richtig. Wenn du ein paar Jahre älter bist, wirst du es besser begreifen können ..."

„Mamaa! Wie oft habe ich schon zu hören gekriegt: Gib auf eine Frage bitte eine Antwort!"

„CHOHAN ist als Amt zu verstehen, das von einem AUFGESTIEGENEN MEISTER ausgeübt wird. Und der sechste..."

Und dann ist Annika doch tatsächlich wieder ungezogen, denn sie schneidet ihrer Mutter - zugegebenermaßen kommt das nicht selten vor!! - erneut das Wort ab:

„Irgendwie ist mir das alles zu viel Strahlerei! Genau wie der Buddha ständig strahlt! Dann nimm du dir ein Beispiel an den Strahlegesichtern!"

„Aber Annika, du beleidigst mit deiner Aussage einen Buddhisten. Übrigens bedeutet der sechste Strahl sich mit Leidenschaft einer edlen Sache zu widmen! Das ist die Kraft des sechsten Strahls!"

Annika schüttelt ungläubig ihren Kopf und meint:

„Auch später wird mir das, was wir in Religion in der Schule lernen, irgendwie nicht so komisch vorkommen, wie das, was du so Geheimnisvolles von dir gibst. Ich glaube eher so an einen GOTT, von dem uns Frau Herrlich immer erzählt. Das, was du erzählst, kommt mir eher spanisch vor, immer so superkompliziert. Das, was wir in der Schule von JESUS hören, das gefällt mir besser als das, was du über deinen Glatzkopf von dir gibst. Aber das mit dem Glatzkopf darf ich ja nicht sagen, sondern darf es nur denken! Es ist eine Art von Gotteslästerung! Verzeihung, mir ist das nur so herausgerutscht.“

Annika ist jetzt einem richtigen Redefluss verfallen. Das merkt nicht nur sie selbst, sondern auch Mama:

„Annika, gemach, gemach! Bedenke, dass die ESOTERIK so viel URWISSEN der Menschheit vereint. Es ist schon mehr als 30 000 Jahre alt. Das sehen wir auch an den Malereien, die man in Frankreich in einer Höhle entdeckt hat. Reden wir in ein paar Jahren mal wieder darüber…“

„Mein Gott, Mama, so lange soll das ganze Tamtam noch andauern, dann wirst du noch wahnsinnig werden und wir mit dir. So hat Papa es neulich prophezeit und er hat dabei traurig aus der Wäsche geguckt. Weißt du, was er auch noch gesagt hat? Er hat gemeint, dass sie in den Seminaren dir das dort alles überstülpen, was du glauben müsstest. So eine Art Gehirnwäsche sei das! Und das wäre ziemlicher Humbug, weil du da keine eigene Meinung haben dürftest.“

Annika hat nicht damit gerechnet, dass Mama sich schnurstracks erhebt und in die Küche rennt. Währenddessen schreit sie nur wutschnaubend:

„Du musst Papa nicht alles nachquatschen, denn der hat Nullkommanichts Ahnung davon!“

Und schwuppdiwupp war Mutter allein im Zimmer und Annika schreit aus der Diele:

„Von mir aus stecke deine BUDDHAS, RÄUCHERWERK, STEINE und allen Krimskrams wenigstens ins Schlafzimmer! Aber das will Papa ja auch nicht! Dann richte dir das Gästezimmer ebenso grauselig ein! Die vernünftigen Gäste werden vergrault, die unvernünftigen dagegen begeistert sein. Am besten steckst du dir alles an deinen Hut! Dann würdest du Furore machen mit 'nem riesigen Buddha-Hut-Exemplar! Ufm Kopp Buddha, hockend, Patschn aufeinandergelegt, das wäre doch mal wat zum Ankieken, oder? Eine meterbreite Krempe drumherum! Diese Buddhistik wird alle Welt aus den Angeln heben."

Inmitten des Redeschwalls hält sie plötzlich inne, um Mama mitzuteilen: „Entschuldige, wenn ich dich als Buddha-Freundin verletzt habe, aber ihr habt mir ja beigebracht, ehrlich zu sein!"

Annika fasst sich an ihr Herz. Wie gut, dass nun endlich mal alles raus ist! Fühlt sich richtig gut an, Mama mal die Meinung ordentlich gegeigt zu haben! Annika weiß sich nun mit sich selbst, mit Gott und der Welt im Einklang.

„Du meine Güte! Bin i c h überhaupt noch ich? Drehe ich mein Fähnlein nur nach dem Wind? Tochter befiehlt, Mutter zeigt sich gehorsam!"

Eleonore hockt auf dem Sofa und lässt das Gewesene Revue passieren. Das Gästezimmer war ihr noch nie so klein erschienen wie in diesem Moment. Solcherart heiligen Dinge, die ihre Tochter herabwürdigend als Krimskrams bezeichnet, dekorieren Wände, Regale und den Tisch. Kein Fitzelchen unbedeckte Fläche, denn dem kleinsten wie auch dem größten Stein wird hier ein neues Zuhause geboten. Sie ergreift beliebig nach einigen der Tischsteine, verfrachtet sie in eine große

Tasche und will sie demnächst dem Wald überantworten. Wenigstens a bisserl Töchterchen entgegenkommen. Ich versuch´s halt mol! A bisserl recht, wenn auch nur a kloan bisserl hat sie vielleicht. Warum stoße ich geradewegs jetzt aufs Bayrische? Die Bayern-Urlaube mit den Eltern lassen grüßen! Aber es scheint ihr jetzt alles einerlei, denn sie fühlt sich hundemüde, ja saft- und kraftlos! Wie eine Aussätzige komme ich mir vor, befindet sie, am Fenster stehend, die Hände gegen die Scheiben gedrückt. Sie stößt ihren Atem mit aufgeplusterten Wangen auf die Scheibe, wo er wolkenartige Gebilde produziert.

„Picasso auf Glas!" konstatiert sie und lächelt, ehe ihre Mundbewegungen sich mehr und mehr auf einen Kurs flussabwärts bewegen. Um Gottes willen keine einzige Träne! *Lippen zusammenpressen und tapfer da durch*! So ermahnt sie sich, denn Selbstmitleid und Vorwürfe sollten ein und allemal der Vergangenheit angehören. Es gibt kein Falsch und auch kein Richtig, merke dir´s mal, meine Liebe, spricht sie sich selbst zu, und hört in sich hinein, wie sie ihr eigenes Nachgeben in punkto Steine bewerten soll. Aber… nein, warum will ich schon wieder etwas bewerten? Indem ich meiner Tochter entgegen-gekommen bin, habe ich meine Selbstverwirklichung ein wenig hintenangestellt. Es ist mir schlichtweg zu kompliziert, mein jetziges Verhalten einer esoterischen Analyse zu unterziehen. Warte geduldig … und während sie entschließt ihrer Tochter … natürlich unauffällig! … diesen oder jenen Flyer zukommen zu lassen, natürlich mit einer sie herausfordernden These:

WIE DU AUF SPIRITUELLE ART MEHR GELD IN DEIN LEBEN ZIEHST!

Mein Gott, warum kommt mir gerade dieser Gedanke zum jetzigen Zeitpunkt? Will ich meine Tochter etwa durch Geld bezirzen und ihr durch die Aussicht auf wunderbare Geldströme die Lust auf Übersinnliches wecken?

Sie dreht sich zur Wand und überlegt sich, wie sie Ordnung in ihr augenblickliches Gedankenchaos bekommen kann. Das neue FENG-SHUI-Regal in ihrem Zimmer würde ihr dabei helfen, alles stilgerecht zur Schau zu stellen und in eine gewisse Harmonie zu bringen. Noch lagert es im Keller. Weil ihr die Aufforderung: *Gib den Buddha-Figuren weiter oben möglichst in der Höhe einen ehrenden Platz!* wichtig schien, hat sie sich vom Schreiner Haberkorn drei Eckpodeste schreinern lassen. Zwei davon werden hier einen Ehrenplatz erhalten. Dieses Geld dafür ausgegeben zu haben, das tut ihr nicht leid, denn erhabene Zimmerbewohner haben Ehrerzeugung verdient. Das ist die eine Seite der Medaille.

Aber wie komme ich gerade jetzt dazu, Annika einen Zugang zu ihrer neuen Lebenseinstellung übers Geld schmackhaft machen zu wollen? So schnell lässt sie dieser beunruhigende Gedanke denn doch nicht los. Was gibt es alles für Zitate übers Geld? Auf die Schnelle fällt ihr das so Übliche ein: Geld regiert die Welt! Geld macht nicht glücklich! Wenn mit dem Taler geläutet wird, öffnen sich alle Türen! Wie aus heiterem Himmel schwebt ihr plötzlich ein Geldgedanke ins Haus, den sie vor einiger Zeit mal gehört hat und der im Hinterstübchen gespeichert war. Sinngemäß heißt er in etwa so:

Reichtum besteht nicht dadurch, ein großes Vermögen zu besitzen, sondern wenige Wünsche zu haben.

Beneidenswert sind solche Menschen sicherlich, aber um diese Genügsamkeit für mich erlangen zu können, muss ich leider erst tief in die Tasche greifen. Weiterbildungen sind vonnöten! Das dürfte die Voraussetzung dafür sein, höchstmögliche Weltabgewandtheit zu erlangen. Auch

Genügsamkeit, die einem ERLEUCHTETEN zu eigen ist, bekommt man nicht gratis frei Haus geliefert. Wenn an Stelle des Konsumzwanges Genügsamkeit treten soll, muss ein neues Wertesystem schon alles bisher Dagewesene mächtig erschüttert haben. Der wahrhaft ERLEUCHTETE hat sein ICH dauerhaft verloren und zeigt sich über den Mammon erhaben. Ich muss allerdings immer wieder staunen über die Widersprüche, die sich mir auftun, wenn ich mir die Liste der ERLEUCHTETEN MENSCHEN ansehe, die Miriam mir einmal zeigte. Bei den noch lebenden ERLEUCHTETEN fällt auf, dass sie zwar Genügsamkeit predigen, aber selbst wie die Made im Speck leben. Wo fließt das Geld für die durchgeführten Seminare nur hin? Das frage ich mich. Sie kosten ein Heidenvermögen und alles das, was meine Lieben als esoterisches Pipapo bezeichnen, sind beileibe nicht für 'n Appel und 'n Ei zu haben. In einem schlauen Buch werden Rituale genannt, die Geldfluss versprechen. Ich entsinne mich des Senf-Rituals um Mitternacht. Bei Halbmond soll ein Kreuz auf ein Papier gemalt werden, das mit Klebstoff bestrichen wird. Senfkörner draufgeklebt und das Ganze für 2 Stunden unter Mondscheineinwirkung am Fenster stehen lassen! So beschließt Eleonore nur mal so, das Ganze demnächst in Angriff zu nehmen. Man kann nie wissen, ob die Scheine dann vom Himmel flattern. Oh, je, dann sehe ich vor lauter Scheinen den Wald oder besser gesagt, nichts mehr, was mir gegen den Strich geht!

„Lass das CHI fließen," murmelt sie dem neuen schlanken Möbelteil zu, das heute eine besonders schwere Last zu tragen hat. Zwei inhaltsschwere Briefe waren heute ins Haus geflattert. Eilends von ihr aufgerissen, war die Bedächtigkeit, die sie sich selbst verordnet hat, im Handumdrehen verpufft. Einen kurzen Blick über die fettgedruckten Zahlen des einen, dann auf die dick unterstrichenen Ziffern des anderen und schon waren sie wieder in der Tischecke gelandet, diese, alles andere als aufmunternde, Lektüre.

Sage und schreibe 450 Euro steht auf dem einen, während sich der andere wenigstens mit der Hälfte zufriedengibt. Ja, diese Wochenendseminare! Bei der Rückkehr fühlt sie sich engelgleich mit Schwingen, mit denen sie das Paradies gestreift hat. Bereits am nächsten Tag sind die Schwingen schon ziemlich gestutzt, während der flügellose Engel sich am dritten Tag schon manch einen Teufelstritt gefallen lassen muss.

Eleonore seufzt hörbar. Seufzen ohne Zuhörer macht eigentlich keinen Spaß, befindet sie und muss lächeln. Ach, wie gut tut es so manches Mal im Mitgefühl eines anderen zu baden. Punktum, es ist wie es ist: Weit und breit kein Mitfühlender in Sichtweite! Aber ich darf jetzt wenigstens daran denken, dass weniger Wünsche zu haben auch bedeuten kann, den anschließenden Aufprall nach etwaigen Höhenpartien abzumildern. Aber es wird uns ja immer versichert, dass die geforderten Geldsummen weniger als Lohn für die Lehrenden, denn als Energieausgleich betrachtet werden sollen. Und auf diese Art wird mancher esoterischer Leistungsanbieter sich ob des horrendes Geldbetrages ein reines Gewissen verschaffen können.

Und nur zu schnell schiebt sie das Geschimpfe ihres Mannes wieder weit von sich. Wie erzürnt zeigt er sich doch über das Gebaren manch skrupelloser Magier. Anfangs stand seine bloße Bitte im Raum, sorgfältiger mit unseren Finanzen umzugehen. Aus dieser Bitte ist eine sauertöpfische Belehrung erwachsen:

Kapierst du es endlich, dass ich nicht bereit bin, für das zu drohende Auseinanderbrechen unserer Familie zu blechen. Ein für alle Mal sei es dir gegeigt: Sieh zu, dass du deine Erleuchtung selbst finanzierst! Ich will nicht mit dafür verantwortlich zeichnen, wenn durch deine Marotten unsere Beziehung vor die Hunde geht und unsere Tochter beinahe mutterlos heranwachsen muss.

Ja, in weiser Voraussicht habe ich ihm natürlich nichts über meine Bestellung beim Universum verraten. Ich kann vom Universum keine sofortige Wunscherfüllung verlangen, ohne mich zu regen, und so habe ich, anstatt meine Hände in den Schoß zu legen, mit Stift und Papier und mit einer gehörigen Portion Geduld gewappnet, fünf Bewerbungen produziert. Die drei bisherigen Absagen sind allein mein Geheimnis. Heimlich habe ich beim Universum schon nachgeschoben, dass ich beim Besoldungswunsch auch Rückzieher machen würde. Das Universum wird mir mein Entgegenkommen auch positiv in Rechnung stellen. Eleonore, bedenke: *Bescheidenheit ist eine Zier* ... die Fortsetzung spart sie sich lieber. Erstmal einen guten Eindruck schinden, muss jetzt die Devise sein.

Du meine Güte, am liebsten würde ich diese Rechnungen auch ganz nach oben ins Herz des Universums katapultieren. Ob es dort nicht auch ein Postfach für Wunschzettel gibt? Richtig laut lachen muss sie bei diesem Gedanken. Aber dann fällt Eleonore doch rasch wieder ins kümmerliche Hier und Jetzt zurück, als sie diesen nach droben gerichtetem Brief in mit der fettgedruckten Notiz: *Fällt nicht in unseren Zuständigkeitsbereich* abgeschmettert vor ihrem inneren Auge herunterflattern sieht.

Die Denkerin lässt ihre nächtlichen Inspirationen Revue passieren. Pausenlos verweilt sie in dieser Nacht beim Großvater Hannes in seinen eigenen Hamburger vier Wänden:

Seine letzten Tage darf er noch in seiner eigenen Wohnung in Elmsbüttel verbringen. Sie erinnert sich gerne an die üppig verzierten Balkone der Tornquiststraße. Im Sommer faszinieren sie die wuchtigen roten Hängebegonien, bei denen sie immer befürchten muss, dass bei Sturm die schwere Blumenlast, mir nichts dir nichts, unten auf irgendeinem Kopf landen könnte. Sie rühmt die Blühfreude der Balkonpflanzen, die aus vergleichsweise wenig Erde diese unvorstellbare Blütenfülle hervorzaubern können, die sich zwischen filigranen eisernen Geländern hindurch schlängelt.

Fleißig und voller Pflichtgefühl kümmert Großvater sich dort um seine sieben Sachen. Dass aber nicht mehr alles an ihm so stimmt wie seit jeher, das fiel ihr beim letzten Opa-Besuch auf. Geschätzte dutzende Male teilte er ihr mit, welches Buch er zuletzt gelesen habe. Er zeigte auf das Buch:

DAS WELTALL ODER DAS GEHEIMNIS, WIE AUS NICHTS ETWAS WURDE!

Als er über das glänzende gelb-blaue-Sonne-Wolken-Cover strich, betonte er noch: *So leicht geschrieben, dass es jedes Kind kapieren muss.* Auf meine Frage, ob er denn durch das Buch schlauer geworden sei, lächelte er nur süffisant. *Von Zwergen und roten Riesen sei die Rede und jedes Kind verstehe die Zusammenhänge.* Aber als er dann so ziemliches Kauderwelsch von sich gab, fragte ich mich, ob Opa noch im Vollbesitz seiner geistigen Kräfte sei.

Seitdem gehen Mutter und mir schon oft seltsame Gedanken durch den Kopf. Auf Mutter werden sie sicher nicht nur wunderlich wirken, sondern auch mit starkem Aufforderungscharakter verbunden sein, sich demnächst auf aktives Handeln, unbeschönigt gesagt auf Betreuung einzustellen. Ja, mein lieber Großvater Hannes, wie lieb ist er noch immer und ist es allzeit gewesen! Und das, ja, nur das zählt bei meinen nächtlichen Hirngespinsten. Er wollte und will für mich, sein geliebtes Eli-Kind wirklich nur das Beste!

Wie lieb hat er mir als kleines Kind seine Hände um meinen Kopf gelegt und mit strahlenden Augen gesagt: *Du bist mein Darling!* Für mich als damalige Vier- oder Fünfjährige ein Begriff aus dem Bereich *Böhmische Dörfer.*

Als Mama mir schließlich erklärte, was Darling bedeutet, da sehe ich mich heute noch vor ihr, im Kreis herumtanzend und stolz verkündend: *Oh, je! Habt ihr´s alle gehört? Ich bin Opas Liebling!* Von nun an, war ich mir dieser Ehre bewusst, stieg mit immer größerer Freude auf seinen Schoß und wartete sehnsüchtig auf das Zauberwort. Wenngleich diese Opa-Schoßseiten nun schon lange der Vergangenheit angehören, weiß ich, dass Opas Liebe heute noch immer greifbar nahe ist, auch wenn das Darling - Wort nicht mehr fällt.

Wenn Nächte sich endlos dehnen und Sandmännchen, so scheint´s, um mich herumscharwenzelt, ohne aber seinen Sandsack zu öffnen, lässt es sich so richtig schön auf dem braunen Ledersessel mit Schafsfell lümmeln und vergangenen Zeiten nachtrauern, aber auch in guten Zukunftsverheißungen schwelgen! Opas Wunsch wird es sein, dass es mir jetzt und in Zukunft erstklassig ergeht. Dessen bin ich mir sicher. Auch wenn er nicht mehr im Einzelnen versteht, was ich mit dem Besuch verschiedener Seminare bezwecken möchte, so wird er allein bei dem Wort: *Seminar* andächtig blicken und der Tatsache, dass ich mich weiterbilden will, begeisternd zustimmen. Und dann würde es nur noch einen kleinen Schritt bedeuten, ihm beizubringen, dass er mir bei der Erfüllung meines Wunschtraums helfen könne. Ja, wenn die beigesteuerte Summe monatlich vorerst nur 300 Euro betrüge, würde er mir enorm weiterhelfen. Ja, ich gestehe es an dieser Stelle mal offen, dass ich mich eines schönen Tages nach der

Absolvierung diverser Seminare in einem esoterischen Bereich selbstständig machen möchte, als vielgefragter Coach…, aber nein, … so sicher bin ich mir da selbst noch nicht! Ja, Opa, dich in meinen Plan einzuweihen und dir zu ermöglichen, mich in einer gewissen Sicherheit zu wissen, ja, das ist meine Option. Ja, ich muss gestehen, dass mir noch allzu viele ESOTERIK-Rätsel schwer im Magen liegen, aber es ist ja bekannterweise noch kein Meister vom Himmel gefallen. Und mein Deutschlehrer würde mir jetzt beim dreimaligen Gebrauch des Wortes *Ja* ein rotes Zeichen mit dem Wort *Wiederholung* an den Rand des Heftes malen.

„Ja, Eleonore! Sei kein Frosch! Mut hat noch keinem geschadet!" Als sie, vor sich hinträumend, sich selbst Mut zuspricht, spürt sie, wie Opas Hände sich um ihren Kopf legen. Und sie strahlt! Diese geliebten Hände haben gerade eben einen Geldscheinregen von oben herab auf sie regnen lassen. Ein Rot-Blau-Grün-Braun-Schimmer flimmert noch vor ihren Augen, als sie flink danach greifen will. Oh, Gott, oh Gott - unfassbar! Ihre Hände greifen ins Bodenlose!

„Träume sind keine Schäume! Lass sie wahr werden, Universum! Du besitzt die Wunschformel erster Güte! Ohne Träume ist das Leben doch fade und öde!"

Kapitel 13

„Spieglein an der Wand!
Wer ist die Cleverste im ganzen Land?"

Eleonore reibt sich die Augen. Schließlich muss der letzte Rest Schlaf noch dran glauben. Sandmännchen hat sich diesmal nicht lumpen lassen! Und kaum, dass sie heute Morgen von den ersten Sonnenstrahlen auf der Nase gekitzelt wurde und heftig niesen musste, war sie barfuß schon vor den Spiegel geeilt. Zwar noch mit zu Berge stehenden Haaren, aber mit einem Siegergefühl im Herzen. Ja, eigentlich könnte sie nicht glücklicher sein als im jetzigen Moment. Noch gestern Abend hatte sie ihre Kontoauszüge gecheckt und schwarz auf weiß einen Dauerauftrag vom lieben Opa entdeckt. Sie musste sich erst ihre Augen reiben, so geplättet war sie. Impulsgeber UNIVERSUM muss die Gebefreudigkeit des alten Herrn wahrlich im höchsten Maße stimuliert haben, denn sage und schreibe 400 Euro zeugen von beträchtlichem Großmut. Wie wonnevoll aalt sie sich augenblicklich in diesem herrlichen Gefühl!! Wieder und immer wieder durchlebt sie diese folgenschwere Begegnung:

Oh, diese knorrigen zitternden Hände! Sie verströmen keineswegs die sonst gewohnten Kräfte. Vielmehr meint sie zu verspüren, dass er sich durch die gegenseitige Umarmung Kraft von ihr erhofft. Und einem Betrachter dieser rührenden Szene wird nicht entgangen sein, dass sich die Tochter zum großväterlichen Ohr heranpirschte, es vorsichtig lüpfte, um nach einem eindringlich wirkenden Wortschwall drei Worte besonders akzentuiert herauszustoßen: Ein dreimaliges BITTE, derart austrompetet, dass es noch meilenweit hörbar war. Die betagte Schwester der Gräfin von Dönhoff wohnt in der

Nachbarwohnung und schaltet ihre Ohren stets auf Empfang neuester Nachrichten. Mithin wird ihr Eimsbütteler Kaffeekränzchen sich bald im Bilde darüber zeigen, dass Nachbars Enkelin auf verflixt höfliche Weise versucht hat, ihrem Opa einen Gefallen abzuringen. Na, dann sollen sie sich eben die Münder fusselig reden, findet Eleonore, ehe sie sich wieder einmal das Glücksgefühl durch die Glieder strömen lässt. Nach so langer Zeit hat er sie nämlich wieder einmal *Darling* genannt. Dieses frühere Ritual scheint fest in seinem Kopf eingebrannt zu sein. Auch wenn er neulich die Butter in den Wohnzimmerschrank anstatt in den Kühlschrank gestellt hat... seine Darling-Ecke im Gehirn scheint dem Vergessen gegenüber resistent zu sein.

Eleonore lächelt und ihr Spiegelbild lächelt zurück! Darling, wer hat sie jemals so liebevoll umgarnt? Ihre Verehrer, von denen es vielleicht eine Handvoll gegeben hat, haben es höchstens auf Liebling abgezielt und das war schon die romantischste aller Variationen. Von Schnuckilein bis Flämmchen, alles war dabei, aber Darling, diese edle Gunstbezeugung, konnte in seiner Betörung nur aus diesem weit geöffneten Opa-Mund kommen, der zwei schiefe Zähne oben und drei löchrige Zähne unten aufweist. In den letzten Jahren jedenfalls! Auch wenn sie nicht strahlend weiß daherkommen, das Strahlen seines Herzens überträgt sich jedes Mal auf seinen Darling Eleonore.

„Spieglein, Spieglein an der Wand!
Wer ist die Liebenswerteste im ganzen Land?"

Eleonore streicht sich behaglich über die hervorragenden Körperstellen, die sich im weißen dünnen Negligé durch zweiknospenförmige Spitzen zeigen. Ihr Brustkorb weitet sich herrlich. Bin ich nicht eine Königin, der Opa zu

Füßen fällt, um ihr zu huldigen und Papierscheine mit Freifahrtkarte zu höheren Sphären herunter regnen zu lassen?

Und ich werde jeden Cent sparen. Schein um Schein bekommt er zurückerstattet. Sollte er Gnade vor Recht ergehen lassen und mir alle Reichtümer vor die Füße legen, werde ich ihn daran wohl nicht hindern können. Doch, doch, Miriam, ich weiß, dass POSITIVES DENKEN der Schlüssel zum Lebenserfolg ist! Während sie diesen Gedanken nachhängt, nimmt sie sprachlichen Kontakt mit dem Universum auf:

„UNIVERSUM, ich möchte dich erinnern, dass ich jedenfalls versprochen habe, meine Opa-Schulden auf Heller und Pfennig zurückzuerstatten, denn ein gnädiger Schenkakt setzt, so sehe ich es, völlige Geistesklarheit voraus. Opas Fähigkeiten seine Kontobewegungen zu verfolgen, lassen mehr und mehr nach! Und ob da in wenigen Wochen, wie zugesagt, diese eine Zeile mit drei Ziffern vor dem Eurozeichen, nicht zu vergessen das kleine Minus - Zeichen ihm überhaupt noch bewusst wird? Also kann ich …, sie spinnt diesen Gedanken weiter, holt währenddessen tief Luft, solange bis sie eine mahnende Stimme vernimmt:

„Aber Eleonore!" Ihr Inneres vibriert bei dieser vorwurfsvollen Zurechtweisung. Was, das gibt´s doch nicht! Ein Spiegel, der Töne von sich gibt! Ein Spiegel, der mit Autorität eines gestrengen Vaters daherkommt! Ein Spiegel, der sich gewaschen hat, obwohl weit und breit kein einziger Tropfen Wasser zu sehen ist. Gerade gestern hatte Eleonore noch gedacht, dass der Spiegel mit ihrem Zaubertuch mal wieder eins gewischt kriegen müsste! Und nun erweist sich der Spiegel selbst als Zauberding, das Töne verbreitet, Töne, auf die sie keineswegs erpicht ist.

„Aber Eleonore! DU?" Dieses DU dahinter, das macht ihr noch mehr zu schaffen. Diskriminierung, tadelt sie völlig entrüstet seine Frechheit. *Ausgerechnet Du! Du, die du dich immer der Ehrlichkeit verpflichtet siehst! Gedanken sind noch keine Taten! Aber wehre den Anfängen!"*

Eleonore blickt wie konsterniert auf das Zauberding und verflucht, dass es, mir nichts dir nichts, sich in fremde Angelegenheiten einmischen muss. „Klappe halten!" befiehlt sie und wendet sich mit zerknirschtem Gemüt vom Denunzianten ab.

„Wo um Gottes Willen ist augenblicklich nur mein Siegerherz geblieben?" Mit hängenden Schultern und zusammengekniffenen Lippen schleppt sie sich zum Bad. Das allmorgendliche Duschbad muss heute einer Katzenwäsche weichen. Eilig einen Hausanzug überwerfen, heißt die Devise, denn Eleonore drängt es möglichst schnell ein bestimmtes Buch zu finden. Ein esoterischer Ratgeber, der ihr sicherlich helfen wird, unliebsame Glaubenssätze zu zerstreuen. Ein esoterischer Grundsatz lautet ja: *Es gibt kein Richtig und kein Falsch!* Mein Gott, wer sagt, dass unbedingte Ehrlichkeit der Schlüssel zur Vervollkommnung sein muss? Sie verspürt beim Herumwirtschaften und Durchblättern diverser heiliger Bücher eine große innerliche Unruhe. Die Fingerspitzen verlieren die Kontrolle über feinste Muskelfasern und lassen tollpatschiges Umblättern als Folge aufkeimen. Mein Gott, - oh, Entschuldigung! - mein liebes UNIVERSUM, warum läuft mir gerade jetzt ein kalter Schauer über den Rücken? Ich habe lediglich gegenüber dem lieben Darling-Opa einen Gedanken gehegt, der vielleicht nicht so edel daher stolziert kommt…oder ist er von anderer Warte aus betrachtet doch edel? Gehe ich davon aus, dass Opa noch verwirrter werden wird, liegt es durchaus im Bereich des Möglichen, dass er eines Tages überhaupt nicht mehr weiß, was Geld bedeutet und wofür es gut ist. Felsenfest in Stein gemeißelt ist die

Grundannahme der unbegrenzten Liebe meines Opas, der mir, wäre er noch bei klarem Bewusstsein, die Schuld als Gnadenakt erlassen würde. Meine Schwester dürfte dann zwar leer ausgehen, aber mein Schwager verdient ja selbst genug Moneten und ist zudem vor kurzem ins Immobiliengeschäft eingetreten. „Oh, hier ist es." Da habe ich dich am Schlafittchen; das Buch, das ich mit Zitterhänden gesucht habe:

„DAS UNIVERSUM SCHENKT DIR ALLES!"

So heißt es. Und es schenkt meiner Wenigkeit im Moment mit Haarmähne *Typ Durcheinander,* mit Hausanzug *Sorte Knitterknatter* sowie Gesichtsmaske *Fabrikat Nachtgespenst* eine eher komödiantische Seinsweise. Während einige Tropfen Kaffeelabsal meinen Schlund passieren, blättern meine Finger, seekranken Griffeln gleich, zwei Seiten auf einmal, ehe sich aus tiefstem Seelengrund ein gewaltiger Seufzer nach oben drängt:

„Oh, ja! Hier steht es schwarz auf weiß: Diese SUPERIOR ATTRACTOR MACHT," konstatiert sie, … „sie soll in uns bewirken, dass wir uns allenthalben gut fühlen. Und nur wenn wir uns zur höchsten Ebene im Universum emporschwingen, wird es uns gelingen, uns allen Widrigkeiten zum Trotz erstklassig zu fühlen."

„Also, liebe Eleonore! Was heißt das für dich?"

In Nullkommanichts klappt sie ihren Laptop auf, gibt Stichworte wie *Seminare im Frühling-Esoterik* ein und schon spuckt der Apparat Termine aus. Er ist ein Wunscherfüller per excellence, sinniert Eleonore zufrieden und reflektiert weiter: Wenn sich das UNIVERSUM auch so zügig und eindeutig verhielte, wäre das *Spitze hoch vier!* Vielleicht schickt es mir irgendwen oder was, wodurch alte Glaubenssätze entlarvt werden. Im Sinne einer HÖHERENTWICKLUNG MEINES SELBST wird das vonnöten sein.

Ihre frühmorgendliche Hetzaktion beendend, gestattet sie sich hernach noch ein halbes genüssliches Stündchen in der Badewanne. Plätschernd, nach allen Regeln der Kunst, lässt sie schwere Gedankengänge einfach so wegspülen wie das Fitzelchen Leberwurst unter dem Fingernagel, der davon zeigt, dass sie ihrer Tochter als Frühstücksproviant ein Leberwurstbrot geschmiert hat.

Kapitel   14

„Mama, ich hasse dich! Ja, ich hasse dich! Dich! Ja dich! Stelle dir das mal vor! Das muss mal aus mir raus!"

Papa erbleicht. Ihm bleibt wortwörtlich die Spucke weg! Mama wird stattdessen puterrot. Beide starren wortlos auf Tochter Annika.

„Komm, nur, komm nur, hier siehst du es schwarz auf weiß auf dem Spiegel stehen, was du bist! Oder nennen wir es besser: Braun auf Silber!"

Mit Wucht zerrt sie Mama am Ärmel. Und die hat sich heute schon vor dem Frühstück ausnehmend in Schale geworfen, mit einer hellblauen Stola über ihrem dunkelblauen Kleid. Papa hatte sie schon des Morgens aufgezogen: *„Du bist wohl nur auf Stippvisite hier! Bläue, wo mein Auge auch hinsieht! Willst du mir das Blaue vom Himmel versprechen?"* Er richtete seinen Blick derweil von der enzianblauen Tischdecke, zur kornblumenblauen Stola, über das königsblaue Kleid hin zum strahlendblauen Firmament. *„Jetzt fehlt nur noch, dass wir alle blau sind,"* meinte Annika und lachte heute in der Frühe. Die Eltern blickten sich nur verdattert an.

Und jetzt, nur wenig später, dieses Schlimmste aller Worte. Es hat nur fünf Buchstaben, eigentlich genügen schon vier, um das Schrecklichste, was einer Mutter passieren kann, wahr nehmen zu müssen. Aus dem Lästermaul der zu verdonnernden Tochter!

„Was habe ich nur verbrochen durch meine frühmorgendliche Mitteilung, dass ich mich auf den Weg zum Channeling mache? Was ist es schließlich anderes als eine Art Himmelskontakt?", fügte sie ziemlich verdattert hinzu, um dann im Text der Lieder fortzufahren:

„Und ich wollte euch durch neu zu gewinnendes esoterisches Wissen mal deutlich vor Augen führen, welche Lebensmittel die energetische Entwicklung vorantreiben. Ich bin schließlich für eine energetische Ernährung bei euch verantwortlich!"

Annika kontert rascher als es Mama lieb ist:

„Und ich will mal vorantreiben, dass du uns möglichst bald aus der Latüchte gehst!"

Frühmorgens um 7 Uhr hatte das Spektakel begonnen und der Hahn hatte dazu gekräht, jetzt zwei Stunden später kräht kein Hahn mehr danach, was Mama für gute Vorsätze gefasst hat.

„Ja, Mama, genau das ist es, dass ich bald wahnsinnig werde bei diesem ganzen energetischen Tamtam!"

Ihre Worte fallen kurz bevor sie an Mamas hellblauer Stola zieht. Voller ängstlich, zum Bersten gespannter Erwartungshaltung beobachtet sie Mamas Spiegelbild.

„Was ist d a s denn? Habe ich schon Halluzinationen, oder?"

Einen Flunsch ziehend kräuselt Mama ihre Stirn und presst anschließend ihre Lippen fest zusammen, als sie Buchstaben mit brauner Creme auf dem Spiegel verewigt sieht. Die unvermeidliche Schockstarre bleibt nicht aus. Sicherlich aus Angst in diesem hochgeladenen chaotischen Moment nur wirres Zeug herauszulassen, beißt sie sich auf die Lippen und schweigt.

Annika kann ihr zwiespältiges Gefühl nicht verhehlen, jetzt zwei Stunden später. Nachbars Hahn kräht zwar nicht mehr, aber eine mütterliche Backpfeife lässt ihre Wange dafür durch einen rotgesprenkelten Fleck erstrahlen. Eine rotfleckige Angelegenheit, so durchfährt es Annika. Und damit mache ich mich zum Gespött der Leute. Jetzt kann Mama doch nicht umhin, ihren Mund zu entriegeln, wobei sie gleichzeitig ihren Stimmbändern folgende Order zu geben scheint: *Schwingungsstärke in die Höhe schrauben.* Jedenfalls wettert Eleonore jetzt nach Leibeskräften:

„Wann hast du das gemacht, freches Kind? Unerhört! Dreistes Gör! Der gerade frisch glänzende Spiegel, an dessen Rändern der Restaurator in der letzten Woche erst Heilsteine eingearbeitet hat. Hast du denn vor nichts mehr Respekt, Annika?"

„VOR DEINER ENGELITIS BESTIMMT NICHT!"

Annika betrachtet sich Papas bisher regloses Gesicht, das sich mit einem Male merkwürdig verzieht. Er hatte sich zunächst lautlos im Hintergrund gehalten. Sein Popo muss von der ständigen unruhigen Rutscherei sicher schon wund gescheuert sein, vermutet sie schamhaft, sein Gesicht nur kurz inspizierend.

Annika entziffert ein verschämt verstohlenes: *Richtig* in seinem Mienenspiel! Mamas Reaktion zeigt sich alles andere als verstohlen:

„Frech! Bedenke, wen du da vor dir hast, mein Kind!"

Jetzt ist es raus! Klappe zu, Affe tot, so beruhigt sie sich innerlich, ehe sie der aufgebrachten Frau Mama, zugegebenermaßen ein wenig kleinlaut, entgegenschleudert:

„Auf dem Spiegel steht doch bloß die Wahrheit drauf: MAMA IST BLÖD! in Großbuchstaben, ICH WILL DOCH BLOS NUTELLA! in kleineren, diesen artig folgend. Komisch, dass Mama es heute noch nicht mal merkt, dass die Worte *blos* und *Nutela* falsch geschrieben stehen, wo sie doch immer mit Töchterchens Leistung angeben will! Annika versucht ihr Schmierentheater noch stärker zu rechtfertigen:

„Heute Morgen, als ich herunterkam, sah ich den Tisch schon gedeckt. Nüsse, Obst… ist ja noch ganz passabel! Aber kein Lieblingsmüsli - ach ja, Zucker zerfrisst ja die Energiekanäle! Und Milch, auch Erdbeermilch, die ich so gern trinke, ist jetzt gestrichen. Die kannst du dir in deine Kanäle oder wohin auch immer gießen, Mama! Und ohne mein geliebtes Nutella! … mein Gott, das setzt allem bisher Dagewesenen die Spitze auf. Jetzt hast du sie am Spiegel kleben!"

Und Mamas Mund verriegelt sich wieder. Wie der Ochs vorm Berg, konstatiert Annika, natürlich nur inwendig, denn warum sollte sie die arme Mama jetzt noch mehr brüskieren?

Von Papa kann sie keinerlei Hilfestellung erwarten. Schließlich wirkt die stotternde Mama doch sehr hilflos, als sie Annika mit gesenktem Blick zu wissen gibt:

„Mein … Wunsch ist … es doch, … euch gesund zu ernähren!"

Und weil Mama so klein und hilflos vor ihr steht, würde Annika sie am liebsten umarmen wollen. „Jetzt sei stark, Annika! Kopf hoch! Sonst machst du alles kaputt!" raunt sie sich streng zu. Was ist nur los? Mit einem Male entbrennt in ihr die Wut wieder neu. Warum sie sich erneut auskotzen muss, wird ihr in diesem Moment nicht klar. Bei allem Durcheinandersein weiß sie nur: Solch eine Gelegenheit ergibt sich so schnell nicht wieder! Alles, aber auch alles muss aus mir raus!

„Papa hat auch schon gesagt, dass du, wenn du weiter so machst, eines schönen Tages noch in der Klapsmühle landen wirst! Und eins sei dir gegeigt: Papa und ich pfeifen darauf, Kristallmenschen zu werden. In deinen Büchern steht so ein Schwachsinn drin."

Oh je, das war des Guten oder soll man besser sagen des Schlechten zu viel! Jetzt merkt sie, wie sehr sie Papa in den ganzen Schlammassel hineingezogen hat. Bin ich selbst so schwach, dass ich Verstärkung brauche, schilt sie sich. Mit einem hochroten Wut-Scham-Kopf verlässt sie den Raum. Ein riesiges Wortgefecht lässt sie hinter sich; eines nicht von schlechten Eltern, schießt ihr durch den Kopf. Und das hieße: von famosen Eltern. Aber so steht die Sache wiederum auch nicht, denn Vater ist so mittelprächtig und Mutter ist einfach nur verrückt; verrückt im wahrsten Sinne des Wortes, denn sie tapst ohne Rücksichtnahme auf unsere Bedürfnisse auf die Zielgerade *Halbgöttin* zu.

Oben in ihrem Zimmer schmeißt sie sich auf ihr Bett und lässt Tränenbäche laufen, die gefühlt durch Fenster und Mauern bis auf die Straße fließen…. ob in der Wasserflut nicht jemand ertrinken kann, fragt sie sich und presst die verweinten Augen in ihr Pumuckl-Kissen. Vielleicht eine kleine Maus oder eine Ratte, um die es auch nicht so schlimm wäre, überlegt sie sich und muss grinsen, um sich dann mit entspannten Gesichtszügen auf das *Abenteuer Schlaf* einzulassen.

Kapitel   15

Ganz oben unterm Dach da wohnt Elsbetha, eine junge Frau, zusammen mit ihrem Lover, einem gestriegelten Rechtsanwalt, der neuerdings in der Kanzlei Diekmann in Rotherbaum sich einen Namen macht. Das glatte schwarze Haar, pomadisiert, macht ihn zum allseitigen Blickfang ebenso wie die ständig wechselnden auffälligen Krawatten, die durch alle möglichen Farb- und Formvariationen von weitem schon jedem Entgegenkommenden ins Auge stechen!

„Stell` dir vor, heute war gleich ein ganzer Hühnerstall vertreten!" lacht Elsbetha und fügt hinzu: „Welch Wunder, dass so viele Kikerikis auf eine Krawatte passen!" ... und greift zum letzten Franzbrötchen, das sie von der Konditorei Rönnfeld aus St. Pauli mitgebracht hat. Sie verbringt täglich Stunde um Stunde, um im Internet nach Ausschreibungen für eine Stelle als Sekretärin zu surfen. Zwischendrin taucht sie mal unten bei Eleonore auf oder letztere tippelt ein paar Stufen herunter. Beide Frauen fühlen sich einander zugetan, zumal sich Elsbetha auch sehr offen für Eleonores ESOTERISCHE AMBITIONEN zeigt.

„Elsi, ich halt ´s inzwischen nicht mehr lange aus! Diese ständigen Himmel- und Höllenfahrten! Gestern noch schwebte ich nach dem Seminar auf *Wolke Sieben*, heute Morgen nimmt meine Seelenfahrt enorme Geschwindigkeit *Richtung Düsterwelt* auf! Der gestrige Abend war *High Life* in allen Stuben. Angeheitert wie ich war, wollte ich den Himmel erstürmen. Meiner Tochter suchte ich immer wieder beweisen zu wollen, dass sie bei mir an erster Stelle steht. Mit einem T-Shirt, vorne mit einem Affen drauf, der in eine Banane beißt, so fing alles an. Ich erstand es bei H& M, weil ich es lustig und passend fand.

Ist mir zu affig! Sieht billig aus! Bin ich dir nicht mehr wert? So ging das Gezeter dann zuhause los. Dann das Thema Schule anzugehen, war von mir ein unverzeihlicher Lapsus, müsste ich doch eigentlich ihre Reaktion schon kennen. Zugutehalten muss ich mir jedoch, dass meine Gehirnzellen nach drei Gläsern Wein ziemlich irritiert und desillusioniert reagiert haben müssen. Mit klarem Kopf hätte ich eigentlich um diese prekäre Situation wissen sollen, aber ich gebe zu, dass ich in letzter Zeit mehr mit RIECHSUBSTANZEN, HEILSTEINEN, ENERGIE-REINIGUNG meiner KANÄLE, mit CHAKRENREIFEN, kurzum, dass ich mich momentan mit faszinierenderen Gedanken mehr als mit öden Schulproblemen beschäftigt habe. Und um Annika meine unumwundene Liebe zu zeigen, habe ich alle hehren Erziehungsmaßstäbe beiseitegeschoben und ihr in der Frühe sogar das Zimmer aufgeräumt. Und schließlich habe ich ihr noch ein ganzes Glas Nutella ins aufgeräumte Zimmer gestellt!"

Der heutige Redeschwall steht in nichts dem gestrigen Palaver nach. Zu viel hat sich in ihr angestaut. Als ihr das bewusst wird, schaut sie kurz in die Augen ihres schweigsamen Gegenübers. Ein aufmunterndes Nicken - oh, je, so viel Interesse zeigt sie für ein so aufgekratztes Huhn wie mich! - ermuntert sie fortzufahren. Welch ein großes Einfühlungsvermögen bringt sie mir entgegen! Das ist Balsam für meine aufgescheuchte Seele!

„Was meinst du, Elsi? Du machst dir keine Vorstellung davon, wie meine Tochter reagiert hat! Sie hat mich nur angestarrt und blödes Zeug von sich gegeben:

Du bist heute soo! komisch, soo! nervig und wenn du mir jetzt Nutella gibst, denke ich, dass du das nur aus schlechtem Gewissen heraustust, was ich Erpressung nenne. Du willst

*meine Liebe, du biederst dich mir an! Nimmst du Drogen? …
Nein, du bist nicht du! … du warst sonst so anders!"*

Solche Liebenswürdigkeiten hat sie mir an den Kopf geschmissen.

„Und wie lief der Abend für euch beide aus? Wohl nicht gerade in Mutter-Tochter-Harmonie, oder?"

Elsbetha zwinkert mit den Augen, als sie diese Frage stellt.

„Nö, der war ganz von der Rolle! Ich war Annika zu abgehoben und unnormal! Und dann ging die ganze Chose ja, in anderer Gestalt, mit meinem Mann weiter!"

Elsbetha nippt tröpfchenweise an ihrem Buddha-Tee. Nach dem Absetzen des Teeglases will sie neugierig von Eleonore wissen, was die angedeutete Zwietracht mit ihrem Mann auf sich habe. Währenddessen ziept sie unentwegt an ihrem Fransenschal. Sind es bei ihrem Freund die Krawatten, die für Furore sorgen, sind es bei ihr diverse pastellfarbene Schals, die sie aber nicht sorgsam über ihre Schultern hängt, sondern die lässig irgendwo zwischen Hals und Bauch herum baumeln. Eleonore zeigt ein wenig Scham, sich vollständig zu offenbaren. Schließlich, auf Seelenerleichterung hoffend, fährt sie mit weiteren intimen Details auf:

„Ja, ich war mächtig aufgekratzt, sogar die Sache mit Annika hatte ich zwischenzeitlich weggesteckt, als ich nach belanglosem Hin und Her verlauten ließ: 'Ich bin mir meiner Befähigung als gute Liebhaberin durchaus bewusst. Wie oft hast du mich dessen gerühmt? Umso weniger verstehe ich, dass du dir woanders Dinge holst, die du regulär bei mir bekommen kannst. Oder macht dir das Gehen auf fremden Pfaden so viel prickelnden Spaß, dass du dein Eheversprechen dabei völlig vergisst? ' So in etwa musst du dir diese pikante Unterredung vorstellen."

Verlegen guckt Eleonore zur Seite! Mein Gott, was plaudere ich nur wieder aus! Und dann erzähle ich das auch noch einer Hausmitbewohnerin, die in unsere familiären Beziehungen sowieso schon viel zu viel involviert ist. Aber, so tröstet sie sich, auf Elsbetha ist in jeder Beziehung Verlass! Sie strahlt keineswegs Neugier auf prickelige Angelegenheiten aus, sondern hegt großes Mitgefühl für mich als ihre Vertraute. Wie innere Streicheleinheiten nimmt sie das dankbar wahr. Und das beflügelt sie, sich ihr deutlicher zu erklären:

„Wir hatten nämlich im Seminar gestern Nachmittag eine Art FAMILIENAUFSTELLUNG vorgenommen. Und diese hat mich im wahrsten Sinne des Wortes umgehauen. Weißt du, einige wenige Menschen mit einer Verbindung zum *WISSENDEN FELD* haben mich das Fürchten gelehrt. Ich fühlte den Boden unter meinen Füßen schwanken und sackte auf offener Bühne zusammen. Stell es dir nur mal bildlich vor: Unser Vater soll ständig Geliebte gehabt haben. Oh mei, ik muss mitten dörch de Schiete watn! So eben mal zwischen Tür und Angel erfährst du das Spektakuläre, das eine Tochter und die engere Familie umhauen muss. Ja, flüchtige Anhaltspunkte für seine Untreue zerstreute ich früher in alle Winde. Wer stellt sich schon gern diesen Pikanterien? Ich fühlte in diesem Moment nicht nur die große Demütigung, die meine Mutter zu ertragen hatte, sondern auch den Verrat, den er durch sein unehrenhaftes Verhalten uns Kindern gegenüber an den Tag gelegt hat. Elsi, glaub mir, gestern war ich völlig außer Rand und Band. In meinem Kopf herrschte ein chaotisches Durcheinander. Und dann noch der nächtliche Traum, der mich schweißgebadet aufwachen ließ:

Mein Vater, liebeserfahren wie er ist, ficht ein Duell mit meinem Mann aus. In meines Mannes Händen befindet sich nur ein Zettel, auf dem mit krakeliger Schrift etwas steht, das ich nicht entziffern kann. Mein Vater ist mit bunten Postern dekoriert, auf denen halbnackte Weiber posieren. Für meinen Vater ist es ein Geringes, meinen Mann niederzustrecken. Mausetot liegt er schließlich da, der bemerkenswerte Zettel war ihm zuvor noch aus der Hand geglitten. Leider gelang es mir nicht mehr, das Gekrakel zu entziffern. Ganz viele Zahlen standen drauf verewigt. Sicher Telefonnummern von diversen verflossenen Liebhaberinnen!

Elsbetha, du kannst dir sicher vorstellen, wie verdattert und schweißgebadet ich erwachte, zumal der Seminarleiter während der FAMILIENAUFSTELLUNG noch davon gelabert hat, dass man Männern gewisse Schwächen doch einfach zugestehen solle. Weil wir alle insgesamt noch zu vielen Glaubensätzen der Kindheit huldigten, tun wir uns schwer, unsere Einstellungen zu revidieren. Einer anderen jungen Teil-nehmerin - kindlicher Missbrauch durch den Vater wurde bei ihr diagnostiziert! - schleudert er doch wahrhaft entgegen, dass sie das Geschehen unter Umständen leichter verarbeiten könne, wenn sie sich damit tröste, sich für die Mutter aufgeopfert zu haben, weil diese dem Vater Liebe schuldig geblieben sei."

Eleonore wartet neugierig auf eine Reaktion ihres Gegenübers. Elsbetha schüttelt ihre Mähne und ziept an einzelnen rostbraunen Fransen ihres Schals, die sich mitten auf ihrem Bauch ausgebreitet haben, als sie ihr zu verstehen gibt:

„Ja, ja, in diese Richtung hin habe ich auch schon so allerhand gehört. Was mir äußerst schwer fällt, solcherlei Aussprüche zu respektieren, wie sie mir zu Ohren gekommen sind. Beispielsweise: Warum kann man eine frühere Situation, ein Missbrauch, der vielleicht nur wenige Minuten gedauert haben mag, im Laufe des weiteren Lebens nicht schneller als Bagatelle abtun? Man sollte ihm, wie gewisse Psychologen von sich geben, einfach nicht diese große Bedeutung beimessen. Und was ich auch noch zu hören bekommen habe ist, das ist schlicht und ergreifend die Spitze: *Ist der Gedanke, dass das Kind diesen Eingriff ja auch als lustvoll erlebt haben dürfte, so völlig absurd?* Eleonore, für mich ist das zum Himmel schreiendes Unrecht und eine hanebüchene Verharmlosung, auch wenn ich damit als prüde und vorsintflutlich gelte. Weißt du was, Eleonore, ich nehme lieber von einer Aufstellung Abstand, … du weißt, dass ich auch einiges Missliche durch meinen Vater erleben musste! Wird das dann alles derart relativiert, so finde ich das durchaus nicht okay. Was ich jetzt vor kurzem gelesen habe, ist, dass es Bachblütenessenzen geben soll, die nach Kindesmisshandlungen angeblich Wirkung zeitigen sollen. Also: 39 Euro für 50 ml Essenz und die Seelenwelt eines misshandelten Opfers ist wieder in Ordnung. So einfach ist das also! Aber eines interessiert mich mal: Wie läuft so eine Familienaufstellung eigentlich ab?"

„Ja, da muss ich erstmal weiter ausholen: Das ist eine Methode, die eigentlich schon in den 60er-Jahren als Familienskulptur von der Amerikanerin Virginia Satir entwickelt worden ist. Und in den achtziger Jahren hat der ehemals katholische Missionar Bert Hellinger diese Form der Familientherapie noch in seinen und seiner Anhängern Augen erhöht, indem er Elementen wie ORDNUNG DER LIEBE und das MYSTISCHE FELD noch zusätzlich einer großen Bedeutung zukommen lässt."

„Ja, eigentlich müsste dir das ja gefallen, Eleonore! Strebst du doch danach zum HÖHEREN SELBST zu gelangen, oder?"

Elsbetha hat sich gerade den letzten Krümel des Franzbrötchens im Gaumen zergehen lassen, als sie sich zu Wort meldet. Eleonora pflichtet ihr durch kräftiges Kopfschütteln bei. Und ein wenig zaghaft kommt ein Kommentar bei ihr hoch, den sie eigentlich als Zuckerbrot für Kritiker der eigenen Esoterik Zunft ansieht. Dem Esoterik-Papst Hellinger wird demnach vorgeworfen, alte Geschlechterrollen zu verteidigen. Ein Mann, der in den Familienbetrieb seiner Frau einsteigt, würde diesen ruinieren, weil er dadurch dem weiblichen Element diene. Welch eine Labsal für Esoterik-Kritiker!

„Ja, wir müssen wohl noch sehr viel lernen und vor allem geraderücken, um zu unserer wahren Erleuchtung zu kommen, nicht wahr, meine Liebe?"

Eleonores Blick verrät nicht nur Ernsthaftigkeit, sondern auch eine große Prise humorvollen Zauderns und ganz viel Sehnsucht, nicht ständig Kritikern der Lichtenergien ausgesetzt sein zu müssen und ihnen eine Antwort zu schulden. Insgeheim denkt sie an so viele Leute, denen sie Rede und Antwort gestanden hat und bei denen sie sich den Mund fusselig redete. Nicht selten verließ sie wortlos den Raum.

Und ehrlich gesagt, vieles aus der ESOTERIK- Kiste verkneift sie sich auch geflissentlich, denn die Extreme würden bei vielen Kritikern nur ein mildes Lächeln hervorrufen.

In den Sinn kommt ihr dabei der kroatische WUNDERHEILER BRAKO, der in riesigen Hallen Europas Abertausende von Menschen schon in seinen Bann gezogen hat. Allein durch seinen Wunderblick habe er die ihn Anstarrenden beispielsweise von Krampfadern oder Muttermalen geheilt. Na, ja, … schön doof, diese Verblendeten! Aber das sind Ausnahmen! Eleonore fasst sich ein Herz und offenbart ihrer Freundin ihre innersten Gedanken:

„Zugestehen würde ich den Skeptikern ihr süffisantes Lächeln durchaus, wenn ich ihnen das Elise-Erlebnis zum Besten gebe. Geschehen in einem Seminar in Schloss Ahrensburg. Eine Teilnehmerin namens Elise - welch ein Zufall!

- von Hause aus eher ein strammes Weibsbild mit roten Pausbacken, bekam von einigen Herrschaften regelrechte Kusshändchen zugeworfen und einer rief in die erlauchte Seelenrunde hinein: Welch eine Ehre! Die ELISEN - URENERGIE des Universums dürfen wir leibhaftig empfangen. So ermunterten sie das perplexe junge Mädchen: Jetzt zeige mal, was in dir steckt! Du entsinnst dich bestimmt, dass du als erste mit URENERGIEN DER GÖTTIN MAH in den URHALLEN von FRENNESKAE durchflutet wurdest. Komm her, Holde, in froher Erwartung breiten wir alle unsere Arme über dich aus. Gehorsam, wie sie alle sind, folgen sie dieser Anweisung. Alles endete in einem ziemlichen Gelächter und die Leiterin muss wohl bei sich gedacht haben: Sage mir mal einer, wie aufgescheuchte Hühner mit HEILENERGIEN auszustaffieren sind! Elsi, du siehst also, dass ich noch nicht völlig in der ESO-SZENE angekommen bin. Zu Dreiviertel vielleicht, und ich bin mir nicht im Klaren darüber, wann der Zeitpunkt erreicht sein wird, dass ich als vollständige ENTRÜCKTE so sehr in Glanz und Gloria der GEISTIGEN WELT eingetaucht sein werde, dass mir jeder Funken Kritik im Hals stecken bleibt."

Wie kommt es, dass sie gerade jetzt in diesem Augenblick, das geliebte Opa-Antlitz im Inneren aufblitzen sieht?

„Ja, ich weiß, du willst nur mein Bestes!" huscht ihr spontan über die Lippen, den gütigen alten Herrn vor ihrem inneren Auge. Und Elsbetha, die diese Aussage auf sich bezieht, lächelt nur darüber und schweigt. Interessant, so sinniert Eleonore insgeheim, welch ein Wust von Gedanken sich binnen Sekunden in einem einzelnen Kopf auftürmen kann!

„Eli!" Und noch einmal „Eli!"

Elsbetha muss ihrer Freundin erst einen Stups verpassen, ehe die Angesprochene wieder ins Hier und Heute findet.

„Eleonore!" Oh, jetzt wird 's ernst, zuckt die Angesprochene zusammen, als sie ob der resoluten Sprechweise ihrer Freundin aufschrickt. Und tatsächlich wird es nicht nur ein bisschen ernst, sondern gleich bitterernst, als sie folgendes vernimmt:

„Du weißt, liebe Eli, es ist nicht meine Art dir moralinsaure Predigten zu halten. Ganz und gar nicht! Jegliche Gardinenpredigt liegt mir fern. Aber …"

Jetzt wird's also ernster als ernst, mutmaßt Eleonore, wann rückt sie endlich mit der Wahrheit heraus?

„Eli, mir geht es nicht aus dem Kopf, was du am Anfang unseres Gesprächs gesagt hast. Ob allein die Liebesqualitäten einer Frau für die Treue ihres Mannes als alleiniger Maßstab gelten können, sei dahingestellt. Sicherlich ist eine körperliche Harmonie wichtig und gemeinsamer Spaß …"

Eli spürt mit einem Male, dass ihr Gegenüber mit bierernster Miene einen prägnanten Satz verlauten lässt:

„Du zollst deinem Mann zu wenig Lob! Auf dem Weg zu deiner ERLEUCHTUNG darfst du deinen Mann nicht wie einen grauen Mäuserich neben dir erscheinen lassen! Ein Mann, bedenke, das sind doch nicht nur ein paar Zentimeter Fleisch mehr am Körper, auch wenn er sich deren gerne rühmt!"

Wenn zwei Damen sich auf dem Weg zur Wahrheitsfindung bei jeder kleinsten Pikanterie verlegene belustigende Blicke zuzuwerfen, dann kann jedes weitere amüsierende Wort merkwürdige gurgelnde Töne nach sich ziehen:

„Weißt du, meine Liebe…!" Elsbetha hat Mühe, einigermaßen ernst weiterzusprechen „…so manches Mal ist bei Mutters Worten doch ein Körnchen Wahrheit enthalten, wie z.B. bei diesen: *In jedem Mann steckt ein Dackel, der sich über Leckerli freut!*"

Freundinnenblicke allein können es nicht bewirkt haben, dass sich mit einem Mal die Tür öffnet und ein Annika Wuschelkopf zwischen Tür und Angel sichtbar wird. So rasch wie er hereingeplauzt war, so rasch verabschiedet er sich nach einem kurzen Intermezzo wieder:

„Mein Gott! Wie zwei gackernde Hühner!"

„Weißt du was, Elsi? Ich fühle mich fast wie gestern Abend, allerdings mit einem großen Unterschied!"

„Und der wäre…?" bekommt sie als prompte Frage geliefert.

„Tja, gestern, da war ich noch in den manischen Nachwehen des Seminars gefangen! Aber das Jetzige fühlt sich natürlicher, erdverbundener und locker- leichter an! Hinter dem ersteren steckt immer das …mehr, mehr und höher, höher sowie tiefer, tiefer … das ist mir schon zur zweiten Haut geworden - und das ist anstrengend!"

Elsbetha war mit einem Male hinter ihre Freundin gehüpft, mit tänzelnden Schritten in hellgrünen Ballerinas mit dunkelgrünen Riemchen, erstanden im letzten Sommerurlaub auf Korfu. Bei dieser Angelegenheit, so registriert sie ihrer Freundin lächelnd, hat es sich durchaus ausgezahlt, ihrem Mann zuvor Leckerlis in den Mund gestopft zu haben, Leckerlis in Form von Lobeshymnen über seine Tatenkraft beim Wandern über Stock und Stein und dessen kavaliermäßige Fürsorge für sie als ein zu straucheln drohendes Weib.

„Frohh zu … seiein bedarf es wenig! Nur wer … frohh ist, ist ein Köönig!"

Ach, ja, dieser Kanon aus grauen Vorzeiten, den Frau Sauerbier, die ja eigentlich, weil sie so sehr lieb gewesen war, Süßbier hätte heißen müssen, mit uns Drittklässlern eingeübt hat. *Schrei mir nicht so ins Ohr*, hatte Marianne, ihre Banknachbarin, ihr damals strikt befohlen, als Freundin Eleonore ihre

Begeisterung austrompetete …. ja, damals in einer noch weitgehend geordneten Welt!

Urplötzlich war dieser frohe Sing-Sang der jetzigen Ehefrau, Mutter und Erleuchteten in spe in den Kopf gekommen, als sie den Königskanon angestimmt hat. Zwischendrin setzt Elsbetha mit ihrem Vorschlag am Wochenende gemeinsam ins Savoy in den OTTO-DER-KATASTROFENFILM zu gehen, allem die Krone auf.

Und während Annika in ihrem Zimmer von ihrem MOMO-BUCH aufblickt, beginnt sie zu prusten, denn nebenan scheinen die Irren am Werk zu sein.

Kapitel 16

Sie gleitet mit ihren Fingern über die Spiegel - Steine. Viel sanfter als gewöhnlich! Viel achtsamer als normalerweise! Schließlich hat sie der Begriff der ACHTSAMKEIT die ganze Nacht über verfolgt. Eleonore meint lächelnd:

„Ich habe ständig an eines meiner Nasenlöcher denken müssen, welches auf dem Pfad der Achtsamkeit offener sein müsse. Aber ehrlich gesagt: Bei mir sind beide Nasenlöcher gleich zu, oder gleich offen, je nachdem von welcher Warte aus man es betrachtet."
Nun erwartet sie vom Spiegel eine Antwort:
„Spieglein, Spieglein an der Wand,
welches Nasenloch ist das Offenste
im ganzen Land?"
Eleonore muss laut losprusten, so fest, dass der Spiegel beschlägt.

„Du immer mit deiner feuchten Lache!" scheint ihr der Spiegel entgegenzurufen und lässt ihr Antlitz hinter einer milchigen Oberfläche verschwimmen. Da heißt es: Erst mal den Feuchtigkeitsfilm verschwinden lassen! Aber dass dieses nicht annähernd so viel Freude wie Ottos Katastrofenfilm machen wird, ist ihr klar, als sie sich mit ihrem Ärmel, um die Faust gewickelt, den Spiegel wieder klar reibt. Belustigt, aber auch pikiert betrachtet sie ihre Schnute. Wie oft hat Mama ihr das schon angekreidet und jedes Mal von sich gegeben, dass ein erwachsener Mensch sich ein bisschen beherrschen müsse. Und wenn Mutter das Achtsam-Nasenspielchen gestern beim Seminar gesehen und vor allem die Schreie gehört hätte, die nach dem achtsamen Atmen ausgestoßen wurden, dann hätte sie einen ihrer Lieblingssprüche zum Besten gegeben:

Allein in Wasserköpfen gerät jeder Gedanke ins Schwimmen!

„Mein Spieglein, soll ich dir d a s mal vormachen, dieses Spielchen vom gestrigen Abend? So, mein lieber Spiegelgeselle, so oder ähnlich hast du dir das gestrige Spektakel im Kreis zur Erleuchtung strebender Menschen vorzustellen:

„OHHH! Da tönt es von der einen Seite aus Mündern, langsam stärker, dann wieder abschwellend, um dann das AHHH! aus der anderen Ecke folgen zu lassen. Damit OHs und AHs sich zu einer Einheit vermählen, ertönen dann von beiden Seiten ohrenbetäubende OHAs. Und das Ganze gipfelt dann in einem IICH, IICH, jeweils mit einem langen I, verbunden mit einem resoluten Tippen auf die eigene Brust. Wer erlebt sich als größter Glückspilz aller Zeiten, trompetet eine laute grelle Frauenstimme mit langem Haar und einer goldschimmernden Brille. Und wer von den Weibsen, Hunderte an der Zahl, klatschend und schnalzend, will da nicht zunächst in sich gehen, um seinem inneren Glückspegel nachzuspionieren? Aus der Reihe tanzen und sich eingestehen, dass Weiblein momentan keine große Glückssträhne aufzuweisen vermag, das erfordert viel Mut und lässt es leicht zum Spaßverderber gerieren. So, und jetzt schreit mir bitte alle nach: WIE WUNDERBAR, WIE EINZIGARTIG BIN ICH! Und dann erspürt ihr eure gegenseitige Liebe, indem ihr eure Nachbarn links und rechts, vorne und hinten ganz fest an euch drückt und jedem einzelnen laut hörbar versichert: *Ich empfinde soo! viel Liebe für dich! Ich möchte dich gerne ganz und gar an mein Herz drücken!*

Ehrlich gesagt, mein Spiegel, dir gegenüber darf ich ehrlich sein, denn du zeigst mir ja immer eine ehrliche Haut. Wie froh konnte ich doch sein, dass ich in diesem Moment weder dir noch einem deiner Genossen ins Gesicht sehen musste! In diesem Augenblick muss ich wohl ziemlich verdattert ausgesehen haben. Wie sollte es auch anders sein, wenn die linke Nachbarin eine Knoblauchfahne verströmt, die rechte dich zuvor noch giftig angeraunzt hat, die junge Dame vor dir eben noch gepupst und das Mädchen hinter dir ihre Begleiterin mächtig angepflaumt hat? Und dieses: *Ich liebe dich!* Ich *musste mich mächtig verbiegen, um es herauspressen zu* können. Überlege dir mal folgende Situation, mein lieber Spiegel:

Eine ältere Dame fängt plötzlich heftig an zu schluchzen. Die Kursleiterin beginnt zu winseln und mitfühlend zu flüstern *Oh, nein!* sowie: *Da scheint das innere Kind zu revoltieren, worauf* die Dame noch jämmerlicher als zuvor jammert. Ihr Verstand begrüße zwar die vertraute Zuwendung zum Nächsten, aber ihr Herz mache ihr einen gewaltigen Strich durch die Rechnung, so weiß sie ihre Empfindungen *anschließend zu charakterisieren. Nun folgt dann nach* Aufforderung der Chor aller Versammelten: *Wie heißt du, meine Liebe?* Nachdem die Dame Carmen geantwortet hat, hält die Leiterin die versammelte Mannschaft an: *Ruft alle im Chor: Carmen du bist einzigartig!*

Und glaube mir, mein Spiegelgefährte, danach schwoll Stimme um Stimme zu einem CARMEN-ORKAN an und einem Gejohle schien Tor und Tür geöffnet. Und weiter fortfahren will ich im Text der Lieder! Bei dir darf ich wenigstens ehrlich sein.

Jede einzelne Teilnehmerin solle sich bemühen, auch gegenüber der Seminarleiterin noch mehr Nähe zuzulassen. Ihr *selbst gelingt es durch gekonnte Performance* den Eindruck zu vermitteln, sie sei die Allervertrauteste jedes einzelnen Schützlings."

Du bist wundervoll! Du bist wundervoll! Eleonore stutzt. So deutlich hatte sie die Spiegelantwort gar nicht erwartet. Ihr Spiegelbild zeigt Wangen gleich einer roten Tomate.

„Oh, Öl und Butter sind nichts dagegen! Oh, wie mir das Gesäusel namens *Wunderbar* sanft die Kehle herunterflutscht!

Wunderbar! Wunderbar! Ich muss mir das auf der Zunge zergehen lassen und es mir tief drinnen in meinem Herzen verankern … quasi als Vorrat für rauere Zeiten!"

„Oh, das ist ja nur…!" Eleonore zeigt Verlegenheit. Das Stottern und das Ähm sind gewöhnlich nicht Attribute, die sie ihr Eigen nennt. Aber in diesem Moment muss sie quasi nach Worten ringen: „…Das war gestern unser MANTRA-Wort! Das zur Erklärung, mein lieber Ehemann!"

Dieser war nämlich gerade ins Wohnzimmer geplauzt gekommen und es bedurfte ihrerseits einer Erklärung. Bemerkend wie er nachdenklich wird, zunächst mucksmäuschenstill ist, solange jedenfalls bis er Worte findet, die alles andere als aufbauend herüberkommen:

„Ach, herrjemine, schon wieder dieses Tschakka, Tschakka!"

Gerade hat sich Eleonore auf den nächstbesten Sessel plumpsen lassen. Der nächstbeste scheint der mit den klitzekleinen Wildrosen drauf, Erbstück von Tante Roswitha. Auf diesem Möbelstück regenerierten schon ihre Vorfahren während kurzer Nickerchen ihre Kräfte. Der Ohrensessel bildet am seitlichen Kopfende durch Paspeln ein wie für sie geschaffenes Ohrennest. Und in diesem Nest pikst es sogar kein bisschen, denn hier wurde gottlob ein wildrosenfreies rotbräunliches Stoffstück verarbeitet. Also der rechte Ort, um nach rechten Leckerlis für ihren Dackelmann zu suchen. Als sich dieser anschickt seinen Gang wieder in Richtung Tür zu lenken, wendet sie sich genau diesem Altvertrauten zu, in weiblich umgarnender Weise, wohlgemerkt:

„Mein Schatz, rück an meine grüne Seite!"

Dabei zeigt sie auf den schwarzen Ledersessel, in dem sich ihr Mann zumeist richtiggehend hinein zu lümmeln pflegt. Ein großes Leckerli hält sie ihm direkt entgegen:

„Wunderbar, wie du mir gestern meine Bluse so exzellent gebügelt hast! Genauso herrlich, dein selbstfabrizierter Schokoladenpudding mit viel weniger Haut drauf als gewöhnlich und zudem eine schöne Überraschung!"

Mannomann, da müsste ihm doch das Herz überfließen! Bei solchen Leckerlis! Eleonore wartet gespannt wie ein Flitzebogen auf seine Reaktion. Aber anstatt sich an ihre grüne Seite zu pflanzen, hält er seine Hand bereits gegen die Türklinke gepresst, um ihr noch Abschiedsworte um die Ohren zu hauen:

„Was soll das auf einmal, diese Schleimscheißerei um nichts und wieder nichts! Um läppisches Zeug, während ich schon seit Wochen den Ärger mit dem neuen Chef, dem Faber, herunterschlucke und niemanden habe, bei dem ich den ganzen Bürokram mal auskotzen kann! Deine eigene Selbstinszenierung stinkt zum Himmel! Wo um Gottes Willen nimmst du nur die Moneten her, mit denen diese Geldfressmaschinen gestopft werden?"

Eleonore zuckt zusammen. Jäh ausgestoßene Worte wie: „Ich wollte doch nur…! So eiskalt wie du…!" verfolgen den treppensteigenden Manuel noch bis in den Flur.

Eleonore zappelt mit ihrem Hinterteil mächtig auf den Wildrosen herum. Es scheint, als ob diese ihr mächtige Pikser in ihr Gesäß verabreichten. Jetzt nur nicht den Wildrosen nacheifern, befiehlt sie sich inwendig. Wildwerden wäre nun die schlechteste aller Möglichkeiten. Und wahrlich kann es als eine Meisterleistung gelten, wenn eine quicklebendige, nicht auf den Mund gefallene Frau sich die Lippen zukneift und sich jeder Lautäußerung enthält.

Während er die letzten Stufen erklimmt, hält er einen Moment inne, um ihr noch etwas entgegenzuschleudern, was ihm auf dem Herzen liegt:

„Bist du dir überhaupt im Klaren darüber, dass du mit deiner Gehirnwäsche, der du dich und uns alle unterziehen willst, so allerhand aufs Spiel setzt?"

So das saß aber! Wie abertausend Nadelstiche piksen die Wildrosen unter ihrem Hinterteil. Wahrlich ein netter Abschiedsgruß, bevor sie oben die Schlafzimmertür ins Schloss fallen hört.

„Ja, Elsbetha, soviel zum Thema: Lob für den Ehemann! Gibt es einen Elefanten im Porzellanladen, der tollpatschiger ist als ich es bin?" fragt sie sich beim Entkleiden. Das angenehme Knistern der sich berührenden Kleidungsstücke stimmt sie gewöhnlich auf eine gute Nacht ein. Nicht so heute! Gequälte Laute drängen sich penetrant in den Vordergrund.

Eleonore muss sich nun, fest in die Bettdecke eingemummelt, eingestehen, dass ihr Lob zu dick und ungeschickt aufgetragen war. Und dann stellt sich mal wieder die altbekannte Leier in ihrem Inneren ein: *...hätte ich mal ...hätte ich mal...hätte ich mal!* Diese vertreibt mal wieder im Ruckzuck das erfolgversprechende Mantra: *Eleonore, du bist so wunderbar! Wunderbar! Wunderbar!*

Kapitel 17

Eleonore tritt als Steinfrau in Aktion. Nach einer durchwachsenen Nacht, in der einige Sterne am Himmel leicht funkelten, aber ein ausgefeiltes Sortiment an Edelsteinen umso mehr vor ihren Augen flackerte, legt die Steinberauschte nun selbst Hand an. An ihrem neuen Buch mit dem Titel STEIN-REICH, das sie die ganze Nacht über nicht aus der Hand nehmen konnte, berauschte sie sich derart, dass sie heute Morgen als erstes nach dem eilends heruntergeschlungenen Frühstück in die Stadt gefahren war, um neugewonnene steinreiche Erfahrungen in die Tat umzusetzen.

Das Lenkrad umklammernd sinnt sie auf der Rückfahrt über ihre Schätze nach. Würde Annika sich doch ein wenig für Heilwirkungen offen zeigen…, so überlegt sie,…und böte sich in ihrem Bücherregal ein geeignetes Plätzchen an. Das Cover leuchtet in rosarotem Quarz-Design, eine ins Auge fallende coole Aufmachung für jedes junge Ding.

Zuhause angekommen packt sie Stein für Stein aus dem wattierten Papier, das vorsorglich die Steine gegenüber schädigenden Einwirkungen schützen soll…und lässt SAPHIRE, ACHATE, QUARZE, BERGKRISTALLE und einige weitere Steinschätze durch ihre Finger gleiten. So viel hat sie über die Wirkungsweise erfahren können. So auch über die Warnung, den harten Stein ACHAT keinesfalls neben den weichen Stein ALABASTER zu platzieren, denn solcherart Zusammensein würde den Schwächling letztendlich ausmerzen. Oh, je, hoffentlich mache ich alles richtig, wenn ich diverse Steine bei mir im Zimmer lagere, fragt sie sich, als sie zunächst in das Schlafzimmer stürzt, weil sie das SELENIT, diesen Spiegelstein oder auch Mondstein an ihren Spiegel kleben will. Dort an einen Spiegel gehört ein glasartiger Stein hin. Sie gedenkt der Abbildung im STEIN-REICH-BUCH, das eine Marienabbildung darstellt, bei der dieserart Steine verwendet wurden. Ein Segen, geht es ihr durch den Kopf, dass ihr Ehemann ganz und gar kein Spiegelbetrachter ist und wenn es hochkommt, sich beim Kämmen höchstens mal eine Sekunde im Schlafzimmerspiegel betrachtet.

Wo und wie auch immer dürfen diese sich hier, einzeln oder im Verbund, ganz nach Pläsir, austoben. Allerdings ist hier, wie gesagt, Vorsicht bei der Überlegung geboten, welcher Stein mit welchem harmoniert und um Gottes willen keineswegs mit einem anderen kollidiert. Aber das wird sie in ihrem schlauen Buch ja im wahrsten Sinne des Wortes herauskristallisieren können.

Diesen SODALITH platziere ich am besten in Kopfnähe in ein Holzkästchen an der Wand, nimmt sie sich vor. Geistige Klarheit und Stärkung des Selbstbewusstseins, das wird ihm im Besonderen zugesprochen. Mit dem SODALITH - STEIN werde ich bei Kopfweh die Blockaden meiner STIRNCHAKRA lösen können.

Den BERGKRISTALL lege ich aufs untere Regal, denn er gilt für STERNBILD LÖWE als Heilstein, soll er doch neue ENERGIEN zum Leben erwecken und dabei helfen, sensibler auf die Bedürfnisse von Mitmenschen reagieren zu können.

Und dann, ja dann, packt sie der Mut, die Ideen, die ihr während der Autofahrt durch den Kopf gesaust waren, sogleich in die Tat umzusetzen.

Gleichsam spiele ich jetzt Osterhase, lächelt sie und sinnt krampfhaft darüber nach, an welcher Stelle ein geschickt versteckter Stein nicht entdeckt und dennoch Heilwirkungen erzielen könne. Und da sie als einzige Person Interesse für das Innenleben und Unterleben ihrer Betten zeigt, entschließt sie sich den großen schwarzen TURMALIN unter Ehemanns Bett zu schmuggeln. Er soll ein ENERGIEBRINGER höchster Güte sein, der den Menschen, der ihm ausgesetzt ist, zu hohen seelischen Bewusstseinsstufen führen wird. Wer sonst als mein Mann profitierte dann in hohem Maße von dieser Wirkung? Mit neuer Weltsicht versehen, würde er Vorurteile beiseiteschieben und neue Wege einschlagen können. Nun, ich muss ehrlich zugeben, dass die Entfernung zwischen ihm und dem Stein sicherlich zu groß geraten und nicht ganz barrierefrei ist, aber gilt er nicht als der stärkste Stein überhaupt? Dann wird er sich auf jeden Fall durchsetzen können. Und wie heißt es außerdem so schön: *Die Hoffnung stirbt zuletzt.*

Und für Annika habe ich mir auch etwas Besonderes ausgedacht: TIGERAUGE und CITRIN! Beide Steine stärken das Nervensystem und helfen bei Prüfungsängsten. Das ist für Töchterchen genau das Richtige! Und weil beide sich gut ergänzen, lege ich sie Seite an Seite wie ein Ehepaar, das zusammengehört, nebeneinander! Unters Bett damit! fordert sie sich heraus und erschrickt gleichzeitig darüber, dass ihr sich weit unterm Bett eine Blockade entgegenstellt. Ein weiches Kuddelmuddel, eklig zu betasten und beim näheren Hinschauen als feuchter muffender Klumpen Stoff auszumachen.

„Mein Gott, Annika!" durchfährt es sie.

Ein beißender Geruch strömt in ihre Nase. Jetzt schwant ihr doch Schlimmes: Gewisse undichte Stellen des sich entwickelnden Kinderkörpers offenbaren ihr tiefsitzende unbewältigte Probleme. Nicht weiterdenken! Gedankenstopp! Nur das nicht! Mit zusammengepressten Lippen will sie nichts hören, sehen und denken. Angeekelt schiebt sie das Moderzeug mit dem Teppichstiel zu sich, um es nach draußen in das Bad zu bugsieren. Mit gespitzten Fingern jeglichen

Hautkontakt meidend, befördert sie es in die Waschmaschine. Mit frisch gesäuberten Händen will sie die Reinheit von TIGERAUGE und CITRIN schließlich nicht gefährden und sucht unter Annikas Bett, entfernt von der Schmuddelecke ein Verweilplätzchen für das Edelstein - Duo. Aber Achtung! Rechtzeitig bedenkt sie noch, dem sich dorten pudelwohl fühlenden Staub zunächst den Garaus zu machen, ehe sie den Steinen ein SMUDGING-RITUAL mit weißem Salbei zubilligen möchte. Oh, das Kapitel mit der Steinpflege steht als nächstes auf meinem Programm, denn einige Steine dürfen nicht mit klarem Wasser in Berührung kommen! Aber jetzt STEIN-BUCH, flugs her mit dir, einmal ins steinige Werk luchsen, das geht schnell! Zu mehr steht mir jetzt nicht der Sinn, konstatiert sie beim Blick ins Inhaltsverzeichnis. Hier unter O steht so allerlei: ORDNUNGSSINN wie passend durchfährt es Eleonore, ehe sie ihren Blick über ORANGE STEINE, OHRSTECKER, OHROLIVE und OZEANJASPIS schweifen lässt. ORDNUNGSSINN, ja, das ist es und siehe da, der passende Stein wird sogleich auch gefunden: REGENBOGENFLUORID! Den muss ich mir besorgen und werde ihn auf den frisch duftenden, akkurat gefalteten Wäscheberg legen, mit einer vielleicht humorvollen Notiz. Mir wird schon etwas einfallen, denn über die Phase der Schimpfereien bin ich dank meiner ENERGETISCHEN ÜBUNGEN wohl schon hinaus-gewachsen… obwohl, ich weiß nicht, die Hände dafür ins Feuer zu legen, das wäre mir ein zu riskantes Abenteuer.

Eleonore grübelt wie so oft über die töchterlichen Schattenseiten nach. Auf Töchterchens Stuhl unter dem großen Poster vom Duo TWENTY ONE PILOTS, das Töchterchen neuerdings bejubelt, rutscht sie auf ihren vier Buchstaben hin und her. Und jetzt muss ich wohl noch Angst davor haben, dass die beiden jungen Herren auf ihren Kettcars Marke XXL mit ihren strammen Motor-Gefährten auf mich herunterstürzen und mich schnurstracks umfahren.

„Klingelingeling! Oh, mein Handy! Miriam wollte mich ja anrufen. Das habe ich im Eifer des Steingefechts vollkommen vergessen!"

Eleonore spricht's und erhebt sich schnurstracks, denn das Handy liegt auch noch im Schlafzimmer auf ihrem Nachtisch, in direkter Nachbarschaft des CHAROITS, dem Stein, der bei Schlaflosigkeit wahre Wunder versprechen soll.

Ob nicht gar schon ein Heilstein gefunden worden ist, der gegen Handystrahlung schützen mag? Oh, ja, ich entsinne mich: Der SCHUNGIT soll gegen Elektrostrahlung wirken. Also: *Elektrosmog adé!*

Und so richtiggehend aufs Bett gefläzt, scheint das Telefonat ihren momentanen Nerv nach Aussprache *genau zu treffen:*

„Du meine Güte, Miriam, von meinem Leckerli -Versuch bei meinem Dackel willst du etwas hören! Elsbetha hat mir den guten Tipp ja gegeben. Aber ich muss dir gestehen, es war nicht die beste Wahl der Leckerlis, knapp daneben oder sagen wir besser; vollends ins Schwarze getroffen!"

Eleonore stöhnt ins Handy und empfindet die Zeit, bis eine Antwort ihrer Gesprächspartnerin kommt, wie eine Ewigkeit.

„Bist du noch am Apparat?" Bis auf ein langgestrecktes *Tja* und ein leises Knacken in der Leitung herrscht Stille.

„Miriam, da fehlen dir, so scheint's, die Worte!"

Und ohne auf eine Miriam - Antwort zu warten, gesteht Eleonore ihrer Freundin ein, zu wenig Fingerspitzengefühl an den Tag gelegt zu haben.

„Stell dir nur mal vor, wie ein gestandener Mann reagieren muss, wenn er für seine hausmännischen Fähigkeiten gelobt wird. Und tatsächlich habe ich das getan, ohne darüber zu reflektieren, dass Männer immer noch ihren Mann draußen in der feindlichen Welt stehen wollen. Erst dort sind sie die wahren Männer! Der meinige hat gleich abgewehrt, als ich mich, wie ich zugeben muss, sicher zu halbherzig nach seinen wahren Problemen erkundigt habe.

Miriam, ich muss dir gestehen, dass ich gar nicht mehr so richtig an seinen Schwierigkeiten Anteil nehmen kann. Mich hat dieser ganze ESO-SOG zu sehr in seinen Bann gezogen. Ich habe für nichts anderes Interesse mehr als an solcherlei Themen. Wie ein hungriger Wolf sich auf seine erjagte Beute stürzt, so verschlinge ich bücherweise Literatur darüber, wie ich mein EGO stärken kann. Nicht allein dadurch ist die anfänglich leichte Entfremdung zwischen uns leider noch um ein Vielfaches größer geworden. Meine Gedankenwelt kreist nur noch um eines: *Uneingeschränktes, ja beseligendes Sein im Universum!* Jetzt beschäftigt mich schon Tag für Tag, Minute um Minute ein Problem, mein Problem, eines, das ich früher als eine läppische Angelegenheit angesehen hätte. Irgendwie schäme ich mich dafür, dass es mich zu zerfressen scheint. Im ESOTERIKHIMMEL gefangen, zermürbe ich mir den Kopf darüber, derart, als ob es eine Frage um SEIN oder NICHTSEIN gehe. Mein Gott! Miriam, was meinst du dazu, eine ENERGIEPYRAMIDE, einen Bausatz aus Alu, Messing oder Edelstein in unseren Garten zu stellen? Ich zermartere mir nun das Hirn darüber, welche Kantenlänge sie aufweisen soll. Größere Kantenlänge gleich größerem Prana, sprich Lebenskraft. Dieser Effekt wird am größten sein, wenn die Rohre mit Bergkristall oder Quarzen gefüllt sind. Und Miriam, ich habe mir überlegt, diese größte aller Pyramiden in der hinteren Gartenecke hinter der Tannenhecke aufzustellen. Weißt du diese Kommentare meiner Lieben, die kann ich mir auch ersparen. Du hast einen Dachschaden, das wäre noch harmlos. Um vieles mehr befürchte ich, dass man die Pyramide des nachts in höchstem Bogen wieder rausschmeißen, ja, sie jählings mit dem Hammer und Beil zerdeppern und mich obendrein in einem Tobsuchtsanfall über den Gartenzaun hinweg entsorgen könnte!"

Miriam schweigt lange. Viel zu lange, findet Eleonore und atmet erleichtert auf, als es aus Miriam wie aus einem Sturzbach heraussprudelt.

„Mach das, was sich für dich richtig anfühlt! Und belaste deine Psyche nicht mit verrückten Horrorvorstellungen! Ich sehe dich gerade vor mir, wie du in dein weites gelbes Leinenkleid gewandet - jenes Out-fit, das dir so gutsteht! - hastige Bewegungen vollführst und dein Handy mal an das eine, mal an das andere Ohr presst, jeweils von aufgezwirbelten verschwitzten Löckchen umspielt. Du bist alles andere als in einem engelsgleichen ENERGIEFELD. Deine Nerven laufen auf Hochtouren. Auch die besten Nervenzellen geraten schnell in schlechte Gesellschaft, so dass du dich wie ein Elefant im Porzellanladen benimmst.

„Tja, Miriam, ich möchte dich doch bitten…. Du strebst doch auch an, den WEG DER ERLEUCHTUNG einzuschlagen! Ich bitte dich… du meine Güte… ich merke jetzt nicht viel davon. Was ist nur los mit dir? Bedenke, deine vorgetragene überspannte Kritik ziemt sich für ein GEISTWESEN nicht! Sie zeigt lediglich, dass der Kritisierende nicht bei sich selbst zu bleiben vermag, sondern sich in die Belange anderer einmischt!"

Peng, das saß und Sekunden später sitzt sie selbst auch, Eleonore, die geistvoll Beleidigte, auf ihrem Bettrand. Das Mobiltelefon war zuvor unsanft in der Halterung gelandet. Seine dreißig Metalle oder mehr, sein komplexes Gehäuse, es hätte wahrlich Grund, sich gekränkt zurückzuziehen und von nun an seinen Dienst zu verweigern.

Später, auf ihrem Sessel hockend, führt sie sich das Dilemma noch mal vor Augen. Ein bisschen zu viel Weltuntergangsstimmung, meint sie in einem Moment des Atemholens. Aber Miriam scheint das oberste Prinzip der Achtbarkeit mit Füßen getreten zu haben. Ich suche mir demnächst nur noch Freundinnen, die mich auf meinem Weg begleiten und mich in geistiger Beziehung aufbauen und voranbringen, basta!

„So, meinst du dadurch, liebe Miriam, dass du mich in die Bredouille bringen kannst, indem du mir Horrorgeschichten von Menschen wie Lotta erzählst, die jegliche Bodenhaftung verloren haben? Du weißt doch, dass ich auf jeden Fall einen dicken Trennungsstrich zwischen Wahn und Wirklichkeit zu ziehen vermag! Und diese Lotta vermag das nicht im Entferntesten. Sie kümmert sich um nichts Weltliches mehr, besprüht ihre Wohnung täglich mit SCHUTZENGEL-ESSENZ und wartet in der horizontalen Stellung auf Wunder der GEISTIGEN WELT!"

Eleonore, inzwischen tief in den Sessel versunken, merkt, dass sie Selbstgespräche führt, denn wo sie auch hinsieht, kein einziger Mensch hört ihr zu; nicht mal ein Kobold. Ja, Kobold sagt sie und dieses bewusst, weil diese klitzekleinen, eigentlich harmlos daherkommenden Gestalten in ihrem Kopf ihr Spielchen treiben, wobei jeder den anderen zu überbieten sucht.

„Aber ihr Kobolde dürft in meinem Hirn Schalkhaftes treiben! Ich behalte immer noch die Kontrolle über euch, gehöre ich doch nicht zu der Sorte von Lichtwesen, die ihrer Tochter Unmengen von Meersalz vor die Füße rieseln lässt. Das solle als Schutz vor den Verkörperungen des Teufels dienen.

Weil die Kobolde sich sogar an Mutter Beatrices wertvollem Tagebuch zu schaffen gemacht und Seiten herausgerissen haben, hatte sie kurzerhand Meersalz auf dem Fußboden ausgestreut. Beatrice gehört zu Miriams ESOTERIK- ZIRKEL und erntete als Lohn ihrer Tat, dass die verstörte Tochter die Flucht zum Vater ergriff und dabei den Ausspruch tätigte:

Mit einer wirren Mutter kann ich nicht zusammenleben.

„Ob Miriam Angst davor hat, dass mir mit Annika dasselbe Schicksal droht?" Eleonore murmelt die Worte in ihren klitzekleinen Damenbart, über den sie sich so manches Mal ärgert, weil diese feinen Härchen bei einer Frau dort einfach nicht hingehören. Und sie murmelt weiter: „Aber ihr Vater wohnt ja noch bei uns. Wo sollte sie dann hin entschweben? Außerdem bin ich noch weit von solch einer dummen Handlung entfernt. Ich will zwar ESOTERIKERIN, aber eine skeptische und kluge sein! Na, ja die Wirkung von einem Glas Salzwasser mit einem Schuss Essig vermischt, die könnte ich ja mal ausprobieren nach einem Besuch von Mama, wenn sie mal wieder Terz wegen Banalitäten gemacht hat. Steigt das Salz kurze Zeit später nach oben, so bezeugt dieses das Vorhandensein von NEGATIVEN ENERGIEN! Da kann ich nicht viel falsch machen, allerdings spüre ich Missstimmungen zwischen uns auch so schon reichlich genug! Dazu brauche ich dieses Experiment gar nicht! "

Und wie eine Stimme aus einer anderen Welt, aus drohenden dunklen Gefilden kommen ihre Worte:

„Noch ist die Zeit zur Umkehr! Gedenke der 333! Die Zahl, auch ENGELZAHL genannt, vereint Körper, Seele und Geist! Achte darauf, sobald sie dir begegnet! Du wirst eine Botschaft bekommen, die einen Neubeginn in deinem Leben voraussagt! Betrachte dir also genauestens die Zahlen, die dir unterkommen, seien es Adressen, Quittungen, Nummernschilder usw. und erbitte von den Engeln Klarheit darüber, welchen neuen Weg du jetzt beschreiten solltest!"

„Aber … ich meine, dass ich auch ohne 333 oder anderen dreifach genannten Zahlen weiß, was die Stunde schlägt, liebe Miriam! Ich werde mein Leben, mein ureigenes, in vollen Zügen genießen und das stelle ich mir unter dem ESOTERIK-Himmelsdach einfach erfüllter vor!

Und ich schreie es hiermit in alle Welt hinaus: ICH, ICH selbst allein bin der GLÜCKSBRINGER meines Lebens! Eigentlich müsste ich nun alle Fenster aufreißen, so dass alle Welt es hören kann: ICH LIEBE MICH! ICH LIEBE MICH! ICH LIEBE MICH! Wie gut sich das anhört! Und geradezu eilt sie zum Fenster, um es weit aufzusperren:

HE DU, HE IHR; DAMIT IHR ES ALLE WISST: ICH LIEBE MICH!

Entschuldige, Miriam! Das musste einmal sein! Auch wenn jemand denken könnte: Mit der sind wohl die Pferde durchgegangen."

Sie erschrickt über sich selbst und darüber, wie sie diese Liebeserklärung aus voller Kehle ungestüm herausgeschrien hat. „Aber Tschüss, meine Liebe, die Pflichten rufen wieder!" Dann legt sie ihr Telefon wieder an Ort du Stelle zurück.

„Nun, als nächstes habe ich das Bedürfnis, mich mehr und mehr in mein Vorleben hineinzuknien! Wie sollte ich mich je ganz verstehen können, wenn ich nicht weiß, woher ich komme und warum ich gerade bei solchen Eltern wie den meinigen gelandet bin und hier in diesem manchmal verrücktem Haus mein Dasein fristen muss."

Eleonore tut es gut, dass sie sprechen kann, zu sich selbst, weil keiner da ist und vor allem auch, weil sie das, was sie äußert, nicht auf die Goldwaage zu legen braucht. Sie muss nicht für alles geradestehen, was da ungefiltert aus ihrem Mund herausdrängt.

Auf dem kleinen Tisch im Schlafzimmer liegen die neuesten Termine parat. Sie hat sie sich vorsichtshalber unterstrichen, um auch den unsichtbarsten nicht zu vergessen. Einer von ihnen ist gleich dreimal dick rot markiert. Es ist der Septembertermin, drei Tage in einem Kloster mit der Überschrift: DAS ERLEBNIS DER WIEDERGEBURT NACH THORWALD DETHLEFSEN. Ich will nur hoffen, dass nicht irgendwelche Kobolde meine Abwesenheit ausnutzen, um über Annika herzufallen. Bei meiner Rückkehr müsste ich sie womöglich mit Meersalz vertreiben. Oh, welche Unmengen von Meersalz bräuchte ich für mein ganzes Haus!

Irgendwie findet sie diesen Gedanken zunächst amüsant. Aber oh weh! Nein, sie will allen ESOTERISCHEN VERSPRECHUNGEN gegenüber skeptisch bleiben, das hat sie sich ja fest vorgenommen. In diesem Moment tröstet sie lediglich der Gedanke, dass Lichtwesen Nummer 333 ein Schirm über sie aufspannen und die arme Eleonoren- Seele fest an sich drücken möge. Oh, je, wie sehne ich mich nach dem Heimkommen in der GEISTIGEN WELT!

Sie steht vor dem Fenster. Beim Blick durch das Fensterglas hindurch in Himmelsweite spürt sie das Wohlbehagen ihrer müden Augen. Sie verlieren sich in einer tiefen Wolkenmeditation. So viele Wollknäuel scheinen sich an den Händen zu halten und einen Himmelsreigen zu vollführen.

„Oh, mein Gott!" stöhnt sie plötzlich auf. Ihr Blick war für einen Moment auf den weißen Fensterrahmen gehuscht und genau für diesen einen Moment scheint das Blut in ihren Adern zu erstarren. Bevor ihr Mund die Zahl 3333 ausstoßen kann, fragt sie sich nun wirklich, ob sie jetzt wirklich reif für die Klapsmühle sei. Vielleicht bedeutet die zusätzliche 3, die sich der ENGELZAHL zugesellt hat, ja, dass diese gerade alles genau in ihr Gegenteil verkehrt.

„Ich bin blöd!" schilt sie sich, als sie sich spontan einen schwarzen Filzstift aus der Dose herausnimmt, um die Nummer des Fensterglases 3333 mit unwirschen fahrigen Bewegungen kreuz und quer zu übermalen. Anschließend lässt sie sich aufs Bett fallen und sieht das vierjährige Eleonoren-Kind vor sich, wie es mit einem schwarz gemalten Balken unter der roten 5 von Frau Süßkind den Makel auszumerzen versucht.

Frau Süßkind zeigte sich wahrlich nicht als Süßkind oder sagen wir als Süßfrau, denn sie verpetzte mich bei meinen Eltern, die mir meinen süßen Hintern mächtig versohlten.

Eleonore lässt sich auf ihr Bett plumpsen und zieht sich mit einem Male die Decke über den Kopf, so dass keiner sie sehen kann. Genau wie damals in grauen Vorzeiten!

Gleichzeitig atmet sie erleichtert auf. Ich glaube, dass das ZAHLEN-TRIO mir doch seine Wundergültigkeit erwiesen hat. Warum sonst wird mir gerade jetzt ein Trostspruch von oben gereicht? Und sie sagt ihn sich sogar dreimal auf. Vorsichtshalber dreimal, denn man kann ja nie wissen, sinniert sie, ehe sie sich ihn vollständig einverleibt:

WER SICH AB UND AN NICHT VÖLLIG KINDISCH VERHÄLT, IST NICHT ERWACHSEN, SONDERN TOT!

Kapitel 18

„Trariro, der Sommer, der ist do!" Mama trällernd, ganz betont fröhlich - irgendwie sonst nicht ihre Art! - findet Eleonore, als sie ihre Mutter erblickt, die über die Terrassentür von hinten ins Haus geschlichen kommt.

„Einbrecher liebe ich ja nicht gerade! Was bringt uns die Ehre deines Besuchs?"

Eigentlich hätte sie ihr ehrlichkeitshalber entgegen schleudern müssen: Wie kommst du dazu meine frühmorgendliche Ruhe zu stören? Lediglich der Blick auf Mamas Korbinhalt lässt sie milder stimmen. Vor Reife strotzende dunkelrote, ins Schwarze melierende ovale bis herzförmige Früchtchen strahlen sie an. Welcher Anreiz für die Betrachterin, ihre Zähne tief in das spritzige Fruchtfleisch zu graben und mit der Zunge den betörenden nach Spätsommer schmeckenden Saft zu infiltrieren. So kann sie es kaum erwarten, ihrer Mama die süße Last zu entreißen. Mama strahlt, die Kirschen strahlen. Warum sollte die Empfängerin der lockenden Früchte nicht auch ein strahlendes Gesicht auflegen?

„Hier, nimm dir davon eine Hand voll!"

Eleonore muss bei der genießerischen Eroberung von Muttis Kirschenexemplaren unweigerlich an den Dreier-Zahlen-Wunderspruch denken: WER SICH AB UND AN NICHT VÖLLIG KINDISCH VERHÄLT, IST NICHT ERWACHSEN, SONDERN TOT!

Und weil sie den kindischen Kirschenspaß der Kindheit nochmals zurückrufen will, hängt sie sich zwei Kirschenzwillingspärchen über ihre Ohren. Durch meine

Kinderei, so sinniert sie lächelnd, verpasse ich dem Tod einen noch größeren Kinnhaken. Gut so!!

„Komm, Mama, setzt dich hier auf ´s Sofa!"

Und Mama zeigt sich überaus gehorsam, streift ihr dunkelgrünes Leinenkleid straff, ehe sie ihr Hinterteil an Ort und Stelle pflanzt, dort wo es, so befürchtet die Tochter, wohl das berühmt-berüchtigte Sitzfleisch auszubilden weiß.

Oh, das *Trariro* scheint ihr im Hals stecken geblieben zu sein! Eleonore betrachtet sich Mamas Gesichtszüge. Es erscheint ihr, als ob Mutter, die am anderen Ende des Sofas sitzt, mit einem Kloß im Hals zu kämpfen hat. Hoffentlich ist es kein Kirschkern, der ihr quer sitzt. Eleonore kennt diese Wortkargheit beileibe nicht bei ihr. Sie sehnt sich mit einem Mal nach Mutters Geplapper und Getratsche! Schimmern ihre Augen nicht ungewöhnlich? Tränenschlieren will sie unsichtbar machen, indem sie meinem Blick ausweicht und den Kopf senkt. Ja, mächtig muss diese Frau, die sich meine Mutter nennt, wohl augenblicklich kämpfen. Warum wohl um alles in der Welt?

„Mama, irgendetwas hast du auf dem Herzen!"

Eleonore zeigt sich einfühlsam wie selten, denn in letzter Zeit fielen mehr barsche denn liebevolle Worte zwischen beiden.

„Eli, ... es ist schlimm!"

Die Tränenschlieren generieren zu einem Sturzbach. Mutter zuckt zusammen, als sie das eilends gezückte Taschentuch mit Tränenflüssigkeit benetzt und dieses wird in Nullkommanichts ein klitschnasses Etwas. Den Kopf tief herunter gebeugt hockt sie wie ein Häufchen Elend da.

„Mama, sag schon!"

Eleonore legt ihr eine Hand auf die Schulter. Sie muss sie erst ein wenig schütteln, bis Mama ihre Sprache wiederfindet.

„Eli …!" Jetzt nimmt sie einen zweiten Redeanlauf und einige Sekunden später ist es endlich herausgebracht, das, was nach draußen drängen muss. „Eli … mein Kind! Gestern noch hatte ich zwei Schwestern! Heute nur noch eine!"

„Mama, aber so schnell kann das doch gar nicht gehen! Beide zeigten sich zu Omas Geburtstag noch quietschfidel! Beide lachten um die Wette! Beide, betone ich, auch wenn Frieda über Rückenprobleme klagte und Gerda Rheumaattacken überstehen musste. Frieda zog ihr Gesicht, wie du weißt, oft zu Grimassen, wenn sie nach langem Sitzen aufstand und Gerda konnte die Kuchengabel nur noch mit Mühe halten, weil ihre Gelenke oft geschwollen sind. Und nun…"

Mama dreht ihre verweinten Augen ihrer erschrockenen Tochter zu …

„Jetzt würde Frieda alles drum geben, beim Aufstehen Schmerzen zu haben. Stattdessen wird sie nimmer mehr von ihrem Bett oder Sessel, oder woraus auch immer, aufstehen können. Frieda ist tot! … Ja, mein Kind, … TOT …, ja, Frieda ist tot! Drei so inhaltsschwere Buchstaben umschreiben das Geschehen. Als Schwager Erwin mir das heute in aller Frühe mitteilte, da verschlug es mir die Sprache, so wie eben jetzt, und mein Herz bibberte zum Bersten, wo Frieda ihr Herz lieber noch und nöcher bibbern erlebt hätte, musste eben dieses Herz infolge eines Infarktes seine lebenserhaltende Tätigkeit einstellen. Der Infarkt überfiel sie mitten in der Nacht und auch im Rettungswagen konnte sie nicht reanimiert werden. Nun, schätzungsweise in drei bis vier Tagen findet die Erdbestattung statt."

„Mama, ist das dein Ernst! Erdbestattung, nein, um Gottes Willen nein!"

Eleonore schüttelt kräftig ihre Haarmähne, ehe sie weiterspricht:

„Nein und nochmals Nein! Ich habe mich in der letzten Zeit viel mit diesem Thema beschäftigt. So, einfach nur so, obwohl gar kein besonderer Anlass dafür bestand. So konnte ich in Erfahrung bringen, dass eine Feuerbestattung so rasch wie möglich stattzufinden habe. Keinerlei Erdbestattung bitte, denn bei der Wirkung des ABSOLUTEN FEUERELEMENTS werden durch bestimmte *MANTREN* die Ausscheidungsgase der Leiche rasch in die Atmosphäre ausgestoßen und können so keinen Schaden anrichten. Bei der Erdbestattung dagegen werden Geister angelockt, denn die Frequenz und die Schwingungen bei einer Erdbestattung sind negativer Art und könnten unliebsame Folgen haben.“

„Eli… mein Gott, auch das noch bei allem Schwerem, das mir jetzt auf dem Herzen liegt! Solches Zeug aus dem Mund meiner Tochter hören zu müssen, ist schlimm! Ich habe nichts dagegen, dass du dich dereinst im Schnelltempo mehrmals hintereinander verbrennen lassen willst, damit sich deiner ja nicht ein klitzekleines Geistlein ermächtigen kann, aber lass bitte die anderen ihr eigenes Ding machen! Ich ziehe es in meinem Fall vor, in der Erde langsam zu Staub zu vermodern, anstatt mit einem Schlag vom lodernden Feuer ausgelöscht zu werden. Da fürchte ich mich auch nicht vor allen möglichen Krabbeltieren, die an mir herum nagen könnten.“

Eleonore zuckt sichtbar zusammen und äußert sich vorsichtig dergestalt:

„Ja, Mutter! Ich gestehe jedem seine eigene Meinung zu! Aber das Gelesene hat auf mich einen so starken Eindruck gemacht, dass es mich danach drängte, es sogleich loszuwerden.“

Mutter, so spürt sie, will jetzt keineswegs einen Streit ausfechten, das wäre höchst kontraproduktiv! Mutter bemerkt lediglich kurz und bündig:

„Du kennst meine Einstellung!"

Danach schiebt sie ihr den Kirschkorb mit den Worten hin: „Komm lass die süßen Früchte uns das Schwerverdauliche ein wenig bekömmlicher machen!"

Und dann greift Eleonore doch tatsächlich nach einem Zwillingspaar dieser leuchtenden, vor Kraft strotzenden Früchte und hängt es sich um ein Ohr. Für einen kurzen Moment empfindet sie die Mädchenherrlichkeit in vollen Zügen. Aber dieser Moment währt nur sehr kurz, denn Mutters Gesicht verändert sich schlagartig. Merkwürdig, so geht es Eleonore durch den Kopf, denn diese ihr so sehr vertrauten Gesichtszüge weisen eine abrupte Veränderung auf, was sie zutiefst erschreckt. Sie zuckt ob der mit einem Male düster dreinblickenden Augen zusammen. Eine verborgene Last scheint sie niederzudrücken. Mit trauerumflorter Stimme meldet Mutter sich zu Wort:

„Ja, meine Liebe, es war einmal... und kommt nie, wahrlich nie wieder vor, dass wir beide schnatternden Alten gemeinsam über Kinderstreiche lachen. Gekichert haben wir vor zwei Monaten noch, uns dumm und dämlich gelacht, wann wir welchen Unfug zusammen angestellt haben. Mit Frieda verband mich eine stärkere Gemeinsamkeit als mit unserer älteren Schwester Gerda, zu der der Altersunterscheid doch wesentlich größer war. Gerda zeigte sich immer als die Vernünftigere und wies ihre kleineren Schwestern oft in ihre Schranken, wenn mit uns mal wieder die Pferde durchzugehen drohten. Weißt du, ab jetzt werde ich in aller Einsamkeit meine Erinnerungen wie einen Schatz hüten müssen."

Und in diesem Moment scheint es der Tochter, dass durch die tränenverhangenen Augen ein klitzekleiner schelmischer Lichtblitz huscht. Mutter berichtet nämlich davon, dass beide Mädchen sich abends im Bett plötzlich an den Muttertag am nächsten Tag erinnerten, wofür sie noch nicht einmal etwas gebastelt oder ein Bildchen gemalt hatten. Und Frieda, oft eine kleine Schlaubergerin, unterbreitete der Schwester den tollen Vorschlag, aus Nachbarsgarten wenigstens ein paar Maiglöckchen zu mopsen. Das musste unbedingt in der Dunkelheit passieren. Eilends ein Mäntelchen übergezogen, entreißen beide Ausreißer im Eiltempo einige Blumenstängel, um sich anschließend wieder schleunigst aus dem Staub zu machen. Allerdings hatten sie am wenigsten mit den Luchsaugen des Nachbarjungen gerechnet, der sie anschließend verpetzte. Und Mutters überraschte Muttertagsaugen zeugten keineswegs von freudiger Überraschung, sondern sprühten vor tobender Erregung. Auch wenn wir uns noch so zierten, war eine Entschuldigung bei den Nachbarn unumgänglich. Nachbarin Schmitz ist als liebe verständnisvolle Frau in unsere Kindheitsannalen eingegangen ... nicht wahr, meine liebe Frieda, dort weit droben! Du hörst jedes Wort und ich spüre, wie du dabei schmunzelst!"

„Ich erinnere mich an Tante Frieda als die beste Märchenerzählerin der Welt! Ich saß, wenn sie bei uns war, oft auf ihrem ...!"

Wupps, noch bevor sie aussprechen konnte, war Annikas Lockenkopf zwischen der Tür erschienen.

„Mama und Oma?" Das Oma-*Wort* war mit einem großen Fragezeichen versehen worden! Mit Omas Erscheinen auf der Bildfläche scheint sie partout nicht gerechnet zu haben. Das vertraute Oma-Kuss-Ritual hat von jeher allerdings einen festen Platz in ihrem noch jungen Leben. Und so presst sie einen kurzen Moment ihren Mund auf den ihrigen.

„Mein Gott, Oma! Irgendwie fühlt sich der Kuss heute viel feuchter an als sonst! Dein Mund ist nicht nur nass, sondern auch deine Backen sind es! Der Kuss war heute eher ein salziger als ein süßer! Ich sehe da ´n paar Tränen!"

Oma lächelt ihre Enkelin an. Irgendwie anders als sonst, was Annika komisch vorkommt. So fragt sie geradeheraus: „Was ist Oma? Bist du traurig?"

„Mein Kind, ja, es ist etwas passiert, dass mir im Herzen sehr weh tut! Du hast keine Schwester, aber du wirst dir vorstellen können, wie es dir zumute wäre, wenn du eine hättest; eine, die sich sang- und klanglos von der Welt verabschiedet. Ja, meine Schwester Frieda ist plötzlich gestorben!"

Annika wäre nicht Annika, wenn sie die Oma nicht trösten wollte. Ganz fest schlingt sie ihren Arm um ihren Hals und sagt ihr, wie sehr ihr das leidtue.

Mutter Eleonore betrachtet sich ihre Tochter sehr intensiv, neben einem mitleidvollen Blick bahnt sich da auch ein nachdenkliches Etwas an, das sich durch Stirnrunzeln zeigt. Und dann passiert es wirklich. Annika geht auf ihre Mutter zu und gibt ihr unumwunden ihre Sorge preis:

„Mama, du weißt, dass ich bei der Beerdigung von Tante Maria so traurig gewesen bin. Muss ich jetzt auch wieder mit zur Beerdigung?"

Kaum war die Frage draußen, da spürt sie auch schon, dass es Oma sicher kränken würde, wenn sie nicht mitginge, gerade jetzt, wo sie so traurig ist.

„Mein Gott, mein Herz ist in zwei Stücke gebrochen! Das eine Teil will, dass ich mitgehe, damit Oma nicht so traurig ist, aber der andere Teil, der will, dass ich selbst nicht traurig bin und weinen muss!"

Oma schweigt. Sie muss all das erst in ihrem Herzen hin und herbewegen, derweil Mama ihrer Tochter zu verstehen gibt:

„Kind, ich weiß, dass solch eine traurige Angelegenheit Energievampire freisetzt! Du müsstest deinen Energievorrat eigentlich wie einen Schatz hüten!"

Annika, einesteils froh über Mamas Aussage, aber andererseits auch genervt von deren Gesabbel über Energie, wie es Papa schon einmal genannt hat.

„Mama, nicht schon wieder!" Verlegen grinst sie Oma an und ist froh darüber, dass sie von ihr Rückendeckung zu bekommen scheint.

„Tja, du siehst Eleonore, deine Begeisterung für deine Geisterhöhungen hält sich bei uns in Grenzen! Aber ich muss jetzt noch zu Elfriede gehen, Friedas Freundin!"

Während sie aufsteht, bemerkt sie noch, eher wie hingeworfen, aber nichts destotrotz voller Bedeutungstiefe:

„Aber Schwager Erwin würde sich bestimmt darüber, freuen, wenn die ganze Familie Abschied von seiner Frieda nähme!"

Und schon ist Oma wieder nach draußen gehuscht, ohne ein trällerndes *Trariro, der Sommer, der ist da!* und ohne den Korb voller Kirschen. Letzterer steht noch, zur Hälfte seines Inhalts beraubt, auf dem Tisch und verführt Annika, ins fruchtig süße Paradies zu greifen. Und genauso schnell bimmeln um ihre Ohren zwei Kirschenpaare.

„Bin ich jetzt eine Kirschenkönigin, Mama? Aber die bin ich eigentlich erst, wenn ich eine Kirschenkrone aufhabe. Aber das würde bestimmt eine elende Mancherei werden, die du nicht so liebst. Also bin ich nur eine halbe Kirschenkönigin!"

Mama Eleonore muss lächeln und denkt: Ja, wirklich köstlich, dass gewisser Schabernack von Generation zu Generation weitervererbt wird!

Kapitel   19

„Spieglein, Spieglein an der Wand…,
wer ist die Frömmste im ganzen Land?
Oh, nein, …,
wer war die Frömmste im ganzen Land?“

Eleonores erster Gedanke heute Morgen beim Nasenkitzeln des ersten Sonnenstrahles gilt bereits Tante Frieda. Eine Tante-Frieda-Nacht liegt hinter ihr. Der friedliche Frieda-Traum beglückt jetzt noch ihr Herz, als sie das Traumgeschehen aufleben lässt:

Die liebe Tante hält eine supergroße bunte Kinderbibel auf ihrem Schoß. Zwischen ihren leicht gespreizten Beinen wie in einer Kuhle geborgen. Einer wollenen oder samtartigen Kuhle, denn die Tante trägt meistens dunkelbraune oder graue weit fallende Röcke! Ihren linken Arm hält sie ums Eleonoren-Kind geschlungen, während der rechte durch bedächtig ausgeführte Handbewegungen beim Blätterumschlagen dem lauschenden Mädchen Ruhe und Sicherheit vermitteln. Das unerbittlich bettelnde Kind verzehrt sich nach dem Geschichtenlauschen. Der geborenen Märchentante zollt es großen Respekt. Ab und an verwundert sich das Kind allerdings über eine Marotte, die die Tante zwischendrin an den Tag legt. Sie leckt mit ihrer Zunge an ihrem Zeigefinger, ehe sie eine weitere Seite umschlägt. Oma tut das auch manchmal, aber nicht so oft! Eleonore mag das nicht so sehr. Aber sie getraut sich auch nicht zu fragen, warum sie das macht, obwohl der Finger doch schon sauber aussieht. Bei Männern hat sie das noch nie beobachtet. Aber egal, die Hauptsache ist, dass Tante Friedas Art vorzulesen immer mordsspannend ist. Dabei fühle ich mich so mittendrin im Geschehen und glaube zu spüren, wie Jesus mit seiner großen Hand auch über meinen Kinderkopf streichelt. Liebevoller als mancher Erdenvater es tut. Oder ich stelle mir beim Märchenhören vor, dass ich die Prinzessin auf der Erbse bin, die von einem Prinzen geküsst und geheiratet wird.

Die große Eleonore schwelgt nun in Kindheitserinnerungen. Sie schließt die Augen und hängt philosophischen Gedanken nach: „Ja, so ist es…, ja, so war es…," so murmelt sie sinnend vor sich hin „…von Zeit zu Zeit erinnert uns das Leben daran, dass unsere Lebenszeit etwas sehr Kostbares ist, das wir immer wertschätzen sollten."

Die große Eleonore hegt Gedanken im Herzen, die mit Wehmut und Trauer einhergehen:

Oh, wie tut es mir doch in der Seele weh, dass es Annika nicht vergönnt war, Tante Frieda persönlich kennenzulernen. Und ihre Oma, ja, die zeichnete sich mehr durch lästige Fragelitaneien aus als durch die Gabe, ein kindliches Gemüt von Herzen zu ergründen und zu erfreuen. So beschwerte Annika sich schon früh darüber, dass Oma immer über jeden Pups informiert werden wolle.

Eleonores Augen scheinen im Spiegelbild jede einzelne Furche im Gesicht nachzuziehen.

„Mein Gott! Ja, zu viele Dellen durchs ständige Herumdrehen heute Nacht!"

Ihr Traumbild der letzten Nacht hat Spuren in ihrem Gedächtnis hinterlassen. *Ich bin klein, mein Herz ist rein!* Diese einfachen schlichten Worte, quasi ein Markenzeichen der Tante Frieda, schwebten heute vor meinem nächtlichen Auge. Ein zehnjähriges Kind mit engelgleicher Figur und gewelltem Haar erscheint auf der Traumbildfläche. Stolz auf Mutters Brennscherenergebnis lässt es sich eine goldige Locke durch ihre Finger gleiten, ehe es seine Hände vor dem Einschlafen artig faltet. Das kurze Abendgebet hatte ihr Tante Frieda anempfohlen.

Die große Eleonore stöhnt. Sie seufzt bei der Erinnerung an fiese Gedanken, die sie des Abends damals mitten beim Beten überfielen.

„Und nun, stell es dir vor:

Da raunte mir doch eine hundsgemeine Stimme beim abendlichen Ich bin klein …! zu: Du lügst, denn dein Herz ist doch nicht rein! Sieh doch, wie du allein gestern deine Mutter wieder belogen hast! Und denk dran, dass du deiner Lehrerin, Frau Habermas gegenüber behauptetest, du hättest deine Hausaufgaben allein fabriziert. Dabei konnte Papa doch nur allein der verflixten Rechenaufgabe Herr werden. Nein, nein, so geht das nicht, Eleonore! Dein Herz ist nicht rein."

Wie ein herbeigeworfener Rettungsring kam ihr damals der tröstliche Gedanke an Frau Schädlich, ihrer damaligen Religionslehrerin mit den tiefblauen Augen über den leuchtenden Rotbäckchen. Die arme Frau hatte so ein gutes Herz, aber solch einen komischen Namen. Schaden hatte sie bestimmt nie einer Menschenseele zugefügt! Sie hatte ihren Schülern immer wieder unterbreitet, dass durch Jesus Blut am Kreuz jegliches schmutzige Herz reingewaschen wird. Und daraufhin sprach Klein-Eleonore sehr beruhigt weiter ihr Gebet: *Ich bin klein, mein Herz ist rein…*

Ja, das artete heute Nacht in eine unruhige Dreherei aus. Eine Nacht der Widersprüche zwischen Kinderglauben einerseits und quälender Ungewissheit andererseits, ließ das Federbett ständig verrutschen. Der Schweiß perlte ihr vom ganzen Körper ab, so dass die Daunen sich verklebten. Unter solcherart Knitterwerk ruht es sich nicht gerade erholsam.

Und das sollte keinerlei Dellen und Furchen im Gesicht nach sich gezogen haben? Eleonore bezweifelt das. Mit gespreizten Fingern versucht sie die besonders in Mitleidenschaft geratenen Rillen zwischen Nase und Mund zu glätten. Derweil führt sie ein Zwiegespräch mit Tante Frieda:

„Ja, Tante Frieda zu deiner Beerdigung komme ich unbedingt, auch wenn ich mich inmitten von Liturgie und Weihrauch nicht mehr heimisch und geborgen fühle. Aber das Abschiednehmen ist meine letzte Ehrerweisung. Du hast mir so viel Gutes erzeigt. Und außerdem bewundere ich dich dafür, dass du offen für deine Überzeugungen eingetreten bist. In unseren Breitengraden wird man zwar nicht mehr aufgrund seiner Glaubensbezeugung gefoltert, nein, dieses zwar, Gott sei Dank, nicht. Aber es ist auch kein angenehmes Gefühl, wenn man für seine Überzeugung ausgelacht wird. Nein, Tante Frieda, ich werde kommen! Auch unter der Gefahr, dass ich mich bei einer Erdbestattung kleinen Teufelchen ausgesetzt sähe…. Gott möge es vereiteln! Gnade euch Gott, ich werde unter allen Umständen für dich bürgen! Darauf kannst du dich verlassen, abgemacht? Ja, ob du es jemals verstanden hättest, dass Christsein für mich eine zu enge Kiste geworden ist, wage ich zu bezweifeln. Dabei hätte ich dir erklären müssen, dass mir der weltumspannende Geist der Esoterik so viel mehr an Weite schenkt als der Christusglaube! Hier allein kann ich über mich über die Beschränktheit des Erdenlebens hinaus in himmlische Gefilde entführen lassen und geistvolle Erfahrungen, ja, auch Ekstase erleben.

Aber Annika soll an diesem Tag nicht traurig sein … sie wird dann zu ihrer Freundin gehen und mit ihr einen unbeschwerten Tag verbringen.

Und mein Mann, ja der schwört noch immer auf schöne Rituale. Eine Beerdigung gehört auch dazu, weil solch ein Ereignis zu den Eckpfeilern eines Familienlebens gehört, wie er sich einmal ausdrückte.

Inmitten ihrer Beerdigungsgedanken schneit Miriam plötzlich herein. Vor lauter Gehirnarbeit hatte sie das Klingeln nicht gehört, so dass Annika die Tür geöffnet hatte.

„Komm setz dich, Miriam!" Folgsam wie sie ist, nimmt sie auf dem ihr zugewiesenen Stuhl Platz und ergreift dann die mit AYURVEDA-TEE gefüllte Tasse. Sie kommt dabei nicht umhin, eine bittersüße Bemerkung loszulassen:

„Liebe Freundin; du hattest dir doch einen Vorsatz gegeben: Eine geschickte Dosierung esoterischer Praktiken im Beisein deiner Liebsten! Ich rate dir, die BUDDHA-TASSEN aus dem Küchenschrank zu verbannen! Gib dir einen Ruck! Stelle ein großes Stoppschild auf, sobald du spürst, dass sich die Interessen deiner Lieben mit den deinigen überkreuzen.

„Ja, Miriam! Ich beschäftige mich jetzt oft mit dem Thema INNERES KIND! Es ist ein Wahnsinn wie oft ich über diesen modernen Begriff stolpere, sobald ich einschlägige Literatur durchforste. Zum großen Teil wird dieses Thema aus Sicht der Psychologie behandelt. Aber sehr oft sehen wir es auch in dem umfassenderen Rahmen der ESOTERIK verankert! Hier, sieh!"

Und im selben Moment wandern aus dem untersten Schrankregal einige diesbezügliche Schriften auf dem Tisch.

„Wo schaffst du die denn alle her?" will Miriam wissen, als sie ihre Hand nach der ockerfarbenen Schale mit den traditionellen irischen Keksen greifen lässt. Jene, die mit Schokotropfen dekoriert, das Herz jeden Schokofans höherschlagen lassen.

„Ja, den ganzen Bücherschatz habe ich größtenteils auf der ESOTERIKMESSE zum Vorzugspreis erworben. Einige habe ich mir von ESO-Gespielinnen geliehen bzw. schenken lassen.“

Noch bevor Miriam ihren Beißerchen einen Keks zum Mahlen zwischenschiebt, fällt ihr Blick auf das ockerfarbene ovale Schalenkunstwerk mit der großen 4 drauf. Sie stutzt zunächst, Aber bevor sie ihre Mundwerkzeuge in Aktion setzt, dämmert es anscheinend in ihrem Hirn Sie tippt sich an die Stirn, ehe sie zu sprechen beginnt:

„Ist das deine KUA-ZAHL? Ich habe davon gehört, weiß aber nicht, wie sie berechnet wird.“

„Ist ganz einfach herauszufinden…,“ weiß Miriam „…wenn du dein Geburtsjahr und dein Geschlecht miteinander kombinierst! Es gibt dafür eine spezielle Tabelle. Ich bin sehr zufrieden mit meiner 4, eine gute Zahl, die positive Energien für alle Himmelsrichtungen aufweist. Ich kann also bezüglich meiner Einrichtung gar nichts falsch machen. Aber jetzt mal zum Thema *INNERES KIND!* Schau hier! Wenn dir das nicht reicht, dann weiß ich es auch nicht. Guck mal:

Heilung für das INNERE KIND

1. Das Kind in uns
2. Aussöhnung mit dem INNEREN KIND
3. Das Kind in dir muss Heimat finden und dies noch hier: Gib dir die Liebe, die du verdienst.“

„Ja, mein Gott, wenn das alles so leicht umzusetzen wäre, dann würden diejenigen, welche dieses beherzigen, wie ENGEL schwerelos umher schweben, ohne sich an quälenden Ecken und Kanten stoßen zu müssen.“

Miriam schüttelt ungläubig den Kopf und gibt zu verstehen:

„Ja, um nochmals darauf zurückzukommen, ob die Herangehensweise an dieses Thema notwendigerweise der ESOTERIK bedarf. Dieses ist meiner Meinung nach nicht zwingend notwendig aber durchaus nützlich. Wenn wir unsere Kanäle zuvor einer ENERGETISCHEN *REINIGUNG* unterziehen, dann werden unsere Bemühungen sicher besser fruchten, denn GEERDIGTE KÖRPER vermögen leichter die ENERGIEN aus den Füßen heraus nach oben zu befördern. Die Erde gleicht quasi einem Elektronenmeer.“

„Tja, meine Liebe!“ Genüsslich knabbert Eleonore an dem Keks aus der geheiligten 4-er Schale, ehe sie weiterspricht: „Das Wichtigste für mich wird es sein, dass ich es packe, mich in Gegenwart meiner Mutter als gleichwertige Partnerin zu fühlen. Es muss endlich damit Schluss sein, brav auf Mutters Mienenspiel zu reagieren. Donnerwetter!“

Eleonore stampft mächtig mit ihrem Fuß auf, als sie mit hochexplosiver Stimme zu verstehen gibt:

„Schluss jetzt! Ich will kein braves Kind mehr sein, wenn es mir danach nicht zumute ist. Und das wird, so schätze ich, hoffentlich nie mehr der Fall sein!“

Miriam starrt während dieser Freundinnenworte stracks nach draußen in den Garten. Am Kastanienbaum huscht etwas braunes Federiges den knorrigen Stamm empor und verharrt anschließend auf einer Astgabel, um zwischen den Vorderpfoten die Früchte eines Fichtenzapfens zu zermalmen.

„Sieh, wie süüüß! ...ein kleiner Dieb ist dort am Werk, quasi im Überlebenskampf, Eleonore! Welch herrliche Herbst-färbung jetzt bei den goldenen Strahlen, die die Natur in malerischen Braun-, Gold-, Grün- und Rottönen aufleuchten lässt, wer anders als die Natur könnte sonst solch ein Herbststillleben erschaffen?“

„Oh, ja..., nur mir ist nicht nach goldenen Zeiten zumute!“

Eleonores Blick zeigt sich verhangen, nicht gerade tränenverhangen, aber starr und glasig. So als ob er auch dem winzigsten Sonnenschimmer den Einlass versperren wolle. Inmitten ihrer achterbahnfahrenden Gedanken schreckt sie durch Telefonklingeln zusammen.

„Das ist das Festnetz! Das kann nur Mama sein!"

Widerwillig greift sie zum Hörer neben ihr auf dem kleinen Tisch und … zögert… murmelnde Worte lässt sie verlauten wie: „Oder soll ich nicht drangehen? Aber vielleicht braucht sie Hilfe!"… Miriam gibt nur: „Deine Entscheidung!" von sich, ehe sie einen großen Schluck des BUDDHA-TEES hinunterschlürft, voller Erwartung wie ihre Freundin sich zu entscheiden gedenkt.

„Halloo! Mammaa! Ähh!" Langgedehnt klingen Eleonores Worte. Miriam empfindet sie wie verwaschene Sprachgebilde aus einem schlaftrunkenen Munde.

„Iss watt? Bin grad b´schäftigt!"

Klingt nach mächtiger Abfuhr, befindet Miriam insgeheim! Ein erster Lernerfolg? So geht es ihr durch den Kopf. Unterdessen lauscht sie mit gespitzten Ohren den Gesprächsfragmenten zu, die sie mitbekommt, um sich letztendlich, nachdem Eleonore mit einem *JA* nach einer längeren Verschnaufpause den Hörer aufgeknallt hat, zu Wort zu melden:

„Es führt wohl letzthin darauf hinaus, dass Mutter dir vorschreiben will, was du zur Beerdigung anziehst, oder?"

Eleonore reagiert unwirsch, versucht sich dem Thema auf andere Art zu nähern, indem sie so wie ganz nebenbei bemerkt: „Die Kröte, die Mutter schlucken muss, ist nicht von schlechten Eltern. Jetzt knapst sie vor allem daran herum, dass Annika nicht mitgehen wird!"

„Teil 1 ist als ein erster Erfolg zu verbuchen, es ging doch wohl bei der ersten Frage deiner Mutter um Annikas Teilnahme und danach um Trauerkleidung, in die dich deine Mutter stecken will, oder?"

Eleonore nickt zustimmend und räumt der Freundin eine gute Kombinationsgabe ein. Diese analysiert die ganze Situation punktgenau: „Überlege dir mal, welche Vollmacht du deiner Mutter jetzt noch überträgst, sie darüber entscheiden zu lassen, inwieweit du einen guten Eindruck auf die übrigen Trauergäste machst. Wahnsinn!"

Miriam ergreift Eleonores Schulter. Aber anstatt auf Muskelfleisch zu treffen, spürt sie nur etwas Weiches, Wabbeliges!

„Meine Schulterpolster, Miriam! Und das Schlimme ist, dass Mama mir die Bluse gekauft hat, weil sie meinte, dass ich oben herum ja etwas schmächtig ausgefallen sei! Tja, Miriam, ich schäme mich das direkt dir zuzugeben! Tja, ich muss noch ganz, ganz viel lernen! Diese Bluse sollte ich in den Kleidercontainer stopfen!"

„Ja, Eleonore, bedenke, sie will dich in ihre Kleider stecken! In diese Bluse und in gewisse Beerdigungskleidung! Du hast auch noch ein lautes JA vernehmen lassen."

„Das habe ich ja auch nur so rasch daher geplappert, damit sie endlich ihre Ruhe gibt. Ich hätte dieses im Nachhinein auch noch revidieren können!"

„Eine gefährliche Angelegenheit! Ein JA auf Abruf also!"

Miriam beobachtet unterdessen genauestens die Gesichtszüge ihrer Freundin. Und die sprechen Bände: Ängstlichkeit, Verlegenheit, Unsicherheit, auch ein wenig Scham darüber, von der Freundin indirekt der Unreife überführt worden zu sein.

„Eleonore, ich fordere dich jetzt zu einer Mutprobe auf, nach der du dich wie neugeboren fühlen wirst. Rufe jetzt deine Mama an und gib ihr klipp und klar zu verstehen, dass du dir zusammen mit einer Freundin ein Kleid kaufen wirst, das allein dir gefällt!"

Eleonore erschrickt. Sie kauert sich zu einem Knäuel Mensch zusammen und gibt Miriam angsterfüllt zu verstehen:

„Weißt du, ich nehme mir das beim nächsten Mal vor. Jetzt zur Zeit ihrer Trauer wäre das sicher nicht so angesagt!"

„Eleonore, vielleicht solltest du dich auch mal mit der INNER-BONDING-THERAPIE auseinandersetzen, so wie ich es getan habe. Ich spüre nämlich, dass du immer, wenn du Farbe bekennen solltest, Entschuldigungsgründe dafür findest, dieses nicht tun zu müssen. Du weißt, dass ich mich von meinem Vater zeitlebens gegängelt gefühlt habe. Bei dieser Art der Therapie musste ich auch erst schlucken, denn ich hatte große Probleme mit der Nähe zu einem mir fremden Menschen. Von der Gruppe wurde er mir zugewiesen und danach von mir als BONDING-PARTNER bestätigt. Und der nahm mich sehr stark unter seine Fuchtel. Der zu engen Umklammerung versuchte ich auszuweichen und erlebte dadurch die schlimmen Situationen mit meinem Vater nach und schrie mehrmals für einige Stunden meine Wut aus mir heraus. Vielen Depressiven soll diese Therapieart auch schon geholfen haben. Es gibt halt immer auch Gegenstimmen wie die, dass dieserart intensiver Gefühlserlebnisse abseits der Matte nicht wirklich in die Realität umgesetzt werden könnten."

Eleonore schweigt wieder einmal. Ihr Blick ist unverwandt nach draußen gerichtet. Eichhörnchen Nr. 1 ist mit vollem Magen weiter ins Revier vorgedrungen und nicht mehr sichtbar. Eichhörnchen Nr. 2 macht wohl gerade seine

Morgengymnastik, zugegebenermaßen müsste es eher Mittagsgymnastik lauten, denn es springt so flink, dass das menschliche Auge Mühe hat, diesem lebendigen Treiben zu folgen.

„Ja, ein Eichhörnchen müsste man sein! Flink und frei ohne jeglichen Therapiekrimskrams, nur auf sein Überleben fixiert! Seine Hauptsorge besteht lediglich darin, Millionen von Samen, Bucheckern, und wer weiß was, für den Winter zu vergraben. Also: Vorratshaltung und dann alles seinen Lauf nehmen lassen! Mein, Gott, wie kompliziert ist doch der Sinnsucher Mensch dagegen!"

Miriam knabbert genüsslich an ihrem Keks. Als gut erzogenes Elternprodukt leert sie erst ihren Mund, ehe sie ihn wieder zum Sprechen öffnet:

„Weißt du, Eli, ja und nein, aber um alles in der Welt möchte ich doch lieber wohlweislich leben, voller Bewusstsein, obwohl letzteres ja auch seine Schattenseiten hat, wie wir es so oft merken, wenn wir an unsere seelischen Grenzen stoßen."

Eleonore greift neben sich und betätigt sich unversehens als Wühlmaus. Ziel ihrer Wühlaktion scheint ein bestimmtes Buch zu sein, das sie sich nach vielem Hin- und Herschieben seiner lesbaren Kumpane doch an Land ziehen kann. Es ist ein eher unauffälliges Taschenbuch, *Typ abgegriffenes Gewand*, das durch die Bibliotheksausleihe schon durch unzählige Hände gegangen sein muss. Der Titel heißt: DAS ERLEBNIS DER WIEDERGEBURT!

Und jetzt, da die Wiedergeburt wortwörtlich greifbar ist, entwindet sich die gewisse Stelle im Buch der Greifbarkeit, indem hier und da zwei Seiten so eng aneinandergeschmiegt sind, dass die Seitensucherin Schwierigkeiten dabeihat, solcherart enger Verbundenheit Herr zu werden.

„Oh, hier, bist du ja, du Schlingel!" Gemeint ist das glitzernde KRAFTTIER KATZE auf einem Lesezeichen, das sich ihr momentan wohl nicht sehr zugeneigt fühlen muss, denn gerade, als sie betreffende Seite aufschlägt, läuft ihr die Katze einfach weg und landet doch tatsächlich auf dem Fußboden, und zwar auf der Stelle, an der vor wenigen Minuten ein Kekskrümel heruntergefallen war und dort sicher auf das Kraftkätzchen gewartet haben mag.

„Ja, Miriam, alles in allem war letztere Szene sicher filmreif!" lacht Eleonore und fragt ihre Freundin: „Soll ich dir die Stelle mit dem signalroten Fragezeichen vorlesen?"

„Sieh! Hier steht sogar dein werter Name MIRIAM und genau diese Stelle wollte ich dir zeigen. Spitze deine Öhrchen! Ich lese dir den längeren Dialog mal vor:

Frau:

Ich werde jetzt geschlagen. Die wollen wissen, wo der Mann ist (stöhnt). Aber ich sag´s ihnen nicht. Dann schmeißen sie mich in den Turm, wo die Ratten sind. Ich krieg nichts zu essen, und je schwächer ich werde, desto näher kommen sie. Ich kann sie nicht mehr verscheuchen. Jetzt (stöhnt).

Anbieter:

Komm erzähl, was ist?

Frau:

Die sollen weg, die Ratten, die fressen an mir rum. Die fressen an meinen Füßen rum, pfui Teufel.

Anbieter:

Beschreib, was du siehst … Genau hinschauen.

Frau:

Da soll ich noch hinschauen?

Anbieter:

Hinschauen!

Frau:

Ich kann es nicht sehen (…)

Anbieter:

Beschreib, was geschieht!

Frau:

Die fressen an mir herum …

Anbieter:

Genau hinschauen!

Frau:

Buh …

Anbieter:

Genau hinschauen

Frau:

Aber das ist …, du verlangst viel von mir. Da soll ich hinschauen, wenn die mich auffressen.

(Szene aus: ´Das Erlebnis der Wiedergeburt`, von Thorwald Detlefsen. Aussagen der Ratsuchenden ins Hochdeutsche übersetzt.)

Miriam zögert einen langen Moment mit einer Äußerung, ehe sie lediglich *„Ja, das ist wahrlich starker Tobak"* herauslässt. Eleonore schiebt das Buch zur Seite, ziemlich unwirsch. So als ob sie diesen Ratten, die sich genüsslich an der Ratsuchenden gütlich tun, mit Vehemenz zeigen wolle: *Weg mit Euch! Wehe, Ihr versucht es bei mir! Ich lasse das nie in meinem Leben zu! Verstanden, hassenswerte Gesellschaft!*

Und Miriam gegenüber unterstreicht sie das auch noch durch Worte wie: *Ein solches Rattenviech würde mir gerade noch fehlen,* um dann einschränkend, in ihren nicht vorhandenen Bart zu murmeln:

„Ob das etwa wirklich so nötig und sinnvoll ist, mit dem Fahrstuhl in die Vergangenheit zu fahren, und solcherlei grauenhaftes Trauma wieder hervorzusuchen?"

„Was meinst du, Miriam?"

„Tja, meine Liebe! Ein zweischneidiges Schwert! Der Leidensdruck durch eine schlimme Krankheit muss bei diesen Menschen enorm sein, wenn sie sich an solche Therapien klammern. Die Befürworter der Reinkarnationstherapie suggerieren nämlich, dass alle Krankheiten ihre Ursache in früheren Leben haben. Sie werden als Konsequenz für Fehlhaltungen angesehen!"

„Miriam, eigentlich verspüre ich einen ungeheuren Drang in mir, diesen abenteuerlichen Weg auch mal zu gehen. Durch Hypnose wird der Weg erstmal bis zur Geburt und dann immer weiter zurück in andere Leben zurückverfolgt. Vor kurzem las ich, dass eine Frau damit konfrontiert wurde, dass sie in einem früheren Leben ihr Kind abgetrieben habe. Muss doch komisch sein, wenn ich als Frau, die so etwas heute nicht fertigbrächte, vor solcherart vollendete Tatsachen gestellt würde? Keinerlei moralische Bewertung, bittschön! Aber ist nicht alles, was einer in welchem Leben auch immer vollführt, durch sein Karma bereits vorgegeben? Das scheint mir beinahe so, als ob selbst sogar ein Mord derart einfach relativiert werden kann. Er wird somit als ein Instrument in den Händen der Lebensschule angesehen, so wie ich es wortwörtlich gelesen habe. Weißt du, was mein lieber Mann mir vor Jahren mal aus der Zeitung WELT vorgelesen hat: *Da hat doch tatsächlich ein Yoga-Lehrerin von sich gegeben, dass man nur lange genug meditieren müsse, um anzuerkennen, dass es das Karma der Juden war, vernichtet zu werden! Grauenhaft, nicht wahr?*

Mein Gott, ...irgendwie bin ich doch noch zu sehr im Christentum verankert. Sicher stehe ich auf der Stufenleiter der Esoterik noch ganz, ganz weit unten, so dass ich, wenn ich jetzt stürbe, keine großen Aufstiegschancen bekäme! Menschen, die sich bereits in der 5. Dimension sicher wissen, haben es da besser, denn sie sind schon im goldenen Zeitalter angekommen und sehen sich eher als Messias- oder Kristallwesen, bar jeder Knechtschaft durch den physischen Leib. Dabei wäre ich sehr neugierig darauf zum Beispiel als afrikanische Stammesmutter wiedergeboren zu werden. Afrikanische Bräuche faszinieren mich seit jeher."

Jetzt muss Miriam aber doch lächeln, ehe sie sich dann äußert:

„Du meine Güte! Stammesmutter Eleonore! Hört sich nicht schlecht an, oder? Ich kann mir dich nur nicht so recht als feistes Weib vorstellen, das in edle wallende Gewänder gehüllt ist und an deren Ohren Klimperschmuck ohne Maße glitzert und klimpert. Aber bis du auf Reinkarnationsstufe 108 000 angekommen sein wirst, können noch viele Wunder passieren!"

„Um Himmelswillen, wie kommst du auf eine so horrende Zahl? Das klingt eher nach maßloser Anstrengung!"

Eleonore sperrt ungläubig ihre Augen auf, Staunaugen eben, große Augenkullern, die einem beim Betrachten schon fast entgegenkollern.

Statt sich diese auf ihre Nase kollern zu lassen, zieht sie lieber die Reißleine und beantwortet brav die Frage ihrer Freundin:

„Weißt du, mit der Zahl 108 hat es im HINDUISMUS so seine Bewandtnis: Überall taucht sie als heilige Zahl, als Zahl der Vollendung auf. Erspare mir mal die ellenlangen Aufzählungen, worin sich das widerspiegelt! Ehrlichgesagt habe ich auch nur behalten, dass einer Frau bei der Hochzeit 108 Zöpfe geflochten werden und dass ein MANTRA 108-mal wiederholt werden muss, um die in ihm steckende Kraft um das Hundertfache zu steigern. So entstand auch die Zahl 108 000, die die Anzahl der Stufen bis zur VOLLENDUNG angibt. Übrigens erteile ich dir den Rat in deiner Todesstunde, mein Gott, wirst du denken! … muss die ausgerechnet davon anfangen, jetzt …, wenn dieses Thema noch meilenweit von mir entfernt liegt … ja, eigentlich ist das ziemlich dreist … und du kannst mich deshalb verfluchen, aber eigentlich ist es nur ganz allgemein, generell gesagt…, dass ein Mensch, wenn er in seiner Todesstunde sich intensiven Tiergedanken hingibt, damit rechnen muss, dass er in seinem nächsten Leben als genau dieses Tier wiedergeboren werden wird. Also halte dich dann von Affengedanken entfernt, damit du später nicht etwa ein Affentheater erleben musst.“

Eleonore wendet sich, halb belustigend, halb verängstigt, aber ganz in Gedanken versunken, ihrer Freundin zu, indem sie wissen will: Es gibt doch Tröstlicheres im Leben als die Gewissheit in Tiergestalt wiedergeboren werden zu müssen, nicht wahr? Also strengen wir uns mächtig an, stetig eine Stufe auf der 108 000-er Leiter emporzusteigen. Hört sich nach größter Kraftanstrengung an! Als Zielmarke sollten uns immer ENGELWESEN sowie AUFGESTIEGENE MEISTER vor Augen stehen. Es gibt da ganze Listen von AUFGESTIEGENEN MEISTERN, angefangen vom Meister LAOTSE bis Eckard TOLLE. Ich finde es allerdings …“

Eleonore spürt, dass ihr Gegenüber da einhaken will und lässt sie gewähren

„…Ja, was jetzt kommt, sehe ich dir an der Nasenspitze an! Du hast Recht, wenn du jetzt sagen willst, dass es komisch, ja, geradezu überheblich erscheint, wenn jemand damit prahlt, dass er den Zielpunkt der ERLEUCHTUNG erreicht habe. Ich für meinen Teil würde das nicht an die große Glocke hängen, geschweige denn, mir mit diesbezüglicher Werbung die Geldtaschen übervoll zu laden. Übrigens kam mir vorhin, als wir von der Stammesmutter sprachen der Gedanke, für das Buch: DIE FLÜSTERNDEN SEELEN Werbung zu machen. Es ist vom bekannten Schriftsteller HENNING MANKELL verfasst und behandelt das Leben der Stammesmutter SAMIMA, die nach dreihundert Jahren zwar tot ist, die aber bei ihren Nachfahren als lebendiger Geist noch stark in Erscheinung tritt."

Eleonore scheint nicht so recht bei der Sache zu sein, so empfindet Miriam ihr Verhalten, geht sie doch nicht wie gewohnt auf sie ein. Stattdessen hält sie ihre Ohren in Richtung Tür gespitzt.

„Oh, wie unheimlich! Diese dubiosen Geräusche draußen! Hoffentlich macht sich an unserer Haustür keiner zu schaffen! Ob da nicht jemand mit seinem Schlüssel wieder und wieder im Schloss herumstochert?"

Mit weitaufgerissenen Augen und aufgesperrtem Mund zuckt sie zusammen. Daraufhin ruckt Freundin Miriam heftig ihren Kopf Richtung Tür zur Seite. Noch bevor sie den Krachmacher erkennen können, erstarren sie wie zu Eis. Ein kunterbuntes Ding fliegt durch die Luft, das beinahe noch ihre Köpfe getroffen hätte, ehe es nach turbulentem Höhenflug leblos zu ihren Füßen auf dem Boden gelandet ist. Das Ding in Pink sticht durch die Abbildung eines rosafarbenen Schweinchens in jedermanns Auge. Es ist rechteckiger Form und wird von den beiden überrascht dreinblickenden Frauen in Sekundenschnelle als Mädchentornister wahrgenommen. Zeitgleich zu dieser Erkenntnis, fuchtelt Eleonore wild mit ihren Armen und stößt eine Flut von scharfzüngigen Worten aus, die, wenn überhaupt, nur einer verunglimpften Mutter zustehen:

„Bist du jetzt völlig durchgeknallt, Annika! Ist der Leibhaftige in dich gefahren? Du kleines Biest, du! Versuchter Totschlag zieht keinerlei geringfügige Strafe nach sich! Völlig hirnverbrannt und dazu noch unerzogen, so wird Miriam jetzt zu Recht über dich urteilen! Entschuldige dich gefälligst auf der Stelle!"

Aber an das richtige, dafür zuständige Gehirnareal ihrer Tochter gelangt Mutters Getöse wohl nicht mehr, denn Dielenknarren verrät, dass Töchterchen schon auf dem Sturzflug in ihr eigenes Zimmer ist. Zuvor hatte sie noch lautstark irgendwas von einem oben im Tornister befindlichen Brief verkündet.

Und welche neugierige Mutter lässt es sich nicht nehmen, den Tornister aufzuklappen und siehe da, quer obendrauf, liegt ein zusammen gefalteter Zettel, obendrauf mit MAMA (aber diesmal ohne Blumen!!) verziert!

Sie zuckt kurz zusammen. Wann hat es Töchterchen schon mal auf eine ganze Seite Geschreibsel gebracht, zumal in Zeiten, in denen es für eine Zwölfjährige als völlig uncool gilt, Nachrichten nicht per Druck auf irgendwelche technischen Geräte an den Mann meist aber an die Frau zu bringen? Freundinnen mögen sich heutzutage auf derlei Weise ihr Herz ausschütten, wenn böse Eltern sich doch tatsächlich erdreisten, bei ihren Sprösslingen gewisse unabkömmliche Regeln für ein möglichst friedliches Miteinander in der Familie durchzusetzen. Aber Mama mit Tinte und Papier zu beglücken, das ist eine völlig andere Angelegenheit. Du meine Güte, welche Gedankenflut überkommt mich während des Briefaufschlagens, noch bevor ich damit beginne, die töchterliche Schrift zu entziffern, überlegt sie sich, das krakelige Geschreibsel vor Augen.

Puh, welche Anrede! Aber aufgepasst, mahnt sie sich, neben mir hockt eine neugierige Dame, die auch mit in die Geheimnisse eingeweiht werden möchte, zumal sie ja durch das bunte Flugobjekt auch beinahe lädiert worden wäre…. Oh, die Anrede! Du meine Güte! Welch eine Wortkreation! Ich werde gleich puterrot, wenn ich das hier vorlesen muss…, aber geteiltes Leid ist halbes Leid, geht es ihr durch den malträtierten Kopf und außerdem kann ich Miriam in dieser Beziehung sowieso nichts mehr vormachen. Nur nicht aufgucken… einfach durch! Und so gerät Wort für Wort, Satz für Satz in ihr Blickfeld und drüber hinaus in ihr Hirn.

Nur durch! Ohne Rücksicht auf Verluste! Diese Ermahnung hämmert während des gesamten Briefvorlesens in ihrem Kopf, besonders als sie nach der bedenkenswerten Anrede *Lieböse Mama!* und der Erläuterung: *Weißt du, das ist das Wort zwischen böse und lieb,* weiter vorliest und dabei Miriam den Brief unter die Nase hält.

„Eigendlich wollte ich böse schreiben, aber ich habe mich geschähmt! Manchmal bist du ja doch auch ein bisschen lieb, aber ganz selden und deshalb müsste ich dich eigentlich böselieböse Mama nennen!

Ich war heute ganz doll stinksauer auf dich! Wenn du wissen willst, warum, schlage mein Dikdatheft auf. Ich muss mich sehr schähmen, was Frau Müller unten auf der Seite reingeschrieben hat. Unter der 5 steht nämlich noch: Was ist mit dir los, Annika, dass du dich nicht mehr gonsentriern kannst! Du guckst so oft traurig in den Mond. Dabei ist der doch gar nicht zu sehen! Mama, am liebsten hätte ich ihr gesagt, dass du bei uns bist, aber eigentlich doch nicht ganz. Dass du im Geiste immer mit Engeln zusammen tanzt und dich gar nicht mehr für die Erde interessieren tust, nicht mehr mit mir für die Schule üpst und mit Papa nicht mehr lieb sprechen tust, sondern ihn nur noch anflaumst. Und dass du uns beide vor die Hunde gehen lässt. Genauso hat es Papa nämlich ausgedrüggt. Und dann dein blödes Gerede, wie weit dieses Mädchen namens Christina schon entwickelt sei. Ja, schnapp dir doch diese als Tochter, zum Donnerwetter! Diese von der Dreien oder wie sie heißt, die als halbes Kind schon Scharen von Leuten anzieht. Die braucht wenigstens nicht Bitte, Bitte machen für jede kleinste Klamotte, die sie haben will. Millionerin ist die sogar. Wenn die anderen Leute auch so dof sind, in Scharen zu kommen, um das Wunderkind wie ein Weltwunder zu bestaunen. Irgend so was von der geistigen Welt zu labern, das könnte ich aber auch!"

Mama Eleonore war regelrecht aus der Puste gekommen, so zügig hatte sie die letzten Sätze heruntergeschnurrt, kein Wunder, denn vom Töchterchen dermaßen durch den Kakao gezogen, ja, regelrecht angegriffen zu werden, das trifft nicht nur ihr Ego, sondern lässt das unmittelbare Bedürfnis explodieren, vor Freundin Miriam am liebsten in den Erdboden verkriechen zu wollen.

„Oh, da steht ja noch etwas weit unten auf dem Papier: *Dreh mich um!* Du meine Güte, mein Kind, am liebsten würde ich dich alsbald umdrehen und dir den Popo versohlen wegen dieses despektierlichen Verhaltens! Aber weil du eine folgsame *böselieböse* Mama hast, deshalb wende ich das Blatt folgsam, wie ich nun einmal bin um!"

Miriam schnieft vor sich hin, komisch, eigentlich hatte ich bisher nicht das Gefühl, dass sie erkältet ist..., aber jeder reagiert halt anders in Situationen, in denen er sich herausgefordert fühlt, Stellung zu beziehen. Um der brenzligen

Situation ein wenig die Spitze zu nehmen, fordert sie Eli auf, wenigstens in diesem einen Punkt, den Wunsch ihrer Tochter Genüge zu leisten. Und das geschieht mit einem Augenzwinkern und der Bemerkung:

„Na, vielleicht bist du gleich doch nicht mehr die *bölieböse* Mama, sondern nur noch die *lieböse* Mama, die irgendwann Aussichten hat, wieder zur lieben Mama zu avancieren!"

Eleonore wendet das Blatt und merkt sogleich, dass sich das Blatt im Grunde keinesfalls gewendet hat.

„Schau dir das nur mal an, Miriam! Das Luder vergeht sich auch noch an meinem Tagebuchgeheimnis! Da hat sie doch eine ganze Seite rausgerissen und mir hier mit Klebestift rein geklebt!"

„Tja, meine Liebe! Wenn der Frust deiner Tochter so groß ist und sie meint mit dir auf normalen Weg nicht mehr kommunizieren zu können, dann entlädt sich das manchmal auf eine völlig andere Weise. Ich habe aber Verständnis dafür, dass du so etwas Persönliches mir jetzt nicht zu unterbreiten gedenkst!"

„Ach, weißt du, Miriam! Das weißt du sowieso schon alles! Hier sind lediglich ..., ja, eigentlich schäme ich mich, lediglich zu sagen ..., denn für meine Tochter bedeutet es das Ein und Alles, die Zeit, die Liebe, die ich ihr vorenthalte, zu Recht oder zu Unrecht..., mein Gott, wie brummt mir schon der Schädel! Ja, um es kurz zu machen: Hier stehen Programmpunkte, die ich eigentlich vor meiner Familie geheim halten wollte, weil ich mir viele Halbtagesseminare ausgesucht habe, damit es nicht so auffällt und ich mich nicht immer entschuldigen muss. Aber ich sehe: Mein Unterfangen ist wohl gründlich in die Hose gegangen! Ist auch ein bisschen viel für mich gewesen, hört sich nach einem zu vollen Programm an, wenn ich das hier alles lese: FARBEN, KERZEN & SYMBOLE! SCHNUPPERKURS

TIERKOMMUNIKATION, KLANGSCHALE MIT BLAUEM KISSEN UND KLÖPPEL schließlich noch: REINIGUNG VON ANHAFTUNGEN!"

Miriam spürt die Erregung in Elis Stimme und befiehlt ihr in freundlicher Weise zunächst mal zur Ruhe zu kommen. Selten hat sie ihre eigene Hand als so schwer empfunden wie jetzt, da diese auf ihrer Freundin Schulter liegt, um ihre eigene Kraft auf jene übertragen zu können, die ihrer Zuwendung jetzt so dringend bedarf. Eli blickt sehr ziellos irgendwo in den Garten hinaus. Und dort können noch nicht mal Eichhörnchen samt Piepmatz ihr ihre Aufwartung machen, geschweige denn, die letzten abendlichen Sonnenstrahlen sie aus ihrer Schockstarre befreien.

Die beherzte Freundinnenstimme „Komm erst mal zur Ruhe!" lässt sie aufatmen und mit ihrer geschwächten Hand fährt sie über Miriams starke Hand auf ihrer Schulter, so als ob sie diese dort für alle Zeit der Welt fest verankern wolle.

„Eli, meine Liebe, du hast doch eben über die ENERGETISCHE REINIGUNG VON ANHAFTUNGEN gesprochen! Da kam mir folgender Gedanke: Könnte es sein, dass sich bei Annika auch etwas Schweres angehaftet hat, das du bisher, zu stark auf dich selbst fokussiert, zu wenig wahrgenommen hast?"

Eleonore nickt, zunächst sehr zaghaft, dann aber entschiedener, ehe sie mit leiser weinerlicher Stimme ihrer Freundin zu Gehör bringt, dass diese mit ihrer Vermutung nicht völlig ins Schwarze getroffen habe.

„Ach weißt du, Miriam, in meinem Kopf balgen sich augenblicklich zu viele Gefühle und ich habe Angst, dass sie sich zu Tode trampeln, d.h. dass auch die guten Gefühle dem Untergang geweiht werden. Ich danke dir von Herzen für dein Dasein in dieser für mich schweren Zeit. Aber ich denke, dass wir ein anderes Mal in aller Ruhe über meine Probleme sprechen sollten, denn im Moment habe ich eine, wenn du willst, zunächst egoistische Entscheidung getroffen, die aber letzthin allen zugute gereichen wird. Ich nehme jetzt eine Lichtdusche, bei der ich mir genüsslich zu Gemüte führen werde, wie sich aus den Weiten des UNIVERSUMS LICHT IN REGENBOGENFARBEN von meinem Scheitel aus, über mein KRONENCHAKRA durch meinen ganzen Körper strömt und mein ENERGIEFELD reinigt."

Zum Abschied verspürt Miriam bewegt, wie sich Elis Körper so fest an sie schmiegt, dass sie schon um ihr Leben fürchten muss. Dann löst sie die enge Umklammerung, um sich zum Gehen anzuschicken. Beherzt schließt sie die Türe hinter sich und tritt in die dämmerige Landschaft. Um ein Haar wäre sie beinahe über einen Stein gestolpert. Augen auf, ermahnt sie sich und tapst weiter.

Kapitel 20

Das Reservoir der REGENBOGEN-LICHTDUSCHE hat bei weitem nicht das Versprechen eingelöst, wofür es angetreten ist. Irgendwie scheint mein ENERGIEFELD weder gereinigt noch neu aufgeladen, sinniert Eleonore desillusioniert. Die nach Schlaf lechzende Mutter stöhnt bei diesen Gedankenstörenfrieden immer wieder auf, wälzt sich von einer Seite zur anderen, und das mit sichtbarem Verdruss, denn der Herzensstein macht durch lautes Pochen und zentnerschweren Last jede Umdrehung zu einem mühseligen Unterfangen.

„Schweigt endlich still!" Erlernte Glaubensätze, so hat sie es inzwischen durch das Lesen genügend einschlägiger Literatur begriffen, haben nicht mehr das Recht, mein Leben zu bestimmen. Und als sich die ganze übliche *Mutter-hat-so-zu-sein-Litanei vor* ihrem inneren Auge abspult, wieder und wieder, und es ihr nicht gelingen will, ihr Einhalt zu gebieten, schreit sie dieser Mutterfratze, die ein knallrotes Schild mit den Großbuchstaben SELBSTLOSIGKEIT in ihren Klauen hält, entgegen:

„Verschon mich, elendes Miststück, du!"

Kaum, dass diese Fratze das Weite gesucht hat, bewegt sich an ihrer Stelle ein anderes Weibsbild, ein aufgeschwemmtes mit hochrotem Gesicht und einem Haarknoten auf dem Kopf, biedermeiermäßig mit hochgeschlossenem Kleid, auf dem ein silbernes kleines Kreuz baumelt, vor ihrem Auge. Ein weißes Schild mit großen fetten roten Buchstaben fordert die Betrachterin unumwunden auf: OPFER BRINGEN!

„Und was mache ich mit meinem ICH, ICH und nochmaligem ICH? Wie mühsam gehe ich den Prozess der SELBSTLIEBE und muss ständig dieserart Nackenschläge einstecken! Sie ziehen mich immer mehr in den Abgrund! Zum Teufel weg mit euch, Spaßverderber und Lebenskiller oder wie ihr sonst noch genannt werdet!"

Schließlich überrascht sie das Sandmännchen doch noch und schenkt ihr einige wenige Stündchen Schlaf, aus denen heraus sie durch zwei Stimmen aus dem Flur wieder auf den Boden der nackten Tatsachen gestellt wird. Annika, so durchfährt es sie schreckhaft, wie zerbrechlich und weinerlich sie doch klingt! Es blutet ihr das Mutterherz, oh, nein, wie schrecklich, verfalle ich jetzt auch noch in Larmoyanz darüber, dass es in erster Linie einer Mutter zusteht, ihr Kind in den Arm zu nehmen, um es zu trösten?

Nein, diesmal offenbart sich ihr die väterliche Trostvariante. So vernimmt sie doch tatsächlich eine tiefe, warme Stimme und die Worte „Oh, du mein armer Schatz!"

Zugleich verdichtet sich vor ihren Augen ein Bild, das sie zwiegespalten berührt: Vater und Tochter miteinander in enger Verhaftung. Beide schließen sich als Opfer der verrückten Engel-Mutter so eng zusammen, dass kein Blatt mehr zwischen ihnen passt. Wie oft hatte sie sich gewünscht, dass ihr Mann seine fürsorglichere Seite einmal zur Schau stellt, aber nun passt es ihr auch wieder nicht in den Kram. Die Stelle auf dem Kopfkissen, auf der ihr erbsengroßes Muttermal unter dem linken Auge fest aufgepresst liegt, wird mit einem Mal feucht. Verdächtig feucht, so dass sie sich ein Taschentuch aus dem Nachttisch nehmen muss, um die wässrigen Folgen des unangenehmen Vater-Tochter-Gedankenknäuels zu tilgen. Ob Annika wohl jetzt endlich eingeschlafen ist? Dieses ganze

Zeremoniell dauerte nur wenige Minuten, während sein Nachhall weniger leicht auszumerzen ist.

Der Kreativität freien Raum lassen, so geht es ihr durch den Kopf; das lindert schwere Gedanken. Kreativität soll bekanntlich als Stresskiller fungieren. Umso erstaunter ist sie darüber wie sich in ihrem Hirn schöpferische Gedankenstränge derart verbinden, dass sie sich wie in Trance zum Schreibtisch bewegt, einen roten Kugelschreiber aus dem Stifthalter zückt und gleichzeitig ein leeres Blatt Papier aus der Zettelbox zieht.

Im flackernden Lichtstrahl ihrer Omega-Grande-Keramik-Leuchte, konstruiert nach den FENG-SHUI-GESETZEN, setzt sie den Stift und bringt das zu Papier, was, wie sie vermutet, ihr von einem göttlichen Funken eingegeben wird. Mit einem Mal schwindet jedes Neidgefühl, jedes Schuldbewusstsein, jede Verstimmung! Sie lässt nur wenige Worte aufs Papier fließen, die alles sagen:

Meine liebe Annika! Du warst immer meine liebe Annika, weder eine lieböse noch eine böliböse Tochter! Das betone ich hier und jetzt, dass es immer so gewesen ist, auch wenn ich dich das eine oder andere Mal am liebsten zum Mond hätte schießen können. Ich schwöre dir, dass es bis zum Ende unserer Zeit so bleiben wird. Ich habe dich einfach nur lieb! Übrigens wusste ich gar nicht, dass ich eine Tochter habe, die solcherart Wortschöpfungen kreiert.

Und kleine rote Herzen gehören auch noch dazu. Sie dekorieren als Farbtupfer und altbewährtes Symbol das Geschriebene.

Tapp, tapp, tapp, auf Zehenspitzen geht es nun zur Tür hinaus auf den Flur. Licht würde verräterisch wirken und so tastet sich ein weibliches Nachtgespenst mit wehender Haarmähne Zentimeter für Zentimeter voran, erspürt die Klinke der Toilettentür, ehe ihre Hände über die Schlafzimmertür streichen. Nie zuvor war ihr die Beschaffenheit dieses Holzes, die besondere Struktur der Kassettentür, so deutlich spürbar wie in jenem Moment der Abschieds- und der Willkommensstunde vom alten zum neuen Tag. Eleonores Blick war soeben flüchtig über die Uhr gestreift und siehe da: 23.59 Uhr zeigte das Ziffernblatt an.

Wie sinnig auch, jetzt gerade dieser Beginn eines frischen Tages mit seinen neuen Optionen - hoffnungsvollen oder hoffnungsbegrabenden! - von welcher Warte auch immer gesehen!

„Scht! Scht!" Wie oft hat sie das Schnarchgeräusch ihres Mannes zur Weißglut gebracht? Das bekannte und verfluchte Sägen, welch ein Wunder, dass es ihr augenblicklich wie eine verheißungsvolle Lebensmelodie erscheint! Noch zwei, drei Schrittchen weiter im Flur voran getastet und schon hat sie die Klinke des Kinderzimmers in der Hand. Wie wohltuend die angenehme Kühle durch ihre verschwitzten heißen Finger gleitet! Wie verändert fühlt sich alles mit Hilfe eines stärker als gewöhnlich geforderten Tastsinns plötzlich an!

Und genau unter der kühlen Klinke fällt sie zu Boden, zwar keineswegs ehrfürchtig, sondern eher der Not gehorchend, um zur untersten Türritze zu gelangen, damit sie ihren Liebesbrief dort hindurchmogeln kann. In aller Bedachtsamkeit, ohne jegliches verdächtiges Geräusch! Hinter der Tür ist es mucksmäuschenstill - wie schön, dass Annika ihre Ruhe gefunden hat! MEIN GOTT nein, das klingt ja bald nach ewiger Ruhe! Wie kann es nur sein, dass mir mit einem Male so gruselige Gedanken in meinem Hirn herumgeistern! Annika soll 100 Jahre alt werden, auf Kinder, Kindeskinder und

Kindeskinderkinder zurückblicken dürfen! Als 100-jährige möge sie sich bitte schön an eine schöne Kindheit erinnern und Engel-Bengel -Muttergedanken ausgelöscht haben.

Der tastende Weg zurück zu ihrem Zimmer erscheint ihr nicht halb so verheißungsvoll wie eben noch. Nur rasch in die Falle, sinniert sie und zählt schon die Zahl der dürftigen Stunden bis zum ersten Hahnenkrähen vom Burgmüllerhof gegenüber. Ja, in dieser vornehmen Villa haben die Burgmüllers sich doch tatsächlich eine Kikeriki-Gesellschaft angelegt. Eleonore sinnt darüber nach, wie sie das Kräh-Intermezzo jedes Mal empfindet. Ich fühle mich dann einerseits behaglich wie auf einem Dorf, so konstatiert sie, wenngleich ich zugeben muss, dass es auch nach Feiern bis in die frühen Morgenstunden hinein schon Sonntage gegeben hat, da wäre ich dem Federvieh am liebsten an die Gurgel gesprungen. Trotzdem tun mir die Burgmüller-Anthroposophen leid, denn ihre rechten und linken Nachbarn prozessieren gegen die Ruhestörung zu solch früher Zeit. Der rechte Nachbar ist selbst ein Richter beim Oberhanseatischen Landesgericht. Na, mal sehen, inwiefern es ihm gelingen wird, seine Fühler weiter auszustrecken als es Otto Normalverbraucher möglich wäre. Aber Pscht! Man muss mit solchen Unterstellungen vorsichtig sein, mahnt Eleonore sich selbst, als sie in einen kurzen tiefen Schlummer versinkt.

Kapitel 21

„C- a- f- f- e- e, trink nicht zu viel Kaffee! Nicht für Kinder ist der Türkentrank, schwächt die Nerven macht dich blass und krank!"

Sie erinnert sich an diesen Schulkanon-Gesang, bei dem die Kinder früher jeden einzelnen Buchstaben pointiert herausgeprustet haben, aber aus dem Munde ihres Ehegesponses hatte sie ihn noch nie vernommen. Oh, welch ungewohnte Begrüßung des Morgens zu früher Stunde! Eleonore hockt auf dem Küchenhocker, die Beine übereinandergeschlagen, ihre Hände umspielen die dicke gelbe Frotteeschleife, die ihren Bauch so recht in Szene zu setzen vermag. Ihr Ehemann trällert den Anfang dieses bekannten Liedes vor sich hin, als er, gestiefelt und gespornt, Platz am Küchentisch nimmt.

„Puh, was war der aber für ein Kaffeehasser, der das geschrieben hat!"

Eli lächelt und fügt hinzu: „Nein, so nicht! Er spricht nur von den Kleinen. Die Großen dürfen das köstliche Nass durchaus genießen. Er zitiert sogar einen kaffeeverrückten Herrn, der von sich sagt:
'Wenn ich des Tages nicht dreimal mein Schälchen Coffee trinken darf, so werd ich ja zu meiner Qual wie ein verdorrtes Ziegenbrätchen!'"

„Oh, du meine Güte!" Manuel lacht laut auf, als er grinsend verlauten lässt, dass sie ihm ja gewiss diese Qual ersparen wolle. Danach bringt er sein gekonntes Wissen an die Frau:

„Ja, tatsächlich war der Komponist der Kaffeekantate unser allseits verehrter Johann Sebastian Bach, der Texter Gottlieb Hering. Letzterer hätte eigentlich über den Fisch mit seinem Namen etwas ins Protokoll aufnehmen lassen sollen, aber stattdessen tadelt er und lobt den Kaffee zugleich als himmlischen Trank!"

Eine köstliche Stunde der Zweisamkeit, so scheint es dem Betrachter, die, nachdem der Ehegemahl seine Johannisbeermarmelade verzehrt und seinen *Café mélange* hinuntergespült hat, einen gewaltigen Riss bekommen soll.

Er putzt sich seinen rotgeränderten Mund an der Stoffserviette ab, erhebt sich und streicht im Vorübergehen seiner Frau über die Schulter. Abschieds - und Begrüßungsküsschen gehören wohl grauen Vorzeiten an, sinniert Eleonore traurig. Und ehe die Tür ins Schloss fällt, kann der eben noch zu Späßen aufgelegte Mann nicht umhin eine Warnung auszusprechen, die sich mit allen Wassern gewaschen hat und die die Betroffene wie eine begossene Pudeldame einsam und allein zurücklässt.

„Du setzt alles aufs Spiel!" so lautet der eine Satz und danach folgen nichts anderes als sechs weitere Worte, die Eleonore beinahe erstarren lassen: „Schmidtmeiers kündigen uns ihre Freundschaft auf!"

Puh, das saß und Eleonore sitzt minutenlang da und kann keinen einzigen vernünftigen Gedanken fassen! Doch dann überfällt sie eine Überlegung, die sie verwirft, eine Sekunde später gutheißt, sie wieder verwirft, ehe sie beschließt doch klaren Tisch zu machen. Bevor sie sich das Telefon an die Ohrmuschel presst, hat sie im Display unter dem Buchstaben S nach der gewünschten Nummer geschaut. Jetzt nur noch wählen, um Sekunden später Karins Stimme zu vernehmen. Sie muss direkt neben dem Telefon gesessen haben, geht es ihr durch den Kopf, als sie auch schon zur Begrüßung anhebt:

„Hallo Karin! Was macht Ihr so?" – nach einer kurzen Pause erfolgt dann „Ja, ich frühstücke auch gerade! Du! ..." sie stockt kurz, um dann endlich ihre Frage an die Frau zu bringen, die ihr auf dem Herzen liegt: „Karin, ich frage mal frei und frank, ganz so wie es meine Art ist: Wie hat euch der Abend bei uns gefallen? Bitte um eine ehrliche Antwort!"

Die gelbe Bademantel-Telefonistin stochert mit dem Löffel in ihrer Kaffeetasse herum. Die Kondensmilch zieht Schlieren und sie eine finstere Miene. Eine gefühlte Ewigkeit Stimmlosigkeit, eine gefühlte Ewigkeit ungläubiges Starren in das dunkle Getränk, das durch den Schuss Milch surreale Muster erzeugt.

„Was soll ich…? Karin, um Gottes Willen, was du mir vorwirfst, das ist hanebüchen! Nein, da hört der Spaß aber auf!"

Eleonore schlägt mit ihrem Löffel fest von außen gegen die Tasse, mehrmals, aber ob es wirklich 13 Schläge sind, keiner hat sie gezählt, als sie ihrer Bekannten, der Ehefrau vom Kollegen ihres Mannes, entgegenschleudert:

„Jetzt schlägt ´s aber 13! Ich soll euch diffamiert haben, weil ihr angeblich noch nicht auf so einer HOHEN GEISTESSTUFE angekommen seid, wie ich es bin! Zugegebenermaßen habe ich davon geschwärmt, wie sehr das SPIRITUELLE ERWACHEN uns förmlich um den Verstand bringt. Und zugegebenermaßen habe ich dem Scharfsinn wohl nicht den hohen Stellenwert eingeräumt, den er eurer Meinung nach im Leben zu haben scheint. Warum nur seht ihr das als einen Affront gegen euch an? Ich habe…"

Eleonore stockt mit einem Male! Tippelschritte und ein Aufreißen der Küchentür hinter ihrem Rücken lässt sie abrupt ihr Gespräch abbrechen. So plötzlich …, du meine Güte…, in ihrem Kopf stürmt eine Gedankenflut auf sie ein …, nein, das käme bei Karin in den falschen Hals …, wenn ich abrupt das Gespräch abbrechen würde. Ihr zu erklären, dass Annika gerade in die Küche gekommen sei, das würde bei Töchterchen anderseits in den falschen Hals geraten, denn eine aufgebrachte Mutter hat natürlich ihrem Gegenüber am Telefon eine Horrorgeschichte von der miserablen Tochter erzählt. Da kommt ihr der Gedankenblitz *Garten*! Beim Blick nach draußen fällt ihr die Eichhörnchen-Geschichte ein und die scheint unverfänglich!

„Karin, habt Ihr auch so viele Freude an eurem Garten? Bei uns stehen jetzt die Herbstastern in voller Blüte und letzte Tage sind zwei Klettermaxen, zwei flinke Eichhörnchen, in einen Kletterwettstreit getreten. Heute werde ich den Algen im Teich zu Leibe rücken und…"

Im Hintergrund vernimmt sie das Zuschlagen der Kühlschranktür und Gläserklirren; das Mineralwasser, das Annika sich gerade eingießt, scheint ihr, der Mutter, direkt bis zum Hals hochzusprudeln.

„Mach mich bitte nicht nass!" entfährt es ihr und als sie sich umdreht, erwischt ihr Blick gerade noch den Rockzipfel ihrer Tochter, die, ein kleines Tablett vor sich her balancierend, Proviant mit sich nach oben nimmt. Ach ja, einen Rock trägt sie gerade, ach ja, heute führen sie ein Theaterstück in der Schule auf. In Gedanken vertieft, den Telefonhörer noch am Ohr, sich erst mit Macht wieder ins Gedächtnis rufend, dass Karin sicher schon der nassbaren Angelegenheit entgegenfiebert, die sie ihr zu berichten weiß. Neugierig war sie immer schon, seitdem sie sich vor fünf Jahren auf einem Betriebsfest kennen gelernt haben.

„Kaarin! Bist du noch da? Ich habe mit Annika gesprochen! Ich hatte nämlich das Gefühl, dass sie in der Flasche das Dreifache an Kohlensäure eingeschmuggelt hat, so dass ich schon Angst haben musste, von oben bis unten eine Sprudeldusche zu erhalten. Schließlich steht mir der Sinn auch nicht gerade nach einer Explosion!"

War das nicht ein äußerst verhaltenes, erzwungenes Gurgelgeräusch am anderen Ende der Leitung? Eleonore fürchtet sich um nichts mehr als auf den Arm genommen zu werden. Ja, verlacht zu werden, das machte ihr oft in der Schulzeit schwer zu schaffen.

„Lass diese Ironie, Karin! Meine Schutzwesen zeichnen nicht für jeden Schabernack verantwortlich!"

Im selben Moment bereut sie ihre Aussage. Der Schabernack ihrer Tochter hätte schließlich zu einer äußerst wässrigen Küchenexplosion führen können!

„Aber Karin, eines will ich doch noch sagen dürfen, bevor wir das *Thema Besuch* beenden! Ich fühlte mich im höchsten Maße über deines Mannes Äußerung bezüglich Kant gekränkt. Was dieser da über geistliche Visionen geschrieben haben soll, spottet jeder Kritik. Mein Gott, welche Beleidigung zu behaupten, dass der hypochondrische Wind sich in den Eingeweiden dort in die falsche Richtung bewegen würde, nämlich statt abwärts aufwärts. Dass ich dadurch ausgeflippt bin, ist wohl mehr als verständlich. Von daher sind meinerseits auch Worte erfolgt, die in dieser Weise fehl am Platz waren und für die ich mich entschuldigen möchte. Aber Schwamm drüber: Kommt Ihr das nächste Mal wieder zu uns? Jaa? Bitte sehr!"

Eleonore schlägt derweil, auf eine Reaktion wartend, mit dem Löffel fest gegen die Tischplatte. Du, meine Güte, sie bleibt fest und gibt kein bisschen nach ..., so wie sie es bei ihrer Gesprächsteilnehmerin zutiefst befürchtet, ja, Mama, du hast immer gesagt, dass ich zu wenig Selbstbewusstsein habe, um in der harten Welt bestehen zu können. Und in wieviel schlaflosen Nächten habe ich die Abweisung eines Menschen mir gegenüber wieder und wieder durchkauen müssen!! Sie atmet hörbar auf, als es sich am anderen Ende der Leitung endlich muckst. Endlich das erhoffte JA! Im gleichen Moment erschrickt sie, denn es zeigt sich in einem völlig anderen Gewand als ersehnt:

„Ja, das soll mein Mann entscheiden!"

Als Eleonore nach einem enttäuschten „… dann eben Tschüss!" den Telefonhörer unsanft auflegt, überlegt sie sich, ob sie sich momentan noch im 21. Jahrhundert befindet. In einer Männerwirtschaft! Oder zeigt Karin nicht in erschreckendem Maße, viel mehr noch als sie es sich selbst ankreidet, dass deren Selbstbewusstsein zu Null hintendiert. Allerdings sind beide Männer auch beruflich sehr aufeinander angewiesen. Von daher wird es sicher auch von beiden erwünscht sein, im privaten Bereich in punkto Auseinandersetzungen den Ball flach zu halten. Hat Manuel ihr doch in einer vertrauten Unterredung vor Wochen mitgeteilt, dass beide Männer in Beziehung zu ihrem Chef jeweils auf unterschiedliche Weise um dessen Gunst buhlen müssten.

„So, liebe schlimme Grüblerin, jetzt wird's aber an der Zeit, dass du dich deiner Badezimmerklamotten entledigst! Du, Trödeltante, du!" Manchmal muss ein Selbstgespräch einfach seinen Platz finden!

Tripp, Trapp, die lange Diele entlang und als erste Bestürmerin ihres FENG-SHUI-Zimmers macht die Frottee-Bauch-Schleife von sich reden; ragt sie doch weit in die Zimmerlandschaft hinein. Einen Bückvorgang muss sie sich zudem auch noch gefallen lassen, denn Mama Eleonore hat einen halb zerrissenen Zettel unter dem Türspalt entdeckt, worauf ihr Annikas Berg- und Tal-Buchstaben sofort ins Auge springen. Mit großer ungelenker Schrift und einem *Befel,* dem der kleine Buchstabe *h* abhandengekommen ist, ganz zu schweigen von der weiteren Orthografie, die hinter den Worten direkt in ihr Auge und rasant auch in ihr Herz sticht.

Kopfschüttelnd über dieses Luder, das sich ihr eigenes Fleisch und Blut nennt, muss sie hier lesen:

Liebe muss mann zeigen. Ich befele dir in deim Termienplan (oh, weh, wie tut das Wort, so geschrieben, ihr in den Augen weh!) *2 x in der Woche Annika reinzuschreibn!*

Eleonore verstaut diesen Zettel in die hinterste Schublade, packt sich ihre sieben Sachen zum Anziehen, um sich ins Bad zu begeben.

Sekundenspäter liegt sie in der Wanne und lässt nun angenehm lauwarmes Wasser dort hineinlaufen. Vermengt mit einigen salzigen Tränlein lässt sie ihren Gedanken freien Lauf. Während sich die Wanne füllt, scheint sich in ihrem Hirn das Tohuwabohu allmählich zu lichten. Mit jeder gewonnenen minimalen Entscheidung fühlt sie sich, im Wasser plätschernd, leicht wie ein Fisch, der dahingleitet.

Die Vorherrschaft über ihr ureigenes Leben steht niemandem als ihr selbst zu. Das ist die Voraussetzung, auf die alles andere aufbaut! Das sollte so klar wie Kloßbrühe sein!

Zwei Termine für Annika, das müsste sich einrichten lassen, aber den ganzen Lebenssinn, den ich mir zwischenzeitlich bezüglich der GEISTIGEN WELT erarbeitet habe, den lasse ich mir von nix und niemanden rauben.

Diese Zettelwirtschaft wird solange notwendig sein, solange mir Töchterchen aus dem Weg geht. Das Mittagessen nimmt sie sich in einem unbeobachteten Moment mit nach oben aufs Zimmer, abends und morgens huscht sie zum Kühlschrank und zum Brotkasten, um sich auf die Schnelle ein Butterbrot zu schmieren. So wechseln sich Leberwurstbrot und Nutellabrot brav miteinander ab!

Dem Badewasser hatte sie wohlweislich einen Schuss ALRAUNE beigefügt. Diese Zauberwurzel verändert nachweislich das Bewusstsein. Befinde ich mich in einer Art Narkose? Plötzlich fühle ich mich auf *Wolke 7* schwebend inmitten des nassen Elements, in dem ich mit Armen und Beinen herumfuchtele.

Geistheilerin zu werden, das bleibt mein Ziel. Dafür muss ich Kurse, die dieses Ziel nur tangieren, erst einmal zur Seite schieben. Einige Stündchen in der Woche gehören jetzt Annika, versprochen, und eine Stunde wöchentlich Opa, dem ich noch etwas gut zu machen habe! Er betont immer, dass er nur mein Bestes will und das bedeutet ja, dass er auch diesen oder jenen Euro oder auch mal einen Haufen Eurostücke mir zugutekommen lassen will, ohne dass ich ihn jedes Mal fragen muss.

Und einer fehlt wohl in meiner Zeitplanung noch, oder? Wer ist es wohl? Mein Ehemann, der meiner Meinung nach am liebsten die gesamte Eleonore unter seine Fittiche nehmen würde. Oh, Gott, wie stößt mir diese Umklammerung auf? Hier und da mal miteinander reden, zusammen etwas tun, miteinander schmusen und was noch so dazu gehört ..., ja, das sind zusammengenommen, vielleicht drei Stunden in der Woche. Annika verdient zwei mal zwei Wochenstunden und dazwischen sollte die Zeitplanung für ihn, Annikas Vater, liegen. Freundinnen und Bekannte, nein, Mama bräuchte auch mehr als ein paar Minuten in der Woche und einer Freundin am Telefon kann ich auch nicht ausklamüsern, wie groß bzw. klein mein Zeitbudget für sie ausfällt.

Plan 1: Oh, mein Gott, ich will hier aus dem Badeparadies gar nicht vertrieben werden..., da pfeife ich mal auf mein Zeitbudget..., wie gesagt Plan 1 besteht darin, mit Annika erneut auf Papiertuchführung zu gehen und

Plan 2: Die Termine, nicht Termiene, so wie Annika sie bezeichnet, sie allesamt streichen, alle, die mich nicht unbedingt zu meinem Geistheiler-Zertifikat führen! Zur Geistheilung als unbedingt wichtig anzusehen sind: Erlernen der ISIS SELBST- und PARTNERBEHANDLUNG, oh ja, Isis und Osiris, beide fallen mir immer im Doppelpack ein. Es sind Geschwistergötter aus dem alten Ägypten, die vom lieben AMADEUS MOZART in der ZAUBERFLÖTE verewigt wurden. Aber ISIS-Erlernung verspricht, das FELD der LIEBE zu vervollkommnen und mit dem eigenen EWIGEN SEIN vollends verbunden zu werden.

Du meine Güte, inmitten dieser hehren Gedanken überfällt mich ein ganz und gar irdischer, nämlich der, dass meine Haut schon langsam zu schrumpeln beginnt, wenn ich mich nicht bald aus diesem Badeparadies entferne. Plötzlich muss sie an Fische denken, die dieses Schrumpel-Problem und andere Quälgeister nicht kennen. Sie sind frei und schwimmen unbeirrbar mal mehr, mal weniger ihrem Ziel entgegen, wobei sie immer offen für die GÖTTLICHE UNENDLICHKEIT bleiben. Während sie sich mühsam aus dem zwischenzeitlich kühleren Nass hangelt, lässt sie ihren Gedanken zu den Schmetterlingen treiben, denn vor ihr auf der Badestange hängt ihr heißgeliebtes Schmetterlingshandtuch. Ich muss mich jetzt wieder völlig der Erdenschwere überantworten, während diese luftigen Lebewesen, die für die UNSTERBLICHKEIT DER SEELE stehen, sich vollständig ihrer Leichtigkeit überlassen dürfen.

Während sie den Frottee-Schmetterling über ihren Rücken gleiten lässt, kommt ihr das geplante Schmetterlingsseminar in den Sinn. Kann ich bestimmt streichen, hört sich nicht gerade existenziell für die GEISTHEILERAUSBILDUNG an, aber ..., während sie die Zwischenräume ihrer Zehen mit dem großen gelb-braunen Schmetterling trockenreibt, fällt ihr jedoch ein, dass gerade Schmetterlinge eigentlich ENGEL sind, die bei der

Geburt zum NEUEN MENSCHEN mitwirken. Oh, du meine Güte, da gibt es doch allerhand Probleme bei der Wertigkeit der Kurse, Seminare und geistlichen Settings! Werde ich nicht bei der Auswahl derselbigen noch ins Schwitzen geraten, überlegt sie sich als sie sich in ihre Jeans zwängt und ihr Schmetterlings-T-Shirt überstreift.

„Ah, ja, Zettelkommunikation mit einem sprachlosen Kind ist angesagt!" Eigentlich sollte und wollte sie ihre Tochter fraglos in den Arm nehmen. Aber ihr Wille ist mir Befehl! Zum Reichen der Friedenshand gehören immer zwei!

Und allein meine Mühe, ihr für heute Mittag eine *Pizza namens Eigenbau* zu produzieren, eine mit Paprikasalami und einer ganzen Etagere mit Käseflocken, wird nicht dem eigentlichen Problem ZEIT MIT ANNIKA gerecht.

Aber es ist erst einmal ein Anfang gemacht! Und so trabt sie kurze Zeit später in Jogginghose und Sportschuhen zum Hofladen hin. *Einssein mit der Schöpfung,* heißt die Devise. Angst hat sie nicht, dass Leute dort ihretwegen muffelige Anwandlungen bekommen könnten, denn sie befindet sich dort auf unbevölkertem Terrain, schnappt sich mittelalterlichen Gouda und eine ganze Paprikasalami, ehe sie ihren Obolus in die bereitgestellte Kasse legt. Auf dem Rückweg hat sie noch eine Begegnung, auf die sie liebend gern verzichtet hätte. E i n Klönschnack ist schön und gut, eine ganze Ladung davon wirft das Klönopfer leicht zu Boden. Der dienstbare Geist aus der Milchstraße, der früheren Milchhändlerstraße, kann Romanzen ebenso lebendig rüberbringen wie das Gelaber anlässlich eines Leichenschmauses. Die brünette hagere ältere Dame mit einem Haarreifen, in der Regel metallen glänzend, im wilden schwarz gelockten Haar, ist bei Fabrikant Schmidt im dritten Haus links angestellt, weiß aber über Hausbewohner Nr. 1 genauso Bescheid wie über menschliche Irrungen und

Wirrungen im Haus Nr. 10. In der 9, das wusste sie auch, musste die Alte vom Wachtmeister Huber sogar in ein Nervenkrankenhaus eingeliefert werden. Bevor sie sich über die Zustände in der Irrenanstalt ereifern kann, ergreift Eleonore, unter dem Vorwand schnellstens nach Hause zu kommen, um Essen vorzubereiten, die Flucht. Da ruft ihr doch tatsächlich die Quasselstrippe noch entgegen:

„Hörn Se, de sechste Klass wird vanvörmiddag entlassn. Wissn Se worom?" Dann kommt die doch tatsächlich nahe heran und flüstert Eleonore ins Ohr: „Geheim! Geheim! Suiz… oder wie dat heeßt, wenn sich eina umbringa will!"

Mein Gott, Eleonore wird es mächtig blümerant bei der ganzen brenzligen Angelegenheit und sie zieht es vor, joggend das Weite zu suchen!

Und auf der ofenfertigen Pizza prangt ein Riesenherz, das sie aus gerollten Salamischeibchen gezaubert hat!

„Oh!" murmelt sie später, an ihrem Tischchen sitzend, ehe sie Stift und Zettelchen zückt … „ich muss noch Facebook studieren, von Angela, von Manuela, von Johanna, allesamt Erleuchtete, ja, sagen wir mal, dass sie sich auf einem guten Weg dorthin wähnen, 5-D erahnend, … oh weia, der Hahn legt keine Eier; da muss ich mich aber sputen! Ob ich schon süchtig danach bin, jeden Morgen und Abend alles zu checken, was einige Wichtigtuer der ganzen Welt kundtun. Ich hätte heute wahrlich Atemberaubendes zu erzählen, aber betreffs *Gerüchteküche Schule* werde ich mal lieber schweigsam wie ein Grab sein. Mein Gott, … ja, ganz ohne DICH scheine ich jedenfalls sprachlich gesehen, auch nicht auszukommen, … haben die denn alle nicht auch mal doofe Lebensgefühle?" Scheinbar nicht, resümiert sie und tippt sich nachdenklich an die Stirn. Es schaut nicht so aus. Ihre Stirn runzelt sich als sie im PC liest:

ICH HABE WUNDERVOLLE KRAFTVOLLE GEDANKEN!
DANKE FÜR EURE LICHTVOLLE UNTERSTÜTZUNG!
ICH FÜHLE FÜLLE, REICHTUM, LEICHTIGKEIT, FREUDE
UND UNBEGRENZTE MÖGLICKEITEN!

„Donnerwetter, haben die denn nie Zeiten, in denen ihnen eine Laus über die Leber läuft? Aber negative Gefühle gehören sich ja für solche Geistwesen nicht, diese gefährden nur deren Erleuchtung. Ja, Geistheilerin zu werden strebe ich zwar auch als Ziel an; dennoch möchte ich nicht ganz den Boden unter den Füßen verlieren. Heute Abend findet im Regenbogenhaus ein existenzielles Seminar statt. Annika müsste das auch verstehen, dass ich dort hinmöchte. Ein Thema, das allen unter die Haut gehen muss, im wahrsten Sinne, denn es handelt sich dabei um ENERGIEARBEIT durch tiefenentspannende Massagen." Sie bemerkt kaum, wie sie in ihrem Selbstgespräch gefangen ist, als sie eine Idee gebiert. Zettel und Stift plus Kopf- und Handarbeit erschaffen eine neue Nachricht an Annika:

„Ich habe mich dafür entschieden: Zweimal pro Woche je zwei Stunden sollen dir gehören, meine Annika! Wir können gemeinsam etwas unternehmen, zum Beispiel einen Zoobesuch oder einen Shoppingausflug! Unsere Quality-Time zu zweien! Das heißt so viel wie: Wichtige Zeit nur für uns beide! Du wirst aber verstehen, dass ich für mich selbst auch genügend Zeit veranschlagen möchte.

Deine MAMA."

Die Rückantwort kommt, so nennen wir es mal, postwendend, denn kommt die Post nicht auch meist nach einem Tag Herumbeförderung bei uns in deutschen Landen nach rund 24 Stunden an? Sie ging sogar noch drei Stunden schneller und wurde zugestellt, nachdem Eleonore allein in ihrem Zimmer eine schlafbezügliche SO-LALA-NACHT verbracht hat. Beim Schmökern wollte sie nicht gestört werden und der Wunsch nach ehelicher Zweisamkeit hielt sich sowieso in Grenzen.

Die Buchlektüre führte sie in eine seit Jahrtausenden währende, geheimnisvolle Welt, genauer gesagt in die winterliche Einöde der Weite Sibiriens, wo sie sich mit HEILERIN UMCA in Trance versetzen ließ. Vollends alle Erdenschwere hinter sich lassend, erstarrte sie so lange in der Versenkung, bis sie morgens um 2 Uhr schließlich von der Leichtigkeit schamanischen Seins in die Leichtigkeit eines weltentrückten Traumes hinübergleiten durfte. Dann meldete sich erbarmungslos der lautstarke Wecker.

Zugegebenermaßen huscht sie nach dem Duschbad mehr oder weniger torkelnd, alles andere als ausgeschlafen, in ihr Zimmer zurück, um sich ihrem Mondabreißkalender zu widmen. Heute am Tage 24. des Monats Oktober wird sie nicht nur auf den zunehmenden Mond verwiesen - eine zunehmende Annäherung meiner Tochter wäre mir lieber! -, sondern noch auf etwas anderes, worüber sie sich noch nie Gedanken gemacht hat: *Machen Sie mal wieder einen Aderlass bei sich!* So heißt der Kalenderratschlag für diesen Tag.

Im Kleinformat steht dort auch noch geschrieben: *Reinigung des Körpers und bessere Fließgeschwindigkeit des Blutes in feinste Areale.* Sie verspürt das intensive Bedürfnis, sich wenigstens einmal auf solcherart Unternehmen einzulassen. Genauso wie sie schon seit langem den Wunsch hegt, mit der TRANSSIBIRISCHEN EISENBAHN zu fahren, um die persönliche Aufwartung eines Schamanen vor Ort machen zu können. Nur bitte nicht im tiefsten Schnee mit Tränenzapfen im Gesicht! Das ganz und gar nicht!

Plötzlich zuckt sie zusammen, zerknüllt und mit roten Annika Buchstaben, die ihr entgegenleuchten, liegt mal wieder eine Tochter-Mutter-Korrespondenz unter der Türspalte. Sie muss diese wohl gerade auf die Schnelle darunter geschoben haben. Hoffentlich hatte sie dabei nicht nur ihren Tornister auf dem Rücken, sondern auch den Schwimmbeutel um den Arm baumeln, denn, soweit scheint in Mutter Eleonore doch noch der töchterliche Stundenplan verankert zu sein, heute am Donnerstag ist Schwimmtag. Aber im selben Moment piekst mächtig ihr Gewissen: Du hast deine wöchentliche Feinwaschaktion des Badeanzugs verpennt! Das Chlor-Zeug musste doch raus!

Aber ihr Gewissen piekst sogleich beim Zettelaufheben und Entziffern noch um ein Vielfaches! Ihr Herz pocht mächtig als sie laut liest:

MAMA! Manchmal können wir auch nicht nur schöne Sachen zusammen machen. Manchmal brauche ich dich zum büfeln! Und was machen wir, wenn das Matteüben mehr als 2 Stunden dauert! Schmeist du dann alles hin und lässt mich alleine?

Und es pocht wie ein klopfender Hammer als sie zum Spiegel hinläuft, um sich die Haare zu richten. Zum Donnerwetter! Warum gleiten die Borsten nur so schwer durch die verklebten Haare? Sie scheinen sich mit Annika zu verbünden und mich als Gedemütigte einsam im Regen stehen, pardon, dumm vor dem Spiegel stehen zu lassen. Ja, die Mütter! Die guten Mütter, ja, sie lesen ihrem Sprössling jeden Wunsch von den Augen ab! Ja, die guten Mütter verleugnen ihre eigenen Bedürfnisse! Ja, die guten Mütter putzen ihrem Nachwuchs sogar noch den Hintern ab.

Eleonore schwindelt es. Mit einem Male schaut sie aus dem Spiegel eine zweite Eleonore an, eine, die genauso verbiestert dreinschaut wie die andere, eine mit rotumränderten Augen und knallroten Wangen, mit herabhängenden Augenlidern und Druckstellen im Gesicht.

„Hilfe! Ich sehe doppelt! Spieglein, Spieglein an der Wand! Wer ist die Miserabelste im ganzen Land?"

Und plötzlich ist ihr, als ob das leblose glänzende Ding eine Stimme gebiert, die ihr entgegenschreit:

Nicht eine Minute, nicht zehn Minuten, nicht 100 Minuten, nicht 1000 Minuten sollst du **dein** *Kind lieben! Nein, Zahlen sind Zahlen und für sich tote Gebilde! Lieben heißt Dasein, immer dann da sein, wenn dich eine Menschenseele braucht! Liebe lässt sich nicht in Zahlen messen. Merke dir dies, Eleonore!*

Kapitel   22

„Hilfe, ein Klopfspecht! Nicht, dass er mir noch das Fenster zerdeppert!"

Manchmal gerieren sich solcherart Nervtöter doch als Wohltat, sinniert sie, als sie die Diele entlang zur Terassentür eilt. Ja, tatsächlich als Seelenbalsam, vorübergehend zwar, vermögen sie piekende Gewissensbisse zunächst zu betäuben.

Der Klopfspecht erweist sich beim näheren Hinsehen als Klopffrau, die der Hausherrin nach dem Öffnen der Tür ihre ausgestreckte Hand mit einem hoch aufgetürmten Kuchenstück entgegenhält. Frau Wieselflink, wie sie scherzhaft von der Nachbarschaft genannt wird, zeigt sich oft als eilends hin und her huschende Frau, die es sich nicht nehmen lässt, Erzeugnisse ihres Gartens oder ihrer Küche den Nachbarn anzupreisen und wohlmundende Kostproben feilzubieten.

Währenddessen Eleonore einen betörenden Kirschlikörduft inhaliert, wird ihr bewusst, dass Frau Wieselflink ihr ein prächtiges Stück ihrer allseits geliebten Schwarzwälder Kirschtorte, *Marke Eigenbau*, angereicht hat. „Für Annika," meint sie und erntet das gebührende Dankeschön, das ihr aber beinahe in der Kehle stecken zu bleiben scheint, als sie der Nachbarin Flüsterworte vernimmt:

„Sie mault doch schon in der ganzen Nachbarschaft herum, dass es in ihrer Familie nur noch drögen Vollwertkuchen, Marke fades Dinkelgemenge, gäbe, so drückte sie sich aus! Und so einen Hauch von Likör kann de Deern noch ab, denke ich mal! Ja, was mit schnellem Fleiß geschah!" verkasematuckelt sie ihrer jüngeren Nachbarin.

Mein Gott! Verdient hat die Quatschtante Annika den Kuchen bestimmt nicht! Mutter Eleonore ärgert sich über das

Lästermäulchen und rümpft die Nase. Da schlägt sie doch der verdattert dreinblickenden Nachbarin tatsächlich ohne Abschiedsgruß die Tür vor der Nase zu. Wahrlich kein feiner Zug von mir, denkt sie, als durch den Türspalt hindurch noch Liebenswürdiges an ihr Ohr huscht. Wie gut, dass die Tür schon beinahe geschlossen ist und der Wieselflink nicht mehr Zeuge davon wird, wie sich Nachbarin Eleonore ins Fäustchen lacht, als sie Worte vernimmt, die sie gerade eben noch aufschnappen kann:

„Der Fleißspruch ist von Schäkspier, dem Schäker! Mein Mann ist doch Oberstudienrat in Blankenese! Im Liizäum, bittschee!" lässt sie stolz verlauten, ehe die Flinke wieder das Weite sucht.

Eleonore lässt sich mit dem Tortenstück in der Hand auf den kleinen Hocker in der Diele plumpsen.

„Oh, warum musst du verflixtes Sahnestück mit der knallroten Kirsche drauf, mich auch so anlachen? Soll ich oder soll ich nicht?" Und sie führt ihre kirschrot gefärbten Lippen in Richtung süßer Verführung.

„Oh, nein ... ich bin doch schließlich kein Kind mehr!"

Dann trägt sie die Köstlichkeit in Annikas Zimmer und legt ein Zettelchen dazu auf den Tisch:

Extra für dich von Frau Wieselflink! Weil du keinen gescheiten Kuchen von deiner Mama kriegst!

Hatte sich dieses doch zu fest in Mutter Eleonores Hirn eingegraben. Zurück in ihrem eigenen Reich hofft sie Ruhe bei einem Räucherritual zu finden.

Eine kleine Tonschale, eine Handvoll Sand, ein Stück Schnellzünderkohle sowie einige wohlduftende Kräuter, mehr braucht sie nicht, um alles einzuräuchern. Fenster auf, so muss sie sich immer ermahnen, denn nach der energetischen Reinigung müssen Schadstoffe nach außen hin entweichen können. Ein Gebet an die ERZENGEL MICHAEL und JOPHIEL ist auch ein wichtiger Bestandteil dieser ganzen Prozedur. Sie spricht es leise, aber beschwörend vor sich hin:

„Ich befreie mein Zuhause mit Eurer Hilfe von allen NEGATIVEN ENERGIEN wie Kritik und Selbstkritik sowie Angst und Unzufriedenheit! Bitte durchflutet mein Zimmer mit starken GÖTTLICHEN ENERGIEN!"

Ja, dabei kommt mir ein Gedanke, Eleonore sinnt nur kurz nach, ehe sie ihn jedoch flugs wieder wegscheucht! Als Kind habe ich oft zu Gott gebetet: *Schaffe in mir Gott ein reines Herz ...*, aber jetzt haben wir andere Zeiten und meine Gebete sind nun weltumspannend und religionsübergreifend! Ich spüre nach dem Räuchern diese herrliche unbegrenzte Weite in meinem ganzen Körper. Ich spüre, wie er mit GÖTTLICHEN ENERGIEN aufgefüllt wird. Wie anders ist es sonst zu erklären, dass ich zum Schreibtisch schwanke, wohl selbst noch ein wenig eingeräuchert, und mir ein großes Stück Papier aus meinem Notizblock reiße, um es mit gefühlt haushohen roten Buchstaben, diesmal mit einem Textmarker, zu dekorieren:

Liebe Annika! Du warst und bist mein geliebtes Kind ein für alle Mal! Darüber sei dir bitte im Klaren! Hast du nicht mal wieder Lust, dass ich so wie in früheren Zeiten mich an dein Bettende setze, um deine Füße zu massieren? Auch wenn es zwei Stunden und mehr sind! Wisse, ich bringe alle Zeit der Welt mit!

Und dann beginnt eine elende Warterei und mit ihr immer dieselben Stoßseufzer ans Universum gerichtet:

BITTE LASS ALLES GUT WERDEN, UND ZWAR MÖGLICHST SCHNELL! SCHENKE MIR DIE NOTWENDIGE GEDULD!

Ihre Lektion, die besagt, dass die Wünsche ans Universum spontan, in aller Deutlichkeit und Dringlichkeit aufgegeben werden sollen, hat sie zwischenzeitlich verinnerlicht.

Ihre Geduld wird jedoch auf eine harte Probe gestellt. Zunächst Warten auf die Mittagsstunde, als Annikas Zimmertür ins Schloss fällt!

Dann Warten auf die Abendstunde, in der Annika sich mit ihrem Hähnchen und einem Salat aus der Küche in ihr Zimmer stiehlt.

Jedes Mal pocht Eleonores Herz gewaltig, denn, so viel sie auch linst, kein einziges Zipfelchen Weiß erspäht sie durch die Türritze hindurch. Auch des Abends nicht, als Töchterchen mit leerem Teller und Magen sich an ihrer Tür vorbei schleicht. Lediglich der schweflig geräucherte Duft von Leberwurst wabert durch die Türfuge. So 'n Mist auch! Eleonore wird immer ungeduldiger. Die Einsamkeit empfindet sie immer öfters als verstörend, denn seit Wochen schon hat sie sich in ihr eigenes Schlafrefugium zurückgezogen. Ihr Ehemann kann sich drehen und wenden, wie es ihm behagt; er kann sich breit wie eine Flunder im Wellenmeer, alle viere von sich gestreckt, bewegen und wird durch keinerlei Berührungen mit weiblichen Rundungen, keinerlei Zusammenstößen mit harten Ellenbogenkanten oder Kniescheiben in seiner Schlaffreiheit eingeschränkt.

Immer diese Zettelchen, sinniert sie missmutig vor sich hinstarrend. Sie kommen doch mehr oder weniger in unauffälligem Gewande daher, nämlich als lediglich weiße bzw. unifarbene Flächen von beliebiger Größe, die dann später durch die Vergewaltigung eines Schreibvorgangs beim Betrachter so viele zwielichtige Emotionen auslösen können. Sie staunt Bauklötze darüber, dass ein Zettelchen, irgendwo bei oder um ihren Mann herum, dank unbekannter Schriftzüge pures Entsetzen, ein Zettelchen mit ungelenker Kinderschrift: *Ich habe dich lieb!* zum Muttertag in ihre Hand geschmuggelt, jedoch größte Freudenstürme auslösen kann.

Und während sich ihr Blick in der Weite der Landschaft verfängt, resümiert sie die Zettelkorrespondenz vergangener Tage. Dieserart Zettel sind der Rubrik *Mutter-Tochter-Kommunikationsstolpersteine* zuzuordnen. Dieser Weg bietet sich in jenen Fällen an, in denen ein *Aug-in Aug-Kontakt* unerwünschte seelische Eruptionen heraufbeschworen könnte.

Auf ihrer Gedankenreise spürt sie gar nicht, dass sie ein Gespräch mit ihrer Tochter begonnen hat:

„Annika, was gäbe ich dafür, wieder wie zum Muttertag längst vergangener Zeiten ein Zettelchen von dir vorzufinden! Auch wenn weit und breit kein Muttertag in Sichtweite ist und du wohl mehr und mehr den Kinderschuhen entwachsen bist. Ein *ja- oder ein JA-Zettelchen,* ein großes mit einem kleinen j und einem kleinen a oder ein kleines mit einem großen JA - Hauptsache ein JA! - in welch einen Freudentaumel würde es mich stürzen!"

23:05 Das Ziffernblatt der Digitaluhr bewegt sich im ähnlichen Rhythmus wie Eleonore sich beinahe minütlich von einer Seite zur anderen rollt.

Totenstille im Flur! Alles schläft, einsam wacht eine traurige Mama!

„Verlier nie die Hoffnung! Nein, alles wendet sich zum Guten! Das Universum wird schon dafür sorgen."

Sie wiederholt das Ganze gleich einem tantrischen Ritual noch zwei Mal.

Dreimal ist vonnöten, ermahnt sie sich, denn die Drei steht in der NUMEROLOGIE für eine Zahl, die Glück und Erfolg verspricht.

Beim Umdrehen auf die rechte Seite in ihre gewohnte Schlafposition, ihre herzlose Seite, auf der sie nicht vom Herzpochen irritiert wird, krampft sie ihre Hand um das Kopfkissen; das rosige, das, sie schaudert ein wenig dabei, ihr als Bettwäschegarnitur zur Hochzeit überreicht worden war. Von Mama, oh, wie sinnig! Mama lag also mittelbar schon mit im Ehebett in den Kissen und unter der Decke. Liebend gerne tauschte sie jetzt die Rosenbettwäsche gegen BETTWÄSCHE ERZENGEL MICHAEL ein, in der ESO-ZEITUNG als neuester Hit angepriesen.

Inmitten dieses gruseligen Gedankens erschrickt sie. Ihr Tastsinn, in der Dunkelheit aufs Äußerste geschärft, lässt über ihre Finger und Arme hinweg weiter nach oben bis zum Hirnstübchen ein Signal aussenden, das sie zusammenzucken lässt. Ihr Finger war nämlich sanft über einen Stofffremdling unter dem Kissen geglitten. Glatt fühlt er sich an, anders, nicht stoffartig, eher als Fremdkörper auf dem weißen Frotteestoff des Lakens. Beim Tasten in der Dunkelheit erspürt sie Ecken und Kanten, die knisternde Geräusche verursachen, so dass sie erschrickt: Papier! Wie kann es sein? Ob mir heute Nachmittag beim Sitzen auf dem Bett ein Notizzettel entfallen ist? Ein Denkzettel, im wahrsten Sinne des Wortes! So hatte sie sich überlegt, der witzigen Wieselfrau eine Zettelrüge zu verpassen, so von wegen der Bitte, sich nicht in anderer Leute Angelegenheiten einzumischen. Ob ich ihn nun wirklich einwerfen werde, steht auf einem anderen Blatt. Jedenfalls erleichtert diese Denkperspektive bereits ihr Herz!

„Oder sollte es gar doch…?" sie bibbert ein wenig, als sie die Nachttischlampe anknipst „...ein Annika-Brieflein sein? Stärke ist jetzt angesagt!" So ermahnt sie sich „Augen auf und durch!" Da leuchten ihr neonfarbene reflektierende Buchstaben entgegen … ein J und ein A, beides in großer krakeliger Schrift, sicherlich mit einer Wucht von Emotionen bespickt, dieser 1. und 10. Buchstabe im Alphabet, einer ohne den anderen, nicht in rechter Reihenfolge gelesen, wäre ziemlich nichtssagend.

JA, JA, tanzt es vor ihren Augen. Wie in einem Reigen walzen zudem ein weiteres JA sowie ein drittes JA vor ihrem inneren Auge. Das JA vor dem Traualtar mit weitreichenden Folgen und schließlich das nicht weniger weitreichende JA, als ihr Ehemann sie an einem lauen Sommerabend in küssender Weise unter einem Vogelbeerbaum auf der Insel Hiddensee fragte, ob sie denn in Bälde den Wunsch nach einem Kind verspüre. Solch ein zunächst winziges JA mit Armen und Beinen in der Wiege, welches zusehends größer und stämmiger wurde, das beglückende JA, das mit umschlingenden Armen sich an sie presste, dieses unumschränkte JA, das sich im Laufe der Jahre nicht selten mit einem zögerlichen JA abwechselte, ein Ja, das ehrlicherweise, Phasen von JEIN-Empfindungen mit im Gepäck führte… und nun dieses neongrüne, alle Aufmerksamkeit auf sich ziehende nächtliche JA!

Selten war Eleonore so rasch in einen tiefen Schlummer gesackt wie heute Nacht! Aus den zarten Kinderfüßen sind zwar rechte Quadratlatschen geworden, die zu liebkosen sicher keine allzu große Freude mehr bereiten wird, aber die Vorfreude auf vertraute Mutter-Tochter-Zweisamkeit wird alle Bedenken wegscheuchen!

So war dieser letzte Gedanke mit ihr in eine süße Träumerei hinübergeglitten: Miteinander plappern, was das Zeug hält! Miteinander tuscheln wie Schulmädchen, die Geheimnisse austauschen! Miteinander lachen wie junge Gören, die Streiche ausplaudern!

Und so geschieht es schließlich am nächsten Abend in der herbstlichen Abenddunkelheit, dass zwar keine Käsequanten liebkost, aber mütterlich-töchterliche Gesprächsfäden neu geknüpft werden.

Annika erzählt davon, wie der Christoph-Lümmel der Frau Schöne, als sie zur Tafel geht, ein Pupskissen untergemogelt hat und wie sich alle bei den unweigerlich darauffolgenden Geräuschen vor Lachen gebogen haben. Mama hatte sogleich auch noch frühere Schulstreiche auf Lager. Ihre Kochlehrerin hieß lustigerweise auch noch Koch mit Namen. Und einmal schrie diese bass vor Entsetzen auf, denn eine Schülerin hatte still und heimlich den Zucker durch Salz vertauscht und so plusterte Frau Koch ihre Backen mächtig auf und rannte wie von der Tarantel gestochen zum Waschbecken hin. Die kleine Leni vorne am Tisch, die konnte noch von Glück reden, dass die ganze Apfelmusbescherung, *Marke Nordseewürze*, nicht im hohen Bogen auf ihr gelandet war.

Abrupt stoppt Annika das Gelächter! „Mama!" Annika streicht mit dem Arm über Mamas Schulter, die ihr momentan im Wege ist, als sie sich wohlig ausstrecken will. „Mama! Deine Schulter stört mich gewaltig und dein Ellenbogen stakst mich mächtig..., aber der soll mich bestimmt an den staksigen Ärger erinnern: eine 5 in Mathe, eine 4 im Aufsatz, eine 4 in Latein!"

Mutter schiebt den staksigen Ellenbogen zum Bettrand hin und streichelt ihre Tochter über den Arm. Der seidige Pyjama fühlt sich geschmeidig an. Ihren Worten versucht sie ebensolche Geschmeidigkeit einzuverleiben, aber so recht will ihr das nicht gelingen:

Eine Prise Traurigkeit, eine Prise Schuldbewusstsein, eine Prise Scham, eine Prise Wut auf sich und die Welt, wie soll daraus ein schmackhaftes, bekömmliches Gericht werden? Zusammenreißen und Hoffnung geben, das muss die Devise sein! Und zögerlich unterbreitet sie Annika ihr Angebot:

„2 mal 2 plus x Stunden werde ich zum Pauken für dich da sein, verstanden?"

Mit einem begeisterten Ausruf hatte sie gerechnet. Aber sie hatte sich verrechnet, denn Annika erklärt ihr frank und frei: „Sehr zu loben dein Vorhaben, aber wirst du nicht schwach werden, wenn Inga, Maren, Betty oder wie sie sonst auch heißen mögen, dich bequatschen, das HOOPONOPONO-PRINZIP in einem Seminar zu studieren? Mein Gott, welches Problem, mir so ein Unwort einstudieren zu müssen! Ein Zungenbrecher ohnegleichen! Oder willst du in einem Webinar mehr über die BALI-SHAMANIC-SERVICES erfahren?" Den ersten Teil der Wortkonstruktion herauszukriegen, das war noch kein Kunststück, wogegen der zweite nur stotternd und mit Mamas Hilfe ans andere Ohr dringen konnte. Gib zu, dass du für alles brennst, was dir unter dem Leitwort SEELENRETTUNG zu Füßen fällt!"

Mutter Eleonore war plötzlich hochgesprungen. Von der Waagerechten in die Senkrechte. Sie hockt mit einer Pobacke auf dem unteren Bettrand und stiert zur Zimmertür. So wie auf dem Sprung, würde es ein Betrachter formulieren. Ob es die Tochter nicht auch so empfindet? Jedenfalls zieht sie ihren Oberkörper nach oben, um Mutters Arm ergreifen zu können.

„Aber vielleicht sehe ich dich schon zu sehr aus der esoterischen Brille heraus!" gibt sie ihr zu bedenken, aber Mama wird mit einem Male sehr ungehalten und äußert sich merklich vorwurfsvoll:

„Und du hast wieder bei mir herumgeschnüffelt! Schäme dich! Was geht dich mein ureigenster Bereich an?"

„Mutter, dann lass auch diese beiden Bücher nicht offen auf deinem Tischchen liegen! Du kannst mir schließlich nicht den Eintritt in dein BUDDHA-REICH verwehren, um mir dort in der untersten Schrankschublade ein Spiel rauszuholen. Für

Gesellschaftsspiele soll diese reserviert sein. So hast du es selbst einmal gesagt! "

„Komm, meine Liebe, gerade noch war es so schön mit uns beiden! Lass uns diese glücklichen Momente mitnehmen!"

„Mutter!"

Annika zieht Mama am Ärmel. Sie soll ihr wohl nicht entweichen, bevor sie selbst noch eine Herzenslast loswerden möchte: „Mama!" Eleonore spürt, dass Annika noch etwas anderes auf der Seele brennt. „Mutter!" Sie spürt, dass es ernst wird. Und ihr Gespür täuscht sie nicht, als sie ihre Tochter wie ein Häufchen Elend neben sich erfährt. Auf einmal bietet sie, die schon so erwachsen aussehende Tochter, ein Bild des Jammers. Ein buckliges Kind mit einem Gesicht wie drei Tage Regenwetter und herabschlotternden Armen. Und nicht mehr als drei Worte entwinden sich ihrem weit nach unten hängenden Smiley Mund: „Ich bin bedient!"

Eleonore drängt sie dahingehend weiterzusprechen, denn ein Bedientsein kann unzählige Facetten haben. Von daher kommt sie ihr mit der Frage entgegen:

„Ist dir Leid geschehen oder sind bestimmte Menschen dir auf den Nerv gegangen? Meine Liebe, du schaust ganz blass aus der Wäsche!"

Annikas Blick senkt sich nach unten. Selbst der seidige Pyjama, über den sie ihre Finger gleiten lässt, vermag seine Trägerin nicht zu beflügeln. Und dann ergießt sich der befreiende Wortschwall endlich aus ihrem Munde:

„Ja, jetzt bin ich blass! Damals ähnelte ich einer Tomate! Ich bin zum Gespött aller Schulbusfahrer geworden. Stell dir folgende Situation vor: Ich sitze vorne in der zweiten Reihe und unterhalte mich mit Bea, als ich eine dröhnende Stimme von hinten vernehme, die durch den ganzen Bus schallt: *Annika, ich empfehle dir GOOD-BYE-BADEKRISTALLE, du Geruchsmuffel!* Alle Augen stierten mich an, alle Gesichter grinsten und ich bot, wie gesagt, den Anblick einer Tomate! Sanne neben mir war es auch sehr peinlich. Die Anstifterin Lea bekam zu aller Schande auch noch Rückendeckung von Leonie, die nichts Besseres zu tun hatte, als laut zu rufen: Ja, ja, der Esoterik Hauch durchweht unseren Bus. Sicher Ausdünstungen von deiner Mutter. Um kein einziges Engel-Rendezvous zu verpassen, läuft der Geisterfüllte bestimmte rechts und links um die Dusche herum! Mama, du kannst dir nicht vorstellen, wie mir zumute war!"

Mutter Eleonore hat es die Sprache verschlagen, ehe sie erst nach einer gefühlten Ewigkeit ihren Mund auftut:

„Eines kannst du denen mal verhackstücken: Esoteriker lieben die Achtsamkeit gegenüber ihrem Körper zutiefst. Es gibt so viele esoterische Badesubstanzen, wie z. B. ORANGENBLÜTEN, JASMIN, LAVENDEL oder wie sie alle heißen. Liebe Annika, ich würde dir das Öl ʹTRÄUME DER PROVENCEʹ empfehlen! Nimm dir das Ganze nicht so sehr zu Herzen! In eurem Alter brüsken sich die Mädchen in der Gruppe gerne mit ihrer Überlegenheit und haben Freude daran, andere schlecht zu machen. Ein Mädchen allein hätte solch ein provozierendes Verhalten vermutlich nie an den Tag gelegt! Aber, wenn ich mal ein ehrliches Wörtchen sagen darf: Es ist nicht völlig ausgeschlossen, dass in der Pubertät die Schweißdrüsen manchmal verrücktspielen. Das ist normal!"

Als Mutter Eleonore ihre Tochter fest an sich drückt, bleibt jegliches Widerwort, das Töchterchen herausbringen wollte, in ihrem Halse stecken!

„Komm, meine kleine Große! Jetzt massiere ich dir noch deine Füße ein wenig und denke daran: Liebe den Schlaf! Er ist wie eine Zeitreise zum Frühstück. Sollen wir morgen zusammen frühstücken? Antworte bitte sofort und dann berichtest du mir bitte, warum die sechste Klasse an dem einen Tag so früh schulfrei bekommen hat!"

„JA!" Mutter Eleonore reißt sich diese beiden hörbaren Buschstaben direkt an ihr Herz. „Dieses war der erste Streich und der zweite folgt sogleich, Mama! Frau Wendelin, die hat schon seit einiger Zeit Probleme mit ihrem Mann. Ihre Nichte ist eine Petzliese. Sie wohnt in der Wohnung unter ihrer Tante und kriegt alles hautnah mit, wenn dort Porzellan zerdeppert wird. Und an dem einen Tag hat sie sich noch völlig aufgeregt, dass ein Schüler ihr aus heiterem Himmel den Stuhl unterm Mors weggezog'n hat. Sie stürzte und alle feixten. Allein hat sie sich wieder hochgezog'n und Zeter und Mordio geschrien. Denen, die direkt bei ihr standen, hat sie'n 'Oahr-Klatsch' verpasst. Sie kam sofort ins Krankenhaus."

„Ach, die Arme!" Eleonore drückt ihre Tochter jetzt besonders eng an ihr Herz.

Kapitel   23

Trauben sind geschnitten, der Hafer gemäht, Pflaumen als Wintervorrat in Gläser verbannt ..., so wie auch die Kirschen, die nicht mehr vor den Füßen herumkollern, sondern dicht an dicht, Aroma ausbildend, auf gierige Mäuler warten, die den kargen leiblichen Winterfreuden zum Trotz, durch betörend prickelndes Rot dem Winter die Stirn bieten.

Fallende Blätter wirbeln im Wind zur Erde. Als gelbe, braun-rote, eirunde oder lanzettförmige, geraten sie einem Naturbewunderer ins Blickfeld. In millionenfacher Schöpfungsvielfalt kreiert, häufen sie luftige Berge auf, deren Durchschlürfen Kinderherzen in Verzückung geraten lässt. Und so manch ein Dreikäsehoch stürzt sich als Blättersuhler in das raschelnde Vergnügen. Der letzte schwarz-orange gemusterte Admiral, einsam und von seinen Mitstreitern zurückgelassen, gleitet durch die herbstlichen Gartenlüfte, um die Fährten seiner Kameraden in südliche Gefilde aufzunehmen.

Annikas Blick gleitet in den Garten, während sie an ihrem Stift herumknabbert. An einem Bleistift, den sie sich gerade angespitzt hat, um ihrem Tagebuch anzuvertrauen, was ihr durch Herz und Sinn geht. Wie sehnlichst wartet es darauf, aus dem Gedankengefängnis heraus ins Freie zu gelangen. In Form von Buchstaben, je nach Stimmung fein gemalt oder auch mal krakelig, in Eile oder Ermüdung aufs Papier gebracht, schaffen sie einer belastenden Seele ein Ausgleichsventil.

Während Annika am Stiftende herumknabbert, betrachtet sie sich draußen das achtsam aufeinander gehäufte Erdmaterial für das Winterquartier der Igel, während sie nachsinnt.

Ja, Mutter, welche Achtsamkeit legst du jetzt immer vermehrt an den Tag? Achtsamkeit ist eines deiner Lieblingsworte, Mama! *Durch Achtsamkeit aus dem stressbedingten Hamsterrad!* So lautet deine neueste Devise. Ja, Mama, du sorgst dich so rührend um deine Blumen. Alle Lebewesen benötigen für ihr Gedeihen deiner Meinung nach spirituelle Zuwendung. Es sei bekannt, dass Blumen keinerlei Streit in der Familie aushalten. Sie reagieren darauf wie ein Seismograf und lassen ihre Köpfe hängen. Blumen müssen dort stehen, wo sie niemals bösen Worten ausgesetzt sind. Ich wiederhole deine Worte. WIR SIND ALLE EINS! setzt du neuerdings noch als Krönung drauf. In Annikas Hirn rumort es bei solcherlei Spleen ihrer Mama gewaltig. Nur hast du, liebe Mama, vergessen, dass auch Kinder dieselbe Achtsamkeit verdient haben. Auch sie dürfen keinen menschlichen Launen ausgesetzt sein. Ansonsten gedeihen sie nämlich auch nicht gerade gut. Sie merkt kaum, dass sie inzwischen den Stift noch tiefer in den Mund steckt und erschrickt, als sie spürt, wie ihr Rachenzäpfchen einem Würgereiz nahe ist. Ähnlich diesem drohenden Brechreizgefühl erging es ihr bei dem Wortgefecht zwischen Mama und Papa in jener Nacht, in der sie kein Auge zutun konnte. So schien die 5 in Mathe schon vorprogrammiert.

Du wirst immer mehr zu einer Umherirrenden! Eleonore, du verprellst dir mit deiner Ego-Fratze sämtliche dir gut gesinnte Menschen! Wand an Wand, Ohr an Ohr! Diese Schimpfworte stanzten sich in ihr Herz ein, ehe denn der Morgen kam. Fratze! Mein Gott, Vater! Wie kannst du Mutters schönes Gesicht sprachlich so verunstalten?

Fürs Schreiben noch zu schläfrig, gibt sie sich einer Traumzeit hin, einer Zeit für Garten- und Wolkenbetrachtungen. Locker leicht gleiten Wolkengebilde am Himmel. Durch kleine Schlupflöcher gestatten sie der

Abendsonne ihre strahlende Nachhut auf Wiesen, Büsche und Blumen zu werfen. Die letzten Astern, Dahlien und Sonnenblumen als Farbtupfer in der trister werdenden Gartenwelt beim Übergang vom Spätherbst in den Winter offenbaren letztmalig ihren herbstlichen Glanz.

Schwermut im Herbst! Ein Gedicht aus der Schule fällt ihr dabei ein. Darin heißt es ihrer Erinnerung nach in etwa so:

Der Herbst ist da, das Jahr wird spät! Weg drum mit der Schwermut aus deinem Gemüt!

Ja, dieser Dichter, er heißt Theodor Fontane, benennt das, was sie in letzter Zeit auch oft fühlen kann. Ich denke mal, dass dieses *neben der Spur sein*, sich am liebsten verkriechen wollen, einfach nur traurig über alles, ja, zutiefst traurig sein, von den Erwachsenen mit diesem schweren Wort benannt wird. Und wie hatte sich Papa ausgedrückt, als er mir ein Tagebuch überreichte? Zu meinem letzten Geburtstag, dem 12.! Sagte er es nicht so oder so ähnlich:

Es werden traurige Momente kommen, in denen du das Verlangen danach verspüren wirst, zu viele Herzensdinge, die du keiner Menschenseele anvertrauen willst, zu Papier zu bringen. Und damit keine einzige Menschenseele Zugang zu deinem Innersten bekommen kann, dafür ist das Schlüsselchen da. Nur musst du aufpassen, dass du es an einem wohlbedachten Ort aufbewahrst, ansonsten müsstest du das Schloss zerbrechen. Dadurch bekäme dein Herz auch einen Sprung!

Wie recht Vater doch hatte! Manchmal kann er sich so gut in mich hineinversetzen. Annika hat sich ein, wie sie es empfindet, fantastisches Versteck auserkoren... pscht, nichts weiterverraten..., im Babybauch meiner winzigsten Matroschka ist der Schlüssel in absoluter Sicherheit. Drehen, drehen, drehen, die Matroschka wird eine nach der anderen mittig aufgeschraubt und somit kommt ein Bauch nach dem anderen zum Vorschein. *So viele schwangere Bäuche!* hat Mama einmal gesagt und dabei gelacht!

Das Tagebuch farblich auf pinke Fans abgestellt, so bemerkte Papa, ebenfalls, wenn auch nicht lachend, so doch lächelnd, als er mir das Geheimnisbuch zu meinem Wiegenfest überreichte. Oh, so vornehm drücken sich Dichter immer aus! Nun schlägt sie es auf und siehe da, ein bisschen geschludert habe ich doch, denn zwischen dem letzten Eintrag bis heute sind, sage und schreibe, vierzehn Tage vergangen. In diesen vierzehn Tagen hatte sich das alles zugespitzt, was ich am 30. Oktober noch mit einem großen Fragezeichen versehen habe. Ihr Blick fällt auf diese Sätze:

30. Oktober:

Heute habe ich etwas Komisches erlebt! Papa hat doch in seinem Autohaus eine Teschnikfrau bescheftigt. Und die heißt so ähnlich wie Schmidt mit noch hinten was dran. Ich war zwar ein wenig verwundert über den Namen, weil ich ihn immer in Erinnerung hatte als einen Namen mit vorne was dran. Aber ich wunderte mich nicht groß darüber, als er sie mir diese Frau mit grünem Oferoll vorstellte. (Du meine Güte! Ist das ein komisches O-Wort, das nix mit einem Ofen zu tun hat.) Manchmal bringen eben nicht nur alte Leute etwas durcheinander, sondern auch mal blutjunge, so wie ich es bin. Jedenfalls trugen beide, als Mama nicht da war, den alten Schranck aus der Biddermeierzeit heraus in ein Autohaus-Auto. Papa meinte nur: Passt nicht in die Rubrik Feng-Shui (das komische Wort habe ich nochmals nachgesehn!) und soll neu reschtauriert werden!

Als dann beide samt Schranck wieder weggefahrn waren, überlegte ich mir nur: Vielleicht will Papa mit dem reschtaurieten Schranck Mama überraschen! Bei solch einem Gedanken wird mir warm ums Herz! Ein Fünkchen Liebe muss da doch noch vorhanden sein.

Gerade notiert sie als Datum den 14. November, da gerät die Schreibfeder des Füllhalters außer Kontrolle:

Hier meldet sich die Schönmalerin zu Wort. Und das mit schwerm Herzen so wie es zur Jareszeit (oh, nein! Mit h natürlich!) passt. Die Frau vom Autohaus war nun doch nicht die vom Autohaus. Pass op, mein Tagebuch, du wirst gleich mit meinen Tränen getauft! Zum ersten Mal das ich es so deutlich zu Papir bringe (oh, weh! da fehlt das e glaube ich), unmissverständlich, aber nicht für alle Welt, denn ich habe ja mein Schlüsselchen, um einem neugierigen Schnüffler einen Rigel vorzuschieben.

Die Frauen mit Schmidt hinten und Schmidt vorne sind verschiedene Personen, um es deutlich zu sagen: Die, die hier war, ist Papas Freundin!

Es fällt schwer die Warheit zu gestehn, aber intzwischen sind ganz viele Kleidungsstücke von Papa verschwundn und die Frau war wieder da, um Papa beim Tragen von Packeten zu helfen. Die Spitze war, dass sie mich eingeladen hat, demnäschst bei ihr und Papa Gast zu sein. Ich hätte sie am liebsten irgendwo hintreten können, denn diese Person hat mir den Papa geklaut. Und am selben Tag hat Papa mir über den Kopf geschtreichelt und gesagt: Du tust mir leid! Vertraue das alles deinem Tagebuch an! Und jetzt, mein liebes Tagebuch, muss ich schon darum fürchten, dass nicht nur zwei Worte tränenverschmiert daherkommen, sondern auch noch die ganze Seite vor meinen Augen verschwimmen tut.

„Und jetzt schmerzt mir nicht nur mein Herz, sondern meine Schreibhand tut zudem noch weh!" Annika lässt den Stift fallen und ermahnt sich aber eindringlich daran, das Buch abzuschließen und das Schlüsselchen im Bauch der winzigsten Matroschka zu platzieren.

Auf ihrem Bett liegend, zum Fenster hinstarrend, rätselt sie über ihre Mama nach. Ja, in der letzten Zeit zeigte sie sich zwar darum bemüht, ihr bei den Schulaufgaben zur Hand zu gehen und sie konnte durchaus mit einigen guten Leistungen aufwarten…, aber in der allerletzten Zeit spürte ich doch, dass Mama gedanklich ganz woanders war. Mama hatte sogar vergessen, ein gewisses Blatt Papier vor Annikas Augen zu verstecken. Dort stand nämlich schwarz auf weiß drauf:

SEMINAR in Küsnacht, Schweiz vom 3. bis 5. November mit dem Titel: PFEIFEN SIE AUF DIE LIEBE ZU EINEM MENSCHEN! DIE SELBSTLIEBE IST DIE KRÖNUNG ALLER LIEBE! SEMINARKOSTEN: 1800 EURO

Mein Gott, ob die sich dort im Seminar in der Nacht womöglich noch küssen, durchfährt es Annika.

Wie komisch zitterte mir mein Herz, als ich dieses lesen und schließlich merken musste, dass Mama sich am 3. tatsächlich ihren Koffer schnappte und sich mit den Worten verabschiedete: Meine Tochter! Ich komme erst nach 4 Tagen zurück, denn Magdalena in Zürich will mit einigen Frauen noch einen Kurs zum Thema ´Seelenarbeit mit Kindern` ausrichten.

Du meine Güte! Seelenarbeit mit Kindern! Jetzt werden demnächst noch unschuldige Kinder von den Eltern ferngehalten, weil diese sie nicht mehr brauchen. Sie lieben sich schließlich selbst am meisten. Wozu brauchen sie da noch andere Menschen zum Liebhaben? So einfach ist das alles! Und mich macht einfach der Gedanke so tieftraurig, dass Mama meine Liebe wohl überhaupt nicht braucht, um glücklich zu sein.

Annikas Seufzer erschlagen alles im Raum. Sie spürt, dass eine große Kraft von ihnen ausgegangen ist, denn mit einem Male gerät alles um sie herum ins Wanken. Was soll der ganze Spuk? Der Schrank schaukelt vor meinen Augen. Das Tischchen führt einen irren Tanz auf. Sterne tanzen und leuchten gleich goldenen Funken in der Dunkelheit, obwohl es draußen noch gar nicht dunkel ist. Selbst die Gardinenfalten heben und senken sich wie Wellen am Meer. Du meine Güte, bin ich etwa beschwipst? Mein Kopf fährt Karussell. Jemand tritt mit seinen Schuhen fest von innen gegen meinen Bauch. Annikas Stöhnen muss doch wenigstens den lieben Gott oben mitleidig stimmen, denkt sie und schreit auf:

„Du, mein Gott, wenn es dich gibt, dann bist es nur DU, der mir helfen kann!"

Sie erinnert sich daran lange nicht mehr so verzweifelt gebetet zu haben. Jetzt tut sie es einfach, zeigt sich aber enttäuscht, dass nicht sofort der Himmel über ihr aufgeht.

Jetzt und hier begreift Annika, dass ihr wenige Tage zuvor eine Freundin geschenkt wurde. Ob diese der liebe Gott ihr gesendet hat?

Amanda heißt sie. Annika kennt sie schon jahrelang. Sie besucht die Parallelklasse und sie fiel Annika zunächst nicht sonderlich auf. Ein Mädchen mit Bubikopf. Ein Mädchen mit Brille und einer Unzahl von Sommersprossen auf den Wangen und der Nasenspitze. Ein Mädchen, das alles andere als hübsch, aber originell aussah.

Annika, in der Bettdecke eingemummelt, kühlt es doch schon mächtig im Haus, zumal Mutter neben dem Ansinnen, Gaskosten zu sparen, der Ansicht huldigt, dass jegliches mit Samthandschuhen angefasst zu werden, sich bitter rächen werde.

Amanda! Ich habe ihr gleich zu verstehen gegeben, dass mir ihr schöner Name wie Musik in den Ohren erklingt. Ob das daran liegen mag, dass mir dabei der Name Amadeus in den Sinn kommt. Und wenn ich an diesen Namen denke, dann erklingt in mir das *Papageno* im Ohr. Ja, die Zauberflöte habe ich in Friedenszeiten mit Mama und Papa in der Oper erlebt.

Amanda! Warum ich sie fand? Oder besser, warum sie mich fand? Im Nachhinein weiß ich es. Ich habe meine Traurigkeit wohl zu weit herausgehängt. Was geht diese die anderen Menschen denn schon an? So dachte ich und sonderte mich von den anderen ab. Meist in derselben Schulhof-Ecke, immer auf der Eckbank, die von Efeugestrüpp umgrenzt ist, das, seitwärts an Pfeilern empor gebunden, dem Himmel entgegenwächst. In einer Efeuhöhle hat mich Amanda entdeckt. Später konnte ich ihr entlocken:

´Du hast eine ganze Woche mutterseelenallein dagehockt. Traurigkeit pur inmitten ausgelassener Springfreuden mit Seil und Himmel-Hölle-Hüpfen der unbeschwerten anderen! Du hast so traurige Augen gehabt. Du hast zu oft mit deinem Zeigefinger über deine glänzenden Schuhe gewischt, und das sicher, um jedes einzelne Staubkorn zu vertilgen. Und weil ich mich so gut in andere Menschen hineinversetzen kann, habe ich dich angesprochen`.

Annika fröstelt mit einem Male weniger, als dieser warme Sonnenstrahl-Gedanke durch ihren Kopf huscht. Draußen beendet ein Blaumeisen-Herrchen gerade sein *Tiririli* mit einem kräftigen Triller. Annika muss lächeln: Dieserart Vogelherrschaften betören durch lauten Gesang, während diesbezügliche Damen als singfaul gelten! Und bei den Menschen ist es meist umgekehrt, denkt sie und befreit sich von der allzu engen Behausung des Federbettes, denn es fühlt sich für sie alles gerade angenehm behaglich an.

Amanda lächelt ihre neugewordene Freundin an. Aus himmelblauen Augen; geradewegs als Boten aus Himmelssphären. Sie spricht mit einer zarten Stimme, doch das, was sie sagt, kommt sehr wortgewaltig daher. Es bietet Annika oft noch tagelang Nahrung für ihr Gehirn. Die weise Amanda, so tituliert Annika sie manchmal insgeheim.

Im Moment schweigen sich beide an. Sie gießen das Beisammensein, schlürfen abwechselnd Himbeerlimonade durch einen Strohhalm und knabbern an einem Lebkuchen. Mama, in Omas Augen, eine ganz Schlimme, hat sie es doch tatsächlich gewagt, schon vor der Adventszeit eigentliches Weihnachtsgebäck zu präsentieren.

Annika schluckt und schaut die Freundin herausfordernd an. Sie erwartet eine weitere Erläuterung, stellt Amanda fest und holt ein wenig aus, als sie erklärt:

„Ja, nach meinem letzten Besuch hat sie mich wegen Nieselregens nach Hause gefahren. Davor hatte sie für uns liebevoll dekorierte Schnittchen geschmiert. Heute hat sie sich ausführlich nach dem Befinden meiner Eltern erkundigt und Mitleid mit Papa gezeigt, der sich in dieser Zeit wieder arg mit seinem Rheuma herumquälen muss."

Annika setzt mit einem Male eine nachdenkliche Miene auf. Sie starrt derweil aus dem Fenster. Ziemlich regungslos.

Mit Daumen und Ringfinger zwirbelt sie eine Haarlocke auf, während sie ihre Lippen zusammengepresst hält. Amanda betrachtet sich das Profil ihrer Freundin aufs Genaueste. Es war ihr zuvor noch nie aufgefallen, dass diese einen Hang zur Himmelfahrtsnase mit einer etwas ausladenden Spitze zeigt. Welch perfekter Landeplatz für ein Marienkäferchen. Oder für eine Fliege, leider aber auch für eine Mücke oder eine Wespe; meinetwegen, im geilsten Fall auch für den Kuss eines Liebsten. Amanda liebt es Mimik und Gestik anderer Menschen zu studieren. Einmal hat sie ihrer Freundin verraten, dass sie ihre Fähigkeit am liebsten für einen späteren Beruf nutzen möchte.

Jetzt wendet Annika ihr Gesicht erneut der Freundin zu. Als sie ihre Lippen zum Reden öffnet, nimmt Amanda gewahr, dass sich einige Krumen des Lebkuchens zwischen dem Weiß ihrer Zähne ein Verweilplätzchen gesucht haben. Ob diese jetzt genauso neugierig einer Antwort entgegen sehen wie sie selbst?

„Ja, wie schön, dass meine Mama solch einen glänzenden Eindruck auf dich gemacht hat. Ich würde sie als Frau mit zwei Gesichtern bezeichnen! Das eine, von Geburt mitbekommen und bis zur himmlischen Verwandlung vorbestimmt, zeigt die liebe und verständnisvolle Person; das andere steckt zwischen zu viel Büchern, die ihr allesamt weismachen wollen, dass einzig sie allein die Liebe ihres Lebens ist. Kein Wunder, denn das steht ja ständig auf Flyern, die in ihrem Zimmer herumflattern: GÖTTINNEN LIEBEN SICH SELBST! SEI VERRÜCKT NACH DIR! DU BIST DEIN EIGENER ERLÖSER!"

Annika spürt eine warme feste Hand auf ihrer Schulter und die Worte aus Freundinnenmund sind nicht weniger gütig:

„Ich verstehe dich so gut! Wer könnte das auch in diesem Maße als ein Mensch, der ähnliches erlebt hat? Ich habe es dir schon erzählt, dass Mutter uns verlassen hat, als ich zehn war, meinen Papa und mich und auch die beiden vierjährigen Zwillinge. Was meinst du wie Mutter von den meisten dafür verachtet worden ist? Rabenmutter, das war noch das geringste. Als *Ego-Sau* beschimpfte man sie hinter ihrem Rücken. Und unsere Oma, die Mutter von Papa, zeigte sich dann wie ein Engel für uns. Annika, wenn ich auch einesteils verstehen kann, dass Mama mit den Zwillingen überfordert war, nachzuvollziehen war ihr Verhalten für mich nie. Auch wenn sie ständig schrien, und Bauchweh, Fieber und Husten hatten. Ja, und dann ihre Depressionen! Aber trotz allem, ich fühle die Nadelstiche heute noch wie Herzkratzer, die sich viel zu oft bemerkbar machen. Weißt du, du genauso wie ich, beide möchten wir wie alle anderen Kinder Mütter haben, die stark sind, die sich für ihre Familie aufopfern und in jeder Faser ihres Herzens Liebe für uns zeigen."

Jetzt ist es Annika, die unumwunden ihr Mitleid an den Tag legt. Sie zieht ihre Freundin nahe zu sich heran und als beide Gesichter sich berühren, da wird ihr die Bedeutung der Lebensweisheit: *Geteiltes Leid ist halbes* Leid! zum ersten Mal so richtig bewusst.

„Weißt du wie sehr mich ein Ausspruch meines Vaters traurig, wütend und wer weiß noch alles gemacht hat? Das, was lustig klingen sollte, hat mich ganz schwer gekränkt! Er sagte nämlich, *dass unsere Mutter sich eben weit weg, dort als Bastrock-Dame, bei südländischem Tamtam mit Hula-Hoop köstlich amüsieren möge und eine Romanze mit dem Stammesfürsten anzetteln könne.*"

Oma sagte nur traurig: *Mama ist eine Aussteigerin.* Zu uns Kindern sprach sie so. Zu Papa sagte sie noch viel bösere Sachen, wie ich hinter der Türe mal mitbekommen habe."

„Hast du keinen Kontakt mehr zu ihr?" will Annika von ihr wissen. „Doch, sie hat uns schon ein paar Mal besucht und immer geweint. Es ist wohl ihr schlechtes Gewissen. Sie entschuldigt sich ständig für ihr zerrüttetes Nervensystem!"

„Meine Mama verschwindet zwar nicht einfach, so mir nichts dir nichts. Dafür tut das jetzt mein Vater. Und wenn ich mit Mutter nun allein leben muss, wird sie zwar immer beteuern, wie sehr sie mich liebt, das ist das eine Gesicht, aber das andere Gesicht führt mir ständig vor Augen, dass ihre eigentliche Sehnsucht einer anderen Welt gilt, einer, in der sie sich nicht mit Sorgen und Problemen ihrer Tochter herumärgern muss. Sie will nämlich so sein wie Gott und über alles bestimmen, sie will auch ihren Himmelsmeistern vorschreiben, wann und wie sie ihr helfen müssen. Und die Engel sollen all das tun, was sie möchte! So ein Schwachsinn! Oma sagt, *sie soll doch den lieben Gott den himmlischen Vater sein lassen.* So einfach ist das! Soll ich dir mal einen völlig blöden Gedanken verraten, der mir oft kommt?"

Amanda streichelt der Freundinnen Arm. Der fühlt sich unterhalb des halbarmigen T-Shirts richtig fröstelnd an, obwohl Mama auf Annikas Bitte, das Zimmer heute schön einzuheizen, die Heizung stärker aufgedreht hat als sonst.

„Komm, erzähle mir alles, auch wenn es noch so verrückt oder auch peinlich klingt! Wir sind doch Freundinnen mit den gleichen Problemen!"

Annika hebt ihren Kopf von der Freundinnen Schulter und zeigt auf die Blume in ihrem Zimmer und sagt:

„Diese Orchidee da, das habe ich selbst erlebt, bekommt mehr Streicheleinheiten als die eigene Tochter. Ich habe nämlich mal gelauscht, als sie der Pflanze zugeflüstert hat: *Du mein Liebling! Du machst mir so viele Freude. Diese Freude gibt es gratis, ich brauche nichts dafür zu leisten! Außer dir ein wenig Wasser einzutröpfeln! Menschen um mich herum sind nicht so genügsam mit ihren Ansprüchen an mich!* Und während sie das flüsterte, da liebkoste sie die rot weißen

Blüten, eine nach der anderen. Ich gestehe es dir klipp und klar: Ich bin eifersüchtig auf diese Orchidee! Weißt du, so manches Mal hat sich Mama wirklich bemüht, sich zu ändern. Sie hat mit mir Mathe gepaukt und so. Aber danach ist sie immer wieder schwach geworden!"

„Oh, wir beide sind wahrlich arme Geschöpfe! Komm, prosten wir auf unsere mutterliebelose Zeit an! Zum Wohl!"

Und als Amanda ihr Glas gegen das Freundinnenglas stößt, da geschieht das wohl ein wenig zu rabiat, denn die Himbeerlimonade schlägt regelrecht Wellen, als Annika beim Gläseraufprall auch noch laut verkündet:

„Hallo Welt oder wie Mama es nennt: *Hallo, Universum!* Hast du kein Mitleid mit uns elenden Würmern, denen das versagt wird, was jedem Menschen von Natur aus zusteht, nämlich Mutterliebe!"

Sogar die Strohhalme haben vor lauter Schreck ihre Standfestigkeit eingebüßt und schwanken wie beschwipste Trinkrohre im Glas herum.

„Komm, Amanda! Meine Mama hat ein Buch, darauf steht mit großen roten Buchstaben inmitten eines noch größeren roten Herzens drauf: UMARME DICH SELBST! Aber weißt du: Ich finde es viel schöner, wenn wir uns gegenseitig umarmen. Da freut sich mein Herz weitaus mehr, als wenn ich mich nur selbst umarme! Und deines auch, das weiß ich ganz genau! Mein Herz macht dabei einen Riesensprung. Jetzt lass mich mal hören, ob dein Herz auch einen Freudensprung veranstaltet!"

Als sie ihren Kopf an Amandas Herz gepresst hält, da ruft sie im Glückstaumel: „Mein Gott! Dein Herz setzt sich mit einem mächtigen Bum-Bum-Konzert so richtig in Szene! So sehr blubbert es!"

Und zum Abschied flüstert sie ihr unten an der Haustür noch etwas zu, quasi ein Geheimnis unter Freundinnen.

„Ich glaube lieber an einen großen Gott, der den Überblick über alles in der Welt hat. Eine Göttin wie meine Mama und alle anderen von der Sorte legen doch nur einen Schmalspurblick an den Tag!“

Wie gesagt geschieht dies im Flüsterton…, denn wissen kann man es nie auf welche Wellenlänge Mutter Eleonores Ohren ausgerichtet sind!

„Annika, komm schnell mal! Ich muss dir etwas zeigen!“

Laut erschallt Mamas freudiger Ruf durch die große Wohnung. Die Gerufene, brav und neugierig zugleich, so wie sie nun einmal ist, erhebt sich sogleich von ihren vier Buchstaben, zieht in aller Eile aus der Schublade noch eine GIRLFRIENDS heraus, um sie Amanda auf den Schoß zu legen.

Eine Überraschung, hoppla di hopp, lange schon hat Mama nichts so Verheißungsvolles von sich gegeben. In Sekundenschnelle baut sich vor Annika ein Paradies auf:

Papa sitzt unten ohne die blöde Tunte im Ofer…zeugs und nimmt sie und Mama fest in seine Arme! Oder wenn Mama ihr das Riesenfeuer im Garten zeigen, auf die Rauchschwaden weisen würde, die gen Himmel steigen und ihr dabei verkündete:

„Sieh dort! Ich habe alle meine Heilsbücher verbrannt! Ich sehe jetzt mit einer anderen Sicht auf die Welt.“

Im Wohnzimmer stehend wird das fliegende Mädchen von einer großen Erdenschwere gepackt.

„Du meine Güte, wegen solcher schwarzen krächzenden Vogeldiebe machst du solch ein Theater!“

Mama hatte ihr nämlich gerade von der Terassentür aus drei Raben gezeigt; einer thront auf dem Gartenzaun, ein kleinerer hockt im Birnbaum, während der dritte nach Futter pickend, auf dem Weg in aller Ruhe daher spaziert, um nach

Insekten, Aas, Samen oder allem, was Herz und Magen erfreut, Ausschau zu halten.

Annikas Flunsch ist und bleibt ein Annika-Flunsch. Er zeigt sich wie gewohnt in charakteristischer unnachahmlicher Annika - Art, denn diese besondere Balance zwischen Griesgram und Traurigkeit, mit einer Nuance Kategorie beleidigter Leberwurst garniert, macht eben ihr Original aus.

Mama scheint darin geübt, ihn, den Annika-Flunsch, geflissentlich zu übersehen. So beeilt sie sich ihren Wundervogel Rabe in den höchsten Tönen zu loben:

„Annika, er ist ein Krafttier, er ist uns ein Gefährte durch bewegte Zeiten im Leben, auch wenn er oft unverschämt auftritt und durch sein Gekrächze nervt, gilt er als intelligent, sprachbegabt und sozialverträglich … und da, wo ein Rabe auftaucht, da teilt er uns Botschaften für unser eigenes Leben mit! Am Geburtstag hat sich ein Rabenpärchen wiederholt auf das Dach seines Geburtshauses gesetzt, so der Dalai- Lama, der das als *untrügliches Zeichen für seine Wiedergeburt* sah. Er deutete das als Zeichen für *sein allumfassendes, der Weite des Ozeans entsprechendes Wirken in der Welt!"*

Wie facettenreich doch der Annika-Flunsch sich doch zeigen kann! Mit miesepetriger und höchst ungehaltener Miene schreit sie Mama entgegen:

„Verschon mich gefälligst mit deinem Gelabere! Dein Wundervogel mit seinen Riesenschwingen sollte mal die Flügel aller selbsternannten Götter ein wenig stutzen! Mein Gott, allein, dass der Adler Kadaver frisst, lässt mich die Nase rümpfen!"

Mit Mamas Spontanreaktion hatte sie nicht gerechnet:

„Ja, da sagst du es: Dieser Vogel zeigt die Symbolkraft als Lebensspender und gleichzeitig als Todbringer! Du wirst das alles, wenn du älter bist, einmal verstehen lernen!"

Und genau diese letzte Mama-Bemerkung bringt bei Annika das Fass zum Überlaufen. Wie oft versucht Mama, wenn sie sich sachlichen Argumenten gegenüber nicht mehr gewachsen sieht, diese Masche, die Annika schon längst durchschaut hat, anzuwenden. *Ja, wenn du älter bist...!* Und weil Mama weiß, dass ihre Tochter sich eher dem biblischem als dem esoterischen Gedankengut zugewandt sieht, versucht sie sich auf ein gefälligeres Terrain zu begeben:

„Auch bedenke die biblische Geschichte vom Propheten Elija durch die Versorgung der Raben mit Brot und Fleisch, die ihn in einer ausweglosen Situation am Leben erhalten hat!"

Annika zeigt sich ungehalten. Ärgerlich erhebt sie ihre Hand mit einer abweisenden Bewegung Mama gegenüber. Dann strafft sie ihren Oberkörper. Schließlich will sie der Mutter offen zeigen, dass sie nicht mehr älter zu werden braucht, um das Wichtigste im Leben kapieren zu können. Mit deutlichen Worten macht sie ihr klar:

„Jetzt pickst du dir mal wieder Dinge aus der Bibel heraus, die dir in den Kram passen. Das Wichtigere in der Bibel ist dir aber zu kleinkariert, wie du es des Öfteren schon betont hast!"

Mama greift ihre Tochter mit einem Mal an der Schulter und meint einrenkend: „Dabei sollte es so gemütlich werden in unserer gemeinsamen Tee - Zeit! Mit Plauderei über Adventsvorbereitungen und so!"

Annika zuckt mit den Achseln. Ihr Flunsch zeigt sich noch um eine Facette reicher als soeben noch. Die Komponente Ödnis hat sich dazu gesellt. Oder soll man sagen: *die alles ist eh eine einerlei Soße - Miene?* Wortlos wendet sie sich von Mutter ab. Beim Verlassen des Zimmers streift ihr Blick den Garten. Sie reibt sich die Augen. Das, was sie draußen sieht, passt nun ganz und gar nicht in ihr Rabendenkkonzept. Eine Rabenmutter zeigt sich alles andere als eine Rabenmutter! Wie sonst würde sie ihrem Nachzögling einen Wurm, danach schaut es aus, fürsorglich in den Rachen schieben. Schwer zu verdauen, dass Mama in dieser Beziehung ein klein wenig Recht haben sollte!

In aller Gemächlichkeit stolziert sie zu ihrem Zimmer. Sie denkt dabei an die Rabenmutter, die keine Rabenmutter ist und an den Spleen von Mama, die Raben als ideale Gefährten durch bewegte Lebenszeiten zu sehen. „Pustekuchen!" und „Denkste Puppe!" Mehr kriegt sie nicht heraus, als sie sich oben in ihren Sessel plumpsen lässt und Amanda von ihrer rabenverrückten Mutter erzählt.

„Ich mag keine Raben, Annika, weil meine Oma immer erzählt, dass freche Raben in ihrem Garten kleine liebe Singvögel zu Vogelbrei gemacht haben!"

„Amanda, mir ist eigentlich einerlei, ob sie Mus oder Brei draus gemacht haben…, ein wenig leidtun diese erwürgten Vögelchen mir zwar! …, aber dass Mutter mich wegen solch eines Allerweltkrams belästigt, ist doch verrückt."

„Ja, wenn wenigstens ein Elefant unten im Garten gestanden hätte, dann wäre ich auf deinen Schrei hin sogar aufgesprungen."

„Dann auf einen Jumbo demnächst zwischen unseren Büschen!" Annika ergreift ihr Glas und prostet ihrer grinsenden Freundin zu.

Kapitel 24

Und mehr als ein Nee, muss das sein? kriegt sie auch nicht heraus, als drei Tage später im weihnachtlichen Ambiente Oma die glorreiche Idee hat, ihren alljährlichen Hit zum 1. Adventssonntag: *Macht hoch die Tür, die Tor macht weit!* anzustimmen. *Das gehört sich einfach so, das haben meine Großeltern schon getan und meine Eltern! Traditionen müssen weitergereicht werden! Auch in der Kirche gehörte dieses Lied zur 1. entzündeten roten Kerze am großen Kranz, der immer an derselben Stelle von der Decke herabbaumelte.* Als kleines Kind befürchtete ich oft, wenn er durch Windzug ein wenig hin und herschaukelte, dass er mir gleich auf den Kopf fallen könnte!

Oh, mein Gott, wie schaut dieser hier verhunzt aus! Das muss Oma beim Kranzbetrachten wohl durch den Kopf gegangen sein, denn beide Hände hält sie auf den Mund gepresst, so dass das *Mein Gott!* den Weg zu den anderen Ohren nur sehr gedämpft erreichen kann.

Omas Blick ist auf den Adventskranz gerichtet, der wie in jedem Jahr an derselben Stelle des Couchtisches steht. Dieselbe Stelle ist es wohl, aber diesmal hat ihre verrückte Tochter ihren esoterischen Deko-Wahn stark ausgelebt. Zu den Engeln hat sich diesmal sogar ein kleiner goldener Buddha zu den schwarzen Kerzen gesellt. Omas Reaktion spricht Bände, während ihre Enkelin sich laut seufzend dem Unausweichlichen ergibt.

„Kommt, lasst uns die erste Strophe singen! Ein Ritual muss wenigstens sein! Aber auf die Trauerkerzen kann ich nicht gucken, das kann keiner von mir verlangen!"

Und im selben Moment stimmt sie mit gewaltiger Kraft ihr geliebtes TÜR- und TOR-LIED an.

Annika stutzt. Ihre Augen heften sich an Omas Mund, der gymnastische Übungen vollbringt, sich verrenken muss, um überhaupt Töne hervorbringen zu können. Wie passend zum Lied von den hohen Türen und weiten Toren, sinniert sie und blickt dann neugierig darauf, wie Mama sich verhalten wird.

Auf Omas jubelndes MACHT HOCH DIE TÜR, DIE TOR MACHT WEIT… folgt seitens Mamas die Liedfortführung mehr denn je als ein Trauergesang, in dem sich keine Spur der Vorfreude über die nahende Ankunft des Erlösers zeigt.

Passt zu Mama, die diesem Geschehen sowieso kaum Bedeutung beimisst, passt aber um Welten mehr zu einer Mama, die sich den Anweisungen ihrer eigenen Mama zu widersetzen sucht.

„Du singst wie eine lahme Ente, Eli, aber du Annika, du zeigst dich als leblose Ente ohne den winzigsten Flügelschlag!"

Bei Oma scheint die Sangeslust beim Anblick der desolaten Enten tiefer und tiefer in den Keller zu rutschen. Nach einem trotzigen „…dann eben keine weitere Strophe…!" wendet sie sich ihrer Tochter zu, die gerade dabei ist, den heißen Tee vom Stövchen zu nehmen, um ihn in die Tassen zu füllen.

Der kurze Moment absoluter Stille, den Oma einlegt, bevor sie weiterzusprechen gedenkt, wird lediglich durch das leise Plätschern des Teewassers beeinträchtigt. Und just in dem Moment, als der erste Kandisbrocken an der Tassenwand klirrt, fragt Oma Annikas Mama:

„Und wie steht's mit Heiligen Abend? Ich dachte mir, dass ihr beide dann bei mir zu Gast sein könntet, damit ihr bei der veränderten Familienkonstellation nicht traurig den Abend hier ertragen müsst!"

Omas Tochter muss sichtlich mit sich kämpfen. Annika spürt, wie diese dreimal anfängt, ihrer Mutter zu antworten. Es beginnt mit „Ach, ich weiß nicht!" … geht über „Lass uns das mal entscheiden!" bis sie sich schließlich hoch erhobenen Kopfes durchringt, ihre vor einiger Zeit schon mit Papa besprochene Entscheidung offen und frei zu äußern:

„Wir haben beschlossen, zu dritt wie eh und je den Abend hier zu verbringen. Und zwar mit Baum wie gewöhnlich, auch wenn ich denke, dass ein Baum zu töten eigentlich nicht mehr mit meinen Grundsätzen übereinstimmt!"

Das saß aber, konstatiert Annika innerlich und ist ein klein wenig stolz auf die Stärke ihrer Mutter in dieser brenzligen Situation, auch wenn sie mit diesem Entschluss absolut nicht überglücklich ist. Sie schweigt aber in weiser Voraussicht, Oma nicht aus den Augen lassend. Diese scheint zunächst die Sprache verloren zu haben. Wortlos hält sie die Tasse in der Hand, eher zögerlich, um sich nicht zu verbrennen. Dann stellt sie sie wieder auf die Untertasse zurück, um bewusst langsam den Löffel darin zu bewegen. Zunächst weicht der Kandiszucker ihrem Zugriff aus und lässt sich an den Tassenrand pressen. Aber schließlich muss er sich dem Druck des Löffels und der Lösungskraft des Wassers doch fügen. Oma wird dieses wohl oder übel auch tun müssen, aber sang- und klanglos wird sie nicht klein beigeben. Dafür kennt Annika ihre Oma zu gut. Als nächstes muss ein harter Lebkuchen dran glauben. Allein ihm ist es zu verdanken, dass Omas aufgestauter Zorn sich nicht ungebremst entladen kann, denn das Mundwerk wird zunächst durch Zermalmen und Schlucken in Beschlag genommen.

Als Oma nun ihren Mund zum Sprechen öffnet, muss sich Annika doch beherrschen, denn eine widerspenstige Nuss klebt zwischen ihren Zähnen. Oma war es nicht entgangen, dass sich eine Nuss quer gestellt hatte und fängt mit dem Löffel an, gegen den Störenfried vorzugehen. Annika und Mama werfen sich vielsagende Blicke zu, als Oma, jetzt mit nur bräunlichen Sprenkeln auf den Zähnen, irritiert das Wort ergreift:

„Ihr wollt wohl der Heiligen Familie nacheifern! Harmonie auf der ganzen Linie! Ja, wenn ihr damit leben könnt! Es scheint mir nur verlogen. Und das empfindet Annika bestimmt auch, und so sage ich eben kein Sterbenswörtchen mehr dazu!"

„Ist auch besser so!"

Eleonore nippt an ihrer Teetasse und in dem Moment, als Oma kaum hörbar, jedoch das für blutjunge Annika Ohren vernehmliche Wort wie ESO-SPINNERITIS herausbringt, da springt Annika flugs auf.

Dies ist für Annika das Signal, schnurstracks den Raum zu verlassen. Die eine Tür zuknallen, die andere aufsperren, das Tagebuch erstürmen und ins Innere der kleinsten Matroschka-Puppe greifen und schon hält sie eine klitzekleine Papierrolle mit der dort verewigten Frage in der Hand: Was wäre, wenn… Mama nicht auf alles und jedes mit ihrem Esoterik Hammer dreinschlagen würde? Dann schlägt sie eine leere Seite auf und malt eine mickrige Buchstabenfolge, die beim mühsamen Entziffern folgende Sätze ergeben:

Gestern hat Mamas langjärige Schulfreundin Helma die Leine gezogn und sich von Mama abgseilt. Merkt sie denn gar nicht wie sie alles um sich herum zerschtört? Arme Mama! Dumme Mama! Wie kannst du uns allen nur so etwas antun? Und dir selbst natürlich auch.

Annika sinnt dabei über ihre Beobachtungen nach, die Mutters neuerliches Verhalten bei ihr hervorgerufen haben und füllt damit eine nagelneue Tagebuchseite.

So huldigt sie in dieser Zeit der 12 Tage zwischen Weinachten (oh, nein, das h fehlt hier!) und Dreikönigsfest besonderen Rittualen. Komisches Wort:

Mit Reiten hat es wohl nix zu tun! Jeder dieser 12 Raunächte entschpricht einem Monat im Jahr. Sie hält sich pennibel an die Anordnungen wie Räuschern, Metitation, Traumtagebuch führen und Aufräumn, damit das neue Jahr eine beispielhafte, Ordnung vorfindet. 13 Lettelchen mit Wünschen hat sie aufgeschriebn. 12 davon, so hofft man, werden vom Universum erfüllt, während man einen davon sich selbst erfüllen müsse.

Annika hockt auf Knien vor dem Couchtisch. Beinahe wie im Traum war die Schreibfeder ihren Gedanken gefolgt und hatte sie in ihrem Tagebuch verewigt. Dann hält sie das Geschriebene dicht vor ihre Nase und öffnet ihren Mund: „Na, ja, die Schrift ist heute alles andere als edel; eher wellenförmig plätschert sie auf der Tagebuchseite Nr. 1 eines neuen Jahres dahin! Und überhaupt: In der Schule klappt es mit der Rechtschreibung besser!" Sie lächelt, als sie sich das selbst zugestehen muss und verschlingt jedes einzelne Wort mit ihren Augen:

Mit Amanda und deren Freundin einer lustigen kleinen mit rotn Haarn, Tüp: Lausemädchen, schlürften wir am Altjarabend durch Strohhalme - keine gewöhnlichen, nein, an diesem besondern Tag mussten es besondere, welche mit bunten Papageien drauf sein! - eine von Mama selbstgemachte Ananasbole. Ich sags dir: das komische Wort ist beschtimmt falsch geschriebn.

Sie denkt daran zurück, wie kurz zuvor Mutter und Tochter das Mischungsverhältnis von Wein und Sprudel ausgehandelt haben. Von einem Achtel Wein lässt Mama sich schließlich bis zu einem Viertel ausschnapsen, besser gesagt ausweinen, aber mit Weinen im engeren Sinne hat das nichts zu tun, eher mit Freudentränen vor Jux und Dollerei! Jedenfalls habe ich schon mal besser ausgesehen als heute mit Augenrändern und Knitterfalten im Gesicht. Aber halt! Ich muss dem Tagebuch noch etwas anvertrauen. Flugs greift sie wieder zur Feder und schreibt Weltbewegendes:

Heute am 8. Raunachtstag steht bei Mama noch etwas auf dem Programm. Normale Neujarswünsche, mal ein Mazipanschweinchen, mal ein Kleblatt, reichen bei Mama neuerdings nicht mehr aus.

Annika stoppt ihren Schreibfluss und denkt an die große Aktion, die Mama seit zwei Tagen schon vorbereitet. So hatte sie ihre Tochter gebeten, ihr bei der Verteilung eines ESO-NEUJAHRSGRUSSES behilflich zu sein. Und weil sie nicht immer eine Spielverderberin sein will, hat sie zugestimmt.

Apropos Spielverderberin! Während sie ihre Gedanken zum 24. Dezember hin schweifen lässt, blättert sie im alten Tagebuch, das fein säuberlich im Regal neben dem tollen Thriller vom Erdbeerpflücker seinen Platz gefunden hat.

Oh, je, da steht es schwarz auf weiß! Hier am 30. 12.:
Mutter hat einen Tobbsuchtsanfall gekriegt, so von wegen: Du willst damit dein schlechtes Gewissen einlullen und überhaupt, vom weinachtlichen Geschenkewaan halte sie, seit sie sich der geistigen Welt gegenüber verpflichtet säe, rein gar nix mehr! Papa tat mir so leid, weil er sich große Müh gegeben hat, einen Diamantring für Mama zu kaufen. Und ich galt einmal wieder als Schpielverderberin, weil ich Papa beiflichtete.

Annika schiebt das alte Tagebuch wieder ins Regal, komisch, jetzt ist es schon das alte, gestern war es noch das aktuelle, heute, nur einen Tag später ist es das alte! Handyklingeln reißt sie aus ihren Gedanken.

„Ja, Amanda, es geht mir in etwas zerknittertem Zustand den Umständen entsprechend gut! Aber ein gemeinsamer Spaziergang heute Nachmittag … nein… meine Liebe, ich will nicht schon wieder eine Spielverderberin abgeben. Mama fährt mit dem Auto eine riesige Runde herum und ich muss Neujahrsgrüße verteilen. Mama hat mich dazu überreden können, dass ich persönlich bei den Leutchen anklingele und dann mein Kartenpräsent mit den Worten: Mit guten Neujahrsgrüßen von meiner Mutter Eleonore! überreiche. Amanda, ja, wir telefonieren heute Abend wieder, einverstanden?"

Annika scheint auf eine Reaktion ihrer Freundin zu warten. Das Handy, an ein Ohr gepresst, spielt sie mit der freien Hand an ihrem Filzstift herum. „Hm! Ach so!" antwortet sie und nickt, ehe sie fortfährt:

„… was sich Mama diesmal als Neujahrsclou überlegt hat, willst du wissen! Ja, ich habe sie vor mir liegen, diese Wollknäuelkarte, denn Mama hatte mir eine davon ins Zimmer geschmuggelt! Vorne sind viele himmelblaue Wollknäuel abgebildet und auf der Rückseite steht: *Für den Kartenzauber brauchst du nur wenige magische Dinge: ein Stein mit Loch, eine blaue Schnur, eine Schale mit Quellwasser, Nelkenblumensamen, einen blauen Stift und ein Blatt Papier!* Dann wird noch im Kleinstgedruckten erklärt, wie das mit dem Schifferknoten, der vornehm als TROSSENSTEK bezeichnet wird, funktionieren soll. Du siehst, zunächst ist alles mal eine Pflichtübung!"

Annika lacht laut auf, ehe sie ihrer Freundin zu verstehen gibt: „Du sagst es richtig! Der Weg zum Erwachen ist mit Stolpersteinen gepflastert! Anders gesagt: Von nix kommt nix! Bis heute Abend also!"

Annika legt ihr Handy wieder in die Halterung und schleicht sich zum Fenster hin. In letzter Zeit hockt sie gern eng ans Fenster gedrückt, mit einer schwebenden Pobacke plus überkreuzten Armen, ohne Buch, Handy, Laptop oder dergleichen in den Händen, um den Fensterbank-Aussichtsplatz erster Güte zu genießen.

Im Garten selbst spielt sich nicht allzu viel ab, aber hinter dem Zaun flutet gewöhnlich das Leben, was das je auch bedeuten mag, in einer einsamen Wohngegend. Annika sperrt ihre Augen auf, dass ihr auch kein einziges Lebenszeichen in der Nachbarschaft entgehen möge.

Die Tusnelda von drüben, Haus 18, auf der Rothenbaumchaussee, die marschiert neuerdings immer mit demselben kugelrunden alten Typen daher. Eine späte Liebschaft! Und Sandra von der 22, die lacht sich ständig neue Liebhaber an. Der stete Wechsel ist auffallend und amüsant! Und ihre neueste Errungenschaft, der Otto, der trägt neuerdings einen Flauschbart! Und die alte Lorenz, die Hochaufgeschossene mit einem wechselnden Hutschmuck, die trägt neuerdings eine Brille, eine mit dicker schwarzer Umrandung! Die lässt sie noch viel neunmalklüger aus der Wäsche gucken!

Wenn Annika ihrer nicht wenig neugierigeren Frau Mutter den neuesten Rapport erstattet, dann glühen vier Weiberaugen und zweimal zwei Lippen finden keine Minute Zeit, sich zwischendrin mal zu schließen.

In den letzten Tagen hat Annika allerdings eine Beobachtung der anderen Art getätigt. Sie genießt es den winterlichen Garten in sich aufzunehmen. Aber falls sie ein oder mehrere Rabenvögel sichtet, dann schubst sie die Mama-Gedanken über die Rabengötter flugs zur Seite und sieht in ihnen stinknormale schwarze große Tiergebilde, die durch ihren bläulich-metallischen Glanz und ihre krähenden Laute eine gewisse Aufmerksamkeit auf sich ziehen. Aber seit einigen Tagen hockt sie einfach nur auf ihrem Fensterplatz, um eigentlich ein ganz normales winterliches Phänomen aufzunehmen, ja, eigentlich, aber uneigentlich war Frau Holle schon ewig lange nicht durch dermaßen weißen Fleiß in Erscheinung getreten.

Annika entsinnt sich der Kunstlehrerin Frau Haberkorn, die eines schönen Schultages auf die Idee gekommen war, Schneekristalle künstlerisch gestalten zu lassen. Und, kaum war das Grundprinzip der sechseckigen Gestalt erkannt, da kreierten die Schüler unzählige Kreuze mit diagonalen langen und kurzen Strichen im Wechsel. Blaue Wasserfarbe und Deckweiß gestalteten diese zu regelrechten Kunstwerken.

Annika kann sich nicht satt daran sehen, Flocke um Flocke, Mini-Kunstwerk um Mini-Kunstwerk, Schnee in Pulverform zur Erde wirbeln zu sehen; so leicht, so luftig, dass es Freude macht, Mutter Natur beim ausgeklügelten Schöpfungsgeschehen zu belauern.

Mein Gott, mir wird schwindelig in meinem Gesichtskreis: Keine Tausende, keine Hunderttausende, nein, auf längere Zeit von mir betrachtet, würden sicherlich sogar Millionen oder gar Milliarden solcher weißen, filigranen Gebilde herunterschneien und jeder, auch der intelligenteste Mensch auf Erden den Überblick verlieren. Du, lieber Gott, du bist kein geiziger Gott! Wahrlich nicht! Du lässt dich nicht lumpen!

Der weiße Rasenteppich wird dickbäuchiger. Der Fußabdruck eines Rabenvaters verschwindet jäh, noch rascher als die Schneeabdrücke von Katze Minka, die vor wenigen Minuten das winterliche Gefilde durchstreift hat. Lustig schauen die hohen Schneehäubchen auf den Zaumpfosten drein.

Annika, um Balance auf ihrem Fensterschleudersitz bemüht, erinnert sich daran, dass der Wetterfrosch auf dem Dach heute folgende Prognose verkündete: FROST IM ANZUG! Ja, er hat sich bei mir leider persönlich nicht vorgestellt, aber … wer weiß, ob Mama mit ihrem Draht zu Schamanen und dergleichen, nicht bereits die Bekanntschaft mit einem Wetterfrosch machen durfte.

„Schlafmütze! Raus aus den Federn!"

Jemand reißt die Tür auf und erteilt Order! Dieser Jemand ist niemand anders als Mama, die völlig in Schale geworfen, voller Elan, mit weitaufgesperrten Augen im Türrahmen steht und kaum glauben kann, was sich ihrem Blick offenbart: Ihr Töchterchen als morgendliche Trantüte bekannt, scheint am Neujahrsmorgen zu dieser Stunde bereits pfiffig und gut aufgelegt. Von wegen ihr erst einen nassen Waschlappen um die Ohren hauen müssen, denkt Mama, und fährt sogleich fort:

„Ach, ich weiß, Annika, du steckst auch schon voller Vorfreude auf dein Erscheinen als Neujährchen. Na, wie gut, dass wir Winterreifen dran haben. Eigentlich könntest du heute, als Schneekönigin verkleidet, deine Runde drehen!

Mit einem Schwung war Annika von ihrem Lieblingsplätzchen gesprungen und positioniert sich wie eine Gardeoffizierin vor Mutter auf und schleudert ihr entgegen:

„Zu Befehl, gnädigste Hauptfrau, entschuldige, Frau Hauptmann natürlich! Ich erwarte den Lohn der geistigen Welt, keinen geringen, denn sie soll sich ja nicht lumpen lassen, wenn ich diese Pässe fürs Paradies austeile…, aber bedenke, dass die allergrößte Belohnung des Universums dann auf mich warten wird, wenn ich morgen oder übermorgen mit Amanda Schlittschuhe auf dem Dorfweiher laufen werde. Oh je, wie werden wir dann hin und her auf spiegelglattem Eise gleiten! Freude pur! Lautes Lachen, wenn manche auf den Boden krachen. Ja, Mama, das sind die wahren Freuden. Und die kann uns kein Guru, kein Meister höchster Rangordnung erschaffen! Komm, gehen wir! Ich will schließlich keine Spielverderberin bei deinen Unternehmungen sein!"

Dann schiebt sie Mama sanft aus dem Türrahmen. Ziemlich verdattert steht diese dann in der Diele:

„Wo nimmst du den ganzen Elan her nach der durchzechten Nacht? Aber gemach, gemach, junges Fräulein, wir müssen die Regeln des Anstands wahren und meine Leutchen am Neujahrstag nicht aus dem Bett jagen!"

„Dann erstmal einen Tee, aber einen GUTEN-MORGEN-TEE ohne Buddha-Einlage!" sagt Annika lachend, bevor beide in der Küche verschwinden.

Kapitel   25

Er wälzt und wälzt sich. Auf dem Sofa im Wohnzimmer. Durch die Holzdiele meterweise von ihm getrennt schlafen seine NOCH-EHEFRAU und seine Tochter mit IMMER-STATUS. Wie die Murmeltiere! Als er vor Mitternacht durch den Flur geschlichen kam, da vernahm er jedenfalls pfeifende Geräusche. Um einen musikalischen Begriff zu bemühen handelte es sich um ein PFEIFKONZERT-UNISONO. Und nun hier vom Sofa aus, oh, mein Gott, wie würde sich Eleonore ereifern, mein fröstelnder Leib steckt unter einer Decke, die lediglich als Paradeexemplar dienen sollte, ja, hier vom Sofa aus muss ich meine Ohren schon besonders spitzen, um das Brummkreiselgeräusch wahrnehmen zu können. Aber das mit dem Ohrenspitzen ist so eine Sache, wenn der eigene Kopf dröhnt und ein vehementes Kopfkino produziert.

Oh, Eleonore, wenn du auch nur im Entferntesten ahntest, dass mein fröstelnder Leib durch schwitzige Attacken bedingt, sich an der edlen HERZLOTUS-DECKE reibt und diese entheiligt. Oh, Eleonore, so vieles ahnst du nicht und wirst es hoffentlich nie in Erfahrung bringen!

„Quälgeister, diese vormitternächtlichen Drangsale, weg mit euch!" Mit scheuchender Bewegung sucht er sie ein für alle Male aus sichererem Hafen wegzuscheuchen. Vergeblich! Toben, Schreien, Handgreiflichkeiten … Gestank von Erbrochenem! Flucht nach vorne, um seinen eigenen Brechreiz zu torpedieren. Es hat sich alles so in ihm aufgestaut und der Stau will sich nicht lösen …, er seufzt vermutlich das gewaltigste Seufzen seines Lebens …, statt mich der Gefahr des Erbrechens auszusetzen wähle ich lieber den Weg des Ausbrechens. Ja, wenn der Weingeist in ein Beziehungsgeflecht einträufelt …, so sinniert er vergrämt, gerät ein Mensch rasch an die Grenze seiner Belastbarkeit.

„Vom Regen in die Traufe! Von der Traufe postwendend ab in die geistige Welt!" Als er dieses ausspricht wird er sich bewusst, dass seine Mundwinkel sich zu einem höhnischen Grinsen verziehen. „Mit Geistwesen ist das Leben zwar dornenreich, mit Weingeist ist es aussichtslos; ach, wenn die Dornen mich nur nicht zu sehr piesacken würden!!"

In ruhigen Momenten versuchte er sich Auswege und Hilfen auszumalen, wie er seine Frau wieder für sich gewinnen könne. Google musste dabei herhalten, Erkundigungen über Selbsthilfegruppen und immer wieder diese Berichte anderer Kollegen, deren Nachbar, deren Cousin, deren, … wer weiß nicht alles wer! … aus der Bekanntschaft und Verwandtschaft, die auch ein ESOTERIK-LIED singen können. Er hat Adressen gehortet über Netzwerke aus der Esoterik, über SEKTEN-INFO, über Kloster, die sich anbieten, in der Esoterik gefangenen Menschen Wege zur Freiheit aufzuzeigen und Kliniken, die diesbezügliche Hilfestellungen ermöglichen.

Bei seinen Informationen musste er sich eingestehen, dass seine Frau noch lange kein Fall für die Psychiatrie zu sein scheint. Immerhin ist sie noch weit davon entfernt, gänzlich dem Wahn verfallen zu sein, so bekam er zu hören. Weder AURA-VERSCHMELZUNGEN noch WAHNVORSTELLUNGEN durch ferngesteuerten Kontakt mit Lichtwesen können bei ihr testiert werden. Was hat er nicht alles herausgefunden, welchen krankhaften, ja auch im höchsten Maße gefährlichen Verirrungen Menschen, die in diesem Denken verhaftet sind, ausgesetzt sein können. Ganz besonders erschüttert und erregt hat ihn dabei die Behauptung eines Reinkarnationsanhängers, der die Ansicht vertrat, *dass Auschwitz im Grunde ein welthistorisches Ausgleichen gewesen sei!*

Ihm drehte sich förmlich der Magen dabei um, als er sich diesbezüglich erinnert:

Die meisten, die vergast wurden (…) hatten früher andere Menschen getötet oder zugestimmt, dass andere Erdenbewohner, meist Juden und Minderheiten, dem mordenden Mob zum Opfer fielen.

So fröstelt es ihn noch viel mehr als eben schon, wenn er sich diejenigen Menschen vor Augen führt, die sich diesem hochgefährlichen Irrsinn gegenüber aufgeschlossen zeigen. Selbst die bedauernswerten Opfer sexualisierter Gewalt werden noch zusätzlich gestraft, wenn sie hören, *dass sie sich dieses Opfererlebnis vermutlich nur deshalb suchten, weil sie in einem früheren Leben selbst ein Kind missbraucht haben könnten.*

„Wahnsinn! Wahnsinn!" krakeelt er in die Dunkelheit hinein, schlägt sich aber schnell wieder auf den Mund, denn er will die beiden keineswegs um 4 Uhr morgens aus ihrer Bettruhe reißen. Im schlimmsten Falle würden sie auch von Panik getrieben in der Wohnung umherirren und nach einem Einbrecher Ausschau halten.

An seinen Schlaf ist nicht mehr zu denken! Auch wenn PARANOIA-SYMPTOME noch keine Anstaltseinweisung notwendig machen, sieht er die familienzerstörerische Haltung seiner Frau vor Augen und wer weiß, so überlegt er, drohen auch noch HALLUZINATIONEN und stärkste KONTROLL-ZWÄNGE, die ein Leben mit ihr zur Tortur machen können.

Er sinniert über die Möglichkeit sich in ein betreffendes Netzwerk einzuklinken. Allerdings war ihm bei seiner diesbezüglichen Recherche aufgefallen, dass dieserart Hilfesteller seine Frau sicherlich in ein fundamental christliches Cluster zu pressen gedenke.

„Davor habe ich Angst!" gesteht er sich ein. „Es muss schon eine staatliche Organisation sein, an die ich mich wende!"

Leise spricht er mit sich selbst und fühlt sich dabei ein wenig erleichtert. Bevor er sich für einen kurzen Schlummer vom Schlaf einlullen lässt, strömen ihm noch einige ungeordnete Gedanken durch den Kopf, die er vor sich her murmelt:

„GURUS und andere Gestalten der GEISTIGEN WELT zerstören jegliche menschliche Bindungen. Bis ins Mark können sie einen Menschen beherrschen. Aber der Leidensdruck muss größer werden. Wie bei jeder anderen Sucht. Erst dann wird sie nach Hilfestellung lechzen."

Wie furchtbar, wenn ärgste Ängste sich nicht verscheuchen lassen und sich im Traum Bahn brechen können:

Schweißgebadet! Die Wimpern verklebt, der Mund trocken, das Herz rast wie verrückt, der Leib sackt beim Versuch sich zu erheben, wie leblos in die klammen Federn zurück; nicht zu glauben, was ein Alptraum mit einem Träumenden machen kann! Opfer? Oder auch ein Quäntchen Täter? Psychologen vermuten manchmal irrwitzige Zusammenhänge! Oder sind sie gar doch nicht so irrsinnig und mit fließenden Übergängen behaftet?

Seine Traumrekonstruktion läuft mit voller Wucht ab, ohne Rücksicht auf Verluste. Im schweißgebadeten Zustand läuft sie auf Hochtouren so lange bis er aus den Federn springt, sich kurzentschlossen eiskaltes Wasser über den Kopf laufen lässt und sich und dem neuen Tag Unerschrockenheit zuspricht:

EIN NEUER TAG – EIN NEUES LEBEN – FRISCHAUF GEWAGT, MIT MUT VORAN! Das wiederholt und wiederholt er, um folgendes Traumbild, das sich immer und immer wieder in ihm breit zu machen gedenkt, endgültig den Garaus zu machen.

Annika steht auf einer Brücke. Gerade hat ihre Hand das Geländer noch fest im Griff gehabt. Ihr Leib scheint fest auf dem Brückenbeton verankert. Autos flitzen unten vorbei. Jetzt, jetzt tut sie das Unfassbare! Mein Herz bibbert. Ein Fuß verliert die Bodenhaftung. Ich bekomme Angst, denn dieser Fuß macht sich bereit über die Brüstung zu klettern. Ich kann nicht schreien. Ich kann nicht mal ein leises „NEIN!" herauskriegen. Ich stehe einen Meter neben ihr und bin wie gelähmt. Ich registriere angstvoll ihren zögernden Versuch mir, dem starren Vater, die Hand zu reichen. Ihre Hand klammert sich verzweifelt um meine Schulter, während sie dabei ist, das zweite Bein dem ersten zuzugesellen, denn, davon ist sie überzeugt, ohne dieses zweite Bein jenseits der Sicherheitszone wird ihr Vorhaben scheitern!

Als ich spüre, wie sehr ihr Schulterdruck nachlässt, hebe ich mit plötzlich geschenkter Kraft - woher auch immer? - meinen Arm hoch und ziehe mit ihm, ziehe und zerre und reiße und rupfe den töchterlichen Arm so lange bis ... nein zu lange, denn ihr Arm liegt plötzlich allein und verlassen als leblose kreideweiße Stange in meinen Händen..., während Leib und Leben meiner geliebten Tochter jenseits der sicheren Absperrung, an rasenden Ungetümen vorbei, ins Verderben davon schweben.

Ja, noch im Bad läuft ihm der Schweiß von der Stirn. Schlafanzug aus und unter die eiskalte Dusche stellen..., eine gefühlte Ewigkeit lang mit dem Gedankenblitz: Alles nur, weil Annika ein einziges Mal verlauten ließ: Es wäre besser, wenn ich nicht mehr leben würde! Mit einem Mal klopft jemand an die Tür.

„Papa, bist du´s? Ich habe in der Garderobe deinen Pullover und deine Hose entdeckt! Mein Gott, was machst du hier bei uns? Du wohnst doch nicht mehr hier!"

Das spätere Frühstück, genau genommen das 3. Frühstück des Neuen Jahres, das 1. gemeinsam verbrachte, verläuft auffallend friedlich. Mutter, Vater, Kind ..., eine Familie mit selbstgebackenen Croissants; wie gut, dass Mama in weiser Voraussicht zwei Rezepte des Teigs verarbeitet hat. Draußen schneit und schneit es, der Kamin läuft auf vollen Touren, Mama registriert die Berge auf Annikas Croissants mit keiner Silbe und dass Papa die vierte Tasse Kaffee herunter schlürft, wird von Mutter noch nicht einmal mit dem üblichen: *Willst du dir ein Herzklabaster zuziehen?* quittiert.

Und als nicht bedrohliches Gesprächsthema soll eines herhalten, das in aller Welt wohl als das Unverfänglichste gilt: das Wetter!

„Das Eis ist gefroren. Morgen gehe ich mit Amanda zum Schlittschuhlaufen! Ich freue mich schon so wie ein Honigkuchenpferd!" Annika spricht's und schaut erwartungsvoll zu den Eltern, die sich an den Frühstücks-Leckereien laben.

„Mal eine ganz andere Version: ein Honigkuchenpferd schliddert durch Eis und Schnee! Aber schmelzen kann es jedenfalls nicht bei seinem Unterfangen!"

Wie schön, dass alle drei zusammen mal wieder so lauthals auflachen können!

Kapitel   26

Sein Samsung-Handy! Ein Fremdkörper sticht inmitten des Esoterik-Gewusels heraus. Bevor Eleonore heute Morgen, wer weiß nicht zum wievielten Male, zu einem Seminar gereist ist, wollte sie nicht unvorbereitet dort erscheinen. Inmitten von GEISTER SIND UNTER UNS, WILDE WEIBLICHKEIT und DER MAGUS VON STROLOVOS hat sein Mobiltelefon hastig seinen Platz dort gefunden. Es muss ein wenig mitgenommen sein, so rasch wie es sein Besitzer gerade eben erst auf den Tisch geschleudert hat.

Es, das Sam-und-was-dran-Mobiltelefon, weiß auch nicht so recht, was Sache ist. Die beiden Menschen, die dank seiner Hilfe gerade telefoniert haben, haben böse Worte miteinander ausgetauscht. Die helle Stimme hat mit der dunklen geschimpft, weil der Mensch mit der dunklen Stimme sich über das Ausbleiben eines schlittschuhfahrenden Mädchens Sorgen gemacht hat.

Du immer mit deinen Ängsten! hat die helle Stimme geschrien, so dass mein Handy-Herz richtig dabei blubberte.

Der dunkle Stimmenmensch, Ehemann von Eleonore und Vater von Annika, sitzt derweil am Fenster. Er hockt auf einem Schemel und starrt in die Flockenwelt hinaus. Dunkel zeigt sich auch sein Gemüt! Nicht nur dunkel, sondern auch verärgert! Wer ansonsten zu Ängsten neigt, das dürfte seiner Frau wohl klar sein. Nur im Moment wird sie vielleicht voll von einem SCHAMANEN-BRIEF in Beschlag genommen sein. Ein Buch mit diesem Titel liegt nämlich auch auf dem Tisch parat. Wenn Krafttiere des Schamanismus in Aktion treten, haben Ängste eben keine Daseinsberechtigung mehr. Krafttiere stellen sich den vermaledeiten Befürchtungen mit Vehemenz entgegen. Er würde in diesem Moment auch am liebsten einen Lastenträger neben sich wissen.

Er hat bereits etliche Male mit sorgenvollem Blick die Uhrzeit inspiziert, während sein Blick nach draußen gleitet und er registrieren muss, dass die Dämmerung längst schon Einzug gehalten hat. Besagte Dämmerung, die Dichter als holde *Zwielicht-Stunde zwischen Tag und Nacht* umdichten, sollte sie ihn nicht gerade jetzt milde vergnügt stimmen? Zum Trotz der in ihm nachklingenden Tochterworte: *Ich komme lange bevor es dämmerig wird! In der Dämmerung erscheint mir das Schlittschuhfahren zu gefahrvoll!*

Ein durchdringender Klingelton reißt ihn aus seinen Gedankengängen. *Ja, Annika! Solch Ungestüm kennen wir bei dir zur Genüge!* Diese Worte legt er sich zurecht und die sind ohne auch nur mit einem Quäntchen Vorwurf bespickt.

Er eilt zur Türe. In der Vorfreude auf eine befreiende Umarmung seiner Tochter reißt er nicht nur Tür, sondern auch seinen Mund auf, wobei letzterer mit einem Male mit einem entsetzten Schrei weit aufgerissen bleibt.

Wer das Bild von Edward Munch DER SCHREI kennt, weiß, um das schmerzverzerrte Antlitz des dort abgebildeten Schreienden. Wenngleich er seine Hände nicht wie der Schreiende auf dem Kunstwerk gegen seine Ohren gepresst hält, sprechen seine weit aufgesperrten Augen und der unter einem gewaltigen Stöhnlaut zum O geformte Mund ihre ureigene Sprache.

Ohne auch nur einen einzigen Moment die Mimik seines Gegenübers zu inspizieren - dafür tobt es in seinem Inneren zu mächtig! - lösen sich aus seinem Munde nur drei Buchstaben, und wenn man das Fragezeichen, nein ganz viele Fragezeichen dahinter noch mitberechnet, dann kommt ihm die Fragezeit wie eine Ewigkeit vor. Das langgestreckte O, das sich gequält einerseits, erleichtert andererseits aus seinem Munde bewegt, lässt den Mund schier im O erstarren lassen.

„TOT?"

„Oh, nein!"

Eine kräftige wohlwollende Stimme mit einem NEIN, einer Aussage mit einem gewöhnlich negativen Vorzeichen, lässt den Mund in Sekundenschnelle zufallen, die Augenlider zuklappen, die Anspannung der Glieder augenblicklich lösen, weil eben dieses NEIN ein einziges JA in sich trägt: ein JA zum Leben!

Gleichzeitig spürt er eine kräftige warme Hand an seiner Schulter. Bei der engen Berührung dieses großen kräftigen Mannes spürt er, dass etwas Hartes auf seine Hüfte trifft.

„Oh! Entschuldigung! Bin ich ihnen zu nahegekommen?"

Er hatte bemerkt, wie er sich bei seinem Schulterdruck gegen den Mann in Uniform gepresst hat. Ja, jetzt nimmt er erst diesen Mann ganz bewusst mit allen Sinnen wahr. An seinem Gürtel sind Pistole, ein Navi, eine Taschenlampe und eine Halterung für den Schlagstock befestigt und oh, Schreck… Handfesseln! Und dann stellt sich der Wachtmann mit freundlichen Worten erst einmal vor:

„Gestatten! Polizeirat Hugo! Polizeikommissariat 17!"

Zeitlebens wird Eleonore ihn noch mit Vorwürfen überhäufen, warum er den freundlichen Polizisten nicht ins Haus zu einer Tasse Kaffee geladen habe. So was tut man doch einfach, wird sie sagen, ohne sich in den Menschen hinein versetzen zu können, der sich statt der sehnlich erwarteten Tochter einem strammen Mannsbild in Uniform gegenüberstehen sieht und mit dem Schlimmsten rechnen muss. Ja, Eleonore hat sowieso gut reden, denn in ihrer wilden esoterischen Weiblichkeit gefangen, hat sie die Anspannung, der er sich ausgesetzt sah, gar nicht mitbekommen.

Nach einem herzlichen Händedruck schließt sich die Haustür wieder und er zündet sich zuerst nicht nur die Stehlampe, sondern auch eine gute Zigarre an, die ihn ein wenig ruhiger werden lässt.

„Oh, Gott, wenn es dich wirklich gäbe, dann würde ich dir jetzt danken! Irgendetwas anderes oder wer anderes war bestimmt noch am Werk, als die ältere Frau Annika in kriechender Weise den lebensrettenden Stock zugeworfen hat!"

Der nächste Gedanke folgt auf dem Fuß: Eleonore anrufen! Obwohl, wenn sie …, in diesem Moment gehen ihm weniger schöne Gedanken durch den Kopf, die er jedoch zulässt …, wenn sie auch nur einen Bruchteil der Sorge in sich trüge …, dann…, ja, die GEISTIGE WELT mit ihren AUFGESTIEGENEN MEISTERN, ihren GURUS, ihrem ENGELHYPE…, dieses alles hält seine Frau so fest in ihren Klauen, dass für seine Panik da gar nicht genügend Platz sein konnte.

„Eleonore, Annika geht es den Umständen entsprechend gut! Mir ist eine ganze Steinlawine vom Herzen gedonnert! Meine Ängste waren durchaus nicht unbegründet. Wie du es jetzt siehst!"

Das Sam-und-was-dran-Handy scheint das auch zu spüren, denn es zittert plötzlich in seiner Hand! Zittrig ist auch die dunkle Stimme, als sie die helle Stimme am anderen Ende der Leitung fragt:

„Und du willst also heute Abend nicht mehr nach Hause kommen, oder?"

Das Mobiltelefon zeigt sich voller Neugier, auch jede einzelne Silbe zwischen den Sprechenden mitzubekommen:

„Sei doch vernünftig! Annika befindet sich für eine Nacht wegen Unterkühlung im Krankenhaus. Du wirst sehen, dass unsere Tochter bereits morgen wieder wie ein junges Reh herumspringen wird!"

Der Mann, Annikas Vater und Eleonores Ehemann, raunt in mich, in das Sam-und-was-dran-Handy, etwas Trauriges hinein:

„Eigentlich wäre es heute Abend noch schön, wenn wir den Tag gemeinsam beschließen könnten! Ich habe großes Gesprächsbedürfnis und ehrlich gesagt würde ich dich gern aus Freude, dass uns unsere Tochter heute zum zweiten Mal geschenkt worden ist, umarmen dürfen!"

Du meine Güte, empfindet mein Handy-Herz mit einem Male, wie traurig muss der Mensch mit der dunklen Stimme sein, wenn die helle Stimme ihm unumwunden zu verstehen gibt:

„Ja, das heben wir uns für Morgen auf. Ich habe nämlich heute Abend noch eine QUADRINITY-ARBEIT in einem Gruppenprozess aufzuarbeiten."

Soll man sich nun wundern, dass dieses komische Wort nicht nur für das Mobiltelefon, sondern auch für den Menschen mit der dunklen Stimme ein böhmisches Dorf zu sein scheint, wenngleich auch das klügste Handy der Welt sich wahrlich nichts unter einem böhmischen Dorf vorstellen kann. Das Handy kann sich diesbezüglich nicht den geringsten Reim machen, aber wozu auch? Es dient einzig und allein als technisches Mittel der Verständigung und als Informationsquelle. Wo kämen wir denn schließlich hin, wenn Mobiltelefone Gefühle an den Tag legten?

Kapitel   27

Ein zweites gemeinsames Familienfrühstück in diesem Jahr! Eleonore hatte früh morgens ihre Tochter vom Krankenhaus abgeholt, frische Brötchen vom Bäcker mitgebracht und bei Tisch erklärt:

„Annika! Stärke dich jetzt so viel du kannst. Ich habe heute Morgen extra frischen Lachs gekauft mit Sahnemeerrettich dazu! Lass es dir schmecken!"

Vater und Tochter hatten sich beim Zusammentreffen fest umarmt; die Umarmung mit Mutter war weniger herzlich ausgefallen und über die Umarmung von Mutter und Tochter im Krankenhaus will er gar nicht erst nachdenken.

Und der wunde Punkt? Besser gefragt: Wo bleibt der eiskalte Punkt? Beim Frühstück wird er, so scheint's, völlig beiseitegeschoben, denn die noch müde Unterhaltung verliert sich darin, dass Schulveranstaltungen nach den Weihnachtsferien als Gesprächsthemen dienen. So berichtet Annika noch zögerlich, dass eine Klassenaufführung vorbereitet werden soll.

„Die Mütter sollten mit einbezogen werden, denn Kostüme müssen noch gefertigt werden. Das Stück ist von Erich Kästner und heißt: DAS FLIEGENDE KLASSENZIMMER!"

Mit einem fragenden Blick wendet sich Annika ihrer Mutter zu und erwartet eine eindeutige Antwort von ihr. Diesmal enttäuscht Mama sie nicht, als sie eine Versprechung abgibt:

„Auf meine Hilfe kannst du zählen!"

Während Papa Mama zweifelnde Blicke zuwirft, verkündet Annika:

„Mein Gott, ich habe das Gefühl, dass ich mir noch eine Riesentüte Schlaf abholen muss! Zuerst muss ich aber Amanda anrufen und ihr sagen, dass ihre Freundin wieder quietschfidel, wenn auch hundemüde ist!"

Mutter verlässt das Wohnzimmer, um oben in ihrem Zimmer Tagebuch zu führen. Vater deckt noch den Frühstückstisch ab, um anschließend nach der kurzen Nacht noch ein Nickerchen zu halten.

„Komisches Tagebuchschreiben!" konstatiert Vater, als er an Eleonores Tür vorbeikommt und stereotypes Gemurmel hört. Nein, eigentlich gehört sich das für einen erwachsenen Mann nicht, das weiß er, aber dennoch tut er es. Er bleibt vor der Tür stehen, um seine Ohren zu spitzen. Und dann wird ihm bewusst, dass sie betet; nein, eigentlich müsste er es besser als Danksagung ans Universum nennen. So lauscht er folgendem Wortlaut:

„Liebes UNIVERSUM! Ja, ich bin dir mehr als ein kleines Dankeschön schuldig! Ich hatte dir noch nicht einmal eine Bitte um Bewahrung meiner Tochter vorgetragen. Es war alles so selbstverständlich, dass sie in jedem Moment von dir beschützt wird. Dir danke ich dafür; dass du eine fremde Frau als ihre Retterin erkoren hast! Du hast bei ihr die LICHTENERGIE; die WILLENSENERGIE; die VITALENERGIE ausgebaut und die SCHWUNGKREISE ihrer AURA gereinigt! Meine Bitte: Weise mir den Weg zu dieser Frau; so dass ich ihr persönlich danken kann!"

Ihr Ehemann schüttelt wie so oft bei esoterischem Sermon den Kopf und flüstert sich selbst zu: „Warum betet sie nicht einfach zu GOTT! Wäre doch alles nicht so kompliziert!"

Auf dem Weg zum Schlafzimmer kommt er an Annikas Zimmer vorbei. Einzelne Wortfetzen des Handygesprächs mit Amanda fängt er auf: „Ich weiß nicht.... Ich weiß nicht!"

Was weiß sie nicht? Vater bleibt stehen. Nein, er darf als erwachsener Mensch nicht am Zimmer lauschen und dennoch tut er es. Manchmal versteht er sich selbst nicht! Und mit gespitzten Ohren kann er sich einiges zusammenreimen, was da miteinander palavert wird:

„Amanda, du warst vernünftig geblieben! Ja, ich weiß auch nicht, was mich geritten hat, so weit in die Mitte des Sees hinauszugleiten. Das heißt, einesteils weiß ich es schon! Das kleine Hündchen war's! Ich hatte Angst, dass dieses niedliche Pudeltier ertrinkt. Aber trotzdem weiß ich noch lange nicht, warum ich mir nicht die Gefahr vor Augen geführt habe, obwohl du doch noch geschrien hast: Nicht weiter! Nicht weiter! Achtung!"

Dann folgt eine lange Sprechpause. Mal abwarten, denkt Vater und schiebt sein Ohr noch enger an die Tür. Mal sehen, was Annika auf Amandas Sprechen erwidern wird. Und dann kommt's:

„Ja, du hast Recht …, mein Gott! …, mir wird schwindelig, wenn ich bedenke…. Mein Gott!"

Stille! Papa wird's seltsam zumute. Dann erschrickt er, weil seine Annika in Tränen ausbricht. Aber er will nicht ins Zimmer treten, denn Horchen gehört sich ja eigentlich nicht! Da fällt ihm ein, dass er die ganze Geschichte auch anders einfädeln kann. Er greift zum Türknauf und drückt ihn herunter. Annika, erstarrt, mit Handy am Ohr, schreit:

„Papa, warum kommst du so einfach hereingeschneit?"

„Amanda, Tschüss, denn! Papa ist gerade eingetreten!"

Vater legt seine Hand auf Annikas Schulter. Seine Augen blicken niedergeschlagen zu Boden, als er mit peinlich berührter Stimme ihr zu bedenken gibt:

„Zeige mir einen Vater, der draußen beim Vorbeigehen ein Schluchzen seiner Tochter vernimmt und nicht hineingeht!"

Damit scheint der Bann gebrochen: Annika klammert sich wie ein Äffchen um ihres Vaters Hals und weint Tränenbäche, die Vater anfangs noch mit seinen Händen stoppen kann, die sich dann aber auch über seine Arme ergießen.

„Papa, mir wird ganz komisch zumute, wenn ich bedenke, dass ...," und wieder folgt ein tiefer Schluchzer, ehe Annika stotternd den Satz zu Ende bringen kann: „...ja, ich darf es mir gar nicht..." ein nächster Schluchzer bricht sich Bahn, ehe sie weitersprechen kann: „...nein, unvorstellbar, dass ich beinahe nicht mehr bei euch gewesen wäre! Das war bestimmt der liebe Gott, der alles so wunderbar geführt hat. Schließlich hat er die Ulrike dazu benutzt, mich zu retten."

Dem kann Vater absolut nicht widersprechen. Er drückt sie nochmals arg fest, so fest, dass ihr beinahe die Luft wegbleibt. Für einen kurzen Moment befreit er sich aus der engen Umarmung, so dass ein Auge zu Auge Kontakt möglich ist.

„Papa, du weinst doch nicht etwa?"

Annika zeigt auf eine Träne, die sie sogleich von Papas Wange wegstreicht.

„Oh, Kind, gestatte es einem gestandenen Mann, der eigentlich nicht weinen darf, dass er doch einmal schwach wird. Und das nur aus Freude darüber, dass seine Tochter ihm zum zweiten Mal geschenkt wurde. So einfach ist das!"

Annika muss lächeln, als sie ihre Arme wieder so fest um Papas Hals schlingt, dass er nach Luft schnappen muss. Seine brüchig gehauchten Worte gelangen nur fragmentarisch an ihr Ohr. Ihr war schon bewusst, dass Annika vom Namen Anna herrührt. Auch war ihr erzählt worden, dass dieser vom biblischen Namen Hanna herkommt. Aber augenblicklich erfährt sie von Papa noch mehr über die Bedeutung dieses Namens. Sie spürt förmlich, wie sie, von wem auch immer, emporgetragen wird.

„Eine Begnadete! Eine Begnadete! Klingt zwar schrecklich altmodisch, dieses Wort, aber schrecklich schön," raunt sie ihrem Papa zu. Ein seltsames Bild entsteht plötzlich vor ihren Augen: Ein Ameisenhaufen, in dem Ameisenmenschen, wie immer man sie sich vorstellen mag, sich gegenseitig gewaltig anrempeln und an Ästen und Steinen stoßen; auch Mimi und Tonia aus ihrer Klasse können sich nicht mehr als Crème de la Crème fühlen und sogar der dicke Leo feixt nicht mehr übers ganze Gesicht, nachdem er ihr eine Backpfeife runtergehauen hat. Mit einem Male fühlt Annika sich im wahrsten Sinne des Wortes als eine über allem Schwebende, als Herausgehobene inmitten chaotischen Weltgetümmels.

Kapitel   28

„Lasst uns für den hohen Gast alles würdig herrichten!"
Mutter Eleonore ist heute Morgen richtiggehend aufgedreht.
Annika meint spaßeshalber:

„Du tust ja so, als ob heute der Kaiser von China kommt!"

Ständig wetzt Mama im Zimmer umher, läuft zum Schrank
und überlegt hörbar, welche Vase heute den Tisch schmücken
darf.

„Die Meißner? Ja, aber die Kristallvase sieht auch sehr
elegant aus!" meint sie und bugsiert letztere vorsichtig
zwischen so vielen anderen Blumengefäßen aus dem Schrank
hervor.

Annika inspiziert genau wie Mama die weiße, bunt
bestickte Decke auf dem Tisch glattstreicht. Und zum
Deckenritual gehört, dass Mama folgenden Spruch ablässt:

„Schau hier, meine Großtante Roswitha hat sich auf
diesem Tuch verewigt: ZUFRIEDENHEIT IST DES LEBENS
SONNENSCHEIN!"

Fein säuberlich geschwungene Schriftzeichen in kräftigen
Farben springen dem Betrachter auch jetzt noch ins Auge.
Allerdings holt Mama heute am kaiserlichen Besuchstag, noch
weiter als gewöhnlich aus:

„An unser Tantchen erinnere ich mich noch haargenau. Ich
zählte sicher so vier oder fünf Lenze, als ich vor ihr gestanden
bin und mich von ihrem Fächer derart fasziniert zeigte, dass ich
beim Wedeln dieses fremdartigen Dings Löcher in den Himmel
gestarrt habe. Auf dem Fächer waren Rosen und so komische
Zeichen drauf gemalt. Ich muss so enthusiastisch geguckt
haben, dass sie mir alsdann verklickerte: Da stehen die Namen
von meinen Tanzstunden-Jünglingen drauf. Weißt du die Sache
mit dem Ottokar, die blieb mir immer im Gedächtnis. Ahnst du

warum? Der Ottokar, der hatte nämlich ein winziges Luftschiff drauf gemalt und Tante hatte mir erklärt: Den ersten Zeppelinflug über den Bodensee, den durfte er als jugendlicher Bursche miterleben!"

Annika staunt über die feinen Stickstiche, die mit unendlicher Geduld während vieler Wochen, ja, vielleicht auch Monate, von der Tante verewigt worden waren.

„Das Geschirr von Rosenthal, das uni weiße, passt besonders gut dazu!"

Mutter nimmt vorsichtig das zerbrechliche Gut in ihre Hände. Und schließlich sieht der gedeckte Tisch mit weißen Japanservietten, einigen Tannenzweigen sowie einem Glasväschen mit roten Alpenveilchen doch recht manierlich aus.

„Annika, ich habe mir überlegt, ob du Frau Hegemann als Dank einen Topf mit einer Christrose überreichst! Das wäre doch eine gebührende Geste!"

Es klingelt an der Tür. Eleonore liest die Uhrzeit ab.

„Oh, ja, das akademische Viertel! Sie weiß, was sich gehört!"

Eleonore sieht auf die Standuhr und meint Annika aufklären zu müssen, als diese sie wie ein Ochs vorm Berge anstiert:

„Der Begriff kommt von den Universitäten, an denen für den Wechsel der Professoren von einem Raum oder Gebäude in einen anderen eine Viertelstunde Zeit veranschlagt wurde. Unter Akademikern gehört es heute noch zum guten Ton, wenn sie sich diese kurze Zeit, aber allerdings auch keine Minute länger, verspäten."

Annika spürt momentan wie unruhig Mama ist. Sie muss wohl zu viel Quasselwasser getrunken haben. Welch lustiger Begriff! Oma gebrauchte ihn des Öfteren, wenn Annikas Mund nicht stille stehen wollte.

Und schließlich erscheint sie doch auf der Bildfläche: die Kaiserin von China entpuppt sich als eine quicklebendige kleine lockige Frau mit einer Stupsnase und lebhaften hellblauen Augen. Kaum, dass sie zunächst Mutter die Hand gegeben und Annika liebevoll umarmt hat, möchte letztere so schnell wie möglich ihre Pflicht des Blumenüberreichens hinter sich bringen. Von daher holt sie sich eilends die Christrose aus der Küche, um sie dem verdatterten Gast direkt an die Brust zu pressen.

„Ich möchte mich für Ihre Hilfe bedanken!"

So hatte sie sich die Worte bereits vorher zurechtgelegt, aber nicht damit gerechnet, dass Mutter sie zügig verbessert:

„… das Wort Hilfe ist hier viel zu wenig!"

Nachdem sie den Anfang des Wortes Lebens … ausgesprochen hat, wird sie gewahr, dass Annika sichtlich mit zu viel Rührung zu kämpfen hat und somit verschluckt Eleonore in weiser Voraussicht den zweiten Teil des Wortes… retter noch früh genug!

Als Kuchen wird Omas gebackener Christstollen aufgetischt. Eleonore freut sich in der Weihnachtszeit alljährlich darüber, wenn das uralte Familienrezept des DRESDNER STOLLEN wieder von ihrer Mutter hervorgekramt wird. Sie selbst befürchtet, keinerlei Stollen-Händchen zu haben. Zudem würde sie den kritisch luchsenden Augen der Frau Mutter niemals standhalten können…, aber wer weiß, wenn ich mal uralt sein werde, was ich da alles an Familientraditionen wieder aufleben lasse! Und so fühlt sich das Mutter- und Oma-Herz immer besonders geehrt, wenn es alljährlich seine Liebe weihnachtlich verbacken darf.

Frau Hegemann erspart Mutter Eleonore sich weiteres Kopfzerbrechen über einen passenden Gesprächsstoff zu machen. Die Waagschale sollte, Eleonores Vorüberlegungen nach, gut zwischen *zu ernst* und *zu oberflächlich* austariert werden. Kaum hat der Gast den köstlichen Stollen von Herzen gelobt, da beginnt er auch schon munter drauflos zu plappern.

„Heute Morgen ist mir eine lustige Episode untergekommen. Mein Adil aus SYRIEN, den ich seit einigen Wochen betreue, hat so manches Mal verständliche Sprachschwierigkeiten."

Annikas Hirn arbeitet derweil auf Hochtouren. Aldi und Syrien, wie passt das wohl zusammen? Doch dann rutscht der Groschen. Bei Adil handelt es sich um einen Jungennamen aus Syrien. Über Syrien hatte sie schon in der Schule gehört, dass die Leute dort etwas Komisches essen, nämlich gefüllte Weinblätter. Bei diesem Gedanken müsste sie sich normalerweise schütteln, wenn der Gast nicht frohgelaunt weitersprechen und ihr Interesse erregen würde:

„Heute Morgen musste ich lächeln. Als ich ihn in meiner Küche bat, mir die Butter aus dem Kühlschrank zu holen, da hatte er nicht nur die Butter, sondern auch das, wie er es so schön nennt, das *Bumbaniggel* in der Hand. Das Brot ist Schei...!" Dann zuckt Frau Hegemann zusammen.

„Mein Gott! Wie oft habe ich ihm schon sagen müssen, dass dieses Wort mit den Buchstaben Sch ...beginnend kein schönes deutsches Wort ist! Übrigens meinte er Pumpernickel!"

Wie konnte mir das ausgerechnet hier beim festlichen Mahl mit mir noch unbekannten Menschen fast herausrutschen, sinniert sie und fixiert Annika dabei, die sich gerade eine Rosine aus dem Stollenstück herauspickt. Sie fühlt sich bemüßigt, sie auch mit ins Gespräch einzubeziehen:

„Jetzt erzähle mal, wie es dir in der Schule geht und welche Lieblingsfächer du hast!" will sie von ihr in Erfahrung bringen.

Annika weiß, was sich gehört. Sie zerkaut erst mal die große Rosine von eben noch und schluckt das Zitronat und die Mandel, beides in Teig umhüllt, herunter, ehe sie brav antwortet:

„Ich besuche das Gymnasium Rotherbaum in der 6. Klasse. Am liebsten habe ich in Deutsch das Aufsatzschreiben. Vor Weihnachten habe ich selbst ein Gedicht verfasst."

Mit strahlenden Augen teilt sie das dem Gast mit, wundert sich aber, dass Frau Hegemann mit einem Male nicht ganz bei der Sache zu sein scheint. Sie lässt ihren Blick über das Sideboard gleiten, streift flüchtig den Buddha mit seinen Pausbacken, die zur Schau gestellten Edelsteine sowie das Räucherwerk samt Räucherutensilien. Als gute Beobachterin entgeht Annika nicht, dass sich deren Blick im Bruchteil einer Sekunde verfinstert, ehe sie sich mit betont freundlicher Miene wieder dem Mädchen zuwendet.

„Oh, ein Gedicht! Wie schön! Willst du es mir vortragen?"

„Ja, gerne, aber drehen Sie sich erst einmal zum Weihnachtsbaum um! Die glitzernden Sterne aus rotem Stanniolpapier, die haben wir in der Schule gebastelt. Das Ganze passt zu meinem Vers:

„Ein schönes Fest

Weihnachten ist ein schönes Fest,

Glitzer, Düfte betören die Nasen und lassen sie niesen.

Tausende Tröpfchen umher schießen."

(Oh, nein wie peinlich, schießt es Annika durch den Kopf,

bevor sie weiter rezitiert):

„Nun leuchten wieder die Weihnachtskerzen

Und wecken Freude in allen Herzen.

Im Winter kannst du Plätzchen backen,

Und viele gute Nüsse knacken.
Alle Jahre wieder ertönen
alte Lieder im trauten Kreis, laut oder leis!"

„An dir, Annika scheint ja schon eine richtige Künstlerin verloren gegangen zu sein! Meine Tochter ist 16 Jahre alt und malt wie eine Weltmeisterin. Am liebsten Bilder von Clowns! Die machen mich und den Betrachter lustig," meint sie schmunzelnd.

„Und mein Sohn, d.h. unser Sohn, beweist sein Talent auf eine andere Weise, er ist der geborene Sportfreak."

Mutter Eleonore bietet ihrem Gast noch eine Tasse Kaffee an, doch dieser lehnt freundlich mit den Worten ab:

„Ich habe mich bei Ihnen sehr wohl gefühlt und ihre Gastfreundschaft genossen! Aber ich werde mich nun verabschieden, denn ich muss noch kurz wie jeden Abend bei meiner Mutter vorbeischauen, um dort nach dem Rechten zu sehen!"

„Frau Hegemann, ich glaube, dass wir in einem noch viel größeren Maße in ihrer Schuld stehen!"

Beim Verlassen des Zimmers fällt Eleonore auf, wie Frau Hegemanns Blick auf die Lotuspflanze in einem Wassergefäß fällt. Kaum hörbar, aber dennoch vibrieren ihre Lippen beim Sprechen. Ein einziger Satz durch ein ABER verbunden, der es in sich hat, lässt Eleonore leicht erschaudern, weil er mit einer sichtbar abweisenden Haltung der Hand einhergeht:

„Das war einmal alles meine Welt; sie gehört der Vergangenheit an, ABER nun habe ich etwas Besseres gefunden!"

Auch Annika lassen die, so scheint es, belanglos dahin geworfenen Worte keineswegs kalt. In diesem Moment bekommt sie fast ein wenig Mitleid mit ihrer Mama. Als die Tür hinter Frau Hegemann zugeschlagen war, fällt sie ihrer Mutter um den Hals.

„Eigentlich werde ich gegenüber dieser Frau mein ganzes Leben lang ein Schuldgefühl haben! Mama, vielleicht sollten wir sie in jedem Jahr am 6. Januar, dem Dreikönigstag, einladen. Für mich ist sie der vierte König oder besser gesagt eine Königin, eine Eiskönigin!"

„Ja, das ist keine schlechte Idee! Ich denke, dass wir ihre Heldentat sowieso nicht gebührend gewürdigt haben."

Als Mama die aufeinander gestapelten Tassen in die Küche befördert, entgehen der Tochter keinesfalls zwei Worte, die sie immer und immer wieder vor sich hinmurmelt: „...etwas Besseres!" Annika erinnert sich Frau Hartmanns Worte, was sie auch immer bedeuten mögen. Annika hilft ihrer Mama beim Spülen, als sie sie bittet, dieses Datum, den 6. Januar, solle sie sich im Kalender bitte schön rot anstreichen! „Dafür will ich schon sorgen, Annika! Darauf kannst du dich verlassen!" Mamas Gesichtsausdruck zeigt Freude, das war schon lange nicht mehr so, bemerkt Annika, als sie vorsichtig balancierend, die sauberen Tassen wieder in den Schrank verfrachtet.

Kapitel   29

Annika fläzt sich auf ihrem Bett. Mein Gott, warum muss das Leben so kompliziert sein? Ein Bettzipfel zwischen ihre Zähne gepresst, einzelne Daunenverklumpungen des Kopfkissens betatschend und mit den Händen hin und her fuhrwerkend, so brütet sie über den Sinn des Lebens und dessen Unsinnigkeit nach. Mutter soll laut Vater nämlich unsinnig gehandelt haben, weil sie die letzten herbstlichen Sonnenstrahlen dafür genutzt hat, Annikas Kopfkissen nach dem Waschen draußen auf der Leine trocknen zu lassen. Die Folge davon ist, dass sie nun diesen Kissen-Kladderadatsch ertragen muss. Der Trockner mit seinen lustigen bunten Bällen hätte hier hingegen Wunder bewirkt!

Ja, Mutter tut mir in letzter Zeit ein ganz klein wenig leid. Wenn Papa, der mir gerade in den letzten Tagen seine große Liebe gezeigt hat, Mutter berechtigte oder auch weniger berechtigte Vorwürfe macht!

Der schlimmste, in meinen Augen an den Haaren herbeigezogene, ist der, dass Mutter uns beim Schlittschuhlaufen nicht begleitet habe. Annika schüttelt über Papas Baby-Fürsorge nur den Kopf.

Jetzt, mein liebes, vertrautes Tagebuch, musst du dran glauben, ob du willst oder nicht!! Aber ich weiß, dass du ein breites Kreutz hast und nicht wiedersprechen kannst. Oh, gerade habe ich eine föllig verrückte Idee! Was würde passieren, wenn du die dir aufgepackten Lasten nicht mehr aushalten könntest?"

Und dann lächelt sie doch über ihre kuriosen Einfälle:

„Vielleicht ist eine geheimnisvolle unsichtbare Schere zwischen den Seiten versteckt, die, wenn das

Maß voll ist, mit einem Ritsch-Ratsch sich weiteren Herzergüssen gegenüber zur Wehr setzt. Aber noch ist das Jahr jung, noch müsstest du eine Riesenportion Geduld besitzen, mein liebes Tagebuch!"

Als sie eine noch völlig unberührte Tagebuchseite aufschlägt, jagen die Buchstaben einer nach dem anderen nur so über das Papier. Das Herz ist zum Bersten voll, das Papier glücklicherweise aufnahmefähig wie ein Schwamm.

Erst nach einer gefühlten Ewigkeit überfliegt Annika das Verewigte, in der Hoffnung, dass sein Ewigkeitswert von einem Ewiggestrigen niemals durch einen Stempel: *Ewiges Leben verwirkt* in Abrede gestellt werden würde.

„Hallo! Wie bitte!" Annika muss über ihre verqueren Gedanken lächeln! Über das Tagebuch gebeugt spricht sie sich unumwunden aus: „Ein Freifahrschein zur Hölle wäre mir sicher! In Reli habe ich gut aufgepasst: Derjenige, der sich nicht voll auf Jesu Seite stellt, dem droht Schlimmes!"

Bevor sie mit ihrem geheimen Schlüsselchen wieder alles verschließt, setzt das nochmalige Lesen der keineswegs leichten Kost ihr doch sehr zu. So sehr, dass ihr Herz sich wie eine brennende Wunde anfühlt und ihr Tränen über das Gesicht laufen. Oh, weh, wie das klingt, was sie sich da verinnerlicht!

Was habe ich da vorhin zu Mama gesagt? Jedes Jahr am Dreikönigstag solle zum Gedenktag meines 2. Geburtstags meine Retterin eingeladen werden! Was schreibe ich hier vörn Quatsch? Erwiesen ist es allemal noch nicht, dass ich ohne Frau Hegemanns Eingreifen ertrunken wäre! Vielleicht hätte ich mich mit Hilfe eines Stockes selbst noch auf eine größere Eisscholle retten können! Aber trotzdem war es von ihr heldenhaft, diese Tat! Aber dir kann ich es ja anvertrauen. Und dann fliegt der Federhalter nur so über das Papier, denn sie will das Schlimme schnell hinter sich bringen.

Als ich merkte, dass das Eis brüschig wurde und ich mit einem Fuß einbrach, mein Gott, da überviel mich vielleicht ne Panik. Ich zitterte am gantzen Körper. Wie fehlte mir da die starke Hand Papas! Obwohl Papa…! Mit seim Einwand, dass Mutter uns hätte bekleiten sollen, kann er mir allerdings gestohlen bleiben! Als ob ich dann dem Hund nicht hinterhergelaufen wäre! Ich sah doch, dass er lockerm Eis zustrepte und wollte ihn nur am Schwanz packen. Am Ufer hätte Mama gestanden und wie Amanda gerufen: **Nein! Vorsicht**! Aber irgendwie musste ich dem Hund doch helfen!

Oh, Gott, wenn ich dran denke, dass ich vor vier Tagen neu geboren worden wäre und dass alle Welt sich vor dem plärenden Seugling stellen und ihn bewundern würde.

Mamas Brust mit frischer Milch und sich nach Strich und Faden verwöhnen lassen! Schrecklich schön oder etwa schön schrecklich? Sie muss sich bei diesem Gedanken doch schütteln.

Und dann liebes Tagebuch noch etwas: Frau Hegemann sprach davon, dass sie was Besseres gefunden habe! Darüber kann ich nur rätseln. Mama tut das ebenfalls, so wie ich es beim Geschirabräumn vernomen habe. Jedenfalls zeigte der Gast, die Kaiserin von Schina, eine gewisse Abneigung gegenüber Budda & solcherlei Dingen. Vielleicht können wir sie später mal danach fragen, was sie mit dieser geheimnisfollen Äußerung gemeint hat. Und eines muss ich dir doch noch anfertrauen: Der Gedanke, dass ich nach einem möglichen Ertrinken nicht in Gottes Hand, sondern, wer weiß wo, gelandet wäre, lässt mich einfach nicht los. Oh, jetzt tut mir meine Hand schon vom vielen Schreiben weh! Und du wirst wieder in die Verssenkung schlüpfen bis zu unserem nächsten Wiedersehen! So lange kannst du alles, was ich dir geschriebn habe, ja verdauen!! Alles Gute dabei!! Küsschen von deiner Annika!

Ihr Schreiben beendet sie mit einem fetten Papierkuss.

Kapitel 30

Annikas Papa nutzt seinen frauenfreien Tag und studiert in aller Seelenruhe ein Computer-Buch. Eleonores Auftritt heute Morgen lässt ihn jetzt noch rätseln. Er rekapituliert diese besondere Szene, nachdem er die von seiner Frau lieblos vorbereitete Maggi-Suppe herunter geschlürft hat. Na, ja, Hauptsache etwas Warmes in diesen kalten Zeiten, beruhigt er sich und sieht Eleonore vor sich, wie sie sich zu ihm hinunterbeugt, als er noch im Bett lag. Sie kicherte dabei wie ein Kind, als sie ihm zuflüsterte: *Beim Seminar heute werden Übungen zur Stärkung der Nieren...* gedanklich stockt er jetzt, denn bei diesem Yin- und Yang-Zirkus weiß ich nicht mehr, welches oder was für ein Mantra mit Nieren zutun hat! Dann setzte sie ein verschämtes Lächeln auf und meinte: *Du wirst dich wundern!*

Mein Pokerfacegesicht veranlasste sie wohl noch deutlicher zu werden. Dann faselte sie von der Technik zur Entfesselung sexueller Energien! Eine mehr oder weniger geschickte Methode, wie er findet, ihr Schuldbewusstsein für ihre eintägige Abwesenheit zu betäuben.

Nun ja, Versprechungen hat sie immer viele gemacht! Darin zeigt sie sich stark. In jeder Beziehung! In Bezug aufs Ehebett habe ich das Gefühl, dass zwischen uns ein verborgener Guru sein Unwesen treibt! Oh, wie verheißungsvoll, solch eine Ehe zu dritt! Jetzt habe ich schon schweren Herzens meine außerehelichen Aktivitäten aufgegeben und dann führe ich noch immer keine Ehe zu zweit!

Annikas Abschiednehmen gestaltete sich dagegen völlig unkompliziert. Ein herzhafter Wangenkuss, dann die Worte:

Amandas Oma will heute mit uns malen. Sie besitzt neue Aquarellfarben und eine Stafette! Hört sich cool an!

Und schon war sie nach draußen geeilt.

Nach dem Nierenhokuspokus direkt Balsam für meine arme Seele, befindet der augenblicklich frauenbefreite Mann.

BRR! BRR! „Das Telefon!" murmelt er vor sich hin, eilt zum Tisch und schon hat er den Hörer in der Hand und meldet sich mit seinem Familiennamen. Zunächst stutzt er einen kurzen Moment! Danach rutscht sofort der Groschen! Frau Hegemann, das ist für uns eine überaus wichtige Person geworden, ruft er sich selbst in Erinnerung.

„Ja, Frau Hegemann! Wie schön, dass ich Sie auch mal persönlich sprechen darf! Bei Ihrem Besuch bei uns habe ich mich auf einer zweitägigen Geschäftsreise befunden."

Nach einer längeren Gesprächspause fährt er fort:

„Wie schön, dass Sie sich über das Blumengebinde gefreut haben. Sie finden es also schön, was ich auch wiederum als schön empfinde!"

Insgeheim ertappt er sich bei dem Gedanken, dass es ihm bei der Wiederholung des Wortes ´schön` wohl an Kreativität gemangelt haben muss. Aber wem sage ich das? Dieses ist wohl schon altbekannt.

„Frau Hegemann, jetzt empfinde ich, so wie ich es noch nie erlebt habe, dass das Wort *Dank* für Ihr mutiges Verhalten einfach viel zu kläglich klingt. Es gibt wohl in unserer deutschen Sprache das Manko, dass ein Mensch, der einem die Tür aufhält, genauso mit *Danke* belohnt wird, wie ein Mensch, der unter eigener Gefahr einem anderen das Leben rettet."

Er stutzt einen Moment und scheint darauf zu warten, dass seine Gesprächspartnerin ihn wieder zu Wort kommen lässt, bevor er fortfährt:

„Schön, dass Sie wissen, wie sehr dieser Dank aus tiefstem Herzen kommt!"

Mein Gott, habe ich heute einen schönen Tag! So denkt er inwendig, entschuldigt sich aber diesmal dafür, und zeigt sich umso mehr überrascht, als sein Gegenüber ihn diesmal mit ihrem schönen Satz überrascht:

„Schön, dieses Lob! Aber ich wähle lieber die Bescheidenheit!"

„Frau Hegemann, meine Tochter hat mir ein Versprechen abgenommen, Sie beim nächsten Kontakt nach *dem Besseren* zu fragen, dem sie sich jetzt, wie sie es sagten, verschrieben haben. Sie meint nämlich, dass ihre Mutter auch *dieses Bessere* kennenlernen sollte! Und ich für meine Person würde es natürlich auch begrüßen, wenn meine Frau eine bessere, eine sinnvollere Alternative zu ihrem esoterischen Geistdenken finden würde. Ein vorsichtiges Vorgehen scheint angesagt. Nicht gleich das Kind mit dem Bade ausschütten! Ich kenne meine Frau. Sie reagiert dann leicht bockig!"

Während er ihr ungeduldig zuhört, ergreift er den Bleistift, um Striche auf den Notizblockzettel zu malen. Schließlich, nachdem einige Striche miteinander waagerecht und senkrecht miteinander verbunden sind, fügt er, ziemlich still und ein wenig verschämt am Telefon an:

„Ich bitte Sie darum, in einem weiteren Gespräch mit meiner Frau Glaubensfragen möglichst nicht an die große Glocke zu hängen! Zudem würde ich mich über ein persönliches Zusammentreffen sehr freuen. Ja, in diesem Sinne: Auf ein Wiedersehen! Hier würde allerdings besser: Auf ein Erstsehen passen!"

Als er den Hörer auflegt, erkennt er viele kleine Nikolaushäuser. Lange hat er diese nicht mehr gekritzelt. Ob es das letzte Mal in Kindertagen gewesen war? Er weiß es nicht. Psychologen deuten, das hat er mal gelesen, diese Kritzelei in der Weise, dass die betreffende Person den klaren Wunsch nach Stabilität in sich verspüre. Eigentlich war seine Schwester früher die größere *Nikolaus-Häuser-Malerin*, aber nun hat es ihn im reiferen Alter auch einmal gepackt. Lächelnd erinnert er sich daran, dass seine Teenager-Schwester wieder und wieder versuchte, nach Möglichkeiten Ausschau zu halten, wie viele Methoden es gäbe, um das Häuschen ohne Absetzen des Stiftes zu erschaffen.

Und der Symbolcharakter heute? Leben ohne Stockungen! Leben ohne Unterbrechung!?

Ja, darüber kann ich, wenn ich will, heute noch viel philosophieren! Aber mich reizt jetzt mehr etwas Unverfänglicheres und greift nach dem Computerbuch. Es ist zwar auch mit Strichen aller Art versehen, aber dennoch ist es rein gar nichts Herzensanrührendes. Es ist schlicht und ergreifend ein sprödes Sachbuch.

Kapitel   31

Die Mandala-Decke, 1,50 m x 1,50 m feiert heute Premiere. Sie ist in verschiedenen Blautönen gehalten; ein Geschenk der Heilerin Isolde. Sie liegt quer über dem Wohnzimmertisch. Die tiefblauen Kordeln baumeln lustig herunter, sobald ein Luftzug sie in Fahrt bringt. Die blauen Keramiktassen zeigen stattliches Standvermögen vor Ulrikes und Eleonores Plätzen. Frau Hegemann ist seit neuestem zu Ulrike mutiert und aus der förmlichen Anrede wurde inzwischen eine zusehends vertraute, ja, eine sehr intime Beziehung, in der beide Frauen inmitten ernster Gespräche auch plötzlich, wie zwei junge Gören auflachen können. Die blauen Keramiktellerchen, mit Hinterlassenschaften in Form von Krümeln verziert, müssen sich jetzt richtig abgeschoben fühlen, mussten sie doch einem kleinen blauen Fotoalbum weichen, in dem beide Damen augenblicklich herumblättern.

„Ja, schau hier! Das ist der Aabid! Das ist der Banna! Beide sind allein ohne Eltern nach Deutschland gekommen!"

Ulrike zeigt auf die schwarzhaarigen Köpfe und fährt mit ihrem Finger über beide Münder!

„Die beste Zahnpasta der Welt kann nicht dieserart Weiß, *'weißer geht nicht Zähne`, hervorzaubern*!" Dicht an dicht hocken die beiden jungen Männer auf einem Stein im Garten der Hegemanns und strahlen einfach nur um die Wette.

„Der Schein trügt, Eleonore! Bei Banna jedenfalls, hier links, der junge kleinere Bursche, der lebt in seiner eigenen Welt gefangen. Weit mehr als sein Freund leidet er darunter, dass er seine Familie in Syrien nur per Skype sehen darf. Wir versuchen alles, was in unseren Kräften steht, zu tun, um beiden eine heimelige Atmosphäre zu schaffen!"

Eleonore nickt und meint: „Durch dein übergroßes Engagement gibst du ja viel zu viel Eigenleben auf! Dadurch wird der Weg zum eigenen Erwachen, die Rückkehr zur eigenen Quelle, zur Ganzheit des Bewusstseins erschwert!"

Mit folgender Antwort, die wie aus der Pistole geschossen kommt, hat Eleonore nun doch nicht gerechnet.

„Genau dieserart Worte hätten vor ungefähr einem Jahr noch aus meinem Munde kommen können, meine Liebe!"

Gleich faselt sie wieder von dem gewissen Besseren, das sie gefunden habe, sinniert Eleonore. In den letzten Tagen ist dieses schon zum geflügelten Wort innerhalb ihrer Familie geworden. Hoffentlich will sie mich nicht auch noch bekehren. Auf eine Hau-Ruck-Mission habe ich nämlich ganz und gar keinen Bock!

Während Eleonore sich dieserart Gedanken hingibt, holt Ulrike noch weiter aus:

„Ich habe meine gesamten Esoterik-Schauteile dem Gartenfeuer überantwortet. Denn, wenn ich etwas Besseres gefunden habe, dann kann ich gut und gerne den anderen Klimbim in Teufelsküche jagen!"

Eleonore fällt auf, dass im Antlitz ihres Gegenübers ein merkwürdiges Strahlen aufleuchtet.

„Ich habe … meine *Ich-Herrschaft* zugunsten einer *Wir-Gemeinschaft* eingetauscht. Wahrlich kein Zuckerschlecken, denn meine ehemaligen Mitstreiter haben ständig versucht mich zur Schnecke zu machen. Mit den widerlichsten Methoden, aber am schlimmsten waren die inneren Kämpfe. Nächtelang fand ich keinen Schlaf. Mir schien, als ob finstere Mächte an mir zerrten, die mich wieder unter Gewahrsam nehmen wollten. Aber jetzt…"

Noch bevor Ulrike diesen Satz zu Ende spricht, zupft Eleonore sie am Arm und meint:

„Dein Handy klingelt in der Tasche!"

„Oh, weh, jetzt ruft aber mein Hörgerät mal wieder nach mir. Ich habe es schon zu lange hinausgezögert mit dem Ohrenarztbesuch!"

Sie kramt einige Sekunden in ihrer Handtasche, ehe sie das Minitelefon gefunden hat und sich melden kann:

„Du? Was gibt´s? Du bist völlig außer Puste!"

Eleonore sieht, wie Ulrike ihre Augen aufsperrt. Auch der Mund öffnet sich mit einem Male und stößt einen schrillen O Laut hervor. Dann erst findet sie Worte. Kurz und knapp stößt sie diese hervor:

„Mein Gott! Ich komme sofort! Gut, dass du die Polizei alarmiert hast, Corinna!"

Das Handy wird hastig wieder in die Tasche gestopft und Ulrike kann verständlicherweise nicht schnell genug aufspringen, um zur Tür zu eilen. Ein flüchtiges Winken und die Worte: *Ein Garteneinbruch*! und schon sucht sie das Weite. Gerade noch ruft Eleonore ihr hinterher:

„Vergiss nicht dich winterfest einzupacken!" ehe mit einem hastig ausgestoßenen *Ja* die Tür ins Schloss fällt.

Kapitel 32

Annika und ihr Vater sperren am Abend ebenso ihre Münder auf, als sie erfahren, warum Ulrike das Haus so blitzartig verlassen musste. Dass diese Flucht wahrlich nichts mit dem Besseren zu tun haben kann, das wird ihnen jetzt umso klarer. Mitleid mit ihr, die aller Welt nur Gutes tun möchte, schleicht sich bei ihnen ein. Ausgerechnet solch einer mutigen Frau wird so übel mitgespielt. Vater schneidet gerade die Makrele auf und versucht sie zu entgräten, als das Telefon klingelt.

„Das ist bestimmt Ulrike!" rät Mutter und nimmt den Hörer ab. Zunächst schweigt sie einige Zeit.

Ulrike hat sicher viel zu erzählen, mutmaßt Annika und horcht neugierig auf jede Lautäußerung ihrer Mutter. Vater scheint sein Interesse nur auf seine Fischaktion gerichtet zu haben, denn die Gräte will und will nicht weichen.

Annika wird schon zappelig. Komischerweise denkt sie ausgerechnet jetzt an ihr Tagebuch, das heute Abend genauso neugierig auf atemberauschende Neuigkeiten warten wird wie sie jetzt in diesem Moment, als sie ungeduldig Mutters Reaktion harrt.

„Oh, Ulrike, wie gut verstehe ich, dass ihr ganz aus dem Häuschen seid! Was sagst du da? Kaum zu glauben! Ihr vermutet, dass es Banna gewesen sei! Wie schrecklich, dass dieses gerade der junge Bursche sein soll, um den ihr euch so intensiv gekümmert habt! Na, so was? Ja, komm du nur, am besten morgen früh! ... Übermorgen erst? Ja, das verstehe ich, dass es noch polizeilich viel zu regeln gibt!"

Da zieht Annika ihre Mutter am Arm und flüstert ihr ins andere Ohr: „Lieber nachmittags!"

„Hast du es gehört, Ulrike? Geht es auch am Nachmittag?"

Schnell hat Annika reagiert. Wie kann sie sich eine spannende Kriminalgeschichte entgehen lassen? Das würde sie sich nie verzeihen, wenn sie ihrem Tagebuch eine Art Krimi vorenthalten würde.

„Ja! Gegen 16 Uhr dann! Bis übermorgen dann! Nimm dir eine starke Baldrianpille, dass du etwas Nachtruhe findest!"

Vater balanciert gerade Fischstückchen auf jedes Canapé und Mutter gießt Papa und sich Bier, Annika Cola ins Glas.

„Ist schon blöd, wenn das Vertrauen, das man in jemanden gesetzt hat, derart missbraucht wird!"

Ausnahmsweise widerspricht keiner der beiden Papas Worten, was an sich schon höchst ungewöhnlich in dieser Familie ist.

Annika hatte am Donnerstag, den 10. Januar, Punkt 15 Uhr in ihr Tagebuch notiert:

Spannend, spannend, mal so einer Sittuation ausgesetzt zu sein! Meine Rettungsakktion war gewiss auch spannend, allerdings schaurig spannend! Und darüber will und kann ich nicht immer nachdenken!

Ziemlich genau Punkt 4 ohne akkademisches Värtel oder wie das komische Ding heißt, kam Ulrike hereinspaziert, um sich an den Tisch zu platzen oder platzieren, den Mama heute mit nem frischen Tannentzweig und vagoldeten Wallnüssen dekoriert hat. Zuvor waren ihre knallroten Fingernägel über den piekenden Ast gegliten (oh, weh!), um die Schneehaube zu entfernen. Mamas Idee: Ulrike soll heute in nachweihnachtlicher Atmosphäre mal ein bischen durchatmen können, deshalb, so hatte sie Annika in ihr Vorhaben eingeweiht, werde ich in meinem Rauchkegel

Weihrauch verglün lassen! Das wird sie ein wenig ablenken!

Annika erinnert sich noch gut an den Einwand Mutter gegenüber, dass Ulrike ja was Besseres als solcherlei Dinge gefunden habe. Und Mama antwortete ihr daraufhin postwendend:

„Ja, sogar in Gotteshäusern werden Weihrauchfässer geschwenkt!"

Und dem konnte Annika nicht widersprechen.

Weil heute rundherum ein Punktetag zu sein scheint notiert sie Punkt 18 Uhr - ja, wollen mir mal mit den drei Minuten später nicht zu streng verfahren! - in ihr Tagebuch einen ziemlich langen Sermon, der wie aus einer Schreibpistole auf das Papier herauskatapultiert kommt. Zugegebenermaßen hatte sie während Ulrikes Besuch mithilfe irgendwelcher Eselsbrücken sich bemüht, Wichtigkeiten in ihrem Hirn zu speichern. Aber solcherart Brücke habe ich gar nicht gebraucht, was nicht heißt, dass ich nicht oft genug als Esel durch die Welt tapse. Aber heute saugte ich, Ulrike an den Lippen hängend, förmlich alles auf, was mich brennend interessierte. So, der langen Rede kurzer Sinn:

Liebes Tagebuch, wetten, das du im Folgenden wieder einmal gut mit Buchstabn genärt werden wirst: Jetzt weiß ich, dass Ulrikes Tochter Corinna heißt, 16 Jahre alt ist und als erstes im Haus ein verdechtiges Gereusch, vom Garten herkommend, vernommen hatte. Aber das war kein Wunder, denn sie war allein im Haus gewesen. Das muss wohl grade zum Zeitpunckt gewesen sein, als ihre Mama meiner Mama erklären wollte, wie sie von ihrer Ich-AG zur Wir-Gemeinschaft gekommen war. Nur war das leider auch der Moment, dass die Wir-Gemeinschaft einen großen Riss bekommen hat.

Jedenfalls konnte Corinna gerade noch eine rote Zippelmütze ausmachen, gerade noch ihr Handy ergreifen, weil sie inschtinktif handelte - mein Gott! Das Wort ist so falsch geschrieben, wie es falscher nicht geht! Aber verzeih, meine Vertraute, ich schreibe dieses schwere Wort zum ersten Mal!! Jedenfalls ergriff Corinna mit diesem blöden Wort das Handy, weil sie spürte, dass das bei einer Verbreschersuche hilfreich sein könnte. Und das war es tatsächlich!

Politzei anrufen! Wie gut, dass die 110 paraat war! - Mama bei Eleonore anrufen, das war das Zweitwischtigste!

Das Tatütata - Auto traf fast zeitgleisch mit Mama ein. Aber leider einige Sekunden zu spät. Der rote Zippelmützenmann hatte bereits die Flucht über den Gartenzaun in Richtung der Straße gegenüber ergriffen.

Die Politzei nahm die Färte nach ihm auf und später gaben die beiden Schutzleute zu Prottokoll, dass er ein Messer gezükt habe, als er eine Pistole auf sich gerichtet sah.

Mein Gott! habe ich später geschrien, so berichtete Ulrike heute, und während dieses Schreies bin ich zusammengesackt. Nicht dass ich mausetot gewesen wäre, aber ein Schutzmann musste mir einen Eisbeutel auf die Schläfe legen und als ich wieder zu mir kam, da lag ich auf einer Trage im Polizeirevier. Corinna neben mir. Die saß aber neben mir. Sie hatte nämlich gerade ihr Handybild gezeigt und mein Blick auf dieses kleine Foto hat mich dann um den Verstand gebracht. Ulrike wirkte, als sie das heute erzählte, ziemlich verstört.

Die rote Zipfelmütze; ja, genau diese Mütze hatte mich so geschockt und mir die nackte Wahrheit vor Augen geführt! Warum nur hat Banna uns das angetan?

Ulrike bekam ein rotes Gesicht, als sie das heute ausrief. Annika läuft jetzt auch noch ein Schauer über den Rücken, als sie daran zurückdenkt.

„Aber mein Tagebuch, verzeihe mir, ich kriege bald einen Schreibkrampf in der Hand! Ich höre jetzt auf! Ich bin mehr als bettreif! Auf denn bis übermorgen, wenn uns Ulrike Rapport erstatten will über das geplante Treffen mit Banna. Ich bete um Beistand von oben! Das hatte sie noch gesagt.

„Und ich werde auch gleich für sie beten. Aber zu meinem Gott und nicht zum Universum! Verstanden, mein liebes Tagebuch, oder?"

Kapitel 33

Unaufgefordert erhebt sich Eleonore vom Esszimmerstuhl. Unaufgefordert reicht sie Ulrike ein großes Taschentuch, das sie zuvor aus der untersten Schrankschublade geholt hat. Unaufgefordert legt sie ihren Arm um die Schluchzende.

Ein dankbares Augenblinzeln teilt sich ihr mit. Ein Fast-Lächeln belohnt ihre Aufmerksamkeit, als sie der Weinenden eine in goldener Folie eingewickelte Marzipanrolle mit dem Wort *Nervennahrung* in die Hände drückt. Im Vorbeigehen hatte sie diese von ihrem eigenen Weihnachtsteller stibitzt.

„Nur ja keinen großen Aufwand!" Ulrike beabsichtigt bei ihrem heutigen Besuch, sich keiner Kuchen und Kaffeeorgie hinzugeben. Ihr steht jetzt lediglich der Sinn danach ihr übervolles Herz zu erleichtern.

Ulrikes Anblick bedrückt nicht nur Eleonore, sondern auch Annika, die betrübt, auch ein wenig verängstigt, dahockt. Die ansonsten so stark wirkende Frau, die sich ihr gegenüber als so mutig erwiesen hat, weinend erleben zu müssen, das irritiert sie und macht sie hilflos.

Warum nicht ...? fragt sie sich.... Genauso hatte Frau Hegemann sich damals am zugefrorenen Teich angesichts eines auf Eis torkelnden Mädchens fragen müssen und dazu gehörte doch noch eine Riesenportion mehr Mut! Ohne nachzudenken, ob es sich ziemt oder wie es ankommen mag, einfach so, weil sie tiefstes Mitleid mit ihr empfindet, umgreift sie mit ihren Händen spontan Ulrikes Gesicht und drückt es an das ihrige. Und siehe da! Mehr noch als jedes Marzipan-Lächeln zeigt sich jetzt ein Liebeslächeln, das Annika zutiefst berührt. Ob diese Umarmung auch als Dank für Ulrikes große

Tat stehen mag? Das Unterbewusste zeigt sich oft mehr am Werk, als wir das zunächst vermuten.

Erschöpft lächelnd fängt Ulrike nach einer längeren Sprechpause wieder zu reden an:

„Oh, ja, der HERR hat mir, so glaube ich es fest, die richtigen Worte eingegeben. Aber erst später, GNADE GOTT, davor habe ich eine verflixte Stunde durchleben müssen. Zornig sein, Fluchen und Radaumachen! Das tat der geplagten Seele gut. Danach stand mir der Sinn! Endlich mal *die Sau rauslassen*, entschuldigt mir meine Primitivität, ja, das war uns in der ESOTERIK streng untersagt worden. POSITIV DENKEN, lautet dort das unbedingte Credo der GEISTERFÜLLLTEN! Mein Sinn stand einfach mehr nach Verurteilung, Vorwürfen und Heimzahlung als nach VERGEBUNG, so wie es von uns als Christen eigentlich gefordert wird.

In der letzten Nacht habe ich jedoch einen klaren Traum gehabt, der in meinem Inneren eine Wandlung vollzogen hat:

Dort sehe ich Banna leibhaftig vor mir, mit der roten Zipfelmütze auf dem Kopf, obwohl die Sonne auf Mensch und Tier in einer Wüstensteppe gnadenlos herunterprallt. Banna beugt sich über zwei aufgeblähte Säcke, seine tränenden Augen wandern vom einen zum anderen. Da plötzlich streckt er seine Hand aus. Nach wem? Ich will ihm die meinige reichen, aber ich stehe, wie gelähmt, vor ihm, weil ich zur Hilfe nicht fähig bin! Meine Hände versagen ihren Dienst.

„Kaum habe ich morgens die Augen wieder aufgeschlagen, da fällt es mir wie Schuppen von den Augen: Die Leichensäcke seiner beiden Cousins! Keinen Deut hat er davon verlauten lassen. Der Junge mit dem tief verwundeten Herz schreit nach Liebe! Trotz allem, was er getan hat und vielleicht auch noch tun wird!"

Annika spürt, wie ihr Herz einen Freudensprung macht. Sie lächelt ihrer Mutter zu, die, wie sie es empfindet, jetzt nach dem rechten Wort sucht. Diese wundert sich dann selbst, dass ihr ein Begriff in den Sinn kommt, welcher normalerweise nicht zu ihrem Wortrepertoire gehört:

„Welche Herzenslauterkeit!"

Annika staunt selbst darüber, dass Mama mit einem Male so altmodisch spricht. Cool ist es nicht, aber treffend ist es, sinniert sie im Geheimen.

Ulrike hat es sich zwischenzeitlich nicht nehmen lassen, einen kräftigen Biss ins Marzipanbrot zu tun. Ja, Nervennahrung nach der anstrengenden morgendlichen Sitzung, die tut mir jetzt wirklich gut, denkt sie, als sie auf Eleonores Lob antwortet:

„Kurz und knapp: Ich weiß, dass es die CHRISTUS-VERBUNDENHEIT ist, die mich so handeln lässt, so wie es mir früher nie im Traum eingefallen wäre! Als ESOTERIKERIN war ich nur meinem ICH verhaftet. "

Das lässt Mama nicht auf sich sitzen, überlegt sich Annika, noch ehe diese ihren Mund auftut. Sie wird ohne Rücksicht auf Verluste, ohne jegliches Fingerspitzengefühl walten zu lassen, drauf lospoltern, mutmaßt Annika. Und das soll sich Minuten später bewahrheiten.

Als Mama wie gesagt drauf losschwätzt und vom 20er Set ENGELESSENZEN schwärmt, könnte sie Mama in die Luft schießen, zumal sie merkt, wie sich Ulrikes Miene verfinstert. Und dann fährt sie auch noch fort:

„Ja, der ENGEL DER VERGEBUNG überbringt die ENERGIE DER VENUS und berührt dein HERZCHAKRA mit einer Liebe, die alles vergibt!"

Annika spürt, dass Eleonore zurzeit wohl nicht an einem weiteren Kampffeld interessiert zu sein scheint, hatte sie sich heute Morgen doch schon genug verausgaben müssen.

„Ja, ja, Eleonore, letztlich ist jeder seines Glückes Schmied! Wir müssen später noch viel miteinander reden!"

Ulrike schließt für Sekunden ihre Augenlider, als sie plötzlich durch den Klingelton ihres Handys wieder auf den Boden der Tatsachen zurückgeholt wird.

Annika spürt Ulrikes Erschöpfung und wundert sich nur, dass diese am Handy, jetzt gerade mit ihrem Mann, stimmlich mit einem Male wieder Höhenflüge veranstaltet:

„Ja, mein Lieber, ich denke, dass du mich für verrückt erklärst, wenn wir morgen Abend mit unseren beiden Syrern zu Abend essen. Von deinen Vorbehalten will ich jetzt nichts hören, kaufe lieber schon mal Rinderfilet von der Hüfte ein! Mein Lieber, vergeben heißt vergeben! Auch wenn sich dir die Haare dabei sträuben. Ich habe dir von meinem Traum erzählt! Ich komme gleich!"

Oh, das so und nicht anders zu sagen, das muss Ulrike ja mächtige Kraft gekostet haben, denn kaum war das Handy wieder in ihre Tasche gewandert, da schien sie wieder müde und abgespannt. Ob ein Vergeben zunächst ungeahnte Kräfte kostet, ehe es ungeahnte neue Kräfte freisetzen kann? Annika spürt wieder einmal, dass an ihr eine Philosophin verlorengegangen sein muss.

„Ihr Lieben, heute muss ich früh zu Bett! In den letzten Tagen ist zu viel auf mich eingestürmt! Ich melde mich demnächst wieder!"

Danach drückte sie beide neugewonnenen Freundinnen fest an ihren weichen Busen, ehe sie sich draußen Mantel, Mütze und Schal überstreift, um sich der kalten Winterluft auszusetzen.

Kapitel   34

Wenn ein Teenager wie Annika beim Eintritt ins Zimmer zielgerichtet der GRANDE DAME MATROSCHKA Gewalt antut, geschieht das zwecks Schlüssel-Schatzsuche. Im Babybauch wird sie wie gewöhnlich fündig.

„Ein realer menschlicher Babybauch würde gegen solch einen Eindringling mächtig revoltieren," plappert sie vor sich hin, als sie eine taufrische Tagebuchseite aufschlägt. „Der Traum! Der Traum!" hatte sie bereits beim Treppensteigen vor sich hingemurmelt.

Und flugs fließt Ulrikes Paradetraum mittels Tinte aufs Papier. Allerdings befürchtet sie, dass sie mit dem neuen Füllfederhalter, sobald sich auch nur ein Härchen in die Feder hineinschmuggelt, die Tinte mehr als zuträglich zum Verlaufen animiert wird. Mama kann es sowieso nicht verstehen, wie Oma mir als Weihnachtsgeschenk ein solches vorsintflutliches Geschenk machen konnte Aber ich muss Oma diesmal in Schutz nehmen: Ich habe jetzt ein elegantes Schreibgefühl! Wie heißt es so schön: *Nobel geht die Welt zugrunde!* Nur soll sie jetzt nicht zugrunde gehen, jetzt, wo ich gerade erst der Welt wiedergeschenkt worden bin.

„Ach, über Ulrikes Begegnung mit Banna will ich dir auch noch berichten!" murmelt sie vor sich hin und bewegt dabei den Füller zielgerichtet, so dass er einfach das tun muss, was ihre Hand jetzt von ihm verlangt.

Banna, Ulrikes Banna, hocherhobnen Kopfs und mit lächelndm Gesicht, so kannte ich ihn vom Foto her. Als ein Heufchen Elend, jetzt mit herabhängenden Schultern und gesenktem Kopf … so beschreibt Ulrike ihn jetzt. Nein, so gefellt er mir wahrlich nich. Aber das Gefallwort wird bestimmt mit ä geschrieben!

Sie schluckt. Was kann man seinem Tagebuch nicht alles anvertrauen, ohne dass es meckert, wenn man Fehler macht! Zugegebenermaßen schreibe ich hier alles rein, ohne groß zu überlegen! Gerade so wie meine Hand hin- und her flutschen will.

Beim ersten Ulrike-Wort, Annika denkt wieder mal scharf nach, mein Gott, wie lief mir dabei ein Schauer über den Rücken! Wie sich dieses entscheidende erste Wort nur mühsam aus Ulrikes Mund wagte und sich, als es endlich draußen war, dadurch alles veränderte! Der Füller vollführt einige skurrile Bewegungen, ehe er weiter Buchstabe für Buchstabe aufs Papier bannt:

So wie Ulrike dieses erste Wort Banna aussprechen tut, so ohne jeden Voorwurf, sondern mit verstendnisvoller Luneigung, bekleitetet von nem Händedruck, da aufeinmal, so erzählt sie, hebt er den Kopf von einer Lentnerlast befreit, tief beschähmt. Sie erblickt Tränen in sein Augn und ein wichtges Wort, das jeder Flüschtling in Deutschland ziemlich bald lernt, das heißt: Entschuldischung! (Bstimmt falsch!!!) Auch wenn er es so komisch aussprechen tut, es sich eher nach Ente und Schule anhört, fühlt sie, wie sie uns sagte, sehr berürt. Aber sie durfte dabei ja nich läscheln!

„Oh, du meine Güte, dass ich auch immer solch einen Schreibkrampf kriegen muss?" Annika schüttelt ihre Schreibhand gerade, als es klopft und Mama ihren Kopf durch die Türöffnung zwängt. Wie oft haben die Eltern ihre Tochter zur Eile gemahnen müssen? Jetzt zeigt sich, dass dies Früchte getragen haben muss. Töchterchens Reaktionsfähigkeit zeigt sich phänomenal. Ein knallbunter Schnellhefter muss dran glauben! Zwecks Tagebuchverhüllung leistet er nun zweckentfremdete Dienste. Und das in Sekundenschnelle!

„Annika!" Mama bleibt in der Türöffnung stehen, als sie ihrer Tochter etwas Wichtiges mitzuteilen gedenkt: „Ich finde nicht recht zur Ruhe! Was meinst du zu meiner Idee, Bannas Familie, sofern es möglich ist, ein Paket zukommen zu lassen oder jemanden von einer Hilfsorganisation zu beauftragen, dieses in Angriff zu nehmen? Eigentlich hat der junge Mann einen Tritt in den Hintern verdient, aber auch nur eigentlich. Sehr zu Herzen ist mir seine Aussage gegangen, dass er die Ledersitzauflage für seine Oma haben wollte, weil die auf dem harten Holz nicht mehr sitzen und mit den anderen zusammen essen kann! Ob wir ihm nicht diesen Wunsch erfüllen können? Wir haben doch eine Auflage, die auf dem Boden ungenutzt herum liegt. Denk` mal drüber nach, Annika! Aber ansonsten soll es sich Ulrike aus dem Kopf schlagen, uns hier missionieren zu wollen! Ich lasse mir von niemanden mein LIFESTYLE-COACHING-5-MODULE plus VERBANDSPRÜFUNG! ausreden, das ich in der nächsten Woche beginnen werde. Schluss! Punkt!"

Ohne eine Antwort abzuwarten, wirft sie die Tür ins Schloss und lässt Annika allein, d.h. allein ist sie ja nicht, denn nur einen klitzekleinen Handgriff weit entfernt und schon lacht sie ihre vertraute Freundin im Ledergewand an! Aber heute … sie schüttelt erneut ihre Schreibhand wird es wohl nichts mehr mit einem vertrauten Beieinandersein. Mama hat mir zudem noch nächtliche Kopfarbeit verordnet, die mir aber sicher nicht allzu viel Kopfzerbrechen bereiten wird, denn meine Ansicht zu dieser Angelegenheit steht felsenfest! Pro Ulrike, pro Banna, auch wenn ich dabei noch Magengrummeln habe, immerhin ist ein Einbruch kein Kavaliersdelikt!

Der erste Griff heute Morgen nach dem Aufwachen gilt ihrem Handy. Die Nacht war durchwachsen. Schön grauselig, nennt sie sie, um nicht ein schlimmeres Wort zu gebrauchen. Anders kann man eine Mord- und Totschlag-Nacht auch nicht betiteln. Aus dem Kriegsgebiet in Syrien hat sie jetzt nicht nur anonyme Tagesschau-Nachrichten im Kopf, sondern auch noch die Leichensäcke, in denen Bannas Cousins eingewickelt worden waren. Noch so jung und schon werden sie gewaltsam aus dem Leben gerissen. Pistolenknallerei, Messersäbeln, Granatenexplosionen, Sirenenheulen; Annika muss sich die Ohren zuhalten, damit ihr Kopf nicht zerspringt. Ein schlimmer Traum will nicht aus ihrem Hirn weichen:

Dort! Dort! Annika streckt ihre Hand nach dem Ebendort aus. Es offenbart sich ihr als Schimäre, als ein engelhaftes Wesen mit menschlichen Zügen. Inmitten schwarzer Rauchwolken entsteigt es einer Ruine, vage, verschwommen, in rätselhaftes Nebelweißgold gehüllt. Annika streckt ihre Hand aus, schreckt jedoch zurück, weil sie weder Hand noch Flügel dieser nebulösen Gestalt zu ertasten bekommt. Sie ist da und doch nicht da, durchzuckt es Annika und sie verharrt in ihrem verzagten Zustand, solange bis sie im Rauchnebel zwei hellblaue Punkte aufflackern sieht.

Oh, nein! Um Gottes Willen! Sie wird doch nicht etwa? Annika schreit laut auf: Ulrike inmitten der Schwaden? Eine Erstarrung weicht der anderen. Die hellblauen Augen blinken wie Sterne. Wie seltsam! Annika zittert wie Espenlaub. Sprechende Augen! „Ich bringe Frieden!" tun sie lauthals kund.

„Oh, nein! Jetzt bin ich eine verrückte Gans," schimpft sie sich beim jähen Erwachen.

Diese Augen-Worte jagen ihr einen schönschaurigen Schrecken ein und werden ihr den ganzen Tag lang nicht aus dem Kopf gehen.

Der erste Griff heute Morgen gilt ihrem Handy. Soll ich oder soll ich nicht? Eine wichtige Frage hatte sie beim Einschlafen beschäftigt; eine Frage, die nur sie, Ulrike, ihr beantworten kann. Ich tue es, wie es auch immer bei ihr ankommen mag. Und im Handumdrehen schreibt sie eine WhatsApp mit folgendem Inhalt:

Liebe Ulrike, ich zermartere mir den Kopf über eine Frage: Hättest du mich auch gerettet, wenn du keine Christin gewesen wärest?

Und in einem weiteren Handumdrehen kommt postwendend die Antwort:

Liebe Annika, weißt du, dass ich mir diese Frage auch schon gestellt habe. Aber ich möchte ehrlich bleiben: Ich weiß es nicht! Ich vermute aber, dass mir der Glaube Flügel verliehen hat, die Grenzen der einengenden Selbstliebe zu sprengen. Genieße dein Leben, liebe Annika!

Kapitel 35

„Ich habe die Nase bis oben hin gestrichen voll!" Annika kreist, mit ihrem Löffel fuchtelnd, im Glas herum. „Was du nicht sagst! Du hast dich noch nicht einmal im Spiegel gesehen und stellst nichts als die Wahrheit fest!" Papa lacht, als er sich seine mit Nutella hantierende Tochter betrachtet. Mit einem Male erhebt sie ihr Hinterteil. Neugierig, ob Papa wirklich die Wahrheit gesagt hat, hastet sie zum Wohnzimmerspiegel und stößt sogleich einen Schrei aus:

„Du Jemine! Als ob mir jemand eine Karnevalsnase verpasst hätte!"

Mit einem Abschminktüchlein - Mama hat sie neben jedem Spiegel in Griffnähe liegen - stupst sie die Spritzer wieder ab.

„Papa, eigentlich habe ich das anders gemeint! Mehr so auf Mama bezogen!"

Papa frühstückt mal wieder wie an den Wochenenden mit seiner Tochter allein! Nichts Ungewöhnliches, wie er findet!

„Papa, mucks dich doch mal endlich! Jetzt nochmal, aber diesmal ohne Nasensprenkel: Dass Mama an Wochenenden immer das Weite sucht, davon habe ich die Nase gestrichen voll! Aus und Basta!"

Papa nickt, ein klein wenig nur! Totale Beipflichtung sieht anders aus, findet Annika inwendig.

„Immerhin hat sie Sachen für Syrien zusammengepackt! Ich werde sie gleich zu Ulrike bringen!"

„Und was hat sich Mama denn einfallen lassen?" will sie wissen. Diesbezüglich … ein wildgewordener Gedanke schießt ihr durchs Hirn… traue ich ihr keinen besonderen Einfallsreichtum zu. Umso mehr fällt sie vor Erstaunen vom Hocker, als Papa ihr verkündet:

„Auf dem Küchentisch liegen zwei Decken, eine davon ist eine Lederunterlage, damit er für seine Oma als Sitzunterlage nirgends mehr etwas klauen muss," fällt ihm Annika lächelnd ins Wort.

Und Papa scheint wohl ihrer Meinung zu sein, er grinst und spricht weiter: „Schöne Blusen, je eine für Oma, die andere für seine Mama! Mutter fragte mich, ob sie auch Fleischdosen mitgeben solle! Als ich sie darauf hinwies, dass es nur Rindfleisch sein dürfe, drehte sie am Rad: *Wofür hältst du mich eigentlich?* entgegnete sie mir unwirsch!"

„Papa, Mama hat ziemlichen Schiss, dass Ulrike uns missionieren will! Mein Gott, das wäre wirklich nicht das Schlimmste, wenn ich bedenke, dass Mama dann ihren Tunnelblick weiten würde. Jetzt lebt sie in einer Welt, die abgehoben ist und in der nur GEISTBESEELTE MENSCHEN Aufenthaltsrecht haben. Und was Ulrike betrifft: Sie dient mir als Vorbild, denn sie lebt ihren Glauben in der Tat! Durch sie wird mir der Glaube direkt sympathisch; er kriegt durch Menschen wie sie Hand und Fuß! Und wenn ich mir ihr mutiges Eingreifen am Teich ausmale!! Mehr Glaubenstat ist nicht mehr möglich!"

Papa scheint in Gedanken versunken. Annika stupst ihn kurz an und meint: „Was meinst du denn dazu?"

„Kind, du hast Recht, wir müssen alle miteinander versuchen, sie aus dieser Götter- und Geisterwelt heraus zu hieven! Aber vielleicht färbt ja so nach und nach etwas von Ulrikes Einstellung auf sie ab! Was auf keinen Fall anzuraten ist: die Holzhammermethode! Ein geschicktes Larvieren wäre nur zu begrüßen!"

Annika wischt sich brav die letzten Spuren vom Mund. Schließlich will sie gleich bei Amanda einen guten Eindruck machen.

Kapitel 36

Zunächst hat sie ihr einen ganzen Rucksack voll neuester Nachrichten zu überbringen. Amanda ist die einzige Freundin, der sie jeden Pups anvertrauen kann. Sie plappert nicht wie andere hinter ihrem Rücken: *Hast du nicht gehört, dass...?* Annika ist sich gewiss, dass das Vertrauen zwischen ihnen beiden unumstößlich ist.

Auf dem Weg zur Busenfreundin wird ihr bewusst, wie dankbar sie doch sein kann, dass sie damals eine lange Zeit so traurig auf dem Schulhof in ihrer Efeu-Ecke saß ... und vor allem über das gütige Geschick, dass Amanda so mutig war, sie anzusprechen. Wie sagt man doch: *Feinfühlige Menschen sehen mit dem Herzen gut!*

In Gedanken versunken betätigt sie die Türklingel und wäre beinahe Amandas Papa in die Arme gefallen, der just in diesem Moment das Haus am Hallerplatz verlassen wollte. Aber eigentlich, so überlegt sie sich, hinterließ diese leicht berührende Begegnung bei ihr ein angenehmes Gefühl. Beinahe ein väterliches Gefühl! So wie sich Amandas Mama mütterlich anfühlt, wenn sie Annika bei der Begrüßung über die Wange streichelt, beinahe mehr - sie schämt sich dieses Gedankens durchaus! - als ich bei meiner eigenen Mutter empfinde. Zweiundfünfzig Stufen muss sie hochsteigen. Sie hat sie schon einmal gezählt. So lange dauert es, bis sie oben im Flur die zweite Tür von rechts öffnen kann.

Aber meistens späht sie nicht mehr so sehr auf die Stufen, sondern lässt ihren Blick hoch in den Stuckhimmel schweifen, der durch seine majestätische Ausdruckskraft jeden Betrachter in seinen Bann zieht. Wie oft hat sie schon versucht die einzelnen Rosetten zu zählen? Aber die machen ihr einen gehörigen Strich durch die Rechnung, denn sie schlängeln sich durch grazil gefertigte Mörtelgebilde so geschickt hindurch, dass es verwirrend erscheinen muss, die Anzahl der kleinen Kunstwerke zu ermitteln. Amandas Mama hat ihr erklärt, dass diese Häuser aus der Gründerzeit stammen, aber sie hat sich nicht getraut zu fragen, was das überhaupt bedeutet.

Dann kommt Amanda ihr mit weit ausgestreckten Armen entgegengelaufen. Kurze Zeit später presst mal die eine, mal die andere ihren Mund auf das lauschende Ohr ihrer Freundin.

„Hilfe, bring mir keine Ameisen mit! Deine Mutter hat doch jetzt mit den Viechern zutun, hast du mir gesagt!" Amanda schiebt die Freundin stracks von sich und lacht.

„Ja, weißt du, ich habe noch keine einzige gesehen, aber sie sagt, dass sich das so anfühlt wie eine ganze Horde, die über ihre Haut krabbelt!" Als Amanda ein bisschen hilflos aus der Wäsche guckt, da erklärt Annika ihr zur Beruhigung, dass das immerhin besser sei als von einer Horde Hummeln gestochen zu werden.

„Weißt du, wieso ich darauf komme, Annika? Neulich habe ich mit meinem Vater in der Stadt die Steinfigur vom Wasserträger gesehen, den die Kinder früher immer mit seinem Namen *Hummel* geärgert haben. Du weißt doch, dass Leute aus Hamburg, wenn sie woanders Leute treffen, die auch daherkommen, sich immer mit *Hummel- Hummel* begrüßen. Lustig, nicht wahr!

Und früher riefen das die Kinder dem bepackten Wasserträger mit dem Spitznamen Hummel zu. Weil er die Hände voll hatte, konnte er sich nicht körperlich wehren. Deshalb rief er ihnen zu: *Klei mi an 'n Mors!* Und sie schrien zurück: *Mors... Mors!* ..." und um das schlimme Wort nicht aussprechen zu müssen, packt sich Annika an ihr Hinterteil, worauf beide einen noch stärkeren Lachanfall kriegen.

„Du meine Güte, mich kitzelt es jetzt am ganzen Körper vor lauter Ameisen und Hummeln", lacht Amanda und es dauert lange bis sich die Beiden wieder beruhigen können und wie zwei gesittete junge Menschlein nebeneinander hocken, ohne, dass eine von ihnen mit Lachtränen in den Augen zu der anderen hinüberschielt.

Kapitel 37

Ameisenkribbeln! nennt Eleonore das zunächst, was ihr unangenehm Arme und Beine hoch und runter läuft und sie alles andere als lachen lässt.

Ameisentaubheit! sagt sie später und wundert sich, wozu diese kleinen Tierchen, die sie noch nicht einmal erspähen kann, nicht alles fähig sind. Aber als ihr der *Ameisenschmerz* dann doch zu rätselhaft vorkommt, konsultiert sie doch lieber ihren Arzt, der ihr Unbehagen alles andere als ameisenmäßig betitelt: *Discushernie!*

Das hört sich schon nach viel mehr an und als sie ihren beiden Lieben davon berichtet, da fallen denen beinahe die Augen aus dem Kopf, so verdattert sind sie.

„Na, ja, nennen wir es einfach *Bandscheibenvorfall* und die Sache ist geritzt!" beruhigt sie Eleonore und so ganz nebenbei teilt sie den Beiden mit, dass eine mehrwöchige Liegezeit jetzt sicher vonnöten sei.

Papa und Annika werfen sich vielsagende Blicke zu.

Oh, du meine Güte! mag er jetzt denken, mutmaßt das Töchterchen, während Papa in Annikas Augen zu lesen vermag: Oh, wie halten wir das mit ihr so lange daheim aus?

„Oh, du mein Gott...!" Interessant, so befindet Papa inwendig, dass bei Mama der gute alte liebe Gott doch noch nicht ganz ausgedient zu haben scheint, als sie fortfährt: „Was mache ich mit dem bezahlten HEALY-KURS, dem noch statt-findenden MEIN-ENGEL-WILL-MIT-DIR-SPRECHEN-KURSUS?"

„Mama, ich will dir mal etwas verraten: Mein Engel Ulrike ist für mich fast immer ansprechbar! Auch wenn ich krank sein sollte! Dazu brauche ich keinen teuren Kursus!"

Mama verzieht so komisch ihr Gesicht, findet Annika. Ob sie sich wegen meiner Worte schämt oder sogar zornig, bockig oder wer weiß was ist, erschließt sich mir jetzt nicht.

Immer dann, wenn Annika als kleines Kind so jämmerlich geguckt hat, meinte Oma sehr oft: *Jetzt willst du Mitleid erheischen*! Ich glaube, dass sie Mamas Blick augenblicklich genauso bezeichnen würde, so ganz aus Herzenstiefe scheint die Frage in ihr zu gären:

Habt ihr denn keinerlei Mitleid mit mir? Ich armes Würmchen?

Annika muss lächeln, als sie sich der Mama-Worte erinnert: Vor einigen Tagen habe ich gehört, dass ein Buch mit dem Titel erschienen ist: ICH STEHE NICHT MEHR ZUR VERFÜGUNG!

„Das könnte doch jetzt das Aushängeschild für sie sein. Rückzug aufs Sofa! Hungrige Mäuler und Staubflocken um sie herumwirbeln lassen! Aber pass auf: Online verlässt sie ihre heilige Schar keineswegs! Mal sehen, ob einer ihrer Engel ihr mal ein Zeichen der Zuneigung zukommen lässt, etwa in Form eines selbstgebackenen Kuchens oder mal einer Soja-Frikadelle, von einer richtigen mit Hand und Fuß mal ganz zu schweigen! Stattdessen wird wohl eine Flut von energetischen Grüßen per Telefon oder WhatsApp auf sie einprasseln!"

„Dein Wort in Gottes Ohr!" Annika ist leise im Flur mit ihrem Vater in ein Gespräch vertieft. Vorsichtshalber flüstern sie - man weiß nie, denn der Feind hat oft gute Ohren.

„Eleonore, was machst du denn für Sachen? Von dir gibt es wahrlich keine guten Nachrichten!"

Ulrike hatte von Annika den Haustürschlüssel bekommen, damit Mutter nicht gekrümmt zur Türe schleichen muss. Nach einem kurzen heftigen Klopfen an die Zimmertüre und einem ziemlich gequälten *Jaa!* war sie eingetreten, um sie, die liegende Kranke, zu begrüßen.

„Ich habe dir selbstgebackene Burger in die Küche gestellt. Einen Veggie für dich und für deine beiden Lieben die Geflügel-Variante!"

„Oh, wie lieb von dir! Ulrike, an dir ist wirklich ein Schatz verloren gegangen!"

In diesem Moment geht ihr Annikas Lob vom Ulrike-Engel durch den Kopf. Und sie fragt:

„Worin besteht eigentlich der Unterschied zwischen den ENGELN DER ESOTERIK und den ENGELN DES CHRISTENTUMS?"

„Ja, eine gute Frage, Eleonore! Ich kann sie jetzt auch, wie ich denke, beantworten! Ich habe lange genug an die Engel geglaubt, die ganz persönlich meine Schutzengel zu sein vorgaben. Als verwirrend empfand ich nur, dass es eine ganze Schar dieser Wesen geben soll, die ein Eigenleben führen und ganz von Gott und Jesus abgetrennt sind, um fremden Mächten zu dienen."

Eleonore reagiert spontan: „Ach, ja die Schar der ERZENGEL, ich weiß!"

„Nicht nur diejenigen, sondern auch beispielsweise der Engel SANDALPLON, ein Engel der Gärten und Natur, der, wenn wir uns an ihn wenden, uns starke Wurzeln verleihen soll! Er reagiert den 5. Himmel. Zu seinem Bereich gehört die RESOZIALISIERUNG von GEFALLENEN ENGELN."

Ulrike wundert sich selbst, dass sie das, was sie nun so als bedeutungslos herunterleiert, sie dereinst so faszinieren konnte. Auch Eleonore spürt in dem Gesagten irgendeine Geringschätzung.

„Aber eigentlich ist es sehr verständlich, liebe Ulrike, dass der christliche Glaube, wenn er so verkopft ist wie in unseren

Kirchen, sich woanders ein Ventil sucht, nämlich dort, wo Emotionen stärker angesprochen werden!"

„Ja, in gewisser Weise hast du Recht. Nur in der ESOTERIK bekommen sie ein Eigenleben und stehen dem ERLEUCHTETEN nur zum Eigennutz zur Verfügung. Im christlichen Glauben sprechen wir nicht mit ENGELN, sie sind mehr als Bindeglied zwischen Gott und Mensch zu sehen; sind quasi ERFÜLLUNGSGEHILFEN GOTTES."

„Ulrike, ich muss über so vieles nachdenken. Jetzt da meine Aktivitäten eingeschränkt sind, komme ich mehr zum Überlegen. Aber glaube nicht, dass ich keine seelischen Kämpfe auszufechten hätte. Von wegen! Oft wache ich nachts schweißgebadet auf und dann flimmert alles in meinem Kopf herum, völlig ungeordnet, also chaotisch, als da wären Begriffe wie: ASTROLOGIE, PENDELN, REIKI, KARTENLESEN, dazwischen mal GOTT und auch JESUS CHRISTUS, dann aber wieder UNIVERSUM, GÖTTLICHE ENERGIEN, NEGATIVE UND POSITIVE ENERGIEN und immer wieder diese SCHWINGUNGEN ...!"

„Jetzt höre aber auf! Du befindest dich in einem Labyrinth, aus dem du keinen Ausweg findest," unterbricht Ulrike ihre Freundin und fährt fort:

„Ich glaube, dass wir das heutige Gespräch einmal sacken lassen sollten! Übrigens werde ich für dich beten, dass du das Bessere zwischen beidem finden mögest!"

Das Bessere finden ...! Diese Ulrike Worte kommen mir bekannt vor ... blitzschnell überlegt sie, ob sie sich überhaupt auf dieserart Kuhhandel einlassen solle.

Aber das *JA* purzelt so ganz wie aus einer anderen Welt übergestülpt, aus ihr heraus. Au weia, eigentlich wollte ich dieses gar nicht, aber für jemanden Beten kann ja so völlig verkehrt auch wieder nicht sein.

„Eleonore! Soll ich dir mal einen Kirchenwitz erzählen? Ohne auf eine Antwort zu warten, gibt sie zum Besten:

„Der Pfarrer redet einem seiner schwarzen Schafe ins Gewissen: Mein Sohn, ich fürchte wir werden uns im Himmel nie begegnen! Nanu, Herr Pfarrer, was haben Sie denn ausgefressen? fragt dieser und lächelt.“

Eleonore weiß bei Ulrike auch besonders zu schätzen, dass sie immer das rechte Wort zur rechten Zeit findet. Und ihre Aufmunterungsworte tun ihr so gut wie sonst bei kaum einem anderen Menschen! Es sind wunderbare Gebilde, eigens für ihr Gegenüber mit Augenmaß und Herzenstiefe geschaffen.

Kapitel   38

Flüchtig streift seine Wange, eher als robuste Backe mit Bartstoppeln zu bezeichnen, ihre rötlich gescheckten Bäckchen. Ein Hautausschlag macht ihr wieder einmal zu schaffen. Er stellt sich dann gewöhnlich bei ihr ein, wenn ihre Seele in Konflikten aufbegehrt. Nichtsdestotrotz durchfährt sie bei dieser leichten Wangenberührung ein seit Ewigkeiten nicht mehr erfahrenes Glücksgefühl.

Allein der Hautkontakt ist es nicht, so sinniert sie vor sich hin, vielmehr beglückt sie die Umsorgung durch ihren Mann, der, wie jetzt soeben ein Tablett mit einem liebevoll bereiteten Frühstück vor sie hingestellt hat. Er weiß, dass sie morgens so gerne ein Spiegelei isst. Und in diesem Moment lächelt sie sogar über eine Tatsache, die sie sonst leicht in Weißglut versetzt. Das von ihm zubereitete Ei zeigt an den Rändern oft eine braune bis schwarze Kruste. Einmal, so erinnert sie sich, hatte sie ihn deshalb angeschrien: *Wenn du noch nicht einmal ein Ei richtig braten kannst, dann lass das ganze Unternehmen gefälligst sein!*

Momentan empfindet sie eine große Scham über ihr ungehöriges damaliges Verhalten. Ganz spontan entschließt sie sich, ihrem hilfsbereiten Ehegespons einen festen Kuss auf seine spröden Lippen zu verpassen. Wie oft hatte sie ihm geraten eine Pomade zu benutzen.

Aber mit einem Male zählt das alles null Komma nichts. Sie streckt sich zu ihm hoch, liebkost seine Hände und flüstert ihm zu:

„Demnächst werde ich dich und Annika am Wochenende nicht mehr so viel allein lassen. Das habe ich mir fest vorgenommen!"

So hat selbst diese merkwürdige DISKUSHERNIE noch ihre guten Seiten: Vorsätze fassen, obwohl, wie Gustav Knuth einmal verlauten ließ, der gute Vorsatz meistens ein Fahrplan ohne Eisenbahnzüge ist.

Er nickt. Man könnte dieses Nicken eher als ein Konglomerat aus Glauben und Unglauben bezeichnen. Er wechselt zügig zu einer weiteren Frage:

„Hast du eigentlich aus deinem LICHTKREIS schon Erkundigungen nach deinem Befinden erhalten?"

Er merkt sofort, dass er mit seiner Frage einen wunden Punkt bei ihr getroffen hat.

„Ehrlich gesagt: Das Mitgefühl hält sich in Grenzen. Per WhatsApp wünschten mir Josephine und Helena alles Gute. Sie würden mir telepathisch ENERGETISCHE KRAFT zukommen lassen, versprachen sie mir. Und natürlich soll es GOLDENERGIE sein, was denn sonst? Jasmin hat mir ein Buch mit dem Titel: VERSTECKEN GILT NICHT vor die Tür gelegt. Im ersten Moment wäre ich bald explodiert, denn ich habe den Titel direkt auf meine jetzige Situation bezogen. Beim zweiten Blick erkannte ich, dass es an schüchterne Personen gerichtet ist, und bei genauerer Überlegung kam ich zu der Überzeugung, dass dieses Buch weniger auf mich als auf die Bedürfnisse von Jasmin ausgerichtet scheint."

„Na ja, selbst denjenigen, die sich als GEISTWESEN bezeichnen, geht oft Feinfühligkeit ab!" meint er und blinzelt mit den Augen. Sie schweigt und er wundert sich darüber, dass diese, seine Äußerung zu einem früheren Zeitpunkt getätigt, wohl einen Sturm der Entrüstung ausgelöst hätte.

„So, mein Schatz, jetzt lass es dir gut schmecken! Ich muss jetzt mal meinen Tagesplan in Angriff nehmen!"

Ihr Lächeln und sein Lächeln, beide vereinen sich zu einem entspannten Wir-Lächeln, bevor er die Tür hinter sich ins Schloss fallen lässt.

Kapitel 39

„Ulrike, bist du´s?"

„Ja, meine Wenigkeit ist im Anzug! Und mit ihr, superleckere Reibekuchen, frisch aus der Pfanne! Und ein Glas Apfelmus gehört unter allen Umständen dazu! Warte, ich bringe alles erst in die Küche, ehe ich zu dir komme!"

„Du bist wirklich ein Schatz!"

Dieses Mal braucht Ulrike sich bei der Begrüßung nicht so weit herunterzubiegen, denn Eleonore sitzt heute zum ersten Mal auf ihren vier Buchstaben.

„Du bist wirklich ein Schatz, Ulrike! Du weißt, doppelt gemoppelt hält besser!"

Bevor Ulrike auf dem gegenüber liegenden Sessel Platz nimmt, kramt sie in ihrer Tasche nach dem Handy.

„Willst du mal einen Teppich bewundern?"

Eleonore kichert bei dieser Frage:

„Ist bei dir die FENG-SHUI-PHASE wieder aufgeflackert?"

Naserümpfen und Unterlippe hervorschieben zeigt sich als Reaktion des Gegenübers.

Eleonores beschämtes „Ach, ich weiß, dass ich heute Morgen nur innerhalb dieser Sphären denke! Ich habe nämlich zu lange in einem FENG-SHUI-PROSPEKT geblättert! Da bin ich auch auf einen tollen runden Teppich mit einem goldweißen Kreismuster gestoßen!"

„Oh, da werde ich dir aber gleich einen Teppich zeigen, der allem anderen die Krone aufsetzt."

Und mit einem Schwung landet ein Teppich-Handybild vor Eleonores Augen.

„Ja, schau hier, bewundere hier diesen Blütenteppich! FENG-SHUI ade! Ja, meine Liebe, ich bin immer wieder über die

Pracht der blühenden Buschwindröschen im März begeistert. Gestern habe ich sie bei einem Spaziergang im Bergedorfer Schlosspark bewundern dürfen und jetzt hier auf diesem Foto! Schau, wie herrlich! Aber ich rate dir eines, meine Liebe: Verbanne alle FENG-SHUI-WÜNSCHE mal lieber in die Wüste! Immer nur nach einem Mehr an ESSENZEN, STEINEN, TRAUMFÄNGERN und weiß der Kuckuck was suchen, lässt dich ständig dem Gedanken hinterherrennen, nie zu genügen und immer mehr Wünsche aufzustapeln, damit du die nächsthöhere GEISTSTUFE erklimmen kannst. Auf diese Weise wirst du nie deinen inneren Frieden finden! Und bedenke: Ich weiß, wovon ich rede! Ich bin jetzt endlich am Ziel angekommen. Ansonsten legst du dir nur Fesseln an.

„Aber leider…" Ulrike stöhnt kurz auf, blickt in Eleonores weit aufgerissene Augen, die sie zum Sprechen herausfordern und beginnt, zunächst zögerlich, dann zunehmend lebhafter ihr Innerstes zu offenbaren:

„Leider musste ich erst am Boden liegen, ehe ich klug werden durfte. Das war in einem Seminar, in dem ich kurzzeitig das Bewusstsein verlor, weil sich bei einem Feuerlauf zeigte, dass die Öffnungen der Jurte nur unzureichend Frischluft gewährten. Außerdem habe ich mir als heiße Erinnerung quasi soo! eine Brandblase an Land gezogen." Und dabei formt sie Daumen und Zeigefinger zu einem ostereiförmigen Gebilde.

„Ja, eigentlich hast du Recht, aber ich genieße die Verzauberung, die durch sämtliche harmlose ESOTERIK-HEILMITTEL ausgeht, eben deshalb so sehr, weil unsere heutige Welt zu rational ist."

„Eleonore, du darfst deine Seele ja in allen Annehmlichkeiten baden, die ihr guttun wie z.B. Duftbäder, wohlriechende Öle, pflanzliche Essenzen und was es alles zur Steigerung des Wohlbefindens gibt. Aber, da sollte man letztendlich wissen: In diesen Dingen steckt kein Heil! Das hat nämlich rein gar nichts mit dem großen HEILSPLAN GOTTES zu tun, den er uns als Geschenk anbietet. SCHÖPFERKRÄFTE sprechen die ESOTERIKER sich selbst zu. Sie glauben an die SELBSTERLÖSUNG. Christen sehen sich demütig als Geschöpfe an, die durch GOTTES GNADE leben dürfen. Aber Schluss jetzt, meine Liebe! Ansonsten tobt sich heute Nacht wieder der Durcheinanderbringer in dir aus. Wie schön, dass deine Bandscheibe sich wieder in die richtige Stellung bewegt hat. Und das würde ich dir auch für deine Seele wünschen!"

„Ulrike, hast du eigentlich schon die Socken angefangen zu stricken? Das wolltest du doch für deine Flüchtlingsaktion tun!" Noch ohne eine Antwort abzuwarten, sprudelt es nur so aus Eleonore heraus: „Wenn ich wieder gesund sein werde, dann gebe ich das Geld für jedes zweite Seminar, auf das ich verzichte, für deine Arbeit. Denn dort ist es besser aufgehoben, als wenn sich bei GURUS und GEISTHEILERN die Millionen stapeln. Ich habe erfahren, dass der ESOTERIK-MARKT bis zu 20 Milliarden Euro jährlich umsetzt. Das hat mich dann doch erschreckt, wenngleich ich selbst auch zu viele Euros dorthin verpulvert habe."

„Weißt du was, Ulrike, ein Thema liegt mir noch sehr am Herzen, über das ich beim nächsten Mal mit dir gerne sprechen würde!"

„Und das wäre …?" fällt ihr Ulrike ins Wort.

„Schlicht und ergreifend heißt es: SCHULD. Aber dahinter verbirgt sich ein hochkomplexes Gebilde, über das sich seit Menschengedenken Leute schon die Mäuler fusselig geredet haben!"

„Na, ja, wir wollen uns Mühe geben, dass unsere Münder nicht zerfranst werden und wie Lappen herunterhängen!"

Ulrike spricht´s und schaut auf ihre Uhr, während sie von einer Pobacke zur anderen wackelt, ehe sie ihren Mund auftut und sich ihrer Freundin zuwendet:

„Eigentlich hätte ich schon längst zuhause sein müssen, denn Banna wird sogleich kommen, um mit mir ein Formular fürs Jobcenter auszufüllen. Außerdem bespreche ich heute Nachmittag mit einem Herrn von der Flüchtlingshilfe, wie die Hilfsmittel nach Syrien vor Ort gebracht werden können. Du siehst: Volles Programm auf der ganzen Linie!“

„Wird dir das denn nicht manchmal zu viel?“ will Eleonore wissen, nachdem sie an ihrem Glas mit Orangensaft genippt hat.

„Auch wenn ich oft todmüde abends ins Bett plumpse, spüre ich doch immer wieder, dass mir bei meinen Aufgaben Flügel wachsen. Mich macht es glücklicher, meine Energien den Ärmsten der Armen zukommen zu lassen, anstatt sie nur in Selbstoptimierung zu stecken!“

Es dauert einige Zeit, bis dass das Gehörte bei Eleonore gesackt ist. Keinerlei Zeit allerdings dauert es, bis dass Ulrike sich erhebt, ihre verdutzt dreinschauende Freundin umarmt, um dann hastig das Zimmer zu verlassen.

Kapitel 40

„Du, meine Güte! Heute Morgen steht das Telefon nicht still!"

Und jetzt komme ich auch noch, um dich noch mehr zu nerven!"

Ulrike lacht, während es Eleonore gelingt, auf die Schnelle zu kontern:

„Eines will ich hier aber mal klarstellen: Auch wenn unsere Gespräche allemal keine Nervenschonkost darstellen, so erscheinen sie mir doch als überlebenswichtig!"

„Wer hat dich denn heute Morgen schon alles gestriezt?"

„Zuerst Mama, die große Probleme zu haben scheint: Fragt sie mich doch tatsächlich, ob es einen besseren Eindruck als Gastgeberin mache, wenn sie nicht auch noch die Blümchen-Servietten zum Blümchen-Service auswähle. *Oder sind das doch zu viele Blümeleien*, meinte sie und kicherte dabei ins Telefon. Da sollte ich doch tatsächlich für sie noch einfarbige Japanservietten besorgen. *Du fährst doch jetzt wieder kurze Strecken mit dem Auto,* äußerte sie sich drängend *und da kannst du deiner alten Mutter anstrengende L"ufereien abnehmen.* Letztendlich war ich stolz auf mein entschiedenes Nein.

Dann rief Barbie aus dem Lichtkreis an und forderte mich ziemlich direkt auf, morgen Abend zu ihr zu kommen, denn es hätte keinen Wert, mich zu lange zu schonen. Woher will die denn wissen, was gut für mich ist, fragte ich mich und schmetterte ihr auch ein *Nein* in den Hörer. Und drittens erfolgte ein Annika-Anruf. *Deine Krankheit hat auch ihre Vorteile,* so sei sie überzeugt, *denn dann kannst du mit mir mehr büffeln. Stell dir mal vor, Mama, ich habe eine 2 in Englisch geschrieben. Meine Vokabeln saßen wie geschmiert! Dank der Krankheit mit dem komischen Namen,* meinte sie. Dem konnte ich nichts entgegensetzen, denn das, was sie sagte, hatte doch Hand und Fuß. Mal selten zu hören! Das Lob der eigenen Tochter!

„Tja, meine Liebe, wie ich sehe, langweilst du dich keineswegs! Aber nun lass uns unseren Hirnen wieder Nahrung verschaffen!"

„Ja, aber zunächst müssen unsere Mägen gefüllt sein!" sagt Eleonore lachend und stellt die Platte mit belegten Brötchen auf den Tisch.

„Ja, wie Recht du hast! Auf einen knurrenden Magen lässt sich auch kein, nach Betätigung lechzendes Hirn ein!"

Trank und Schmaus scheinen die Hirnwindungen schließlich eingeölt zu haben, als ein reges Gespräch zwischen beiden Freundinnen beginnt:

„Ulrike, entschuldige, dass ich sogleich ziemlich herumstochern werde! Du wirst sehen, dass mir gleich das rechte Wort zur rechten Zeit fehlt!"

„Die rechte Zeit ist da und das richtige Wort wird dir auch gleich herausflutschen. Pass mal auf!"

„Ulrike, gerade habe ich mir überlegt, dass wir doch so veranlagt sind, dass wir auch gegenüber Freunden immer bestrebt sind, einen guten Eindruck zu machen. Wer enttäuscht denn gerne jemanden, der einem gut gesinnt ist?"

Ulrike dreht den Kopf zu ihrer Freundin hin und schaut lange in deren Augen, ohne ein Wort zu sprechen. Schließlich bricht sie das Schweigen:

„Mir würde es wahrscheinlich auch so gehen, aber das ist kein kluges Verhalten. Freundinnen sind dazu da, dass man sich gegenseitig das Herz erleichtern darf. Außerdem heißt es in der Bibel: *Die Wahrheit wird euch frei machen*! Nur zu, Eleonore; ich habe immer ein offenes Ohr für dich."

„Du weißt, dass ich im Laufe der letzten Jahre Unsummen an Geld für BÜCHER, TALISMANE, BUDDHAS, aber vor allem auch für SEMINARE ausgegeben habe! Und da ist folgendes Problem…!" Eleonore stockt im Reden, so dass Ulrike ihr erst wieder einen Schubs geben muss:

„Nur zu! Rede so, wie dir das Maul gewachsen ist!"

Und dann kommt die Freundin in ihren befreienden Redefluss:

„Ich habe mich meinem Opa gegenüber nicht korrekt verhalten. Nun habe ich mir folgendes überlegt: Ich werde ihm vorschlagen, das geliehene Geld in Raten zurückzubezahlen, auch wenn er von sich aus nicht daran denken wird. Vielleicht wird er mir das ganze Geld schenken wollen! Aber für mich selbst gesehen, so erachte ich es als ehrlicher, es ihm anzubieten. Irgendwie lag mir das schon lange auf dem Herzen! Ich müsste es mir zwar sehr vom Haushaltsgeld abknapsen, aber mein Gewissen wäre erleichtert!"

„Genauso sehe ich das auch!"

Ulrike nickt zustimmend. Im sonnendurchfluteten Zimmer tanzen ihre lockigen Haare munter einen Reigen. In ihren blauen Augen spiegelt sich das Blau des Himmels wider. Die ersten Frühlingsboten heben im Garten zaghaft ihre Köpfchen und scheinen neugierig dem entgegenzufiebern, was beide Freundinnen miteinander ausklamüsern.

„Ulrike, ich habe noch einen viel größeren Packen auf meinem Buckel. Der Einstellung der ESOTERIKER konnte ich viel abgewinnen. Du wirst mir beipflichten: Es lebt sich leichter, wenn es keine Sünde gibt, auch wenn das Gewissen hier und da doch etwas rumort. Schließlich haben wir das von frühsten Kindesbeinen an eingetrichtert bekommen, dass dieses oder jenes Verhalten sündig ist. Aber die ESOTERIKER beruhigen ihr Gewissen damit, dass Fehlhandlungen doch nur der

GEISTLICHEN WEITERENTWICKLUNG auf dem Weg zur ERLEUCHTUNG hin dienen. Somit sind wir der persönlichen Verantwortung enthoben. So etwas zu hören, tut der Seele natürlich gut. Weißt du, ich bin in dem Sinne keine Totschlägerin, so wie man es im landläufigen Sinn so nennt. Eher würde ich mich heute als Entwicklungsbremserin bzw. als Lebensverhinderin bezeichnen, denn…" Eleonore kriegt ein bestimmtes Wort wohl schwerlich über die Lippen. Dann fasst sie sich ein Herz und erklärt frank und frei: „Ja, ich habe abgetrieben!"

Dann entsteht zunächst ein Schweigen, in dem jede der beiden seinen eigenen Gedanken nachhängt. Ulrike flüstert als erste:

„Oh, wie schlimm, dass du dich in solch einer Notsituation befunden hast! Hat dein Mann dir keine Unterstützung geben können?"

„Nein, das war alles noch weit vor meinem Mann passiert! Ich war mit 17 Jahren noch blutjung und der Makel, in der damaligen Situation ein uneheliches Kind zu bekommen, ließ mir damals, wie ich glaubte, keine andere Wahl als die einfachste Lösung zu wählen. Wenn ich später in solch eine Situation gekommen wäre, dann hätte ich auch allein ein Kind großgezogen. Ich denke nur selten daran zurück; oft dann, wenn ich auf der Straße ein blutjunges Ding mit einem Kinderwagen sehe. So manches Mal piksen dann in meinem Herzen Nadelstiche!"

„Ja, Eleonore, in unserer heutigen Welt gilt der Begriff *Sünde* als eine Verfehlung, die als uncool gilt. Allenfalls sündigt eine Frau, wenn sie sich im Café ein großes Stück Sahnetorte mehr bestellt, als es ihrer Figur zuträglich ist. Aber wir können es drehen und wenden, so wie wir mögen, Menschen haben im Allgemeinen einen Kompass in sich, der ihnen anzeigt, ob ihr

Verhalten noch im Bereich des ethisch Vertretbaren angesiedelt ist."

Eleonore fühlt sich mit einem Male so ohnmächtig und sucht händeringend nach einem Menschen, der auch ähnliche Erfahrungen gemacht hat. Von daher scheint es nur verständlich, dass sie Ulrike eine bestimmte Frage stellt:

„Fühltest du dich auch schon einmal sehr sündig? Und wie hast du dich da verhalten? Es gibt viele psychologische Tipps, wie man mit SCHULD umgeht. Bücher dazu gibt es wie Sand am Meer."

„Ja, da hast du Recht! Mit Ratgebern aller Art werden wir schon bald zugemüllt. Wer braucht diese alle schon? Aber, um deine Frage zu beantworten: Ich habe große Schuld auf mich geladen, weil ich es in meiner Ehe nicht lassen konnte, mir jemanden zu suchen, der meine Bedürfnisse nach Zärtlichkeit vermeintlich feinfühliger befriedigen konnte als mein Mann … das war ganz am Anfang unserer Ehe, in der wir im Laufe der Zeit sehr viel dazu lernen konnten.

Nach meiner Hinwendung zum Glauben habe ich die Möglichkeit genutzt, mein Fehlverhalten GOTT hinzuhalten. Und dadurch fiel mir ein großer Stein vom Herzen! Und dann habe ich auch damit begonnen, bei allen Menschen, denen gegenüber ich Unrecht getan habe, Abbitte zu tun."

Eleonore nippt an ihrem Glas Orangensaft, stellt es wieder auf den Tisch, stöhnt auf, weil ihr mit einem Male bewusst zu werden scheint, wie unterschiedlich die Schuldverstrickungen aussehen können. Alsbald drückt sie ihre Gedanken in Worten so aus:

„Nimm 100 Personen, so findest du 100 verschiedene Konfliktverarbeitungsmodelle; mal abgesehen von der Tatsache, dass bei 100 Leuten mit theoretisch gleich gearteten Schuldumständen alle 100 äußerst verschiedenartig damit umgehen, vom völligen Zusammenbruch bis zum scheinbar unberührten Weiterleben. Psychologen sehen Schuldgefühle einzig und allein als das Resultat von Selbstverurteilungen. Ein reifer, in sich ruhender Mensch schüttele ihrer Meinung nach alle Schuldzuweisungen wie selbstverständlich ab. Wenn sie denn überhaupt so weit gehen, wird die zu praktizierende Opfervergebung vorgeschlagen. Und da gibt es auch ellenweite Unterschiede. Du kannst deinen Mann um Vergebung bitten. Was soll ich aber machen? Wen soll ich um Vergebung bitten? "

Ulrike presst die Lippen zusammen und kräuselt ihre Stirn. Sekunden erstarren zu Ewigkeiten, wenn Schweigen eine Gedankenfülle im eigenen Hirn hervorruft, die erst einmal, bevor sie nach außen treten kann, nach einer Einordnung ruft. Ulrike findet zuerst Worte:

„Ja, für dich ist die Lage eine andere als für mich. Ein Bekannter, der beim Herausfahren aus der Garage das Nachbarkind überfahren hat, kann dessen Eltern noch um Vergebung bitten. Aber die Eltern werden, wollen, können in diesem speziellen Fall ... das Ganze ist urtragisch! ... nicht verzeihen.

Ich denke mir mal, dass ich, wenn ich dann in der bevorzugten Lage bin, meine Schuld ans Kreuz zu bringen, es mir dann leichter fallen könnte, mir selbst auch zu vergeben!"

„Ulrike, ich habe neulich die Worte gelesen: *Schuld ist eine Illusion. Sie ist allein ein Konzept des Egos!* Mein Gott, mir brummt der Kopf schon so sehr bei diesem ganzen philosophischen Gedankenwirrwarr! Bei demjenigen, der jemanden totgefahren hat, sollen Schuldgefühle eine Illusion sein? Schwer verständlich, oder? Da suche sich jeder die Einstellung aus, die ihm seine Schuld am effektivsten verarbeiten lassen könnte. Du hast ja, und da bist du sicher vielen voraus, für dich die bessere Alternative gefunden! GOTT ja, GOTT, ... vielleicht sollte ich auch mal wieder beten, Ulrike! Dazu sagst du bestimmt nicht Nein!"

„Wie sollte ich? Wenn ich für mich einen guten Weg gefunden habe, möchte ich natürlich ihn auch anderen Menschen, zumal denen, die mir sehr am Herzen liegen, anbieten und ihn schmackhaft machen."

Eleonore greift sich mit ihren Händen um den Kopf. Dieser braucht jetzt Halt, denn er droht zu zerspringen. Ulrike hat wie schon so oft in einer verzwickten Lage die Idee, ihren ureigenen Humor spielen zu lassen.

„Eleonore, ich habe da eine Idee! In meiner Handtasche liegt ein Büchlein! Das an sich ist nichts Besonderes, denn, wenn ich mal in Bus oder Bahn unterwegs bin, vertreibe ich mir gerne die Zeit ein wenig damit."

„Mal immer raus damit! Umso leichter die Kost, umso besser. Ich glaube, dass nach einem so tiefsinnigen Thema mir sogar ansonsten verschmähte Dreigroschenromane gelegen kämen!"

„Ja, es ist nur so: Das Büchlein ist zugeschnürt. Es ist ein Geschenk für Betty, meine Freundin. Aber ich hätte da wieder einmal eine Idee: Mit Fingerspitzengefühl löse ich das Band und das Papier ... pass auf, das Ganze sieht später wieder wie frisch aus dem Ei gepellt aus!"

„AUS KINDERMUND!" liest Eleonore den Buchtitel laut vor, ehe sie weiterspricht: „Oh, wie gerufen und für uns ebenbürtiger als jeder Dreigroschenroman!"

Und kurze Zeit später kichern beide wie wildgewordene Hühner ... und das tut unheimlich gut! Es ist aber auch zu amüsant, was sie sich da an Kindersprüchen zu Gemüte führen:

Von *Opa ist am Kopf barfuß* über *Oma hat Reservehaut am Arm* bis zum Spruch: *Mein Papa ist ein Spekulatius. Der verdient ganz viel Geld an der Börse.* usw. Es ist alles dabei, was zum Schmunzeln einlädt.

Und was soll dabei der Mini-Mini-Gewissenspieker über das unschickliche Auspacken eines Büchleins schon in Anbetracht der Schuldtragik, über die beide Frauen sich zuvor noch den Kopf zerbrochen haben?

Zwischendrin spürt Eleonore wie sich ihr Arm, eng an Ulrikes gelehnt, sehr wohlzufühlen scheint. Und nicht nur mein Arm…, konstatiert sie beglückt, … eine spontane Seelenschau spiegelt mir eine beglückende Herzenseintracht wider.

Kapitel   41

„OSTERN"… Eleonore flüstert dieses Wort sehr leise vor sich hin, als sie beginnt, die Forsythien in der Bodenvase mit zwei Riesenostereiern zu schmücken. Die beiden metallenen, bunt illustrierten Eier stammen noch aus ihrer Kindheit und erfreuen in jedem Jahr wieder aufs Neue, weil sie Erinnerungen wecken. Sie liegen das Jahr über zwischen giftgrünem Ostergras im Osterkarton versteckt und warten sehnlichst darauf, einmal im Jahr aufgeschraubt zu werden, um ihre Bäuche mit süßem Osterschmaus auffüllen zu lassen. Eleonore bewunderte schon als Kind die feinen Bilder darauf. Ein Osterhase umfasst eine Gießkanne, der Hasen-Kumpane bindet gerade eine knallrote Schleife um ein Osterei. Ein Bübchen und ein Mägdelein, mit einem wehenden Jackenzipfel bzw. Kleidchen verstecken sich hinter einem Weidenbaum. Ja, die Osterkindheit!!Oma hatte einmal ein gehäkeltes Jäckchen für ihre Puppe versteckt. Da zählte das Eleonorenkind gerade mal vier Lenze und zeigte sich bass erstaunt, dass der Osterhase ausgerechnet Omas Wolle verwendet hat. *Das ist doch meine Strickliesel-Wolle*! so entrüstete sie sich damals.

„OSTERN … da war doch noch etwas anderes, oder?"

Sie hält einen Moment inne. Vor zwei Tagen verspürte sie den plötzlichen Wunsch mal die Bibel aufzuschlagen; dieses dicke Buch, das sie vor wenigen Wochen aus der hinteren Schrankreihe in die erste verfrachtet hatte, denn so ganz aus dem Auge verlieren möchte sie das Heilige Buch nun auch wieder nicht! Ach, eigentlich zeigte sie sich ganz erleichtert darüber, dass sie niemanden Rechenschaft schuldig war, die Bibel überhaupt in die Hand zu nehmen. Bibellesen schien in ihrer Familie seit jeher verpönt zu sein.

Aber plötzlich überlegt sie sich, was an GRÜN-DONNERSTAG mit JESUS passiert war, nachdem in ihrer Kindheit lediglich präzise darauf geachtet werden musste, dass an diesem Tag etwas Grünes, am besten Spinat, verzehrt wird. *Wer nichts Grünes isst, der wird ein Esel!* Von Kindertagen an hatte sich das bei der kleinen Eleonore festgesetzt. Und davor hatte sie eine Heidenangst. Auch in diesem Jahr wird sie Grünes in Form von Mangold auf den Tisch bringen.

Wenn ich denn schon mal persönlich mit GOTT sprechen werde - eine wichtige Sache, die mir ja noch auf meinem Herzen liegt! - dann wäre es sinnvoll, zu wissen, was es mit der KAR- und OSTERZEIT im Einzelnen auf sich hat. Und dabei ist es mit den Ostereiern auf keinen Fall getan, resümiert sie, als sie den lustigen großen Holzosterhasen mit seiner Karre voller bunter Eier im Garten vor die Forsythien hin platziert.

Ihre Gedankengänge werden durch das Telefonklingeln jäh unterbrochen. Ach, kommt es ihr in den Sinn, das wird bestimmt Josephine vom Lichtkreis sein.

Und tatsächlich meldet sich diese Quasselstrippe sogleich am Apparat. Eleonore ahnt nichts Gutes. Über Barbie wusste sie schon, woher der Wind wehen würde. Unaufgeregt und entschlossen meine Meinung vertreten, so ermahnt sie sich, nachdem sie die ersten Sätze, die ihr entgegen geschleudert werden, vernommen hat.

Sie wundert sich selbst über die Ruhe, mit der sie jetzt spricht:

„Josephine, eines will ich einmal deutlich klarstellen: Ich habe momentan nicht das Bedürfnis mich mit ERZENGELN & Co. zu beschäftigen. Bitte respektiere das mal gefälligst! Dass ihr mir immer nachstellen müsst, ist verwerflich, basta! Und dass ihr mir ins Gesicht sagt, dass ich mit meinem KARMA im Mittelalter steckengeblieben sei, weil ich mich zu CHRISTUS hingezogen fühle, das kränkt mich auch sehr! Aber was soll´s? Christen mussten aufgrund ihrer Glaubensüberzeugungen noch andere, viel schlimmere Dinge in Kauf nehmen! Überhaupt war es für mich nicht einfach, auf Wörter, die den ESOTERIKERN ständig über die Lippen gehen, zu verzichten, als da sind SCHWINGUNGEN, ENERGIEN, MANIFESTATIONEN, POSITIVE AFFIRMATIONEN, KRAFTORTE, KRAFTTIERE, ENERGIEKÖRPER und wie sie alle heißen mögen. Du weißt, was ich alles meine!"

Danach schweigt sie. Auch wenn es in ihrem Inneren rumort. Sie sieht Evelina vor sich, wie sie sich vor ihr aufgebaut hat, mit den Händen gegen ihre Hüften gestemmt, mit hochrotem Kopf, wie sie erregt verlauten lässt: *Du bist uns ein Rätsel! Wie kann man nur so rückwärtsgewandt sein? Der Weg in die Freiheit führt vom einengenden Christentum in die Weite der Esoterik und nicht umgekehrt.*

Wer Eleonores Mundbewegung in Augenschein nimmt, der wird gewahr, wie sehr sie ihre Zähne aufeinanderpresst und die geschlossenen Lippen verzieht. Auf Josephines Wortschwall hin reagiert sie schließlich doch eine Spur erregter als eben noch:

„Das lass mal meine Sorge sein, wie ich mich jetzt fühle! Eines sei gewiss: Für meine Entscheidungen zeichne ich allein verantwortlich. Was soll außerdem die Unterstellung, dass ich die gemeinsame Sache verrate. Und das sei dir auch noch gegeigt: Wer und wie auch immer mich ausspioniert haben mag, dass ich mit einer Christin Kontakt habe, steht jetzt nicht zur Debatte."

Eleonores Augäpfel scheinen bald aus ihren Höhlen heraus zu kollern, als sie die heftige Gegenreaktion vernehmen muss. Wutentbrannt schnauft sie in den Hörer:

„Wenn du Christen als kleinkariert und von gestern bezeichnest, zeigst du damit nur, dass du nicht fähig dazu bist, andere Einstellungen zu tolerieren. Mein Gott, diese als hirnverbrannt zu denunzieren, das setzt allem die Krone auf!"

Eleonore zeichnet sich gewöhnlich nicht dadurch aus, dass sie den Telefonhörer vor der Beendigung eines Gesprächs einfach auflegt. Aber jetzt ist es so weit: Unsanft landet der Hörer im Ladegerät.

„Was soll das alles? Beim Lichtkreis schwesterliche Eintracht demonstrieren, von der allumfassenden Liebe faseln, die Erleuchtung schon greifbar vor Augen … und nun das? Passt nun ganz und gar nicht zusammen!" Sie lässt ihrer Erregung in einem Selbstgespräch freie Bahn.

„Ob ich jetzt die Fische im Aquarium erschreckt habe?"

Sie beobachtet, dass der große neue Neonfisch auf einmal so zackige Bewegungen vollführt. Und der Zebrafisch, der plötzlich so arge Verdrehungen seiner Flossen vollführt, lässt die Hausherrin ein wenig beschämt dreinblicken.

„Ja, Ostern gehe ich in diesem Jahr zur Kirche! Basta! Vielleicht zusammen mit Ulrike! Jetzt und gerade jetzt werde ich es ihnen zeigen; hoffentlich bekommen sie das auch mit!"

Eleonore erschrickt und wird sich mit einem Male bewusst, dass eine Trotzreaktion kein Zeichen von Reife sein kann und fügt ihren Worten noch kleinlaut hinzu:

„Ja, GOTT! Um ehrlich zu sein tue ich es auch ein bisschen dir zuliebe!

Kapitel 42

„Mir platzt die Hutschnur, komisch, wo ich doch gar keinen Hut aufhabe!" lässt Annika, allein in ihrem Zimmer auf dem Bett hockend, verlauten. Neuerdings sinnt sie viel über interessante Redewendungen nach, die sie zu Papier bringen möchte. Und im Ruckzuck wurde der Gedanke geboren, die letzten zehn Tagebuchseiten zugegebenermaßen ein wenig zweckentfremdet zu verwenden. Aber, so überlegt sie sich, so ganz zweckentfremdet ist das auch wieder nicht, denn es sind auch meine eigenen Gedanken und Gefühle, die z.B. mit der Aussage: *Ich bin auf 180* verbunden sind. Ist das nicht nur ein Teenager-Spleen von mir? fragt sie sich und schiebt ihrer Deutschlehrerin, Frau Junghans, einen großen Teil der Schuld in die Schuhe. Im Originalton ist von ihr zu hören: *Der Mensch ist Mensch nur durch die Sprache!* Und von da ab geht's bei Annika nicht bergab, sondern bergauf mit ihrer Begeisterung für deutsche Redewendungen. Ganz begeistert ist sie von der neulich gehörten, die da heißt:

Arbeit schafft Hornhaut gegen Kummer!

Als erste verewigte sie die Redewendung *Tomaten auf den Augen haben* in ihrem Tagebuch. Bei jeder Redewendung gestaltet sich ein amüsantes Bild vor ihren Augen, aber wenn die Tomaten auf den Augen sind, dann scheint sowohl äußeres wie auch inneres Gucken erschwert. Als Strafe mussten im mittelalterlichen Spanien die Verbrecher oft monatelang mit tomatenbedeckten Augen herumlaufen. Die Ärmsten! Irgendwann musste das doch auch zu einem elenden Tropfdebakel geführt haben!

Hätte ich im finsteren Mittelalter gelebt, wäre mir wohl derlei Qual erspart geblieben. Eine Verbrecherin! Nein, zu solchen Missetaten wäre ich nun auch wieder nicht fähig gewesen, auch wenn ich *das eine oder andere auf dem Kerbholz* hatte. Apropos Kerbholz: Diese Redewendung rührt ursprünglich von den materiellen Schulden her, die ein Mensch gehabt hat. Heute zeigt sich der Begriff in einem weiteren Sinne, nämlich: *sich in irgendeiner Weise schuldig machen.* Oh, ich darf dabei lieber nicht an meine Mama denken. Mir dreht sich der Magen dabei um, wenn ich mir ihr Los vor Augen halte, dem sie im Mittelalter anheimgefallen wäre.

Allerdings … Annika bewegt den Füller im eingespielten Rhythmus, der sich bei ihr immer erst nach den ersten Sätzen einstellt, um ihre Gedankengänge zu verewigen … alerdings, habe ich keine Tomaten auf den Augn im Gegensatz zu Oma, die patout nicht wahrhaben will, das ich nun entgültig den Kinderschuhn entwachsen bin. Stell dir, liebes Tagebuch, nun einmal vor: Da schickt sie mich doch tatsächlich hinter den Rododendron-Busch in den Garten, um dort nach klitzeklein Schokoeiern zu suchen. Nur den Gefallen, bei jedem dieser kleinen Funde vor Jauchtzen aufzuschrein, so wie ich es früher getan habe, diesen Gefallen habe ich ihr nicht mehr erweisn können. Genauso wenig wie ich mich dem Gedicht-Rittual vom blauen Frühlingsband unterzogen habe. Klingt nach was mit Rittern. Ist es aber nicht. Tja, dann ist es halt so! Aus Kindern werden nähmlich Leute, liebe Oma, merk dir das! Oh, je, wer nämlich mit h schreibt, ist dähmlich!!!

Auch von wegen Tomaten aufn Augen: Ich habe keine drauf. Ich habe nämlich als kluge Aufpasserin gemerkt, dass beide Buddha-Figuren in der äusersten

Stelle auf der Terrasse abgestellt sind. Ach, du mein Gott: Diesmal bin ich nicht dämlich!

Für einen Moment stoppt sie das Schreiben, um in ihrem Hirn zu kramen:

Tja, Mutter, daraufhin angesprochen, hast du süffisant lächelnd geantwortet:

Ich glaube, dass es denen mal guttun wird, wenn sie sich die Frühlingsluft um die Ohren wehen lassen.

Ich glaube, dass ich verdattert geguckt haben muss, denn Mama bemerkte nur kurz und knapp:

Alles hat seine Zeit!

Oh, liebes Tagebuch, jetzt müssen wir mal eine kleine Pause einlegen, denn ich bekomme schon einen Schreibkrampf.

Annika legt Buch und Stift zur Seite, tritt zum Fenster hin und lässt ihren Blick in den Garten schweifen. Die Osterglocken scheinen in diesem Jahr sehr gehorsam zu sein. Sie haben sich an die Blühregel, das Osterfest läutend zu begehen, gehalten, während die Zeit der Schneeglöckchen endgültig der Verderbnis preisgegeben ist.

Ein Kommen und Gehen, so ist das halt, sinniert die Betrachtende und öffnet kurz das Fenster. Das laue Lüftchen wird mir guttun und meine Hirnregion mit frischem Sauerstoff versorgen. Und Minuten später fliegt der Füller wieder über ihr Papier:

Ja, ich habe keine Tomatn aufn Augn! Ich habe enddeckt, dass Mama ihre Heilsteine alle in die äuserste Ecke des Seidbords ferfrachtet hat. Außerdem hat sie mir verhakstückt, dass ihr Terminplan ausgedünt sei. Lediglisch das Seminar: Ich bin nicht mehr bereit, das steht noch zur Debbatte.

Oh, liebe Ulrike, du bist doch ein Engel, geht es mir durch den Kopf und ich nehme mir fest vor, dir das beim nächsten Treffen auch persönlich zu übermitteln.

Mein liebes Tagebuch: „Du siehst, dass ich mit tomatenlosen Augen die Welt, so wie sie augenblicklich ist, ganz klarsehe: Mama ist ein ganzes Stück weit von ihrem esoterischen Heckmeck abgerückt. Und eins muss ich ganz laut sprechen und großschreiben:

SIE IST AUCH VIEL UMGENGLICHER GEWORDN! UND SIE IST AUCH ZU PAPA JETZT IMMER LIEBER ALS FRÜHER!

Mein Gott, du bist mir eine Vertraute geworden!"

Sanft streichelt sie über das pinkfarbene Tagebuchgewand.

„Jetzt muss ich erst einmal wieder Luft schnappen! Aber gleich werde ich dich wieder an meinen Busen drücken! Na, ja, Busen ist ein wenig zu hoch gegriffen. Dieser scheint mir noch ein gewaltiges Entwicklungspotential in sich zu tragen. Wenigstens habe ich bereits in Erfahrung bringen können, was es in etwa heißt, eine Frau zu sein."

Annikas Atemzüge sind tief und erquickend. Selten hat sie die Frühlingsluft mit solch vollem Genuss eingesogen wie jetzt. Es ist schon cool eingerichtet, dass der Mensch 20 bis 30 Millionen Riechzellen besitzt. Wenn das mal kein Schöpferwerk von höchster Güte darstellt, weiß ich es nicht! Der süßlich liebliche Geruch der duftenden Osterglocken bildet mit dem feuchten Grasgeruch und dem würzigen Hyazinthenaroma eine interessante Duftverflechtung. Oma nennt Hyazinthengeruch penetrant. Sie mag diese Blume nicht in der Wohnung stehen haben. Aber ich finde, dass das kleine Hyazinthenbeet dort draußen ruhig seine Düfte verbreiten darf.

Annika liebt es ihre Gedanken auf Reisen zu schicken. Aufmunternde, ja, die Seele erfrischende Gedanken sowieso und die weniger angenehmen, die muss man eben, weil das Leben so fluppt wie es fluppt, auch hinnehmen.

Beim Griff zum Füller kommt ihr ein bestimmter Satz in Erinnerung, der so gar nicht gedenkt, aus ihrem Kopf heraus zu verschwinden. Ulrike zuliebe war sie mit Mama zusammen im Ostergottesdienst. Mit ihrer locker herzlichen und zugreifenden Art hat Ulrike bei mir ein *Stein im Brett*, sinniert Annika, aus dem Fenster blickend. Schon wieder eine bemerkenswerte Redewendung, konstatiert die schreibsüchtige Teenagerin und vertraut diese gesagt, getan ihrem Tagebuch an.

Die Spatzen pfeifen es von den Dächern, dass wir uns zugetan sind. Oh, Gott, meine Lebensretterin und ich! Nur nicht wieder weiterdenken, so ermahnt sie sich streng. Das führt doch immer nur zu einer Gedankenschleife, die mir nicht guttut.

Des Pfarrers Hauptaussage im Ostergottesdienst lautete: DIE HAUPTSACHE IST, DASS DIE HAUPTSACHE DIE HAUPTSACHE BLEIBT! Das ist bald schon ein Zungendreher, aber irgendwie spricht der Satz sie an und so vertraut sie, ehe sie die Feder leicht über das Blatt gleiten lässt, ihrem Tagebuch an:

Aber die Haubtsache ist, dass ich erst einmal erkennen tue, was die Haubtsache überhaubt ist, denn nur dann kann die Hauptsache die Hauptsache bleiben! Jetzt ist es wohl richtig geschrieben, oder?

„Oh, das ist mir schon ziemlich philosophisch und anstrengend, mein liebes Tagebuch! Was hältst du davon, wenn wir uns beide zur Ruhe begeben? Du brauchst dich wenigstens noch nicht mehr mal zu entkleiden. Wie gut hast du es doch!"

Währenddessen zerrt sie ungeduldig ihr Kleid über den Kopf. Wieder einmal ärgert sie sich darüber, dass der Ausschnitt zu klein, ihr Kopf aber zu groß ist. Mein Gott, denkt Annika, ich kann wegen des lädierten Schreibarmes nicht auf der rechten Seite liegen. Aber die linke Seite ist die Herzseite und die ist auch nicht zu verachten, brütet sie, ehe ihr die Augen zufallen.

Kapitel 43

Eleonore kämpft sich gerade durch ihre alltäglichen Pflichten, als da sind: Betten machen, Teppiche saugen, Küche aufräumen! Plötzlich stutzt sie und denkt nach: Ja, an und für sich wollte ich doch eine Sauce Bolognese zubereiten, eigentlich ohne Rinderhack, aber welches Gezeter würden meine beiden Lieben dann veranstalten?

Kaum hatte sie sich im winterlichen Outfit nach draußen begeben, da stutzt sie noch mehr, denn auf der obersten der vier Stufen, da liegt ein Etwas, in glitzernd roter Folie verpackt. Dank seiner provozierenden Aufmachung ist es ganz und gar nicht zu übersehen.

Sie ergreift es schnurstracks, öffnet die Tür wieder und legt es auf den Garderobentisch. Bestimmt für Annika, vermutet sie, weil junge Mädchen kräftig glitzernde Farben eben mögen! So, jetzt aber ab zur Schlachterei Naumann, mahnt sie sich. In einer halben Stunde muss das Essen fertig sein!

Beim Nachhausekommen erschrickt sie: Annika ist schon da. Lehrerin Nickels hat sich beim Sportunterricht ihren Fuß gebrochen und den Schülern einige Freistunden beschert. „Fast wie Weihnachten!" meint Töchterchen und grinst bis über beide Ohren.

Und das Paket liegt auch noch an Ort und Stelle, stellt Mama insgeheim fest, und dies bei der Neugier in Person, die Töchterchen an den Tag zu legen pflegt. Beim genaueren Hinsehen fällt ihr jedoch auf, dass das Päckchen durch verknülltes Papier und einer völlig verdrehten Schleife kurios hervorsticht. Merkwürdig!

Ein bekritzelter Aufkleber verrät Annikas Schrift: FÜR DICH! NICHT SCHWACHWERDEN! VON EINEM ESO-

MENSCHEN! steht drauf und das fordert wiederum ihre Neugier bis zum Bersten heraus. Und das Papier eilends abstreifend, erregt ein eckiges mittelgroßes Etwas ihr Interesse.

„Oh, wie schöön!"

Instinktiv rutscht ihr diese Belobigung heraus. Sie streichelt die leicht gewellte Oberfläche, die goldgelbe Sterne am dunkelblauen Himmel und als Rahmen mannigfaltige Steinchen zeigt.

„Welch unausweichliche Kraft geht davon aus!" murmelt sie und erliegt vollends dem sternfunkelnden Charme. Aus heiterem Steinhimmel heraus, zuckt sie dennoch zusammen: „Halt!" ruft sie sich zu „Da war doch etwas… Annikas Mahnworte und mein eigenes Vorhaben!! Eleonore, schwankst du wieder? Steine sind Steine, schön anzublicken und zu befühlen, bedenke jedoch: Kraft geht von ihnen in keiner Weise aus!"

In Gedanken vertieft, fällt ihr der beiliegende Zettel in die Hand! Ehe sie das Kleingedruckte zu studieren beginnt, sticht ihr ein großes, mit rotem Textmarker versehenes Wort in die Augen. Oh, Annikas Schrift! durchfährt es sie und das Signalwort HOKUSSPOKUS stellt sich wie eine große Schranke vor ihr inneres Auge, so dass sie erst lächeln muss, ehe sie wütend wird, so von wegen: Muss das Luder denn immer ihren Senf - und dazu noch falsch! - dazugeben? Und bevor ihre Neugier auch diese Barriere zu überwinden sucht, leuchten beim Aufklappen der sternen- und steinreichen Ummantelung sechs Lichter auf dunklem Grund vor ihr auf, hinter jedem Licht blinkt eine Lichtgestalt, die ihre Nebengespielin sanft bei den Händen hält. Während ihres monotonen feierlichen Singsangs haben alle ihre Blicke auf die kleinen weißen Federn des glänzend blauen, in der Mitte drapierten Samtschleiers, gerichtet. Und wie geschickt das Ganze eingefädelt worden ist, überlegt sie sich, diese verblüffende Wirkung muss durch ein 3-D-Hologramm erzielt worden sein. Und musikalische Begleitung gibt es dazu noch frei Haus.

„Wenn du eine weiße Feder findest…"Lichtwesen Nr.1 beginnt mit diesem Singsang und Lichtwesen Nr.2 fährt fort: „…dann lächelt dir ein Engel zu!" Und das macht die Runde so lange bis jeder Einzelne eine Feder an seinen Busen drücken und alle den Spruch gemeinsam trällern können!

Eleonore erstarrt einen kurzen Moment. Die Magie dieser Vorstellung lässt ihr für einen Moment ihr Herz schmelzen, ein gemeinsames Herzensband im nächtlichen Zauberglanz, ehe sie durch ein Armzwicken sich unwiderruflich in Erinnerung rufen muss:

„ELEONORE, HAUPTSACHE, DASS DIE HAUPTSACHE DIE HAUPTSACHE BLEIBT! STEIN BLEIBT STEIN UND DAMIT BASTA!"

Richtiggehend auflachen muss sie, als sie beginnt das Kleingedruckte mit ihren Augen zu verschlingen:

„LEGE DEN JASPIS-STEIN AM BESTEN IN DEM MUND, DENN DIE KRAFT DIESES STEINS DURCHDRINGT FÄHIGKEIT UND VERSTAND JENES MENSCHEN

Auf einem handgeschriebenen Kärtchen hat sich Babette verewigt. Sie hat als einzige eine besonders ansprechende Schrift. Eleonore liest die Zeilen, ohne mit den Augen zu zwinkern, in einem Atemzug durch:

Liebe Eleonore,

wir alle, deine Gespielinnen, können es nicht fassen, dass du abtrünnig geworden bist. Bedenke, in welche Fesseln Du dich hineinbegeben hast! Wir haben eine Wette abgeschlossen. Wenn Du unter diesem Sternenhimmel nicht schwach werden solltest, dann muss die arme Sanni für unsere gesamte

Mannschaft oder sagen wir besser Frauschaft für einen Wochenend-Ausflug blechen. An Dir liegt es jetzt, der armen Sanni dieses Leid zu ersparen. Aber davon abgesehen: Du verspielst Dein Emporsteigen in höchste Dimensionen!!!
   Deine Babette

   „HA, HA, HA!"

Ein Gelächter von oben meldet sich, nachdem Mutters Lachen nach oben gedrungen war. Annikas Kopf steckt oben zwischen den Stahlstreben; ihre Worte hallen nach unten zur Mutter hin, die am Treppenaufgang mit zittrigen Händen die merkwürdige Gebrauchsanweisung vorliest, ohne aufzusehen:

„...UND HÄLT SEINEN GEIST, DAMIT ER NICHT IN UNTERSCHIEDLICHE ABSCHWEIFUNG UND UNBESTÄNDIGEN WECHSEL ABGLEITET!

„Nein, nochmals nein, ihr meine Lieben! Ich weiß, dass die arme Sanni schwer blechen muss, aber für solch einen Humbug opfere ich nicht mein Seelenheil. Ich will mit diesen Selbsterlösungsidealen nichts mehr zu tun haben. Basta und nochmals Basta!"

Noch bevor Mutter das letzte Wort ausgesprochen hat, posaunt Töchterchen von oben durchs ganze Haus:

„Ach, du meine Güte! Das wäre ein Bild für die Götter und eine BILD-Überschrift wert: JASPIS SORGT FÜR MAULSPERRE! Du meine Güte, Mutter, tue uns das bitte nicht an! Ein Jaspis, den der Arzt mit einer großen Zange aus deinem Mund herauskatapultieren muss! BRAVO MUTTER, Dank für deine klaren Worte!

Kapitel   44

Da wird doch der Hund in der Pfanne verrückt! Schnurstracks zieht Annika sich in ihr Zimmer zurück. Nur schnell, schnell, eine neue Redewendung geistert durch mein Hirn. Und ich muss in null Komma nichts, also im selben Tempo wie Mama vom ESO-Hokuspokus ihre Hände lassen soll, mein Tagebuch öffnen, um meiner Redewendung-Sammlung ganz hinten, selbstredend! noch eins, d.h. zwei hinzufügen, denn heute Morgen hat Frau Heineke der versammelten Gemeinschaft auch noch eins an den Kopf geworfen, das unbedingt festgehalten werden sollte: *Mir stehen eure bedauerlichen Bemerkungen bis Oberkante Unterlippe!*

Das passt haargenau zu der, den Jaspis küssenden Mama! Dieser Stein in Mamas Mund: *auch bis Oberkante Unterlippe!*

Ja, hier, was ich letztes Mal hier hingeschrieben habe, setzt allem anderen die Krone auf. Weil es so schön klingt, muss ich es nochmals laut vorlesen:

Felix' Herzgepoche Wolke 7 in 12345 Himmel!

So, jetzt noch die vorderen Tagebuchseiten aufschlagen!

Und schon fluppt der Füller wieder wie gehabt:

Wie interessant, dass die ganze Eso-Bagasche – ob das wohl so richtig geschrieben ist? – eine ihrer Jüngerinnen nicht aus ihren Klauhen lassen will. Jetzt muss Mutter auf der ganzen Linje Stärke beweisn!

Als sie ihre Zimmertür öffnet, vernimmt sie aufgebrachte Telefonlaute ihrer Mama:

„Zum Donnerwetter, begreift ihr denn nicht, dass ich etwas Besseres gefunden habe, und zwar etwas, das meinem Leben ein sichereres Fundament bietet!"

„Mein Gott, Mutter kann´s ja! Ich bin richtig stolz auf dich! Prima, Mama! Das hätte ich dir gar nicht zugetraut!"

Kaum war ihre Lobeshymne durch den Flur geschallt, wirft sie sich aufs Bett und fühlt sich wahrlich reif für ein Nickerchen.

An einem stinknormalen 3. Augusttag laut Digitalwecker punktgenau 17. 34 Uhr erschrickt sie zutiefst.

Eleonore stößt mit ihrem Kopf mehrmals gegen den Bettpfosten. Rumms, das muss doch höllisch wehtun, denkt der Betrachter und zeigt sich völlig konsterniert über das absichtliche irrsinnige Verhalten eines erwachsenen Menschen. Rumms, schon wieder ballert ihr Kopf gegen Holz. Mit schmerzverzerrtem Gesicht presst sie nun das lädierte Körperteil zwischen ihre Hände, bevor sie zu weinen und klagen anfängt:

„Was Besseres! Was Besseres! Von wegen! Lieber Gott, Du hast nicht auf mich aufgepasst! Hast Du nicht gesehen, dass ich erste Schritte schon auf Dich zugegangen bin! Und dann diese verheerende Angelegenheit, die mich so Knall auf Fall überwältigt hat."

Ihren schweißgebadeten Kopf mit nassen Ringellöckchen schüttelt und schüttelt sie. Bei diesem Unternehmen muss sie einen Drehwurm bekommen haben, so dass sie sich just torkelnd aufs Bett fallen lässt und mit letzter Kraft nur ein einziges Wort von sich geben kann: „ULRIKE!"

Selten hat sie ein Wort so mit Zeter und Mordio herausposaunt. Gespickt mit Erregung, Wut aber auch mit einer großen Portion Hoffnung brüllt sie ihren Hilferuf dann in ihr Handy, welches sie nicht schnell genug vom Nachttisch aus zu sich herunterziehen konnte.

Und Ulrike wäre nicht Ulrike, wenn sie nicht zügig zur Brandstelle eilte.

„Du, meine Güte! Schneller als die Feuerwehr!" ruft Eleonore, die gerade noch ihr Kleid glätten und sich mit dem Kamm durch die Haare gehen konnte, als sie nach einem alarmierend lang dauernden Klingelton zur Haustür gerannt kommt und diese mit Karacho öffnet.

„Tja, meine Liebe, Feuerwehr ist wohl der richtige Ausdruck. Ich bin aufs Löschen jedenfalls vorbereitet!"

Im Wohnzimmer wartet das blassrosa Seidenkissen darauf, dass es wie gewohnt von Ulrike zerknüllt gegen die Sessellehne gedrückt wird, um dann vom Ulrikenkörper vereinnahmt zu werden.

Eleonore hockt sich auf den Schemel zu der Freundinnen Füße, vermutlich aus dem Verlangen heraus, möglichst jede Bewegung ihrer Mund- und Augenpartie akribisch zu verfolgen.

„Ulrike!"

Dieser Ulrike-Ruf erreicht die Angesprochene diesmal als schwacher Abgesang des Handys-Sirenenrufes vor wenigen Minuten. Er gelangt eher als ein gedämpfter Stimmenhauch an Ulrikes Ohr:

„Ja, ja, der Geist ist willig, aber das Fleisch ist schwach! Ulrike, steht das nicht schon in der Bibel drin? Mein Gott, wie verurteile ich mich nun selbst, dass ich wieder dermaßen schwach geworden bin, nur weil ich auf die suggestive Wirkung des Glanzflyers hereingefallen bin. Jetzt habe ich den Salat! Ich habe schon von Anfang an gespürt, wie mir der Sog des Schamanismus die Füße unter den Boden wegzuziehen droht. Irgendwie habe ich auch bei der Anmeldung zum Seminar geglaubt, dass dieser kleine Ausrutscher in die magische, mythische Seelenwelt mit Gottes Anspruch an uns, allein ihm zu dienen, kompatibel sei. Pustekuchen! Jetzt fühle ich mich wieder inmitten der Dämonenwelt gefangen."

„Eli, hast du etwa so eine Schwitzhüttenzeremonie gemacht? Ich habe damit auch gehörige Erfahrungen gesammelt. Hast du das schon wieder vergessen, was ich dir davon berichtet habe? Mit dem Sauerstoffmangel zwecks Erreichung von Visionen muss ein Schwitzender erst mal klarkommen."

Ulrike spürt, wie ihr Gegenüber mit einem Male sehr wortkarg wird. Anstatt zu antworten, schlägt sie die Augen nieder, ergreift die Hände ihrer Freundin und gesteht mit zitternder Stimme, dass sie sogar ins Krankenhaus eingeliefert werden musste.

„Panik hat mich ergriffen, als ich keine Luft mehr kriegte! Glücklicherweise schloss man mich im Krankenwagen schon an eine Sauerstoffflasche an. Aber ich musste eine Nacht dortbleiben und habe Mann und Kind in ziemliche Alarmstimmung versetzt. Das tut mir jetzt unendlich leid, Ulrike!

„Eleonore, eigentlich sind solche Vorgänge selten, denn die Verantwortlichen müssen ständig kontrollieren, ob Luftzufuhr gewährleistet ist. Aber manchmal ist so eine Schwitzhütte auch mit viel zu viel Plastik abgedichtet. Ich habe es auch selbst erfahren müssen. Aber trotz allem:

Die Geister, die ich rief, werde ich nun nicht mehr los! Frei nach Deutschlands Dichterfürsten Goethe!

Ja, da gibt es nur eine einzige Möglichkeit, sie wieder loszuwerden. Die Begriffe Buße, Vergebung und Umkehr klingen zwar zutiefst altmodisch, aber sie besagen nichts anderes, als dass man Gott gegenüber ehrlich ist und seinen Mist, den man gebaut hat, bereut. Weil Gott aber durch sein Wort versprochen hat, alles, was nicht in Ordnung gewesen ist, völlig wegzuwischen, sofern uns es leidtut, was geschehen ist, haben wir diese Möglichkeit. Sei du vor allem genauso barmherzig dir gegenüber, wie Gott es ist, denn das ist das Schlimmste, wenn wir uns selbst weiterhin verdammen. Beim Neuanfang wird Gott dir auch die Stärke geben, bei einer weiteren Anfeindung leichter widerstehen zu können.

„Drück mich nicht tot, Eleonore! Bitte! Bitte!" Ulrike hat Mühe sich beim Abschied … ich muss schnell noch meiner Mutter ihre geliebten Königsberger Klopse bringen! … aus der festen Umklammerung durch ihre Freundin zu lösen.

„Und bedenke, liebe Eli…", während ihrer Worte tritt sie einen Schritt zurück, um der Freundin in die Augen zu blicken „…was ich geschafft habe, wirst du auch schaffen! Und außerdem gebe ich dir den Tipp, sämtlichen unliebsamen Papierkram sofort in der Tonne draußen, fein zerschnitten wie aus dem Reißwolf, zu entsorgen, ganz nach dem Motto: *Führe mich nicht in Versuchung!"*

Nachdem die Türe hinter Ulrike zugefallen war, bemerkt Eleonore, dass diese wohl unabsichtlich oder gar absichtlich einen Zettel aus der Manteltasche verloren hat. Diese Spitzbübin, geht ihr durch den Kopf, als sie die rot umrandeten Buchstaben sich laut vorliest:

IHR ABER GEHÖRT ZUM HERRN; EUREN GOTT. DARUM HALTET IHM ALLEIN DIE TREUE! (5. Mose 18)

Kapitel   45

„Papa wuselt in den letzten Tagen so komisch herum, Amanda! Verrate mir, was das zu bedeuten hat!"

Beide Freundinnen fläzen sich auf der Couch und schütten sich in aller Weitschweifigkeit ihr Herz aus, eben genau so wie es Backfische dereinst in grauen Vorzeiten immer getan haben. Mit langen glitzernden Party-Löffelchen angeln sie sich Bananenfitzelchen aus dem hohen Glas. Herzgläser sind es. Ein Weihnachtsgeschenk von Tante Edeltraud, weil sie einem gestandenen Teenager damit eine Freude bereiten wollte.

„Und die sehen noch nicht einmal so oll aus, wie die Schenkerin selbst!" Annika lacht und zieht ihre Füße noch enger unter die Lammfelldecke. „Mutter will wieder einmal mit der Heizung sparen und da labert sie solch einen Satz herunter wie:

Gelobt sei, was hart macht!"

Amanda hat sich Annikas dicke, rote Bommel-Jacke über die Schulter gelegt. Ein Bibbertag inmitten aufblühenden Frühlings!

„Um nochmals auf Papas Wuseligkeit zurückzukommen: Er fängt an den Frühstückstisch zu decken. Mittendrin fällt ihm ein, dass er ja noch den Mülleimer herunterbringen wollte. Die Zeitung knistert, weil er ständig die Blätter umblättert und keinen Artikel zusammenhängend liest. Außerdem zeigt er sich kurz angebunden. Wie lieb hatte er noch Mama, auf dem Sofa liegend, bewirtet! Wenn das nichts mit dem Anruf neulich zu tun haben soll, fresse ich einen Besen!"

„Welcher Anruf, Annika?"

„Ich vermute mal, dass seine Verflossene am Apparat war!"

„Ob sich deine Mama das nicht alles eingebildet hat?"

Amandas weitgeöffnete fragende Augen sind auf die Freundin gerichtet.

„Ich vermute es nicht, denn so einzelne verräterische Wortfetzen zwischen Papa und Mama sind mir vor Monaten schon ans Ohr gedrungen. Weißt du, liebe Amanda, was ich gemacht habe? Ich habe meine Ohren auf Durchzug gestellt. Mit solcherlei Fisimatenten wollte ich gar nichts zu tun haben!"

Die Freundin zerkaut gerade ein Stückchen Banane, das sie zuvor auf dem Party-Löffelchen aus dem Kakaogetränk gefischt hat. Zwischen ihren Zähnen lugt noch ein braungelbliches Bananenfisselchen hervor, als Amanda von ihrer Freundin jeden kleinsten Deut erfahren will, den sie aus den Wortfetzen des Telefonats aufschnappen konnte.

„Er wirkte wie ein aufgescheuchter Hahn, der ängstlich herumflattert und einen verstörten Eindruck hinterlässt."

„Welcher Art Worte hast du denn aufgeschnappt?"

„Ja, ja, ja, mein Pflichtgefühl…, Doppelleben…, irgendwas von hinters Licht führen, das kam auch noch zur Rede!"

„Annika, mir schwant was …" und dabei grinst sie wie ein Honigkuchenpferd „… ja, vielleicht fährst du demnächst dein Halbschwesterchen in der Kinderkutsche spazieren!"

„Hör auf! Hör auf! Darüber macht man keine Witze!" Annika presst die Hand auf ihren Mund, nachdem sie die Schreckensschreie ausgestoßen hat.

„Mein Papa ist anständig! Der macht solch einen Unsinn nicht!"

„Unsinn, dann sage nur noch, dass du auch durch einen Unsinn entstanden bist!"

„Ach, ich will jetzt nichts mehr davon hören … zum Donnerwetter!" Bevor sie endgültig ihren Mund hält, fügt sie aber doch noch an, dass es ja wohl einen Unterschied mache, ob ein Kind in ordentliche Verhältnisse hineingeboren wird oder in ein ziemliches Tohuwabohu!"

Irgendwie gar nicht lustig, sondern eher einsilbig und beklemmend verlaufen die nächsten Minuten. Mit einem Male kommt Annika wieder einmal ein Sprichwort in den Sinn: *Das schlägt dem Fass den Boden aus!* rezitiert sie aus ihrer Sammlung der Redewendungen. Ja, wirklich: *Das kommt mir reichlich spanisch vor!* Diese ganze merkwürdige Papa-Geschichte!

Bei diesem Gedanken kommt sie ins Stocken. Sie blinzelt mit den Augen. Verlegen, mit einem gewissen spitzbübischen Blick, gibt sie ihrer Freundin zu verstehen:

„Eine Schwester habe ich mir eigentlich immer gewünscht oder wenn's sein muss, zur Not auch einen Bruder, aber das könnte ja vom Altersunterschied eher schon mein eigenes Kind sein! Aber Spaß beiseite, was haben wir für dämliche Fantasien! Aber merke dir nur eines: Du bist schuld an dem ganzen dummen Gelabere, hast du's verstanden?"

Ganz so ernst kommen Annikas Worte nicht herüber. Das Blinzeln ihrer Augen ist verräterisch.

„Zum Wohl denn, auf welche Überraschung auch immer!"

Amanda ergreift ihr herziges Glas und fordert ihre Freundin auf dergleichen zu tun. Beim gegenseitigen Anstoßen lassen sie ihr Gläserlied erklingen:

„Zwei Herzen im Dreivierteltakt!"

Und Amanda gibt einen klugen Spruch zum Besten:

„Alles ist vergänglich, nur der Durst bleibt lebenslänglich!"

Kapitel   46

Dieses *Ich muss mit dir sprechen!* rumort in der Nacht schon gewaltig in ihrem Magen. Einem eckigen Stein gleich, der mit jeder Bewegung in der empfindlichen Schleimhaut die oberste feine Schicht erneut wundreibt, so fühlt sich das für Eleonore nun an. Und wenn unheilvolle Vorahnungen sich bei ihr ankündigen, dann duckt sich das *Ach, wird schon nicht so schlimm sein* derart in ihrem Herzen, dass es dem *Ach, das ist eine Katastrophe hoch 4!* jegliches Wüten überlässt, welches für den Magen eine katastrophale Wirkung zeitigt.

Eleonore trippelt von einem Bein auf das andere. Ihr Nachtdomizil hatte sie in ihr eigenes Zimmer verlegt. Gerade noch auf ihren vier Buchstaben hockend, nun auf zwei Beinen stehend, wobei mal das eine oder andere in die Höhe hüpft, erwartet sie ihren Mann, dem es heute scheinbar gar nicht eilt, seiner Frau Gesellschaft zu leisten.

Schließlich schlürft er ins Zimmer hinein. Mit gesenktem Kopf und hängenden Schulterpartien!

„Komm setz dich, Eleonore! Es ist besser, wenn du jetzt einen festen Halt hast!"

Und Eleonores Magen macht mal wieder seine Sperenzchen. Wie so oft in brenzlig zu werdenden Situationen! Er reagiert, wie immer sauer, so sauer, dass der ganze Schlund brennt.

Ihr Mann zieht flugs eine Rolle aus seiner Aktentasche. Merkwürdig, so durchfährt es Eleonore! Schaut aus wie eine Röntgenaufnahme, mutmaßt sie, tief verunsichert.

„Liebling, sag's rasch!" Sie merkt, dass sie nur noch gerade eben auf einen Absprung auf dem Stuhl hockt, ehe sie ihren Arm um seine Schulter legt.

„Haben die Ärzte dir eine schreckliche Diagnose zukommen lassen? Oh, du mein Gott, wie schauerlich! Du siehst in letzter Zeit auch wie ein Häufchen Elend aus!"

Jetzt ist er an der Reihe, seiner Frau ein Beruhigungspflaster zu verabreichen. Er streicht ihr über die Stirn, ein wenig tölpelhaft kommt es rüber, zumal seine Hände wie Espenlaub zittern.

Seine Stimme vibriert seltsam, als er seine Frau beruhigt, wohlweislich in der Gewissheit, dass er sie Sekunden später im höchsten Maße beunruhigen muss:

„Eleonore, mein Schatz, ich bin pumperlgesund, aber…" sie spürt, wie sich seine Hand in ihrer Schulterbeuge verkrallt und er zu lange auf dem Aber herumtritt, ehe er ihre Nase erneut auf das vermeintliche Röntgenbild stupst. „Das hier ist ein Ultraschallbild!"

„Und was habe ich damit zu tun?" will sie wissen und als sie so in eine Art Schnappatmung verfällt, ziemlich hörbar nach Luft und Worten schnaufend, da will er es ihr verhackstücken, das schwer auszusprechende Es, oder sollte man zutreffend das einen unvorbereiteten Menschen bis ins Mark und Bein treffende Sie, das Es in der Mehrzahl, sagen?

Klipp und klar und ohne Umschweife tönt es aus seinem Mund: „Es sind Zwillinge!"

Ihm poltert gleich ein ganzes Gebirge vom Herzen, das sich alsbald vor seiner Frau zu einem Riesenberg auftürmt. *Zwischen zwei Atemzügen lauert die Ewigkeit*, heißt es so schön, nur wie damit umgehen, dass diese so unverschämt lange dauern und mit einer kreidebleichen Person enden muss.

„Hör auf!" Eleonore hält sich die Ohren zu und ruft erregt: „Damit spaßt man nicht!"

Sinken, sinken, in den Erdboden hineinversinken, um niemals mehr in diese wahnsinnig verzweifelten Augen blicken zu müssen, durchfährt es den Mann. In Augen, die in größter Herzensbangigkeit um die grausame Wahrheit wissen! Er hockt ihr mit gesenktem Kopf gegenüber, zwischen beiden das Unheil versprechende dunkle geheimnisvolle Röntgenpapier ausgebreitet.

Neues Leben in düsterem Gewand!

Bleischwer stolpern ihre Worte aus dem Mund, die ihn erbleichen lassen:

„Wenn die Treue keinen Spaß mehr macht, dann ist es eine verflixte Liebe, auf die du dich eingelassen hast! Mein Gott, womit habe ich es verdient, dermaßen hintergangen zu werden! Weißt du, was du bist: ein elender Schuft!"

Noch nicht ein einziges Mal in ihrer Ehe war ihr die Hand ausgerutscht. Und dann passierte es tatsächlich! Ein derart gedemütigtes Menschenwesen schrumpft zu einem Häufchen Elend zusammen, unfähig auch nur ein Wörtchen herauszukriegen.

Wenn in einem betrogenen Ehepartner Wahnsinnskräfte aufbrechen, dann Gnade Gott! Eine Warnung an alles, was nicht niet- und nagelfest ist: Bitte in Deckung gehen!

Oh weh, eine Glasvase mit goldgelben Forsythien hat diese Warnung nicht mehr erreichen können, denn mit einem Schlag ergießt sich ein Wasserschwall über den Tisch und traurige Blütenköpfe gieren verzweifelt nach Lebenswasser, während das gute Glaskunstwerk in tausend Scherbenfitzelchen zu Boden stürzt.

Ungeachtet dessen stürzt eine verzweifelte Person, zwar nicht zu Boden, sondern zur Türe hinaus, das Häufchen Elend mutterseelenallein zurücklassend.

Kapitel 47

„Spieglein, Spieglein an der Wand?
Wer ist die Verweinteste im ganzen Land?
Die Schlaftrunkene im roten Seidenpyjama reibt sich mit einem feuchten Lappen den letzten Schlaf aus den Augen. Sie schauen heute Morgen nicht nur verquer in die Welt, sondern präsentieren sich als rotumrandete Augenschlitze, die nach einer Katzenwäsche keinen Deut frischer dreinschauen als zuvor noch.

„Mein Gott, Spieglein, Spieglein an der Wand, warum antwortest du mir heute nicht? Wie schön, wenn ich von einer betrogenen Leidensgenossin Beistand erhielte, eine, die auch Rotz und Wasser geheult hat, nachdem sie mit einer derartigen Katastrophe konfrontiert worden war."

Mit ihrer geballten Faust donnert sie gegen den arglos dreinschauenden Spiegel. Dann schreit sie wie von der Tarantel gestochen laut auf:

„Hallo, findest du nicht die Nadel im Heuhaufen? Aber eine doppelte Trefferquote hat sicher Seltenheitswert bei Ehebruchskonsequenzen, oder?"

Eleonore kämpft sich mit der Bürste durch ihr verstrubbeltes Haar, während sie mit sich wieder einmal hart ins Gericht geht:

„Akzeptiere es oder ändere es! Aber höre mit dem Gejammere endlich auf!"

Dabei stupst sie ihre geballte Faust gegen ihr Brustbein, gegen das seidige hauchdünne Etwas, das ausgerechnet ihr Mann ihr zum 10. Hochzeitstag überreicht hat. Seit unzähligen Tagen, seit verzweifelten Nächten kämpft sie nun mit dem Gedanken, es auf Nimmerwiedersehen der Versenkung preiszugeben. Oder soll sie es wagen das Ringen aufzunehmen, es, das Tragen dieses feinen roten Nachtgewands im Vorfeld einer beabsichtigten möglichen Versöhnung als ersten klitzekleinen Etappensieg gegen die Verbitterung zu feiern? Schließlich hat ihr Mann seine Entscheidung für Frau und Tochter getroffen!

Und unter Kämpfen hat sie sich geschworen, alles für den Erhalt ihrer Ehe zu tun. Nur für diese verquollenen Augen, diese rötlich gesprenkelte Augenhöhle hat sie sich keinesfalls entschieden. Sie mogeln sich wie unliebsame Gäste in ihr Leben ein.

Aber, so überkommt es sie mit einem Male, wer darf denn traurig sein, dass die Haut nicht mehr so runzelig trocken ist, wird sie doch durch Tränenbäche, vor allem des Nachts bestens durchnässt? Und für die Augen sind Tränen eine reine Wohltat, denn sie bedürfen keiner Extraportion Augentropfen, um ein feuchtes Fluidum vorzufinden.

Eleonore lächelt über ihre Gedanken. Wie habe ich es einmal so schön gelesen: *Ironie ist die letzte Phase der Enttäuschung!*

Nun, in ihren samtenen Hausanzug gehüllt, verleibt sie sich eine Tasse Tee ein, ausdrücklich vermerkt, keinen Buddha-Tee, sondern einen stinknormalen Earl-Grey, also einen durch und durch gräflichen Tee nach dem englischen Grafen Grey benannt.

Ein trüber Gedanke schleicht sich wieder und wieder bei ihr ein: In meiner Verbitterung schwelt der Schmerz über mein eigenes Versagen. Wie sehr rumort es in meinem Kopf und lässt sich nicht besänftigen! Von allumfassender Liebe gefaselt und dann die greifbare Liebe zu Mann und Kind mit Füßen getreten! Ich weiß, zu viele Leute müssen mit einer Enttäuschung leben, aber ich muss mit meiner Enttäuschung auch noch schlafen gehen. Aber Vorsicht! Eleonore, du weißt genau: *Selbstmitleid ist für den Kummer wie Salz für die versalzene Suppe.*

Eleonore hofft, dass der heiße Graf und die Dose mit den bunten Smarties ihre Lebensgeister wieder wecken werden. Annikas Worte haben einen äußerst empfindlichen Nerv bei ihr getroffen: *Male dir mal aus, wieviel Jubel und Heiterkeit durch zwei zuckersüße Babys uns ins Haus schneien werden, wenn Papa uns seine Brut vorführt!*

Ach, mein Gott, Annika, du findest diese lockeren Worte aus deiner Sicht verständlich, weißt du doch zum Glück noch nicht, wie bitter es sich für eine Ehefrau anfühlen kann, wenn trotz aller Verzücktheit über junges Leben ständig der Stich zu spüren ist, dass diese beiden unschuldigen Wesen ihr Entstehen ehebrecherischer Gelüste zu verdanken haben.

„Eleonore mach weiter so und du gerätst in Teufels Küche! Du weißt genau, dass du deinem Hass verdammen musst, um nicht für immer darin gefangen zu bleiben!"

Und dann wiederholt sie diesen Satz nochmals und nochmals und schließlich weiß sie, dass aller guten Dinge drei sein müssen. Deshalb reißt sie einen leeren Zettel aus ihrem Notizbuch, um diesen letzten Satz dort für immer zu verewigen.

Ich weiß, es ist eine äußerst verquere Idee von mir, jetzt das mit dem Zettel zu tun, was mir plötzlich in den Sinn kommt. Unterm Kopfkissen verstauen, nein, wer weiß, in wessen Hände er dort fallen könnte? Von daher wuchtet sie wenige Minuten später ihre Matratze hoch, um ihn, den vermaledeiten Hass-Satz, schließlich mit einem Pflasterstreifen auf dem Lattenrost festzukleben.

Und immer beim nächtlichen Grübeln werde ich mir bewusst machen, auf welchen großen roten Buchstaben ich mein Haupt bette. Und vermutlich kann es auch gar nichts schaden, wenn dem Gedanken Richtung Matratze ein Gebet in die entgegengesetzte Richtung folgen wird. Ein Gebet, das den Hass besiegen soll und mein Innerstes zur Ruhe bringen soll.

Kapitel 48

Dass eine Nacht so lang sein kann! Wie eine dunkle Ewigkeit erscheint es, wenn der Schaltknopf des Gehirns sich nicht umstellen lässt. Wo ist der Knopf, stöhnt Annika, sich das dicke Federbett vom Leibe reißend. Wo ist der Schalter, der der Kopfspukerei ein Ende bereitet? In meinem Kopf soll er der Traurigkeit über den Unfrieden zwischen Mama und Papa den Garaus machen. Und in Mamas Kopf soll der Schalter von Hassliebe auf echte Papa-Liebe umgeschaltet werden. Papa hat Mama ein für alle Mal gesagt, dass er einen Neuanfang mit ihr starten möchte und sie ihm um alles in der Welt verzeihen möge.

Wie schön, dass Ulrike, unser guter Geist, sich bereit erklärt hat, mit ihm *Tacheles zu reden.*

Oh, da kommt mir mal ein schönerer Gedanke zur Abwechslung: Ich muss ihn mir heute Morgen gleich hinten in mein Tagebuch vermerken. Nur nicht vergessen, löchriges Hirn! Du musst jetzt immerzu Schwerstarbeit leisten. Ich muss dich zunächst auf die Einkaufsquittung meiner neuen Jeans krakeln.

Tacheles heißt das komische Wort, was es auch immer heißen mag. Gesagt, getan, Licht an, Marker raus, das komische Wort drauf gepinselt, Licht aus und Schlaf her, bitte, bitte! Außerdem muss Mama bereit dafür sein, die Babys wenigstens ein ganz klein wenig lieb zu haben. Sie können doch gar nichts dafür, dass sie nicht in Mamas Bauch, sondern im Bauch von Papas Freundin herangewachsen sind. Und so ganz doll wird es für sie auch nicht sein, dass ihr Papa nicht immer bei ihnen wohnen und mit ihnen herumtollen kann. Ein Besuchspapa eben!

„Oh, schon 3 Uhr! Mitten in der Nacht! Und die Nacht bleibt so dunkel und so lang, wenn nicht gleich einer die Spukgestalten energisch zur Rede stellt!"

Annika starrt, während sie vor sich hinspricht, aus dem Fenster hinaus. Einige wenige Sterne glitzern in der Nachtschwärze. Ob ich mir einen von denen aussuchen und zu ihm beten soll? Oh, nein, so etwas tun doch nur Leute aus der Mama-Sekte! Sie fragen sogar die Sterne, wie sie was machen sollen. Gut, dass Mama jetzt nicht mehr so schlimm wie früher auf solche Leute hört und sich mit denen gar nicht mehr so oft trifft.

Ulrike sagt, dass ich mich lieber an denjenigen halten soll, der Himmel und Erde erschaffen hat. Und ihr besonderer Freund ist Jesus. Bei ihm fühlt sie sich gut aufgehoben, weil er selbst viel durchleiden musste, vielmehr als alle, die wir kennen, zusammengenommen.

„Ich versuch's einfach mal. Vielleicht klappt's auch bei mir, wenn es bei Ulrike funktioniert!"

Und so faltet sie spontan ihre Hände. Ihre flehenden Worte und ihr starkes Herzpochen werden doch Himmelsstürmer sein, daran hegt sie nicht den geringsten Zweifel. Als Schlafbringer fungieren sie auf jeden Fall. Noch bevor Annika ihr Gebet zu Ende bringen kann und sie die letzten verwaschenen Worte aushaucht, da überfällt sie eine bleierne Müdigkeit.

Mit der Hoffnung, dass Jesus ihr unvollkommenes Gestammel in ein sinnvolles Ganze einbetten möge, fallen ihr die Augen zu. Aber ER ist ja auch ein Alleskönner, hat Ulrike gesagt! Und die hat immer Recht! „Die Frau ist schließlich meine Lebensretterin…," murmelt sie todmüde „…und Lebensretterinnen, die müssen einfach Spitze hoch 4 sein!"

Kapitel 49

In guten wie in schlechten Tagen! Durch dick und dünn miteinander gehen! Liebe ist immer, einen Weg zu finden und nicht aufzugeben, alles hehre Vorstellungen, in meinem Kopf sind sie schon gespeichert, nur in meinem Herzen sind die noch nicht richtig angekommen. Es schmerzt und sticht und brennt und klopft und macht so allerhand Sperenzchen bei dem Gedanken, dass alles so werden kann wie früher.

Seit neuestem gelingt Eleonore zwar ab und an ein Perspektivenwechsel. Mal ein, zwei Minuten lang! Ihr perspektivisches Gegenüber offenbart eine ca. 40-jährige Frau mit einem superdicken Bauch und einem verweinten Gesicht. Eleonores Herz wird weich, nur für ein, zwei Minuten, eine gefühlte Ewigkeit, so lange bis die Herzenspein wieder Oberhand gewinnt und das Selbstmitleid weitere Blüten treiben kann.

Heute Morgen gelingt ihr eine Spur von Mitleid für die werdende Mutter zu empfinden, sogar ein wenig länger als zwei Minuten! Im Alter von 40 Jahren bleibt ihr nicht mehr viel Zeit zur Gründung einer Familie. Und nun muss diese Frau, zugegebenermaßen in den für sie falschen Mann verliebt, doch das große Unglück im Glück erleben. Das ersehnte traute Familienglück ist zerbrochen, der Mann ihrer Träume, mein Mann, hat sich umentschieden und sich seiner Zugehörigkeit zu Ehefrau und Tochter zurückbesonnen.

Wie traurig für diese Frau! Wie oft mag sie sich in den Schlaf weinen und darüber klagen, dass ihre Lebensträume zerronnen sind. Zusehends schmilzt ihr Mitleid, denn ein anderes drängendes Gefühl bemächtigt sie mit einem Male. Und das geschieht, obwohl sie sich einmal vorgenommen hat, niemals überstürzt in Wut zu geraten, denn Zeit ist immer genügend vorhanden. Aber Kopf ist eben Kopf und Bauchgefühle sprechen sowieso oft eine andere Sprache.

Warum nur musste sie derart in unsere Ehe eindringen und jede Vorsichtsmaßnahme missachten? Den Nachwuchswunsch in die Tat umsetzen, obwohl die Beziehung zum Liebhaber noch längst nicht in trockenen Tüchern war? Das zeugt nicht gerade von Verantwortungsgefühl! Sie spürt, wie sehr ihr die Wut zusetzt. Die Zornesröte steigt ihr in den Kopf.

Und als sie flugs ein Räucherwerk anzuzünden gedenkt, eines, das intensiv und würzig die Hellsichtigkeit fördern möge, nämlich das Eisenkraut, zuckt sie zurück, nur nicht schon wieder in den Dunstkreis magischen Denkens zurückfallen, nicht schon wieder von Steinen, Kräutern und dergleichen Wunderwerke erwarten. Ich will, ich will auf jeden Fall nicht mehr schwach werden und das Heil dort suchen, wo es nicht zu finden ist. Yvonne hätte mir jetzt per WhatsApp positive Energien gesendet, nein, um Gottes willen nein! Diese in Erweckung lebende Leutchen sollen mir mit ihrem Aberglauben endgültig gestohlen bleiben! Ich will mich auf keinen Fall, wie es Nicola mit ihren Klienten praktiziert, dem Mediumismus verschreiben, denn ich habe inzwischen begriffen, dass Kontakte mit verstorbenen Angehörigen sich nicht mit biblischen Aussagen vereinbaren lassen.

Aber ein einziges Mal einräuchern, *quasi auf Wolke 7 schweben*, das ist dagegen aber wirklich als harmlos anzusehen. Der Verbene, wie das Eisenkraut auch genannt wird, eilt der Ruf voraus, Visionen hervorzurufen. Ich werde es noch zum letzten Male inhalieren und gesagt, getan, eine Viertelstunde später sieht sie sich in ihrer Vorstellung als Liebende in den Armen ihres Mannes.

„Brr! Brr!" Die Türklingel reißt sie aus ihren Liebesvisionen und stupst sie mit einem Schlag in die Gegenwart. Der Postbote ist's, der ihr ein Päckchen bringt. Beim Auspacken fällt ihr der Titel: SCHAMANISCHE NATURRITUALE mit einer Karte von Yvonne in die Hand, auf der in Großbuchstaben geschrieben steht: WANDLE DEINEM ZIEL DER ERLEUCHTUNG ENTGEGEN! Wir unterstützen dich dabei!

Eleonore nimmt beides und knallt es in eine der Schubladen, wo die vielen anderen Geistwerke im Dunkeln vor sich hinvegetieren und dort keinen Schaden anrichten können.

„Führe mich nicht in Versuchung! Ich, Eleonore, werde mir nichts mehr aus diesen magischen Welten vorgaukeln lassen!"

Mit dem nächsten Atemzug wird das Räucherwerk auf die Terrasse verbannt - auf Nimmerwiedersehen! - und die weitgeöffnete Tür zum Garten lässt Gerüche samt Visionen nach draußen abziehen.

Eleonore stöhnt kurz auf und bemerkt:

„Ja, das Zusammenleben mit meinem Mann muss hart erarbeitet werden. Na, ja, sicherlich habe ich auch nichts dagegen, wenn der Odem des Heiligen Geistes unser beiderseitiges Zusammensein durchweht, aber dieses Gaukelwerk hier gehört bald endgültig der Vergangenheit an. Wir werden mit Ulrike zusammen ein Großreinemachen angehen! Aber erst dann, wenn unsere familiären Verhältnisse vollends geklärt sind. So lautete Ulrikes Vorschlag."

Beim Anbraten der Wirsingrouladen, ein Lieblingsgericht ihres Mannes, erfährt sie für einige Minuten wieder, dass man die ganze verzwickte Angelegenheit aus einem weiteren Perspektivwechsel sehen sollte.

Mein Mann, er war sicherlich mal glücklicher als im Moment. Wie heißt es so schön: Nichts ist falsch, wenn dein Herz sagt, dass es richtig ist. Aber, ob sein Herz das so genau weiß? Ob nur der Verstand ihn zu Frau und Kind zurückleitet? Nein, er bestreitet das und das glaube ich ihm durchaus. Wie lieb hat er mich in Krankheitstagen umsorgt. Aus einem schlechten Gewissen heraus? Nein, das glaube ich nicht. Das hätte ich gespürt.

Ich glaube eher, dass seine Lebensmitte an Zerrissenheit leidet, eigentlich ein wenig verrückt, wenn ich mir einen dicken Strich durch sein Herz, wie wir es landläufig als rotes Symbol darstellen, derart vorstelle: Jeder Person, die er liebt, die ihn lieben, gehört ein Drittel! Zwei Drittel gegen ein Drittel oder vielleicht doch dreiviertel gegen ein Viertel oder am besten Nullkommanull - Drittel für seine Ex-Geliebte. Was spiele ich hier verrückte Kopfspielchen, oder? Aber was würde sein, wenn zwei süße Engelchen oder auch Bengelchen das Pendel noch weiter in ihre Richtung ausschlagen lassen?

Ich muss ihm vertrauen, wenn er seine Liebe zu mir und Annika beteuert, basta! Und doch würde ich an seiner Stelle das Bedürfnis haben, der zukünftigen Mutter meiner Kinder mal über den Bauch zu streicheln, weil ein werdender Vater den Kontakt zu den Ungeborenen suchen möchte. Oh, weh, Eleonore, Achtung! Du steuerst wieder auf eine gefährliche Gedankenspirale zu! Dieser Bauch, den er einstens liebkost hat, soll jetzt mit einem großen Schild TABU versehen werden! Schluss jetzt, Eleonore! Mache dich nicht selbst verrückt!

„Ich lese jetzt ein Buch!" sagt sie sich und greift in das Bücherregal als erstes, ohne viel nachzudenken, nach: ALTE SEELEN, JUNGE SEELEN. Oh, nein, auch das noch? Instinktiv schlägt sie eine Seite mit der Überschrift auf:

TRENNUNG VON SCHULD UND UNSCHULD AUFHEBEN!

Oh, nein, der christliche Glaube sagt etwas anderes. Ich will jetzt endlich mal meine Ruhe mit dieserart Problemen haben! Stattdessen Abdriften in Fantasiewelten pur!

Und dann zieht sie sich einen richtigen Schmöker aus dem Regal. Mit 20.000 MEILEN UNTER DEM MEER lässt er sie für einige Stunden abtauchen in eine Welt fern ab von diesem selbstquälerischen *Hätte ich doch! Hätte ich doch nicht!* diesem verteufelten *Sollte ich doch? Sollte ich doch nicht?* und einem vermaledeiten *Müsste ich doch? Müsste ich doch nicht!*

Kapitel 50

Annika brütet über einer Mathe-Aufgabe, die es in sich hat. Papa zeigte heute Nullkommanichts an Geduld, ihr zu helfen. Ob es daran lag, dass sie so frank und frei, so wie sie es immer gewöhnt war, ihn danach fragte, was ihm auf dem Herzen liegt?

Annika liegt, alle viere von sich gestreckt, auf ihrem Bett. Dabei sagte Papa mir früher immer, nur wissbegierige Menschen werden kluge Menschen. Einsilbig, so würde Oma solch ein Papa-Verhalten nennen. Sei doch nicht so einsilbig, wirft sie mir manchmal vor, wenn ich keinen Bock darauf habe, ihr klitzeklein alles zu erzählen, womit sie ihre Neugier stillen kann.

Und Papa, der zeigte sich, ohne Frage, einsilbig. Nur ständig auf meine Frage: NEIN! NEIN! NEIN zu sagen, das ist keine sehr höfliche Art von ihm.

„Papa, ich bin enttäuscht von dir!"

Annika schleudert ihre Worte der Matroschka entgegen, dieser unschuldigen Mutterpuppe, die in ihrem Bauch nicht nur das Mini-Kind beherbergt, sondern mit ihm auch das Zugangsschlüsselchen zu ihrer Tagebuch-Freundin. Wird sie diesen Satz nicht als erstes ihr heute anvertrauen? Und tatsächlich ist es so! Aber sie muss sich noch weiter auskotzen und flugs landet wieder mal ein Buchstabenschwall auf dem Papier:

Ich habe Papa nur gefragt, ob er denn schon weiß, ob es Jungen oder Mädchen oder ein gemischtes Doppel sein wird. Ist es denn so schlimm, zu fragen, ob sie sich denn schon Namen für die Kinder überlegt haben.

Und welche Luhmutung muss es für ihn sein, wenn ich ihn darum bitte, dass ich den Tzwillingskinderwagen mit ihnen zusammen aussuchen darf.

Nein, Nein *und nochmals* ***Nein!*** *Ich glaube, dass er nicht will, dass seine Babys mit uns zu viel Kontackt bekommen.*

Annika legt kurzerhand Füller und Tagebuch zur Seite. So viel geht augenblicklich in ihrem Kopf herum, dass sie gar nicht weiß, wo sie anfangen soll und was sie alles zu Papier bringen will, denn beim Blick in den Himmel, der sich jetzt neblig verhangen zeigt, kommen ihr zu viele Gedanken, die zu ordnen ihr jetzt zu anstrengend erscheinen: Ob er es Mama zuliebe so will, weil sie dann immer daran erinnert wird, dass diese Kinder nicht in ihrem Bauch wachsen durften, sondern dass sie durch Papas Mittun im Bauch einer anderen Frau entstanden sind. Oh, was gibt es komplizierte Dinge auf der Welt!

Was mir gefallen hat ist, dass Mama und Papa sich, als Ulrike dabei war, vor ein paar Tagen die Hand gereicht haben. Als Zeichen der Versöhnung und dafür, dass unter allem, was an Schlimmem geschehen ist, ein Schlussstrich gezogen ist.

Papa guckte zwar komisch aus der Wäsche, aber er fügte sich schließlich doch, als Ulrike ein Kreuz aus ihrer Tasche nahm, beiden tief in die Augen blickte und sagte:

SO WIE DER HERR EUCH VERGEBEN HAT, SO VERGEBT EUCH AUCH UNTEREINANDER!

Sie nahm erst Mamas Hand, dann Papas und legte beide ineinander. Aber davor hat sie sich jeden einzeln vorgeknöpft und nach dem Einverständnis gefragt.

Und dann fügte sie noch hinzu:

Nun, liebe Annika, zum Zeichen, dass du die Dritte im Bunde bist, lege deine Hand auf die Elternhände!

Und weil sich das alles, was Ulrike sagt, gut anhörte, habe ich das auch so gemacht. Mamas Hand war glitschig. Papas zitterte ein wenig und meine, die war noch ein wenig fettig, denn ich hatte mir gerade einen Berliner Ballen aus der Küche gemopst. Mein Gott und das hatte ich noch nicht mal gebeichtet!!

Heute Morgen haben Mama und Papa sich sogar richtig nett unterhalten. Aber kein Wort ist über die Zwillinge gefallen. Ich habe auf jedes Wort genau aufgepasst! Aber das ist ja auch besser so! Ich will doch nicht schon wieder, dass Mama dabei anfängt zu heulen.

Wolln wir mal kucken, wie das zu Pfingsten wird.

Annika hatte völlig in Gedanken in ihrem Tagebuch weitergeschrieben. So ist ihr die Schreiberei schon so völlig in Fleisch und Blut übergegangen. Und ehe sie sich versieht, hat sie schon wieder eine ganze Seite zu Papier gebracht:

Ulrike meint, dass am Pfingschtsamstag der Großreinemachtag sein soll, damit am Pfingschtsonntag der Heilige Geist Einzug halten kann. Ich kann mir eigendlich nicht vorstelln, dass wir dann auf einmal völlig andere Menschen werden solln. Aber das is ja sowieso alles nur Glaube und den kann keiner messn oder wiegn. Aber der Glaube fühlt sich ganz gut an, besser als das ganze Essoterik-Geschwaffel oder wenn jemand an gar nix glaubt.

„Mein Gott, mein Füller gleitet im Eiltempo über die Seiten! Du meine Güte, 2 Seiten voll gepinnt! Ich werde noch als Schreibweltmeisterin in die Weltgeschichte eingehen! Nur muss ich jetzt aufpassen, dass meine Hand nicht als Krampf-Weltmeisterin Aufruhr erregen wird!"

Nach dem Zuklappen und Zuschließen ihrer Tagebuch-Freundin verspürt sie das Bedürfnis ihren Kopf zur Rosenblüte herunterzubeugen. Ein Duft zum Verlieben! Oh, ja, ein wenig Maiglöckchen, ein wenig Aprikose und ganz viel Rose ist drin vermengt!

Wer so etwas Schönes schafft, der ist wirklich ein Künstler, bewundert sie die Pflanzenschönheit und merkt dabei, wie appetitanregend dieser Duft ist. Und im Kühlschrank draußen wartet ein soo! leckerer Hähnchenschenkel auf mich. In den kann ich im Gegensatz zur duftenden Blüte wenigstens kräftig hineinbeißen.

Kapitel 51

„Potzblitz! Wer hätte das gedacht?" Annika liest sich den soeben fabrizierten Tagebuchsatz selbst vor und muss dabei lächeln. Dann fliegt die Feder nur so über das Blatt, denn zu viele Gedankenfunken sprühen aus ihrem Hirn:

Das klingt zu lustig, findet sie und lässt das Füllerende zwecks intensivster Kopfarbeit in den vorderen Teil der Mundhöhle wandern. *Das klingt nach: Da bleibt mir die Spuke weg und nach Ach, du griene Neune!*

Letzteres fabuliert sie und verzieht ihr frisch rougiertes Mäulchen beim weiteren Schreiben derart, dass es einem dicken roten Strich gleicht, der ihrem Gesicht eine komische Note verleiht. Grinsen nennt man das auch, obwohl dieses, wie Annika empfindet, immer einen klitzekleinen negativen Beigeschmack hat. Aber darüber sinniert sie begeisterungsfähig, ehe sie einen Schwall Wörter aufs Papier verbannt:

Ich lache mich dumm und dusslig bei der Vorstellung, dass ich demnächst einen Twillingswagen spazieren fahren darf. Wie interessant klingt das, sich an etwas Schönem zu weiden. Dieses schöne Wort stamt aus meiner Samlung. Da stelle ich mir bildhaft eine Weide vor, auf der die Viecher sich voller Wonne am frischen Gras laben. Auch so ein tolles Wort! Mit ehnlicher Wonne und Stolz werde ich mein Schwesterschen in Rosa und mein Brüderschen in Blau vor mir herschieben. Vielleicht auch auf einer Weide, aber Vorsischt: Die Babys dürfen nicht in Gefahr geratn. Aber, so habe ich mir in der letzten Nacht den Kopf drüber zerbrochen, ob ich mich denn überhaupt über ein halbes

Brüderschen und ein halbes Schwesterschen genauso freuen werde wie über ganze Exemplare.

„Nein, oh Gott…" redet sie weiter als sie zum Fenster herausblickt: „…wie grausam der Gedanke, ein Menschlein mit nur einem Beinchen und einem Ärmchen, einem halben Kopf und einem halben Herzen! Und doch werden sie für mich nur Halbschwester und Halbbruder sein, eben weil diese sich ausgesucht haben, nicht in Mamas Bauch heranzuwachsen. Aber ich habe beschlossen, meine Halbgeschwister genauso wie Ganzgeschwister liebzuhaben! Basta!"

Aber irgendwie wird es auch so kommen, dass ich keinen ganzen Papa mehr, sondern nur noch ein Drittel vom Papa habe! Aber Papa wird wenigstens bei uns wohnen, weil er sich vor Pfingsten mit Mama wieder ausgesöhnt hat.

Kapitel 54

„Amanda, meine Beste! Wirst du dich willigst dazu bereiterklären, als geduldiger Packesel meine Lasten auf deinem starken Rücken zu verfrachten?“

Die Zimmertüre zu Annikas Reich ist weit aufgesperrt, als beide Freundinnen sich beherzt umarmen.

„Aber ehrlich, meine Freundin, so stark ist dein Rücken auch wieder nicht!“, sagt's und streichelt Amanda über deren Schultern, ehe ein Klaps auf den Rücken die Begrüßung beendet. „Oh, meine Liebste! Ich weiß, dass in deinem feingliedrigen Rücken ein robustes Rückgrat steckt!“

„Du meine Güte! Lass mich nicht so zappeln! Wer ist der Mörder? Raus mit der Sprache!“

Amanda gackert wie eine Henne, als sie einen Refrain anstimmt, der ihr buchstäblich gerade in ihre Ohren gesegelt kommt:

„Der Mörder war immer der Gärtner … und der schlägt erbarmungslos zu!“

Annika zieht ihre Freundin aufs Sofa, mitten auf das weiße Plüschfell, so dass ihr Podex die besten Bedingungen für ein gutes Sitzfleisch bekommt.

„Woher weißt du das vom Gärtner, Amanda? Hast du hellseherische Fähigkeiten?“

Mundmuskelbewegungsapparat, dieses ellenlange Wort kommt ihr gerade in den Sinn, als sie Amandas Lippenbewegung erforscht. Das Suchen haben sie vor kurzem mal in einer Vertretungsstunde gemacht. Amanda entgeht keineswegs der geistesabwesende Gesichtsausdruck ihrer Freundin, als sie sie anstupst und sie fragt:

„Eh, du, verweilst du mal wieder im Wolkenkuckucksheim?"

Annika muss lächeln. Der Gärtnermörder, das lange Donaudampfschifffahrtskajütenkapitän-Wort sowie das lustige Wolkenkuckucksheim, alles will gleichzeitig aus ihrem Mund herauspoltern, so dass sie schließlich einen ganz neuen Annika-Wortschöpfungssatz von sich gibt:

„Mörderkapitänskajüte mit Kuckucksdampf! Oh weh, wenn ich auf das Ende seh`! Simsalabim! Auf einem Baum ein Kuckuck saß ..., da kam ein junger Gärtnermann, der zieht sich gleich ein Dreiergespann an Land!"

„Und er war der Mörder?" Amanda gackert bei ihrer Bemerkung wie eine Meute Hennen, als sie das fragt.

„Du meine Güte! Nur keine bösen Gerüchte in die Welt setzen! Papa hat mir lediglich anvertraut, dass die werdende Zwillingsmutter einen alten Liebhaber, einen Gärtner aus Wolkenkuckucksheim, wieder getroffen hat. Oh, je, was erzähle ich da für einen Schmarrn, natürlich aus Heimsheim, meine Liebe! Aber mit den beiden soll es Ernst sein, so hört man!"

„Ja, das meintest du also eben mit Dreiergespann! Gleich drei auf einen Schlag bekommt der Gärtner, der allem Anschein nach keinem Mörder ähnlich zu sein scheint, frei Haus geliefert!"

Amanda guckt ihre Freundin verdutzt an, so als könne sie es gar nicht glauben, dass es für einen Mann in Ordnung geht, wenn im Bauch seiner Frau fremde Kinder heranwachsen. Annika spürt die Vorbehalte, die ihre Freundin hegt. Sie zieht so komisch ihre Nasenflügel zusammen. Und dann pflichtet sie ihr bei, nachdem sie ihr eigenes Bauchgefühl hinterfragt hat. Das gestaltet sich gar nicht so leicht, wenn knurrende Magengeräusche dazwischenfunken:

„Ja, die Dame in Rosa und der Herr in Hellblau, die werden dann zwei Väter haben, einen Gärtner-Vater und einen Büro-Vater! Erst viel später werden sie wissen wollen, wer denn ihr leiblicher Vater ist. Ich glaube, dass Papa es jetzt nicht als so schlimm ansieht, dass die werdende Mama ihre Sorgen bei dem Gärtner abladen kann. *So brauche ich mich nicht so verzetteln und kann mich auf meine Kernfamilie konzentrieren*, wird er diesbezüglich denken."

„Ja, Annika, irgendwie ist alles ein wenig chaotisch! Und das alles nur, weil deine Mama einer Sekte aufgesessen war und ihre Familie links liegen gelassen hat!"

„Ja, und nein, meine Liebe! Die Zwillinge aber verdanken ihr Leben nun einmal diesem Chaos! So ist es nun einmal im Leben: Des einen Freud, des anderen Leid!"

„Mein Gott, Annika du sprichst wie eine Alte! Du wirst mir langsam unheimlich, weißt du das?"

„Komm, lass uns fetzige Musik reinziehen! Verschon` mich nur mit: *Der Mörder war wieder der Gärtner!* Lieber etwas von Justin Timberlake!"

Mit einem Schlag zieht Amanda ihre Freundin zu sich hoch, drückt auf eine Handytaste und schon geht die *Timberlake-Post* ab!

Das Gickern und Gackern nimmt kein Ende und ruft sogar Mama auf den Plan, mal nach dem Rechten zu sehen.

„Mein Gott, ich dachte schon, dass ich plötzlich inmitten eines Hühnerstalles gelandet wäre!" lacht sie und zieht schnell wieder ihren Wuschelkopf aus dem Türspalt heraus.

Kapitel 52

„Diese verflixten Weiber! Oh nein, verflixt und zugenäht sollte zukünftig nicht mehr zu meinem Wortschatz gehören! Aber schrecklich sind sie doch und aufdringlich dazu, diese ESO-GESTALTEN!"

Eleonore zieht die Bücher einzeln aus einer großen Tüte, die heute Morgen vor der Tür lag.

„Weg damit: Buch 1 wird als erstes geschreddert und danach droht den anderen vier das gleiche vernichtende Schicksal, basta!"

Sie mögen alle miteinander für sie einmal nach Verheißung geklungen haben, dieses: EIN WEG ZUR FREIHEIT UND WÜRDE, das Buch IKIGAI-WEGE ZUM GLÜCKLICHSEIN, DAS EINSSEIN MIT DEM UNIVERSUM! und schließlich WELTENGEHER und DER WEG DES SPIEGELS!

Apropos Spiegel äußert Eleonore sich an einem Drunter- und Drüber-Tag mit so allerlei Ecken und Kanten wie folgt:

„Da ist er doch noch immer an derselben Stelle, wie eh und je, genauso wie seine Kameraden das Zeitliche noch nicht gesegnet haben. Die bunten glitzernden Steine um den Spiegel herum! Sie bedeuten mir nun nicht mehr als bloße Naturschönheiten, vom Schöpfer in wunderbarer Kleinstarbeit gestaltet."

Selbst Pickel Nr. 1 und ähnlichen Kumpanen gelingt es nicht mehr, die Spiegelfrau wie ehedem außer Rand und Band zu bringen.

„Stirnfalte quer, die mit den tiefen Furchen, schafft es nimmermehr, mich in Aufruhr zu versetzen. Aber so wie es mir scheint, ist sie eingelaufen, vielleicht zu heiß gewaschen wie ein Nylon-Wäscheteil bei 90 Grad oder vielleicht durch

Glaubensglut ausgetrocknet. Keine Überanstrengungen mehr durch konsequentes Auf-der-Hut-Sein nach Selbstoptimierung. Das kann für den Teint nur von Vorteil sein! Jetzt lasse ich mich mehr beschenken! Das gibt mir mehr Freiheit. Sicher muss ich das Geschenk auch sinnvoll verwalten und es wuchern lassen, aber der permanente Druck ist raus."

Eleonore streichelt über ihre Augenlider. Sie sind leicht geschwollen. Was soll's? Nicht der Aufregung wert! Wattetupfer, mit schwarzem Tee getränkt, werden Abhilfe schaffen. Katastrophengeschwätz, das war gestern!

„Ja, ich habe nämlich etwas Besseres gefunden! Oder sollte ich vielleicht sagen: Jemand Besseren! Jedenfalls will ich gleich die Anmeldung für die Frauenfreizeit mit Ulrike in der Normandie unterschreiben. Sie steht unter dem Thema: GOTT, DER FREIHEITSSCHENKER PAR EXCELLANCE!"

Und beim Griff zum Füllfederhalter hält sie kurz inne: Ein Gedanke kommt ihr und der ist ihr so wichtig, dass sie ihn sofort auf einen Notizbuchzettel notiert Und dieser müsste eigentlich direkt gleich in mein Herz geklebt werden, so wichtig wie er ist:

Wenn Gott dir die Freiheit gibt, dann gib meinen beiden Liebsten auf der Welt die Freiheit, sich weiterzuentwickeln, ob idealerweise auf deinem gewählten Weg oder einem anderen.

Zur Beruhigung gesteht sie sich dann doch noch zu: Für Menschen, die ihr alles bedeuten, ein Gebet nach oben zu richten und dann in der Hoffnung, dass es kein Ammenmärchen ist, dass da oben jemand ist, der auf eine enge Beziehung zu ihr wartet.

„Potzblitz!" ruft sie, als sie zur Küche schwebt und einen Zettel aus der Box von Ulrike herausholt. Einen Stift dazu und einen Einkaufszettel schreiben, heißt es jetzt. In ihrem Kopf herrscht ziemliches Chaos. Aufgespießte Rinderrouladen,

Manuels Lieblingsgericht, tanzen wild mit flambierten Bananenstücken, Annikas Leib- und Magenspeise, ein Tänzchen.

Hoffentlich wickle ich nicht zu guter Letzt die Rouladen - Nadeln um die Banane rum! Bei diesem merkwürdigen Gedanken fällt ihr Blick oben auf den gedruckten Tagesspruch, der auf jedem Zettel obenan gedruckt erscheint. Und der heißt heute:

„SAGT IHM, WAS EUCH FEHLT UND DANKT IHM!"

„Oh, Gott, weißt Du was mir fehlt? Bratfett, damit das Fleisch knusprig wird, denn nur scharf angebratenes Fleisch mag mein Mann!"

Lachend, mit den Worten: DER DANK FOLGT SPÄTER, verlässt sie die Küche mit dem Korb, Geldbörse und Einkaufszettel in der Hand, um sich im Flur ausgehfertig zu machen.

Kapitel 53

„Eleonore! Ich hab´ mir was überlegt!"

Ulrike fällt heute aber direkt mit der Tür ins Haus, denkt sie und kann es kaum erwarten, bis dass der Überraschungsgast erst seinen Mantel abgelegt und sich hingesetzt hat, bevor sie ihn mit Fragen bombardieren kann. Schließlich ist sie mit den Knigge-Regeln voll vertraut. Im Wohnzimmer lässt Ulrike sich in den erst besten Sessel plumpsen, ehe sie ein klitzekleines Beutelchen vor Eleonores Augen hin- und her tanzen lässt.

„Ich hab´ doch selbst Tee, meine Liebe!"

„Das weiß ich doch, aber keinen christlichen wie diesen hier! Klingt das nicht nett, was hier auf der Verpackung steht? Und schon hält sie die bunten vielversprechenden Buchstaben ihrer Freundin vor Augen. Eleonore muss lächeln, als sie vorliest:

„BEFEUERT VON TEE UND JESUS! Ich muss da an die Tassen mit christlichen Aufdrucken denken wie: JESUS IST DER ANKER MEINER SEELE! Da sind zwar mit solchen Ideen wieder Geschäftemacher unterwegs, wenn ´s aber für eine gute Sache ist, lass ich mir das gefallen. Ich schnappe mir eben meine neue Keramik-Teekanne und dann können wir unsere Befeuerung in Augenschein bzw. in Geschmacksgewahrsam nehmen!"
Die ersten köstlichen Schlucke rinnen durch die Kehlen.

„Warm und köstlich! Die Tee-Befeuerung ist schon im Gange, aber für die Jesus-Befeuerung brauche ich wohl etwas länger. Aber nun, meine Liebe, nun mal Butter bei die Fische! Jetzt fiebere ich deiner Überlegung entgegen. So wie du es in die Welt hinausgeschrien hast, scheint es etwas Positives zu sein."

„Ja, liebe Eli," meint Ulrike, in ihrer Teetasse stochernd, um den braunen Kandis in einen anderen Aggregatzustand zu befördern.

„Das war eben ein gewisser Dämpfer, als du das mit Jesus sagtest, aber ich werde dich trotzdem an meinen Überlegungen teilnehmen lassen."

Als Eleonore kräftig nickt und ihre Augen erwartungsvoll auf den noch geöffneten Mund ihrer Freundin gerichtet sind, holt diese aus, um ihren Gedanken freien Lauf zu lassen:

„Ich habe, vielleicht ein bisschen voreilig... ist ja nur ein Angebot! ...mit unserer Pfarrerin geklönt und ihr ein bisschen von dir erzählt. Keine Angst, du brauchst dein Gesicht gar nicht zu verziehen!" - sie hatte gerade beobachtet, wie Eleonores Stirn sich kräuselte und sie ihre Unterlippe fest auf die Oberlippe gepresst hält, während ihre weit aufgeklappten Augen Bände sprechen.

„Ich habe eigentlich nur vage Andeutungen gemacht, so von wegen, dass meine Freundin aus der Esoterik ausgestiegen ist und nun den rettenden Anker für ihre Seele sucht! Ganz anonym ohne Namensnennung!"

„Wirklich nicht noch mehr von dem ganzen Kladderadatsch in unserer Familie?"

„Wo denkst du hin! Es wäre allein an dir bei einem Vier-Augen-Gespräch ihr dich anzuvertrauen und dein Herz auszuschütten. Ich habe nur allgemein nachgefragt, ob es generell möglich sei, an Pfingsten jemanden das Sakrament der Taufe zu spenden. Ich finde, dass dieser Termin der Geistausschüttung super als Tauftermin passen würde. Aber das sei jetzt, so die Pfarrerin einzig und allein die Entscheidung des erwachsenen Täuflings. Daraufhin hat sie mich gebeten, dir auszurichten, dass du jederzeit mit Voranmeldung alles Nähere mit ihr besprechen könntest. Das ist doch so in deinem

Sinne, oder? Eleonores Augen sind jetzt ziellos in die Ferne gerichtet. Auf die Terrasse und in den Garten hinein. Ein Lächeln kann sie nicht verbergen. Da sprudelt auch schon ein Gedächtniseinfall aus ihr heraus:

„Oh, feiern könnten wir gut im Garten. Es grünt und blüht so herrlich!"

Ulrikes Augen strahlen einen Moment auf, trüben sich aber ein wenig ein, als Eleonore sogleich wieder eine nachdenkliche Miene aufsetzt, um seufzend preiszugeben:

„Ich habe mich ja eigentlich schon entschieden, aber, wenn es jetzt wirklich ums Ganze gehen soll, fürchte ich, dass ich meine Freiheit völlig aufgebe."

Sie stiert auf den klitzekleinen Kekshappen, der in ihrer Hand darauf wartet, in ihr Schnütchen zu wandern. Ulrike spürt den Genuss, den ihre Freundin beim Verspeisen des weit über Hamburg hinaus bekannten Kemm`schen Kuchens verspürt.

„Die Dose mit dem Michel drauf und guck´ mal die Zahl 1787 drauf - das Gründungsjahr der Firma Kemm in Altona! Meine Schwester hat sie mir neulich mitgebracht und mit dem Spruch überreicht, der in Hamburg die Runde macht: Ein Keks, so cool wie die Reeperbahn! Aber jetzt mal zum Allercoolsten: Marin Luther hat in seinem wunderbaren Buch ´VON DER FREIHEIT EINES CHRISTENMENSCHEN` immer wieder darauf hingewiesen, dass der Mensch allein durch den Glauben an Gott gerechtfertigt wird. Denk´ daran, welche Bedürfnisse in der Esoterik bei den Anhängern geweckt werden. Der Esoteriker ist enormen Zwängen ausgesetzt, um spirituell weiterzukommen. Als Belohnung wartet quasi die nächst-höhere Seins - Stufe auf dich. Laut Luthers Lehre bedarf es bei Christen keiner strengen Forderungen. Allein der Glaube genügt. Keine Gesetze und keinerlei Werkestreue bringen für den Christen Befreiung."

Eleonore nickt, steckt sich noch den Rest des köstlichen Kuchens in den Mund und meint:

„Ja, Ulrike, wenn dem Glauben auch so eine feine Würze wie die der Kekse zu eigen ist, dann würde es sich lohnen, Nägeln mit Köpfen zu machen. Ich neige nämlich, wie du mich inzwischen kennst, dazu, alle wichtigen Entscheidungen auf die lange Bank zu schieben.

Ulrike schöpft, wie so oft, aus ihrem Gedächtnisschatz, indem sie wieder einmal gehortete Sinnsprüche zum Besten gibt:

„WENN DU EINE ENTSCHEIDUNG TREFFEN MUSST, UND DU TRIFFST SIE NICHT, IST DAS AUCH EINE ENTSCHEIDUNG! … oder auch…
ES IST NICHT SCHWER, ENTSCHEIDUNGEN ZU TREFFEN, WENN DU DEINE WERTE KENNST.“

Mit einem Male ist Ulrike aufgesprungen, so eilig wie sie hereingeplauzt kam, ist sie wieder an der Türklinke. Sie winkt ihrer Freundin eilends zu und begründet ihre Hetze so:

„Mein Gott, mein lieber Mann wünscht heute Mittag Currywurst… aller Jubeljahre geschieht das mal! … und die Schlächterei STRIGA… weißt du, diese am Alsterdorfer Ufer… die schließt doch gleich!“

Noch bevor das Türschloss hinter ihr zufällt, vernimmt sie Eleonores unüberhörbare Worte:

„Das mit den Werten, das hat mir gut gefallen, Ulrike!“

Und die Angesprochene lächelt ob dieser ohrengefälligen Äußerung.

„Das mit der Taufe ist geritzt!“

Eleonore wirft der davoneilenden Freundin, gegen den aufkommenden Sturm kämpfend, diese Worte noch zu; Worte, die sich ohne Mühe gegen das Wetterunbill stellen, um bei der Empfängerin für ein wohliges Gefühl zu sorgen.

Kapitel 54

„Mann o Mann, Annika! Was für ein Kunstwerk hast du denn wieder fabriziert?"

„Erstmal möchte ich folgendes klarstellen: Ich fühle mich ganz und gar nicht als Mann. Diese Anrede im Zusammenhang mit dem weiblichen Namen Annika, würde ein Pauker aber dick rot unterstreichen. Wenn du ´Frau o Frau` gesagt hättest, wäre das nicht so tragisch, aber passender…"  und Annika lächelt ihre Freundin verstohlen grinsend an, … aber viel zutreffender wäre natürlich ´Fräulein o Fräulein`."

Amanda findet das ganze Thema wohl süffisant, denn sie schnappt sich eine Hand, die sie an ihren Mund presst, um dahinter ihr Kichergeräusch zu verbergen.

„Aber wenn du schon so neugierig bist, dann verrate ich es dir gleich. Aus lauter Jux und Dollerei habe ich mir einen Zeichenblock in Größe XXL besorgt und mal wild mit meinen verschiedensten Wasserfarben experimentiert. Aber vor allem die Deckweiß-Tube habe ich in null Komma nichts aufs Papier verbannt."

„Ja, ich sehe dir, Annika, der Künstlerin an, dass sie eifrig alle möglichen Farben gepanscht hat, aber die längliche große Farbfläche in ziemlich reinem Weiß nimmt den meisten Platz ein…. Ich will mal rätseln: Hier ist eine liegende Frau in einer langen weißen Robe dargestellt, die auf der Seite liegt und deren Blick auf ein großes Glaskreuz an der Holzwand gewendet ist. Lockige Haare umspielen das Gesicht, das friedlich und entspannt wirkt. Aber was auch kolossal ins Auge sticht, ist eine übergroße gelb-bräunlich Hand, die scheinbar fest auf den Frauenkopf gepresst ist."

„Gepresst würde ich es nicht nennen. Es soll eine segnende Hand sein. Zugegebenermaßen wirkt die riesige Pranke etwas beängstigend. Das ist mir, ehrlich gesagt, etwas misslungen. Aber sicherlich gibt es auch riesige Pfarrerhände, die sich so breit ausstrecken, dass sie das, was ich vermitteln wollte, ausdrücken können."

„Was soll das zweimal gemalte „BÄH, BÄH!" oberhalb des Mundes? Klingt bald wie Babygeschrei!"

Beide Mädchen hängen mit ihrem Kopf über Annikas Kunstwerk, das sie auf dem Fußboden platziert hat.

„Amanda, ich will dir erklären, was ich mir dabei gedacht habe. Stell´ dir das mal vor: Mama will sich an Pfingsten taufen lassen. Sie hat mit der Pfarrerin ein Taufgespräch geführt. Weißt du, Mama kommt mir auf dem Bild wie ein Mischmensch vor!"

„Annika, meinst du ein Mischwesen oder, wie Papa mir mal erklärt hat, einen Zwitter?"

Die Angesprochene beginnt zu kichern, als sie feixend feststellt: „Zwitter, Zwitter, welch ein lustiges Wort! Aber ich hatte wirklich so komische Gedanken beim Malen. Mama ist ein Taufkind, ein riesiges zwar, eins mit weißem Taufkleid und eins, das auf einem weißen weichen Kissen liegt. Mama hat mir erzählt, dass sie sich ein weißes Rüschenkleid kaufen will. Meine Mama habe ich als Mama gemalt, mit braunen lockigen Haaren. Aber sie ist gleichzeitig auch ein Baby, das schreit, als ihr der Pfarrer ein paar Tropfen Weihwasser über die Stirn laufen lässt."

Annika springt mit einem Male ruckartig auf und befördert ihr Kunstwerk auf ihr Bett! Komm, Amanda, wir machen ein Zwittertänzchen! Sie ergreift deren Hand, fasst sie um die Schulter und zieht sie mit den Worten: „Es ist keiner da!" auf den Flur, um mit ihr hin und her ein wildes Tänzchen zu wagen. Der Tanz wird von dem Singsang: „Hoch soll es leben! Das

Mama-Baby, das Mama-Taufkind! Es lebe dreimal hoch! Hoch! Hoch! Hoch!"

„Mein Gott, mich hat der Drehwurm gepackt! Komm, lass uns wieder auf dein Zimmer gehen!"

Und weil Annika eine gehorsame Freundin ist, verschwinden beide hinter Annikas Zimmertür.

Kapitel 55

Was wohl Ulrike dazu sagen wird, geht es Eleonore durch den Kopf, als sie vor dem Spiegel stehend, eingehend ihre neue weiße Robe in Augenschein nimmt. Sie streicht nachdenklich über den fein geriffelten Rüschenkragen, ehe sie mit beiden Händen sanft ihre Hüften massiert.

„Oh, wie glatt und weich, dieser Wohlfühlstoff! Nur weiter oben der Kragen erinnert mich an ein Beffchen, das ein evangelischer Pfarrer gewöhnlich am Talar trägt. Nur ist der Kragen bei mir ausgeprägter als beim Herrn Pastor oder dessen weiblichem Pendant, denn die Rüschen winden sich um meinen ganzen Kleiderausschnitt. Ist ein weißes Kleid für eine erwachsene Frau zur Taufe passend? Ob meine Wahl als angemessen zu bezeichnen ist? Die Taufkleider für Kinder sind wohlweislich in reinem Weiß gehalten. Aber in meinem gesetzten Alter?"

Mitten im zweifelnden Selbstgespräch nimmt sie die Türglocke wahr.

„Ach, ja, Ulrike will ja vorbeikommen, um sich meine Neuanschaffung zu betrachten."

Jäh aus ihrer Träumerei gerissen, eilt sie zur Tür, um den Türknopf zum Öffnen der Haustür zu bedienen. Oh, wieso kommt Ulrike heute so schleichend die Treppe herauf, überlegt sie sich und ist bass erstaunt, als sie ihre Freundin, mit zwei Bällchen, weit von sich entfernt haltend, balancieren sieht. Millimeterweise nähern sie sich ihrem weißen Festtagskleid, dieses rote Erdbeereis und dieses dunkelbraunes Schokoladeneis, ehe Eleonore noch rasch zur Seite ausweichen kann. In ziemlicher Erregung schreit sie:

„Oh, du meine Güte! Ulrike, warum hast du nicht gleich reagiert, als du mich an der Tür in weißem Taufgewand entdeckt hast?"

„Oh, das tut mir leid! Ich konnte nicht ahnen, dass du mir schon mit dem Tauf-Outfit entgegenkommst. Eleonore, entledige dich erstmal dieses Gewandes und schlüpf in deinen plüschigen dunkelblauen Hosenanzug! Rasch mit dir nach oben! Nach unserer Schleckerei kannst du mir mit sauberen Händen dein Kleid vorführen!"

Und gehorsam, wie Eleonore nun einmal ist, jedenfalls Ulrike gegenüber, schleicht sie aus der Tür heraus, um sich mit der einen Hand am Geländer festzuhalten, mit der anderen, Stufe für Stufe erklimmend, die Bahnen ihres Kleides bei dieser Prozedur zu bändigen.

Als das blaue Plüschwesen wieder nach unten stampft, da erblickt sie, dass Ulrike, diesmal geistesgegenwärtig, die Eistüten auf je ein Tellerchen platziert hat. Zwei Servietten liegen daneben. Nachdem Eleonore sich auch auf dem Sofa niedergelassen hat, kurz vor dem Eisschlecken, dreht sie sich zu Ulrike um und feixt wie ein kleines Kind. Statt eines oder zwei BÄHS kommen doch eher erwachsengemäße Worte aus ihrem Mund:

„Mein Gott, das wäre aber eine ganz extravagante Variante des Taufkleides geworden. Mit roten und dunkelbraunen Punkten, Schlieren oder, wer weiß was für neumodischen Dekorationen!"

Nun bricht auch die Freundin in Gelächter aus. Schließlich blicken sie entsetzt auf das Eis, das seine Tellerumgebung bereits künstlerisch mit braun-roten Schlieren verziert hat.

„Jetzt aba ma Butter bei die Fische! Et löppt un löppt!"

Und flugs schlecken die beiden Mütter gierig wie gewöhnlich ihr Nachwuchs die schmierigen Ballen auf und müssen Angst davor haben, dass die weichgewordene Waffel in ihren Händen gleich auf Nimmerwiedersehen verschwindet, noch ehe sie die Geschmacksknospen in beiden Mündern streicheln durfte.

„Eli, mich hat es mächtig gejuckt, als ich vor deinem Haus unten den Eiswagen von Paule gesehen habe."

„Oh, ja, wie in alten Zeiten! Leute aus der Nachbarschaft haben immer wieder vom zeitlosen Paule erzählt. Er ist schon seit bestimmt vierzig Jahren auf Tour und hat heutigen mittelalterlichen Leuten sein Eis ehemals in die Patschhand gedrückt. Und was er bis heute gemacht hat und wohl bis zu seinem Zusammenbruch vor oder in seinem klapprigen Gefährt machen wird, ist, dass er laut schreiend verkündet:

„In ´ne Reeg opstelen! Orden mutt sin!"

„Ulrike, noch etwas anderes kurz nebenbei: Ich habe gestern ein Video von einer verflossenen Genossin erhalten. Keine Angst, ich habe mich von dem Inhalt nicht becircen lassen, hab` nur kurz mal reingeluchst! Ich weiß jetzt eines umso mehr: Ich liege mit meiner Entscheidung goldrichtig. Eine sogenannte THEKI-Akademie legt dem verstorbenen bekannten Schauspieler Anthony Hopkins folgende Aufforderung in den Mund: ´Damit durch negative Energien euer eigenes Energielevel nicht in Mitleidenschaft gerät, erteile ich den Ratschlag, euch nur mit gesunden und wohlhabenden Menschen zu umgeben! ´"

„Oh, oh…," unterbricht Ulrike ihre Freundin „… so etwas ist ja zutiefst menschenverachtend und antichristlich! Aber jetzt mal zu dem eigentlichen Grund meines Hierseins: deine Taufe. Hast du dir wegen der Paten schon Gedanken gemacht?"

Eleonore, gemütlich auf dem Sofa hingefläzt, streichelt mit ihrer Hand ihren mollig in Plüsch eingewickelten himmelblauen Bauch.

„Ja, Ulrike! Das habe ich schon gebührend getätigt"…, wobei sie über ihr besonders vornehmes Wort selbst lächeln muss. „… als erste Patin schätze ich dich aus vielerlei besagten Gründen ganz besonders."

Während ihrer Worte wandert ihre soeben noch auf Plüsch gebettete Hand auf Ulrikes Arm, wo sie ein neues Betätigungsfeld gefunden hat. Ulrike wirft ihrer Freundin einen liebevollen Blick zu. In ihrer Bescheidenheit lenkt sie schnell von sich ab und will wissen, wer der zweite Pate sein wird. Nun muss Eleonore in ihrer Erklärung doch etwas weiter ausholen:

„Ja, ich habe dir wohl noch gar nicht von Manuels Cousine berichtet, die weit weg mit ihrer Familie in Süddeutschland lebt. Wir hatten länger keinen Kontakt zueinander. Aber ich wusste von Manuel, dass sie und ihr Mann sehr fromme Leute sind, die sich in ihrer Gemeinde aktiv beteiligen. Früher habe ich mich darüber mokiert, dass das Ehepaar jeden Morgen zusammen eine Bibellesung macht. Babsi meinte jetzt neulich am Telefon, dass sie dieses erst so richtig zu schätzen gelernt habe, als ihr Mann mit der Firma in Insolvenz verwickelt gewesen war. Als ich ihr meine Bitte für ihre Patenschaft vorgetragen habe, erbebte ich am Telefon sogleich, weil ich meinte, ihre Freudensprünge live mitzuerleben. Ein spontanes freudiges JAA! kam aus ihrem Munde. Ich habe direkt im Hotel am Rothenbaum ein Familienzimmer bestellen können, denn sie bringen zwei jüngere Töchter mit."

Ulrike zeigt sich erstaunt, ja, auch erfreut und meint:

„Wie schön, dass auf diese Art und Weise wieder familiäre Bande gestärkt werden. Ich habe da folgende Idee. Sie bleiben doch sicher nach der Taufe noch einen Tag hier, so dass ich sie zu einer Hafenrundfahrt einladen kann. Vielleicht können deine Schwester Carmen und ihr Mann sich uns anschließen.

„Ja, ist gebongt, ich habe 3 Nächte für alle reservieren lassen. Und da wäre das eine super Idee! Mein Gott! Für Carmen und ihren Mann Hartmut wird das mal eine schöne Abwechslung werden. Sie haben in letzter Zeit viel Schlimmes mit ihrem Sohn, der auf Abwege gekommen ist, mitgemacht!"

Ulrike scheint nachzudenken, denn so gut wie Eleonore inzwischen ihre Freundin kennengelernt hat, zieht sich ihre Mundpartie kräuselnd nach oben, so dass die Oberlippe bald in Nasenkontakt kommt. Und dass sie richtig liegt, erkennt sie sogleich an ihrer bedächtig vorgetragenen Äußerung:

„Ich überlegte mir gerade, ob und welches Spiel für die Kinder ich mir aus unserer Gemeindebibliothek ausleihen könnte."

„Das nenne ich eine famose Idee, Ulrike! Du glänzt als Meisterin der Superideen! Aber ich habe ausnahmsweise auch mal eine Superidee ausgebrütet: Ich habe bei Elsbetha nachgefragt, ob sie mir bei Küchendiensten helfen könne. Weißt du, sie hat's zwar nicht so mit Taufe, aber trotzdem sagte sie mir auf Anhieb zu. Ulrike, du wolltest mir ja auch einen Käsekuchen backen und Mama will ihre Backkünste durch eine Mokka-Sahne-Torte unter Beweis stellen. Irgendein anderer Kuchen wird uns auch noch einfallen!"

Ulrike stupst mit dem Finger auf ihre Nasenspitze und fragt, ob es denn sicher geht, dass die Herren der Schöpfung abends grillen werden. Und dann erweist sich Ulrike wieder als Superideen-Meisterin, nachdem Eleonore ihr zustimmend zugenickt hat.

„Ist es dir recht, wenn wir ein 'Kauf 'ne Kuh-Paket` bestellen?"

„Ulrike, du machst Witze. Stell dir vor, die stehen an unserem Festtag mit 'ner Kuh bei uns in der Wohnung!"

Und schon fängt sie an laut loszuwiehern, während bei Ulrike gleich ein paar Tränchen in Richtung Halspartie, laufen, als sie lachend ihrer Freundin erklärt:

„Du kannst dir vorher einige Teile des Bio-Fleisches bestellen. Lecker sind die Bio-Chipolata-Würste, die wir schon mal verspeist haben. Wir können uns dazu dann noch Schweinekoteletts liefern lassen. Gut finde ich, dass das ganze Tier von Kopf bis Fuß verwendet wird. Aber jetzt fix nach oben: Kleiderinspektion ist angesagt!"

Und während beide nach oben die Treppe hinauf stolzieren, erteilt Eleonore ihrer Freundin einen Stups auf den Allerwertesten.

„Und wenn du oben etwas an dem Kleid auszusetzen hast, dann kriegst du noch mehr auf deinen Popo! Da kenne ich nichts!"

Und kichernd, wie zwei verrückte Teenager, verschwinden sie oben in Eleonores Zimmer. Dort vernehmen sie noch Annikas gewaltiges Stimmvolumen, als sie zu ihnen hochbrüllt:

„Ich glaube, dass Mama doch eher ein Taufbaby ist!"

„Vielleicht hat Töchterchen diesbezüglich nicht ganz unrecht!" meint Eleonore lächelnd und zieht hinter Ulrike und ihrer Wenigkeit die Zimmertüre zu.

Kapitel 56

„Noch nie hat Ausmisten so ´ne Laune gemacht wie heute! Juchhu, da wollen wir mal den gnädigen vornehmen Herrn mit Rauschebart auf dem Buchdeckel entsorgen. Weg mit dir, du Weltverdummer! Dein edles Konterfei rettet dich auch nicht vor dem Verderben!“

„Bedenke, liebe Annika! Deine Mama hat mir hoch und heilig versprochen, zuhause erstmal reinen Tisch zu machen, ehe sie zum TISCH DES HERRN schreitet.“

„Mein Einverständnis habt ihr!“ Annika schaut Ulrike gönnerhaft an. Diese schaut in ihrem Overall fesch aus, befindet sie. Im Eifer des Gefechts stellt die Tatkräftige ein hochrotes Gesicht zur Schau stellt, als sie ihr Gegenüber fragend anblickt.

„Annika, dieser edle Herr, der ist niemand anders als THEOPHRASTUS BOMBAST von HOHENHEIM. Hier steht der vornehme Name auf der Titelseite. Meinst du denn wirklich, dass ein normaler Mensch so etwas in seinen Kopf hineinkriegt?“

Im hochroten Gesicht zeigen sich verwunderte Augen und Grübchen, als sie lachend verkündet:

„Da will ich mal Gnade vor Recht ergehen lassen!“

Nach dem Umblättern einiger Seiten ist sie sich sicher, dass er als Arzt ein guter Mensch gewesen sein muss. Dieser Mensch sollte keinesfalls dem Feuer zum Fraß vorgeworfen werden.

Mutters Stimme aus der Küche, wo sie für die kleine Aufräummannschaft Sandwiches produziert, hallt ins Wohnzimmer zu den Bücherausmistenden:

„Und wer ist dieser Gnädige, dem Gnade gewährt werden soll?"

„Mama, du Neugierde in Butter gebraten!"

Noch bevor die Neugierige etwas erwidern kann, fällt die Dritte im Bunde ihr ins Wort:

„Dieser Theo … Dingsbums ist niemand anders als PARACELSUS, berühmter Arzt und Naturphilosoph, … und der darf weiterleben!"

„Ja, wenn du meinst, Ulrike! Dein Wille ist mir Befehl!"

Und mit einem Schwung landet das Buch auf dem SOLL- und HABEN-HAUFEN, während im nächsten Moment drei anderen Büchern dieserart Gnade nicht zuteilwird. Für ERNEUERE DEINE ZELLEN, WERDE ÜBERNATÜRLICH und DAS UNIVERSUM LIEFERT ZWEIMAL gibt es dagegen keine Galgenfrist. Sie landen auf dem HOPP- und DAVON-HAUFEN und werden dem Feuer zum Fraß vorgesetzt.

„Und so viel zum zweimaligen Liefern des Universums: Ich liefere nur einmal, das genügt, um dich zu verkohlen!"

Mein Gott, in diesem Moment erschrickt Eleonore über sich selbst, dass sie mit einem Mal so viel Aggressivität in sich verspürt, und sie teilt das auch Ulrike mit, die stirnrunzelnd zu verstehen gibt:

„Ja, einerseits hast du Recht, aber will ich jemanden etwas schenken, von dem ich weiß, dass es nicht gut für ihn sein wird und ihn in die Abhängigkeit führen kann?"

„Ja, da hast du Recht, auch wenn das alles Unsummen an Geld verschlungen hat! Ebenso sind neben diesen Büchern hier wie: KRYON-BOTSCHAFTEN DES LICHTS und KRYON-EINEN KUSS FÜR DIE LIEBE und noch dieses Sortiment hier reif…", und dabei zeigt sie auf dicke Papierkarten, die als Deckblatt eine mit Schmuck behangene Ziege zeigt, in Pastelltönen, so wie die Esoteriker es bevorzugen.

„Reif fürs Feuer!"

Annika wirft mit großem Schwung DAS ORAKEL DER KRAFTTIERE! auf den HOPP- und DAVON-HAUFEN, während eine merkwürdig weinerliche Stimme aus der Küche ins Wohnzimmer schallt:

„Du meine Güte! Soll ich jetzt lachen oder weinen? Schließlich waren das mal alle meine kostbaren Schätze!"

„Ich rate dir zum Ersteren! Du handelst dir Freiheit damit ein, wenn du dich von Ballast trennst, der dich vom Besseren abhält!"

„Komm jetzt, Eleonore, lass dich umarmen! Ich glaube, dass wir jetzt mal eine Sandwichpause einlegen sollten."

Und als die drei fleißigen Bienen sich genüsslich eine Tasse Tee einverleiben, überlegen sie, wie sie mit den BUDDHA-Figuren verfahren sollen.

„Verbrennen, nein, das bringe ich nicht übers Herz! Schließlich gelten sie den Buddhisten als Heiligtum!"

Annika schüttelt ihren Kopf, als sie ihre Meinung äußert. Auch Mutter sowie Ulrike pflichten ihr darin bei.

„Aber was dann, wenn wir sie nicht verbrennen wollen?"

Eleonore stellt diese Frage. Noch ohne eine Antwort abzuwarten, tut sie ihre Idee kund:

„Wir können ein tiefes Loch graben und sie dort drinnen auch wie den ganzen Räucherkrimskrams im Waldboden verbuddeln!"

„Ja, aber zunächst steht da noch eine ganze Latte an Verbrennungsmaterial an. Sieh dir noch die Menge der Bücher, der Schriften und der Wandbilder an! Und dann noch die verschiedenartigen Engelgestalten und deren Unterscheidung zwischen christlicher und esoterischer Zielsetzung."

Ulrike merkt, dass Eleonore diesbezüglich gar nicht so unsicher ist und zeigt sich erleichtert als ihre Freundin den beiden zu verstehen gibt, dass sie, bevor sie sich mit Esoterik befasst hat, keinen einzigen Engel gehabt habe.

„Alle sind okkultistisch angehaucht!" stellt sie fest, als sie nach einem Cookie greift. Noch bevor sie sich diesen einverleibt, möchte sie noch etwas loswerden:

„Ulrike, diese beiden Ikonenbilder da über dem Sofa, die habe ich von meinen Großeltern mal bekommen. Ikonenmalerei ist unverdächtig! Wunderbare Heiligen-verehrung aus dem orthodoxen und byzantinischen Raum!"

„Ja, meine Liebe, dieserart Kunstwerke sagen mir auch sehr zu! Aber da…" Ulrike zeigt auf drei Voodoo-Puppen, die in der Wandecke an Nägeln befestigt sind. „Die beiden Stoffpuppen können wir entsorgen. Mit schwarzer Magie wollen wir nichts mehr am Hut haben! Die Wachspuppe kannst du noch zu einer Kerze umgießen!"

„Ulrike, unser Zimmer kommt mir bald wie eine Einöde vor! Wir brauchen eine neue Deko… was Fetziges, nicht wahr, Mama!"

Annika will auch mal wieder ein Wort mitzureden haben.

„Ich habe da eine Idee! Dort kommt eine große kunterbunte Kommode hin mit kunterbunten Spielzeugen für die Zwillinge!"

Ist es verwunderlich, dass beide Frauen das strikt überhören und sich weiter dem Tagesgeschäft widmen?
Mama nimmt als erste wieder das Gespräch auf:

„Wir finden schon etwas Schönes, was Papa, dir und mir gefällt!"

Eleonore sagt's und wundert sich nur, dass Töchterchen in diesem Moment keinerlei Widerworte gibt. Eleonore mustert mit strengem Blick jeden Quadratzentimeter im Wohnzimmer, ehe sie ihrer Freundin nachdenklich zu verstehen gibt:

„Den wenigen Feng-Shui-Möbeln, dem Teppich und auch der Blume entziehen wir kurzerhand ihre magische Wirkungsweise und sehen sie lediglich als das an, was sie vordergründig sind: nämlich ästhetische Gegenstände! Einverstanden, meine Freundin!"

„Ja, du hast durchaus Recht! Wir dürfen nicht päpstlicher sein als der Papst! Und die Pflanze hat in den letzten Wochen so schön geblüht. Anscheinend bekommt ihr das andeutungsweise christliche Fluidum recht gut!"

Nachmittags erreicht die Aufräumaktion noch zwei Höhepunkte: Die Versenkungsaktion im Wald sowie die Verfeuerung des großen HOPP- und DAVON-HAUFENS. Zu beiden Kampagnen hat Annika Freundin Amanda eingeladen. Mit einer Gleichgesinnten gerät solcherlei Unterfangen erst richtig zu einer atemberaubenden Angelegenheit. Die beiden Mädchen umarmen sich vor lauter Begeisterung und albern so herrlich herum, wie es nur Backfische tun können.

„Annika kennst du das Lied vom Eis und Feuer?"

Im selben Moment verspürt die Fragende wie ihre Freundin bitterernst dreinschaut und mit den Händen blitzartig eine abweisende Bewegung macht. Da weiß sie, dass ein einziges Wort zu viel aus ihrem Mund herausgepoltert kam. Um diesen Fehler wieder einigermaßen zu revidieren, schlägt sie Annika vor, dass sich beide an der Hand fassen und um das Feuer herumtanzen.

Noch viel später, als Ulrike schon wieder bei ihrer eigenen Familie ist, da guckt Ehemann und Vater Manuel verwirrt im Wohnzimmer umher und meint:

„Kahlschlag, wohin mein Auge auch blickt. Aber irgendwie war das auch dringend geboten, um dieser Sekte endgültig den Kampf anzusagen!"

Annika freut sich über eine einzige elterliche Bewegung wie eine Schneekönigin. Papa ergreift Mamas Hand, und Mama lässt das geschehen und scheint das gar nicht so ungern zu haben.

Und als Mama allen zu verstehen gibt, dass ihr ein riesiger Stein vom Herzen gefallen ist, da sagt Papa nur:

„Mein plumpsender Herzstein ist noch plumpsender!" Mama lächelt Papa an, Papa lächelt Mama an und Annika lächelt Amanda an. Was gibt es Schöneres an diesem besonderen Pfingstsamstag, dem exklusiven Reinemachetag!

Kapitel 57

„Mama, Ulrike ist wirklich eine Zauberin, eine phantasiebegabte ohnegleichen!"

Mama kämmt gerade ihre Haare und - mein Gott! - sie regt sich sogar an ihrem Tauftag noch auf, denkt Annika, als sie ihre Mutter vor dem Spiegel im Flur mit Lockenröllchen hantieren sieht. „Stell` dir nur vor: Ich habe doch tatsächlich die Haare gestern um einen der Wickler falsch herumgedreht und jetzt steht diese Haarsträhne zu Berge. Bring mir mal ein Glas Wasser, damit ich diese widerspenstige Locke wieder bändigen kann!" Einen kurzen Moment hält sie inne, um nachdenken zu können, was ihre Tochter über Ulrike verlauten ließ. Inmitten ihrer Denkpause ertönen aus der hintersten Flurecke Schreie. Manuel treibt seine beiden Trödelsusen sichtlich zur Eile an. „Gleich im Auto könnt ihr weiter palavern!" lässt er verlauten, als er Frau und Tochter, zugegebenermaßen ein wenig lieblos, in die Mäntel und danach ins Auto stupst.

„Ein Täufling, der zu spät auf der Bildfläche erscheint, hinterlässt nicht den besten Eindruck!" gibt er von sich.

Er wird von Annika jäh unterbrochen: „Papa, jetzt sind wir mal an der Reihe!" Und aus Angst, dass sie nicht das, was sie wünscht, loswerden kann, sprudelt es aus ihr wie ein Wasserfall hervor: „Habt ihr gesehen, welcher in Goldfarbe beschrifteter Zettel auf Mamas Teller liegt? Ja, ja, die Ulrike!" Noch ehe die Eltern reagieren können, zitiert sie den Inhalt des Zettels:

IHR SEID DAS SALZ DER ERDE! IHR SEID DAS LICHT DER WELT!

Daneben stehen eine Kerze und ein Salzstreuer, natürlich der Meißener! Zuerst fand ich den Spruch mit dem Salz komisch, aber dann erinnerte ich mich daran, was Oma mir mal erklärt hat. Durch das Zugeben einer Prise Salz zu einer süßen Torte verstärkt sich der wunderbare Geschmack erst so richtig. Mama, Ulrike hat so tolle rote Pfingstrosen in die Meißener Vasen gezaubert, hauchdünne japanische Servietten mit ganz klitzekleinen Pfingstrosen drauf und dann das wertvolle Geschirr von Oma. Die hat nämlich noch ein Dutzend davon, während bei uns das Dutzend schon ziemlich geschrumpft ist. Dazu ist der feine Goldrand bei zu vielen Tellern und Tassen schon ganz schön verblasst."

Annika hält plötzlich inne, weil sie merkt, dass die Eltern mit etwas anderem beschäftigt sind. So lauscht sie dem Gespräch mit offenen Ohren zu!

„Eleonore, ich habe mal ein bisschen in meinen Hamburger Unterlagen gestöbert wegen deiner Taufkirche. Aus zwei ehemaligen Klöstern entstand Ende des 19. Jahrhunderts dieser Bau im Alstervorland, wo sich zu dieser Zeit immer mehr Hamburger Kaufmannsfamilien angesiedelt hatten. Sie stifteten zur Grundsteinlegung im Jahr 1880 schöne Glasfenster, Taufstein, Kanzel, Orgel und Glocken für diese Kirche. Sie war …" doch mittendrin unterbricht Annika die Rede ihres Vaters abrupt: „Äh! Wie öde!! Jetzt fange nicht schon wieder mit deiner Kultur an!" Doch Vater lässt sich nicht kleinkriegen. „Dann stopf dir deine Ohren zu!" meint er und fährt unbekümmert mit seiner Rede fort: „Die Glasfenster sind in Innsbruck hergestellt worden. Und dort hat man als Katholiken allen Aposteln Heiligenscheine verpasst!"

„Manuel, weißt du, dass ich hier mit Ulrike zusammen gewesen bin. Ich erinnere mich an die ausdrucksstarken Glasfenster. Ulrike ist hier Presbyterin und sie hat mir diese Kirche als Taufort empfohlen. Der Taufstein soll auch besonders beeindruckend sein. Neugotik heißt doch dieser Baustil, oder?"

„Ja, ich werde deinem Gedächtnis mal nachhelfen, meine Liebe! Neugotik entstand im 19. Jahrhundert aus dem Bedürfnis heraus, mittelalterliche Bauelemente wieder aufleben zu lassen. Ende 19./ Anfang 20. Jahrhundert erlebten die Baustile wie Romanik, Renaissance und Barock wieder eine Blütezeit. So wurde vor den einzelnen Stilrichtungen nur ein NEO davorgesetzt, was so viel wie NEU heißt."

In einem kurzen Moment, als Papa nach Luft ringt, gibt das redselige Töchterchen mit riesigem Stimmvolumen den Eltern zu verstehen: „Alles schnurzegal! Hauptsache, dass mir die Kirche gefällt. Die Kirchen mit dem vielen Gedöns in Bayern, die finde ich supertoll. Und Oma findet die auch Spitze hoch 4."

BRR! BRR! Schon hat Papa mit Schwung das Auto in eine Parklücke bugsiert, da heißt es plötzlich: „Helft mir! Der Saum meines Kleides wird gleich gerade hier, wo ich aussteigen muss, mit dreckigem Schlamm besudelt werden. Vier tatkräftige Hände strecken sich nach ihr aus, um den Täufling aus dem Wagen zu heben. Mamas panisches Gesicht und ihre um den fliegenden Rocksaum gekrallten Hände sprechen Bände.

Die Türe der Kirche ST. JOHANNIS HARVESTEHUDE steht offen. Den drei Eintretenden dürfte das Stimmchen eines forschen Mädchens nicht entgangen sein. Sie versperrt der Hauptperson fast den Weg, als sie stimmgewaltig ihrer Mutter verkündet: „Ist das denn eine Hochzeitsfrau?" Die Frau Mama errötet wie eine Tomate, als sie Töchterchen Clara erklärt, dass die Frau in Weiß heute getauft werden wird.

Kapitel 58

Verstohlen zieht Eleonore sich den rechten weißen Ärmel ein wenig hoch. Die silberne Armbanduhr bringt die Wahrheit zutage: 9.59 Uhr! Gerade haben die Spätankömmlinge ihre Plätze in der ersten Reihe eingenommen, ihren Gästen im Umkreis lieb zugenickt, wobei Annikas Schlag auf Amandas Schulter bezüglich dezenter Begrüßung eher holzhammermäßig ausfiel, da ertönt auch schon der zuvor eingeübte Kanon: LASST UNS MITEINANDER LOBEN UND PREISEN DEN HERR!

Die jüngere Pfarrerin, weit davon entfernt wie eine altbackene Frau mit Brille und Haarknoten auszusehen, tritt vor die Kanzel und schenkt ihrer Gemeinde ein strahlendes Lächeln. Die durch die bunten Glasfenster ins Kircheninnere fallenden Sonnenstrahlen lassen ihre bis zu den Schultern wallenden Haare in einem braungoldenen Glanz aufleuchten. Ihr Beffchen erstrahlt die Kraft des ´weißen Riesen` in voller Reinheit.

„Mama!" Du, mein Gott, was muss die kleine Göre wieder für fast alle Ohren vernehmbar, herauskatapultieren, denkt Mutter und noch ehe sie ihr die Hand auf den Mund pressen kann, holt die Kleine - wohlbemerkt keen Hamburger Deern! - schon aus: „Mama, warum ist der Frau da so was Komisches aus dem Hals gefallen?"

Welch´ Peinlichkeit für die Mutter! Aber die Gesichter aller Banknachbarn lächeln verstohlen oder gickern sogar leise vor sich hin. Also kann ich darauf schließen, dass ich eine originelle Tochter haben muss, spricht sie sich selbst zu und streichelt mit ihrer Hand über Töchterchens Lockenkopf.

„Ich wage heute mal ein Experiment!" Die Pfarrerin spricht weiter: „Liebe Kinder, hört mal gut zu!" Noch ehe sie sich versieht, purzeln doch einige plattdeutsche Worte aus ihrer Snuut: „Ik bün groot! Ji sünd lütt! Unser Pfingst-Fensterbild könnt ihr hier von unten aus nicht richtig ankieken. Kommt mal alle hoch zur Empore! Dort erkläre ich euch das Bild genauer! Keine Angst! Eure Eltern können hier unten verstehen, was ich mit euch oben snacke!"

Geräusche von Fußtritten, Rascheln von Blättern, auf denen das Pfingst-Fenster abgebildet ist, ein mütterlicher Aufruf für ängstliche kleine Wesen, sich doch den anderen Kindern anzuschließen, sowie das Knarren von Treppenstufen, schmälern den Hochgenuss der begleitenden Orgelmusik nicht gerade in geringem Maße.

Während der eine oder andere Gottesdienstbesucher unten im Zentralbau aufpassen muss, dass er von einer Genickstarre verschont bleibt, da ertönen aus den Mikrofonen die Pfarrerinnen-Worte und beim Blick auf den Begleitzettel erschließt sich auch so einiges, das selbst langjährigen Kirchenbesuchern bisher so noch nie aufgefallen war.

Auf der Empore, auf der Kirchennordseite, zeigt die Pfarrerin mit dem Laserpointer auf das Südfenster, das gerade vom Sonnenlicht durchflutet wird. Dem kleinen Max bleibt fast die Luft weg, als er, neben der Erzählerin stehend, sich die merkwürdige Taschenlampe besieht, die so seltsame Lichtpunkte produziert.

„Jetzt betrachtet euch das Bild mal ganz genau: Ihr seht hier alles Menschen, die Gott liebhaben. Es sind vor allem Männer, seine Apostel, und eine Frau, Jesu Mutter Maria, auf einem großen vornehmen Stuhl sitzend, zu sehen und ein knieendes Mädchen neben ihr."

„Die heiligen Leute gucken die alle Jesus an, oder?" unterbricht der kleine Klaas die Pfarrerin.

„Jesus war zu diesem Zeitpunkt schon im Himmel. Aber in der Bibel steht Schönes über das Pfingstereignis. Es wird auch als Geburtstag der Kirche angesehen. Die Jünger waren traurig über Jesu Wegsein. Er hatte ihnen schon zuvor versprochen, ihnen seinen Heiligen Geist zu senden. Und eines Tages war es so weit: Ein großes Brausen wie ein Sturm fegte über sie hinweg. Auf ihren Köpfen brannten kleine Flammen, die sie aber nicht verbrannten. Ein weiteres Wunder war, dass die Jünger Menschen, die von außen hereinstürmten, in ihrer eigenen Sprache reden hörten. Es wäre auch ein Wunder, wenn ihr Leute aus Amerika, Spanien, Italien oder anderen fernen Ländern, nicht in deren eigenen Sprache, sondern in eurer Sprache hören würdet.“

Der kleine Sven, die Karen und Marleen, sperren ihre Münder auf, weil sie nicht glauben können, was ihre Pfarrerin erzählt.

„Was macht ihr, wenn ihr erstaunt und erfreut seid, zum Beispiel am Heiligen Abend? Ihr sperrt eure Augen weit auf und breitet eure Arme aus wie die beiden hier. Auch Maria, mit einem weißen Tuch über ihrem blauen Kleid umschlungen, hebt voller Erstaunen die Hände. Ihr würdet allerdings zu Weihnachten die Hände höchstens in der Kirche falten oder zuhause beim Nachtgebet. Aber ihr seht, wie sehr die Freude der Jünger neben Erstaunen auch Anbetung ausdrücken. Und wir sollen uns zu Pfingsten auch alle freuen. Deshalb singen wir unten gleich ein Lied zusammen, das die Freude zeigt.“

Beim Heruntersteigen stupst die kleine Eva ihre Pfarrerin an und meint: „Was haben die Leute auf dem Fenster für schöne Anziehsachen an. Sie sind bestimmt reich!“ Sie lächelt Eva lieb an und erklärt ihr, dass der Maler sich das so vorgestellt habe. In Wirklichkeit seien diese Menschen arm, aber reich an Liebe. Währenddessen trägt sie Sorge dafür, dass die kleinen

Beinchen ihrer Schützlinge nicht daneben trippeln. Aber es geht gut.

Das folgende Lied scheint die ganze Gemeinde mit noch größerer Inbrunst zu singen:

WIR FEIERN HEUT´ EIN FEST UND KLATSCHEN IN DIE HÄNDE.
WIR FEIERN HEUT ´ EIN FEST, WEIL GOTT UNS ALLE LIEBT.
WIR FEIERN HEUT´ EIN FEST UND STAMPFEN MIT DEN
 FÜSSEN.
WIR FEIERN HEUT´ EIN FEST, WEIL GOTT UNS ALLE LIEBT.

„Jetzt möchte ich noch ein paar Worte über den Taufstein sagen: Zwei mutige kräftige Jungs mögen mal nach vorn hierher treten!" Zögerlich wagen sich zwei ´Muskelpakete` aus ihren Bänken, um sich neben dem Taufstein zu platzieren.

„So jetzt habt ihr die Aufgabe den Stein ein paar Zentimeter zur Seite zu bewegen!" Feixend mustern die beiden Kraftprotze zunächst ihr Gegenüber, ehe der eine, der Leonhard, der regelmäßig zur Kinderstunde kommt, mit gerunzelter Stirn und angespannten Armmuskeln Hand anlegt. Der obere Teil mit der silbernen Taufschale in der Höhlung ist mit dem unteren Teil, der Standfläche, durch vier kleinere Säulen und einen Stützpfeiler verbunden. „Packen wir´s an!" Leonard greift mit seinen Händen unter zwei Säulen und der andere Junge tut das Übrige. Bücken, Strecken, erneutes Bücken und Anspannung der Fäuste, den Stein auch nur einen Millimeter zu verschieben, scheitern. „Schiete!" entfährt es Leonhard, der schnaubend und prustend mit seinem Kumpan wieder auf der Bank Platz nimmt.

Großzügigerweise hat die Pfarrerin den ausgestoßenen Fluch, so scheint´s, überhört, denn sie tröstet die beiden damit, dass nur zwei große und starke Mannsbilder schweißüberströmt es schafften, den Stein in die andere Ecke zu schieben, weil der ursprüngliche Platz bei Konzerten gebraucht wurde. Und die mussten mit Hilfe starker Trageseile das Gewicht von über 300 kg hieven. Wisst ihr, dass der Marmorstein mehr wiegt als vier normal schwere Männer. „Oh!" ertönte es im Kanon aus den Kinderbänken.

„Nadine, du bist als Viertklässlerin eine gute Leserin. Komm mal bitte vor und versuche den Bibelspruch, der hier mit alten Schriftzeichen wiedergegeben ist, uns vorzulesen."

Und tatsächlich, mit zweimaliger kurzer Hilfestellung gelingt's ihr.

„Der Taufspruch heißt: LASSET DIE KINDLEIN ZU MIR KOMMEN UND WEHRET IHNEN NICHT! (Mk. 10,14)"

„So, jetzt langer Rede, kurzer Sinn: Heut wird kein Kindlein getauft, sondern eine erwachsene Frau. Ich bitte Sie, Frau Eleonore, mit ihren Taufpaten sowie ihrem Mann und ihrer Tochter nach vorne zu treten. Vor Aufregung muss der Täufling wohl die klitzekleine Stufe, die zur Altarebene führt, übersehen haben, denn er wackelt mit einem Male sehr komisch auf seinen Beinen und versucht krampfhaft mit beiden Händen den Kleidersaum wieder zu entwirren. Glücklicherweise helfen ihm die Patinnen bei dieser Aktion. Die Pfarrerin fragt den Täufling, ob er (besser: sie) aus ihrem Glauben heraus leben wolle, ebenso wie Babsi und Ulrike, ob sie Eleonore dabei Hilfestellung geben wollen. Nach einem dreifachen JA erfolgt das dreimalige Beträufeln des Kopfes mit geweihtem Wasser als Zeichen der Verbindung mit dem dreieinigen GOTT. Eleonores Taufspruch lautet:

„VON ALLEN SEITEN UMGIBST DU MICH UND HÄLTST DEINE HAND ÜBER MIR (PS.121,7)"

Nach dem gemeinsamen Glaubensbekenntnis und dem Abschlusssegen folgt noch ein gemeinsames Lied.

Beim Verlassen der Kirche, just auf den Treppen nach unten, umfasst Amanda den Arm ihrer Freundin. Und allein der Tatsache, dass Ulrike noch ein blutjunges Hirn zu haben scheint, ist es zu verdanken, dass sie die geflüsterten Freundinnen- Worte erreichen und lächeln lassen:

„So Knall auf Fall ein Fall vor dem Taufstein! Aus der Tauffrau wäre beinahe das Taufkind geworden, das ich gemalt habe!"

Kapitel 59

„Zum Donnerwetter, Clara!"
Mutter Babsi springt von der Kaffeetafel auf und ruft dieses Fluchwort wildgestikulierend an der Terassentür zum Garten hinaus.

„Oh, du mein Gott, dieses Schimpfwort ist alles andere als tauftauglich", maßregelt ihr Ehegespons seine sich äußerst ungehalten gebende Frau. „Und du Clarissa beweist auch keine gute Kinderstube! Sich im hellrosa Kleid im Garten zu wälzen, obwohl ich euch extra Gartenklamotten eingepackt habe."

Babsi schnappt sich sogleich ihre beiden ungezogenen Töchter, greift sie beim Schopf und zieht sie ins Zimmer zurück. Aus Claras Schnute blinzelt das Reststück des dunklen Marmorkuchens hervor, während sie laut schmatzend Mühe dabeihat, den riesigen Bissen, im Schreckmoment sich einverleibend, auf die Schnelle zu mampfen, denn schließlich weiß sie doch, dass jedes Unrecht seine Folgen hat. Beim Verlassen des Zimmers sticht ein grün- brauner Fleck auf dem Hinterteil des hellblauen Kleides den Gästen direkt ins Auge. Eleonore und Ulrike stupsen sich an. Babsi erspäht dieses beim Herausgehen und zeigt sich ungehalten. Amanda und Annika grinsen dreist. Mein Gott! Eine ehrwürdige Taufe und Kinderschabernack, wie passt das zusammen, sinniert die pikierte Mutter beim Heraufklettern der Stufen, unter jedem Arm einen Strolch geklemmt. Schwester Carmen, nicht sehr redselig, blickt dem amüsanten Dreiergespann hinterher und schmunzelt mit breit gezogenem Mund.

Wenige Minuten später tollen die Kinder im Garten herum. In Räuberzivil macht das Wühlen im Sand, das Balancieren auf einem großen Baumstamm, das Schubsen und Necken einfach grandiosen Spaß. Und Spiele wie ´Himmel und Hölle`, ´Hinke-Pinke`, ´Ein Hut, ein Stock, ein Regenschirm`…lassen die Gemüter explodieren, so dass Ober-Zivil-Hauptfrau Ulrike einen Dämpfer erfährt, als sie ein Bibelquiz vorschlägt, das sie im Gartenhäuschen spielen können.

„Auch das noch!" winkt Annika ab, ehe die beiden Babsi-Töchter deutlicher werden: „Schnapsidee!" und „Spielverderberin" sind noch harmlose Äußerungen. Mit ihresgleichen wären sie wohl härter ins Gericht gegangen.

„Bei dir piepst´s wohl!" Dieser Ausspruch ist, so scheint´s, bei den Kindern gerade ´in`.

„Oh, wo bleibe ich als Kinderseelen-Versteherin?" nuschelt sie in ihren Bart, den sie mit der Lupe erst suchen muss.

„Pustekuchen! Pustekuchen" stellt sie resignierend fest und bittet ihren Mann, mal für ein paar Minuten die Aufsicht über die Kinder zu übernehmen, damit sie mal tief Atem holen könne.

Schnell mein Räuberzivil erster Klasse entsorgen, geht es ihr durch den Kopf. Grasflecken erster Güte zeigen sich als Schlieren auf dem Hinterteil des grauen Overalls, zum Grillen wage ich es nochmals mich in diesem Overall zu zeigen und da hoffe ich nur, dass aus dem Dunkelblau kein fleckiges Rot-Blau wird, sind doch schon viele Ketchupflaschen und Verwandtes in der Küche aufgereiht. Als sie durch das Wohnzimmer in den Flur stolziert, geraten Gesprächsfetzen an ihr Ohr. Eleonores Mutter strahlt übers ganze Gesicht, als sie mit Kirschen verschmiertem Mund verkündet:

„Wo unsere Familie ist, da ist Liebe! Wie früher!"

Babsis Mann fühlt sich gleich angesprochen, als er grinsend erwidert: „Ich kenne aber auch noch andere Aussprüche zum Thema ´Familie`. Zartbesaitete Seelen sollten jetzt besser weghören!"

Und dann gibt er hohnlächelnd Gedanken von Hitchcock zum Besten, wobei Annikas Oma die Hand vor ihren Mund hält und angewidert den Kopf schüttelt. Zuvor hatte sie Ulrikes Mann ausdrücklich als zur Familie gehörend bezeichnet.

Beim Treppensteigen rumort es in Eleonore. Wie kann Oma vor versammelter Mannschaft Manuel diese überflüssige Frage stellen, wann er und Annika den anderen genauso ein schönes Familienfest bescheren würden. Manche haben eben Null-Taktgefühl und machen sich gar keine Gedanken über den tieferen Sinn des Ganzen, sinniert sie, als sie ihr Zimmer betritt.

Stunden später muss das letzte Fisselchen Bauchspeck noch Millimeterarbeit in den Mägen leisten, um sich zwischen Currywurst und Schnitzelbrei ein Bleiberecht zu verschaffen. Die Herren der Schöpfung halten ihre Hände über mehr oder weniger stark ausgeprägte Ausbuchtungen ihrer Bäuche gefaltet. Mit Wohlbehagen beäugen sie wie die letzten Funken der Grillkohle ihren Geist aushauchen.

Die Kinder wälzen sich, in Decken vermummt, auf der Wiese und dösen in der Dämmerung vor sich hin, als Babsis Mann, Edi genannt, mit seinen Händen eine Sprachtüte formt, um das Wort 'Heimfahrt' hinauszuposaunen.

Ein Viertelstündchen noch Ruhe zu zweit genießen, nimmt sich das ausgepowerte Ehepaar vor, als beide aneinandergeschmiegt, den Tag nochmals Revue passieren lassen. In diesem Moment öffnet sich die Wohnzimmertür millimeterweise. Ein bekannter Kopf lugt dazwischen hervor, ehe er sich mit dem Wort: 'Verzeihung' wieder rasch zurückzieht.

„Elsbetha, komm nur herein! Setz dich auf den Sessel!"

Als die Angesprochene sich mühsam zum Sessel hievt, drückt Manuel zunächst seinen überschwänglichen Dank für ihre Hilfe aus.

„Du schaust schon höchst malade aus!" bedauert er die erschöpfte Person!

„Ach, nein, das allein ist es nicht. Ich weiß nicht, wie ich es sagen soll!"

Elsbetha verstummt mit einem Male und krault sich mit ihrer Hand durch ihre störrischen Haare.

„Was weißt du nicht?" Eleonore fordert sie auf, frank und frei sich über alles auszusprechen. Ihre Freundin zuckt merklich zusammen und beginnt mit einem Male zu stottern:

„Ja, soll ich? Soll ich nicht? Ist es der geeignete Moment?"

„Ja, du sollst, Elsbetha!"

„Wirklich heute oder lieber morgen?"

„Butter bei die Fische, dann ist's dir wohler!" ermuntert Manuel die sichtlich Verstörte.

„Ja eigentlich ist es etwas Schönes, ..."

Elsbetha wendet ihren Kopf Manuel zu, ehe sie ihn anspricht: „Aber der Tauftag deiner Frau soll ganz nach ihrem Wunsch ausfallen!" Schließlich gibt sie sich doch einen Ruck und verkündet forsch und frei: „Manuel, heute Morgen während des Gottesdienstes hat sich der Gärtner telefonisch gemeldet!"

„Ja, und ... sag endlich, was er loswerden wollte!"

Manuel wirkt mit einem Male sehr fahrig und motiviert sie mit Gesten, sich weiterhin zu öffnen.

Eleonore erhebt sich ahnungsvoll und läuft zur Bar, um einen Piccolo und drei Sektgläser zu holen, um sie auf den Couchtisch zu platzieren.

„Auf wen können wir denn anstoßen?"

Elsbetha scheint ziemlich perplex zu sein, weil sie solch ein ungezwungenes Verhalten seitens ihrer Freundin niemals erwartet hätte. „Ja, Bruno und Berta heißen die Neuankömmlinge!" lässt sie leise verlauten und schlägt ihre Augen zu Boden, um niemanden anblicken zu müssen. Mit solch einer gefassten, ja zuversichtlichen Reaktion hätte sie beileibe nicht gerechnet.

Manuel hatte bereits jedem ein Schlückchen ins Glas gegossen, ehe er die anderen beiden dazu auffordert, auf das neue Leben im Doppelpack anzustoßen!

Getrennte Schlafzimmer? Oh, nein! Zweisamkeit steht wieder hoch im Kurs. Manuel streichelt seiner Frau liebevoll über den Kopf, nachdem sie zusammen unter die Bettdecke gekrochen waren. Er flüstert seiner Vertrauten ins Ohr, was ihn heute am Allermeisten erfreut hat:

„Du bist so offen und gefasst damit umgegangen, dass die Zwillinge jetzt auch irgendwie zu uns beiden gehören."

Eleonore zwickt ihn in die Wange und lässt Worte verlauten, die ihr - wer hätte das jemals gedacht? - gar nicht so schwer über die Lippen kommen:

„Ich finde den Gedanken, dass wir demnächst mal ein Babykonzert im Haus haben, sogar sehr vergnüglich. Versprich mir nur, dass du mir verzeihst, wenn ich dabei mal die Nerven verlieren sollte! Schließlich bin ich dem Babyschreien längst entwöhnt und außerdem ist ein Doppelpack- Schreien sicher viel strapaziöser."

Manuel zwinkert mit leuchtenden Augen und erregter Stimme: „Das verspreche ich dir hoch und heilig!"

Nach einem herzhaften Gutenacht-Kuss vernimmt Manuel noch Wortfetzen seiner Frau, die ihn lächeln lassen, bevor ihm die Augen zufallen:

„Bettchen kaufen in Rot und Grün, eine Freude für Annika!" und schließlich Gebabbel wie: „Die Namen sind olle Kamellen! Bruno und Berta! Wer denkt sich denn sowas aus? Aber, weißt du was, Manuel? Das Spiel, über das sich die Kinder vor Lachen gekringelt haben, zeigt, dass Bibelwissen nicht nur trocken herüberkommen muss!"

„Ja, du hättest mal die Mimik und Gestik sehen sollen, als ich die Witwe in Sarepta gespielt habe."

„Aber wie gut, dass…" Eleonore hält sich die Hand vor den Mund, um nicht aufzulachen, bevor sie weiterspricht: „Welch eine Katastrophe wäre es gewesen, wenn der Krug mit Öl gefüllt worden wäre! Durch sein Umfallen wurde lediglich eine angenehm warme Dusche gratis geliefert." Eleonore spürt, wie sehr sie jedes Weitersprechen ermüdet.

„Dann bist du heute gleich zweimal getauft worden," stellt Manuel schmunzelnd fest, ehe auch er in Morpheus Armen in das Land ihrer Träume gleitet.

Nachwort

Auslöser für mein Interesse an Esoterik war eine Person aus meinem nahen Umfeld. Auf der Suche nach Lebenssinn entdeckte die junge Frau für sich die Möglichkeit der eigenen Selbsterfahrung und suchte ihr Heil in Spirituellen Praktiken wie Trance Healing, Schamanisches Heilen, Chakren- und Körperkerzenarbeit, Seelenreisen, Jenseitskontakte u. v. m. Sehr viele Jahre lang besuchte sie kostspielige Seminare und verfolgte als Sozialpädagogin immer mehr das Ziel, sich mit eigener Praxis als Spirituelle Lebensbegleiterin und Vital Coach niederzulassen.

Während der Corona- Krise wurde mir immer deutlicher, dass die Überbrückbarkeit unserer beiden Ansichten schier unmöglich schien. Die Größenphantasie, dass das Virus bei erwachten, sich mit der Natur im Einklang befindlichen Menschen nicht einnisten kann, ließ impfwillige Menschen als unterlegene, bedauernswerte, wissenschaftsgläubige Spezies dastehen.

Als ein Mensch, der im christlichen Glauben verankert ist, tat sich mir bei der näheren Beschäftigung mit Esoterik (Bücher, digitale Medien) eine andere Welt auf, von einer gänzlich anderen Sichtweise geprägt. Die einschneidendste Erfahrung war die, dass das Bibelwort: LIEBE DEINEN NÄCHSTEN WIE DICH SELBST! durch das narzisstische Ego seiner wesentlichen Aussage beraubt wird.

Aus der unüberbrückbaren Diskrepanz zwischen den beiden Weltanschauungen heraus, ist mein Roman entstanden. Er soll aufzeigen, wie sich im praktischen

Leben der Drang zur Erleuchtung, dem vorherrschenden Ziel des Erwachens, destruktiv das Familienleben beeinflussen kann. Er beschreibt, wie sich die FREIHEIT EINES CHRISTENMENSCHEN (Martin Luther) auswirken und im gelungensten Falle innerhalb einer menschlichen Gemeinschaft Frucht zu verbringen vermag.

Mein besonderer Dank gebührt Herrn Reiner Iblher, dessen Begeisterung für die St. Johanniskirche Harvestehude in Hamburg auf mich übergesprungen ist, so dass ich durch sein fundiertes, fachlich gegründetes Wissen die Atmosphäre des neugotischen Gottesbaus einfangen konnte.

Für die technische Hilfestellung möchte ich auch Frau Jelka Meiering und Herrn Florian Fisinger danken.

© 2024 Christine Meiering
Herstellung und Verlag: BoD – Books on Demand, Norderstedt
ISBN: 9783759715555